밤 여행자

일러두기

1. 이 책의 외래어 표기는 국립국어원의 외래어 표기법을 따랐습니다.

2. 책, 잡지, 신문 제목은 『 』, 노래 제목은 〈 〉로 표기했습니다.

3. 각주는 모두 옮긴이 주입니다.

# 밤 여행자

2

夜旅人

자오시즈 지음 • 이현아 옮김

**달다**

# 차례

## 제9장

# 기억의 윤회

밤 10시, 쭝잉과 쉐쉬안칭은 여전히 푸둥공항을 지키고 있었다.

공항 밖은 습기가 가득했지만, 공항 안은 천장 등이 창백하게 비추고 에어컨의 냉기가 뒤통수를 매섭게 내리쳤다.

쭝잉은 스크린 위 시간에서 눈을 떼지 못했다. 숫자가 계속 움직여 22시를 넘어가자 더 이상 이렇게 맥없이 앉아 있을 수만은 없었다.

"나는 저쪽을 찾아볼 테니 넌 여기에 있어."

쉐쉬안칭은 쭝잉이 불안을 최대한 누르고 있다는 것을 알았다.

"나눠서 찾는 게 낫지 않아?"

말이 끝나기가 무섭게 쉐쉬안칭의 주머니에 있던 휴대전화가 진동했다.

전화를 받자 저쪽에서 말했다.

"쭝잉 전화 왜 꺼져 있어. 지금 같이 있으면 좀 전해줘……."

쉬쉬안칭은 "알았어"라고 말한 뒤 상대의 말을 듣고는 표정이 어두워졌다.

"왜 그래?"

쭝잉의 물음에 쉬쉬안칭이 전화를 끊고 걱정스러운 표정으로 쳐다봤다.

"외할머니가 넘어지셔서 지금 병원이래. 너 빨리 오라고."

쉬쉬안칭은 쭝잉을 안심시키려고 이어서 말했다.

"너 먼저 가. 나는 여기서 더 찾아볼게."

쭝잉은 쉬쉬안칭을 쳐다봤다. 그녀에게 맡기는 수밖에 없어 쭝잉은 그대로 몸을 돌려 공항을 빠르게 빠져나왔다.

공항에서 나온 차량이 어둠 속을 질주하며 오랫동안 사용하지 않은 공중전화 부스를 스쳐 지나갔다.

성청랑은 공중전화에 동전을 넣고 쭝잉의 휴대전화로 전화를 걸었다. 그러나 기계적인 안내음만 나왔다. "지금 거신 전화는 전화기가 꺼져 있어……."


현대인이 휴대전화를 끄는 이유는 무엇일까? 기계 고장, 배터리 방전, 반드시 꺼야 하는 상황에 놓이거나 아예 아무 전화도 받고 싶지 않을 때일 것이다.

쭝잉은 이 가운데 두 가지가 해당되었다. 배터리가 방전되기도 했고, 돌아가면서 오는 전화 폭탄을 피하려고 충전을 안

하고 꺼지게 내버려 두었다.

이런 사정을 모르는 성칭랑은 전화기가 꺼져 있다는 음성
안내에 699번지 아파트로 전화를 거는 수밖에 없었다. '뚜' 하
는 소리가 한참 들리더니 결국 아무도 받지 않았다.

수화기를 놓자 인적이 드문 적막한 밤 풍경이 눈에 들어왔
다. 썰렁한 도로에 자동차가 나는 듯이 지나갔다. 쫑잉이 "돌아
오면 무슨 일이 있어도 꼭 연락해요"라고 해서 전화를 걸었건
만, 무사하다고 전할 수 없으니 그만둘 수밖에 없었다.

쫑잉이 병원에 도착했을 때는 늦은 시간이었고, 외할머니는
방금 검사를 마친 상태였다.

진료실에는 차가운 등이 비추고 있었다. '딸깍' 소리와 함께
엑스레이 뷰어에 필름이 꽂히자, 당직 의사가 자세히 살핀 뒤
쫑잉에게 설명해 주었다.

"두부에 소량 출혈이 있으니 입원해서 경과를 지켜보시죠.
노인이 넘어지면 예사로 생각하면 안 됩니다."

의사는 차트를 쓰고 다시 물었다.

"환자분이 평소 간헐적으로 절뚝거리는 증상이 있었습니
까?"

쫑잉은 최근 상황을 빠르게 떠올렸다. 다리가 시큰거린다고
한 적이 있긴 하지만, 너무 피곤해서 그런 거라는 말에 별로 심
각하게 생각하지 않았었다.

"조금요."

쫑잉이 대답했다.

당직 의사는 차트를 다 작성했는지 고개를 들며 말했다.

"관련 증상이 있었으면 혈관 MRA를 찍어 하지동맥 폐색증 여부를 확인하는 게 좋겠습니다. MRA는 조영제를 사용하지 않아 검사도 비교적 안전하니까요. 여기, 사인하세요."

쭝잉은 입원 관련 서류를 받아 사인했다. 사인을 힐끗 본 당직 의사의 눈빛이 달라졌다. 이름이 낯익었다.

의사는 고개를 들어 쭝잉을 살폈다. 어디서 본 것 같은데 늦은 밤이라 머리가 둔해졌는지 생각이 나지 않았다. 그렇다고 갑자기 물어볼 수도 없었다.

입원 수속을 마치고 병실로 돌아왔을 때, 외할머니는 이미 잠들어 있었다.

쭝잉은 활력징후 모니터에서 계속 변하는 숫자를 넋 놓고 쳐다보며 앉아 있었다. 얼마 뒤 병실 문을 노크하는 소리가 들렸다.

퍼뜩 정신을 차리고 문 쪽을 봤다. 성추스였다.

접이식 침대를 들고 온 성추스가 말을 하려고 하자, 쭝잉이 조용히 하라고 손짓했다. 성추스가 목소리를 한껏 낮추며 말했다.

"밤에 사용하라고. 내가 펴줄까?"

쭝잉이 손을 내젓자, 성추스가 접이식 침대를 벽에 기대놓고 그 위에 담요를 놓았다.

"피곤하면 쪽잠이라도 좀 자. 밤에는 별일 없을 거야."

"조금 더 보고."

조심스럽게 한다고 했지만 두 사람의 대화 소리에 외할머니가 깼다.

"기분은 좀 어떠세요?"

쭝잉이 재빨리 일어나 물었다.

"조금 어지럽긴 한데 괜찮아. 언제 왔니?"

외할머니가 눈을 반쯤 뜨고 쭝잉을 보며 천천히 말했다.

"삼십 분쯤 전에요."

쭝잉은 사실대로 말했다.

"제 탓이에요. 할머니 혼자 계시게 하면 안 됐는데."

"뭐가 네 탓이야? 내가 부주의해서 그런 건데. 게다가 너 밤까지 새게 하고."

쭝잉의 자책에 외할머니가 말했다.

"그 일은 잘 처리했니? 그 사람 이름이 뭐랬더라, 성……."

외할머니는 바로 생각이 안 나는지 미간을 좁히며 다시 말했다.

"성 뭐였더라?"

"저 말씀이세요?"

성추스가 한 발 앞으로 나오며 말했다.

"아니, 아니. 자네 말고."

외할머니가 손을 내저으며 말했다.

성추스는 민망해서 뒤로 반 발자국 물러나면서 쭝잉을 쳐다봤다. 쭝잉은 성추스를 무시하고 외할머니에게 말했다.

"그 사람 일은 제가 알아서 잘할 테니 걱정 말고 주무세요."

쭝잉이 대답할 생각이 없는 것 같고 또 너무 피곤해 보여 외할머니는 더 묻지 않기로 했다.

"너도 좀 자라. 알겠지?"

"알겠어요, 바로 잘게요."

쭝잉이 부드럽게 외할머니를 달랬다.

쭝잉은 외할머니 앞에서 접이식 침대를 펼쳤다. 성추스는 이 상황이 매우 흥미롭다는 듯 쳐다보다가 그만 가보겠다고 했나. 문까지 걸어갔을 때 당직 의사가 들어왔다.

"쑨 선생 왔어요?"

성추스가 인사했다.

"네, 환자분 상태 살피러 왔습니다."

당직 의사가 말했다.

쑨 선생은 외할머니 상태를 살피고 쭝잉에게 말했다.

"큰 문제는 없을 테지만 밤에 신경을 좀 쓰세요. 무슨 일 있으면 벨 누르시고요."

쑨 선생은 망설이다가 마침내 물었다.

"우리 언제 본 적 있죠. 혹시 우리 병원에 온 적 있어요?"

조금 졸렸던 쭝잉은 쑨 선생의 말에 잠이 확 깼다. 이 말에 성추스도 몸을 돌렸고, 외할머니는 아예 직접 물었다.

"무슨 일로 병원에 왔었어?"

"그냥, 혈관성 편두통 때문에요."

쭝잉이 얼굴을 굳히며 쑨 선생이 입을 열기 전에 먼저 대답했다.

12

쑨 선생은 약간 창백해진 쭝잉의 얼굴을 보고 말하기 싫어한다는 것을 눈치채고 화제를 돌렸다.

"그렇죠? 지금은 좀 어때요?"

"요즘엔 괜찮아요."

쭝잉이 몰래 한숨을 내쉬었다.

옆에서 듣던 성추스는 뭔가 이상했다. 병원에 왔으면서 왜 나에게 말하지 않았지? 아무래도 뭔가 숨기는 것 같았다.

성추스가 쭝잉에게 물으려고 했지만 쑨 선생이 먼저 말했다.

"응급실 간호사가 선생님 찾는 거 같던데, 전화 안 왔어요?"

"휴대전화를 깜박 잊고 올라왔네요. 가봐야겠어요."

성추스가 주머니를 만지며 말했다.

쑨 선생은 눈으로 성추스를 배웅하고 쭝잉에게 말했다.

"맞다, 작성해야 할 서류가 있으니 저를 따라오세요."

쭝잉은 쑨 선생의 말이 핑계라는 것을 알았지만 그냥 따라 나섰다. 입원실 복도에는 등이 일부 꺼져 있어 반은 밝고 반은 어두웠고, 에어컨 바람은 차가웠으며, 벽시계의 붉은 숫자는 계속 움직였다. 시계를 보자 성청랑이 떠올랐다. 그가 순조롭게 돌아왔는지 알 수 없었다.

쑨 선생의 부름에 쭝잉은 퍼뜩 정신을 차리고는 쑨 선생에게 단도직입적으로 말하라고 했다.

"오기 전에 검사 영상 봤는데, 검사 결과서 못 받으셨어요?"

쑨 선생이 정색하며 물었다.

"네."

쭝잉이 입술을 말아 물며 대답했다.

"그랬군요. 원래는 연락드리고 검사를 몇 가지 더 해야 했는데, 선생님이 서류에 적은 전화번호가 틀려서 연락을 못 드렸습니다."

쑨 선생이 잠깐 뜸을 들이더니 쭝잉을 똑바로 쳐다보며 물었다.

"본인이 지금 어떤 상태인지 아십니까?"

"대학 부속병원에서 DSA 검사받았습니다."

쭝잉은 너무 피곤해 벽에 기대며 대답했다.

"결과도 나왔는데 왜 수술받지 않습니까?"

쑨 선생은 쭝잉의 표정만으로도 결과를 추측할 수 있었다.

쭝잉은 감기 기운이 있는지 저도 모르게 코를 훌쩍거리며, 모르는 사람이라 오히려 편하게 속마음을 털어놓았다.

"상황이 좀 복잡해요. 처리하지 못한 일이 있어서 지금은 수술 못 해요."

"그런 게 어디 있어요. 가족에게 처리해 달라고 하면 되죠."

쑨 선생은 쭝잉의 생각에 동의하지 않았다.

쭝잉은 눈살을 찌푸리며 고개를 숙이고 관자놀이를 문지르며 대꾸하지 않았다.

표정을 보니 믿을 만한 사람이 없는 듯했다.

"미안해요. 다른 친척은 있어요?"

"있어요. 하지만 별로 안 친해요."

쭝잉은 고개를 들어 쑨 선생을 보며 한숨을 내쉬듯 말했다.

수술실 밖에서 기다려줄 사람 하나 없이 수술 동의서에 본인이 시명하고 위험이 큰 수술을 하려면 큰 용기가 필요할 것이다. 그것은 아무나 감당할 수 있는 고독이 아니었다.

쑨 선생은 이해한다는 듯이 쭝잉을 토닥였다.

쭝잉은 몸을 쭉 펴며 부탁했다.

"외할머니와 성 선생에게는 한동안 알리고 싶지 않아요."

"환자 개인정보 보호는 우리 의무인걸요. 하지만 일 빨리 처리하고 수술도 얼른 받으세요. 늦어도 10월을 넘기지 마세요."

쑨 선생은 최후의 기한을 알려주고 고개를 들어 복도에 있는 전자 벽시계를 쳐다봤다.

"됐어요, 벌써 12시네요. 어서 가서 쉬세요."

쑨 선생의 재촉으로 쭝잉은 병실로 돌아왔다.

다행히 외할머니는 상태가 안정되었고, 쭝잉도 밤새 잠을 잘 잤다고 할 수 있었다. 알람 소리에 깨서 외할머니의 상태를 살피고, 커튼을 열어 새벽빛에 조금 앉아 있다가 외할머니의 아침을 사러 아래로 내려갔다.

병원 문을 나서는데 문병 온 큰고모와 마주쳤다.

"쭝위 보러 왔니?"

"아니요, 외할머니가 입원하셨어요."

외할머니가 왔다는 말에 큰고모는 짐짓 놀라더니 바로 물었다.

"외할머니가 언제 돌아오셨는데? 왜 갑자기 입원하셨대?"

쫑잉은 큰고모와 오래 말하기 싫어 대충 "지난달 말에요" 하고 말하고는 급한 일이 있다며 병원 밖으로 나갔다.

큰고모는 더 묻고 싶은 게 많았는데, 쫑잉은 쌩하니 지나가며 불러도 돌아보지 않았다.

쫑잉은 죽을 사러 가는 길에 이동통신 대리점을 지나게 되었다. 방금 출근했는지 매대 앞 점원은 연신 하품을 하다가 쫑잉이 들어오자 정신을 차리고 물었다.

"어서 오세요. 무슨 일로 오셨습니까?"

"번호 개통하려고요."

쫑잉은 지갑에서 신분증을 꺼내 건네며 말했다.

"아무 번호나 괜찮으십니까?"

"네."

"요금제를 선택해 주세요."

"첫 번째 거요."

직원이 새 유심카드를 쫑잉에게 주면서 행사 전단도 같이 보여주었다.

"혹시 새 휴대전화 필요하세요? 지금 할인 행사하는데 새 유심카드와 결합하면 매달 전화비를 돌려드립니다."

"좋아요."

유심카드를 건네면서 혹시나 하고 물어본 것인데 손님이 즉시 대답하자, 점원은 이게 웬일인가 싶었는지 재빨리 휴대전화를 꺼내 구매 절차까지 마치고 새 전화기를 쫑잉에게 건넸다. 쫑잉이 휴대전화 포장을 뜯고 유심카드 슬롯을 열어 새 유심카드를 넣자 '딸깍' 소리와 함께 전원이 켜졌다.

휴대전화 개통 수속이 끝나자마자, 쯍잉은 재빨리 전화를 걸었다. 상대가 전화를 안 받자 휴대전화에서 음성 메시지를 남기라는 안내가 나왔다. 쯍잉은 "장 변호사, 쯍잉이야. 무슨 일 있으면 당분간은 이 번호로 연락해"라고 음성 메시지를 남겼다.

그다음 쉬쉬안칭에게 전화했지만 역시 전화기가 꺼져 있다는 안내가 나왔다. 배터리가 없는 모양이었다.

시계를 보니 새벽 6시에서 벌써 세 시간이 지나 유리문 밖에는 햇빛이 강하게 쏟아졌고 플라타너스에서는 매미 우는 소리가 진동했다.

쯍잉은 유리문을 열고 나가 옆에 있는 죽집에서 아침을 샀다. 그 시간, 큰고모는 과일 바구니를 들고 외할머니 병실을 방문했다.

외할머니는 쯍잉이 돌아온 줄 알고 몸을 일으켰으나 쯍잉의 큰고모였다.

큰고모는 과일 바구니를 내려놓고 한껏 친절한 표정을 지으며 물었다.

"병이 나셨다는 말 들었습니다. 친척인데 도리상 와봐야겠다 싶어서요. 지금은 좀 어떠세요?"

"원래 건강한 편이라 염려하지 않으셔도 됩니다."

불청객도 손님은 손님이었고 오랜만에 봤으니 외할머니도 껄끄러운 상황을 피하려고 온화한 표정으로 대답했다.

"쭝잉은 아침 사러 나갔나 봅니다?"

큰고모가 앉으며 말했다.

"글쎄 잘 모르겠네요."

"아니 걔는 왜 늘 그 모양이래요? 인사하는데 대답도 없고 말이야. 방금 밖에서 마주쳤거든요. 근데 말이 끝나기도 전에 휙 가버리더라고요. 늘 종종거리는데, 뭐가 그리 바쁜지 평소에 집에도 안 오고 종일 회사에만 붙어 있다니까요. 쭝위가 사고로 두 달째 입원 중인데 누나라는 애가 한두 번 오고 말더라고요. 가족끼리 어떻게 그렇게 냉정할 수가 있어요? 자기 엄마 세상 뜨고 우리가 저한테 얼마나 관심을 많이 쏟았는데, 우리하고는 좀처럼 친해지려 하지도 않아요. 그래도 외할머니 말은 잘 들으니 잘 좀 말씀해 주세요. 화풀이하는 것처럼 주식 다 내다 팔지 말라고요. 돈이 필요하면 제 아빠한테 말하면 될 텐데, 지금 그 일로 집안이 아주 시끄럽답니다!"

큰고모는 말하면서 휴대전화를 켜 주가를 보더니, "그거 다 제 엄마가 남긴 건데 갑자기 팔아버리는 경우가 어디에 있답니까? 외할머니도 말씀을 좀 해보세요."

큰고모의 말에 외할머니는 그녀가 이곳에 온 목적을 분명하게 파악했다. 병문안은 핑계고 쭝잉에게 한마디 해주길 바란 것이다.

외할머니는 주식이 다 무슨 말인지 몰랐지만, 쭝잉의 결정에 토를 달고 싶지 않았다. 그저 상대가 하고 싶은 말을 다 했으면 눈치껏 물러가길 바랄 뿐이었다.

그때 큰고모가 갑자기 전화를 받았다.

"칭린? 어디야? 응, 옹. 난 병원에 벌써 도착했지. 지금 쭝잉 외할머니 병실이야. 외할머니께서 입원하셨다고 해서 와봤지. 너도 온다고? 그래, 1014호 병실에 26번 병상이야."

외할머니의 표정이 확 변하자, 큰고모는 외할머니의 거부감을 알아챘다. 그러나 방금 자기가 옌만 이야기를 꺼냈기 때문이라고 생각했다.

큰고모는 잠깐 생각하더니 짐짓 침울한 표정을 짓고 부드러운 말투로 말했다.

"쭝잉 외할머니, 그때 샤오만의 일은…… 더 세심하게 처리하지 못한 게 사실이죠. 조금 있다가 칭린이 오면 사과하라고 할게요."

큰고모의 말에 외할머니는 목구멍이 꽉 조이는 것 같아 한참 뒤에야 말했다.

"이미 끝난 인연, 더는 언급하지 않는 게 좋겠습니다."

최대한 부드러운 태도로 거부의 의사를 밝혔건만 큰고모는 아랑곳하지 않았다.

"아닙니다, 아니에요. 사과받을 건 받아야죠. 그렇게까지 될 줄은 그 누구도 예상 못 했으니까요. 만약 그때 샤오만과 칭린의 이혼 얘기가 나오지 않고 칭린이 샤오만을 더 감싸줬다면, 샤오만도 그런 선택을 하지 않았을 테고 지금 이런 상황이 되지도 않았겠죠. 제 말이 맞죠?"

"그렇습니까?"

외할머니는 두 손으로 이불을 꽉 쥐었다. 주름진 손등에 혈관이 툭 튀어나왔다.

큰고모는 뭐가 잘못됐는지 깨닫지 못했다.

"샤오만이 잘못했다는 게 아니라, 저는 칭린을 말하는 거예요."

언뜻 들으면 스스로 잘못을 인정하는 것 같지만 사실 결백한 척하는 것이었다. 게다가 말에 진심이 담겨 있지도 않았다.

외할머니는 큰고모가 입가를 끌어 올리며 웃는 것을 보자 등근육이 팽팽하게 긴장되고 관자놀이 혈관이 툭 튀어나오며 무섭게 뛰는 것을 느꼈다.

"더 언급하지 말라고 했을 텐데요."

외할머니는 숨을 깊이 들이마시며 이불을 더 꽉 쥐었다.

"샤오만은 이미 갔는데 사과가 다 무슨 소용입니까? 아잉에 관해서라면, 그 애는 이미 성인이니 자기 일은 자기가 알아서 하겠죠. 주식은 샤오만이 남겼다지만, 아잉은 결정할 권리가 있고요. 그쪽이나 나, 그리고 다른 사람은 참견할 자격이 없습니다."

외할머니는 마지막으로 목소리를 낮추며 말했다.

"이제 가세요."

큰고모는 외할머니가 갑자기 화를 내자 벌떡 일어나더니 미소를 거두며 말했다.

"쭝잉 외할머니, 저 오늘 진심으로 병문안 온 겁니다."

외할머니의 호흡이 거칠어지자 침대 옆에 있던 활력징후 모니터의 숫자가 요동치고 혈압 수치도 경고치에 가까워졌다. 그때 병실 문이 확 열렸다.

쭝잉이 후다닥 달려와 탁자에 죽을 놓고 모니터를 살폈다.

"할머니, 숨 들이마시세요. 서두르지 말고 천천히, 숨 내쉬고요."

쭝잉은 외할머니의 안색을 살피며 모니터에 집중했다. 얼마 뒤 외할머니의 상태가 안정되자 한숨을 내쉬며 곁눈질로 보니 큰고모가 아직 병실에 있었다. 갈 생각이 전혀 없는 것 같았다.

쭝잉은 큰고모가 무슨 말을 하려는 낌새를 눈치채고 다가가 큰고모를 확 잡아 병실 밖으로 끌어냈다.

복도로 나와 몇 걸음 가기도 전에 큰고모가 힘껏 쭝잉의 손을 뿌리치더니 목소리를 높이며 따졌다.

"얘가 왜 이래? 좋은 마음으로 문병 왔더니, 사람을 이런 식으로 막대해?"

쭝잉은 외할머니의 상태를 악화시킨 큰고모에게 너무 화가 나서 눈에 핏발을 세운 채로 간신히 화를 누르며 말했다.

"좋은 마음으로 문병 왔다는 사람이 할머니 혈압을 경고치까지 올라가게 만들어요? 할머니 쉬셔야 하니까 방해하지 마세요."

쭝잉이 대놓고 대들자, 큰고모는 더 화가 나 큰 소리로 말했다.

"너 때문에 왔잖아?!"

쭝잉을 아래위로 훑어보는 큰고모의 눈에서 노기가 활활 타올랐다.

"말 한마디 없이 주식을 내다 팔더니 전화도 안 받아, 제 아빠 말은 귓등으로도 안 들어. 너 눈에 뵈는 게 없어? 네 외할머니 말고 누가 너한테 말을 하겠니?"

쭝잉은 이를 악물었다. 큰고모가 갑자기 손을 뻗어 쭝잉의 뒤를 가리켰다.

"네 아빠 왔다! 네 아빠하고 얘기하렴!"

큰고모는 쭝잉 너머로 시선을 돌리며 다가오는 쭝칭린을 향해 말했다.

"칭린, 네 딸 하는 짓 좀 봐라. 갈수록 제멋대로야. 위아래도 없고!"

쭝잉은 주먹을 꽉 쥐었다. 호흡이 거칠어졌다. 쭝칭린이 다가왔지만 쭝잉은 뒤를 돌아보지도, 뭐라고 말을 하지도 않았다.

"어제 왜 내 전화 안 받았니?"

쭝잉은 대답하지 않았다.

"주식 매도 당장 멈추라고 했는데 왜 말을 안 듣는 거냐?"

쭝잉은 대답하지 않았다.

"도대체 무슨 생각이냐? 어쩌려고 이러는 거야?"

쭝잉은 대답하지 않았다.

"지금 네 태도, 네 엄마와 똑같이 전혀 말이 안 통해!"

쭝칭린도 화가 났는지 쏘아붙였다.

"전화를 받든 안 받든 그건 내 자유예요. 주식을 파는 게 법에 저촉되는 일도 아니고, 그것도 내 자유고요. 내가 무슨 생각을 하든, 어쩔 생각이든 여태까지 전혀 관심도 없었으면서 이제 와서 그렇게 물으면 내가 뭐라고 대답해야 하죠? 엄마가, 말이 전혀 안 통했다고요?"

쭝잉은 있는 힘껏 숨을 쉬며 한 자 한 자 힘주어 내뱉듯이 말했다.

큰고모는 깜짝 놀라며 오히려 화를 냈다.

"쭝잉! 제멋대로 굴지 마. 호적에 너는 아직 우리 집안사람이다!"

말이 점점 격해지자 간호사가 와서 말렸다.

쭝잉은 갑자기 눈앞이 핑 돌고 귀에서 윙윙 소리가 나서 무의식적으로 복도 옆에 설치된 손잡이를 잡았다. 그때 성추스가 성큼성큼 다가왔다.

십오 분 전, 성추스는 진료실에서 팍스* 시스템으로 쭝잉의 영상을 봤다. 그래서 쭝잉을 찾아왔다가 이런 장면을 본 것이다.

환자가 우선이라는 마음에 성추스는 참지 못하고 말했다.

"쭝위만 환자인 줄 알아요? 쭝잉도 마찬가지라고요! 쭝잉 생각도 좀 하세요! 지금 쭝잉은……."

쭝잉이 막아야겠다고 생각했을 때는 이미 늦었다.

"쭝잉 자극하지 마세요. 스트레스받으면 안 됩니다. 무슨 일

---

* PACS(Picture Archiving Communication System). 의료영상저장전송시스템.

이 있으면 대화로 잘 풀 것이지, 왜 이렇게 사람을 몰아붙입니까?"

평소 화를 잘 안 내는 사람이 숨도 안 쉬고 말을 쏟아내자 하얀 얼굴이 벌겋게 변했다. 성추스는 화를 꾹 누르고 호흡을 가다듬은 다음, 말을 이었다.

"게다가 여기는 병원이에요. 병원에서 이러시면 되겠습니까?"

큰고모는 늘 온화하기만 했던 성추스가 화를 내자 깜짝 놀랐다. 그러나 바로 반격에 나섰다.

"무슨 병이길래 스트레스받으면 안 된다는 거야? 임신이라도 했어? 아니면 심장병이라도 걸렸나?"

흥분한 성추스가 쭝잉의 병명을 말하려고 하자, 쭝잉이 재빨리 손을 뻗어 제지했다.

성추스가 고개를 돌려 보니 손잡이에 등을 기댄 쭝잉의 낯빛이 전에 없이 창백했고, 식은땀까지 흘렸는지 이마에 머리칼이 붙어 있었다.

쭝잉은 점점 무거워지는 호흡을 느끼며 눈을 들어 큰고모를 보고 다시 고개를 돌려 쭝칭린을 보며 온 힘을 다해 말했다.

"할 말은 다 했어요. 더 말해봐야 소용없고요."

그리고 나서 손잡이에서 몸을 떼고 병실로 돌아갔다.

쭝잉은 말싸움에 소질이 없었다. 우위를 점했다고는 하나 한순간에 불과했고, 그 과정에서 스스로를 통제하지 못했으니 쭝잉의 입장에서는 득보다 실이 더 컸다.

예전에 엄마는 쭝잉에게 이런 말을 했었다.

"말이 통하는 사람과는 대화를 할 수 있지만, 말이 안 통하는 사람은 천 번, 만 번 말해봐야 헛수고란다."

쭝잉은 엄마의 말에 크게 공감했다. 그래서 요 몇 년 그 집안과의 접촉을 최대한 피했고 긴급한 일이 아니면 연락하지 않고 서로 선을 넘지 않았다. 그러나 상대가 먼저 선을 넘자, 쭝잉은 너무 지겹다는 생각이 들었다.

쭝잉이 몇 걸음 가기도 전에 성추스가 따라와 팔을 잡았다.

"나랑 얘기 좀 해."

성추스는 말하면서 고개를 뒤로 돌려 봤다. 큰고모가 아직도 뭐라고 떠들고 있었다. 쭝잉이 상황을 피하려고 아픈 척하는 거라며 자신의 무고함을 주장하는 게 분명했다.

성추스는 혐오스러웠지만 어쩔 수 없다는 듯 한숨을 내쉬고 쭝잉을 데리고 진료실로 들어가 문을 닫았다.

쭝잉은 상태가 너무 안 좋아 안정이 필요했고, 당장 외할머니 병실로 돌아가는 것도 현명한 선택은 아니었다. 쭝잉은 진료실 소파에 앉아 성추스가 건네는 물을 받았다. 차가운지 뜨거운지 확인할 여유도 없이 주머니에서 약통을 꺼내 당일 분을 입에 털어 넣고 물과 함께 삼켰다. 그대로 가만히 있다가 삼십 초 정도 지나서야 고개를 들었다.

성추스는 쭝잉 앞에 서 있었다. 불안하고 걱정스럽고 뭔가 묻고 싶은 표정이었다.

쭝잉은 성추스가 차트를 봤다는 것을 눈치챘다. 이런 상황에서 더 숨길 것도 없어서 묻기 전에 먼저 입을 열었다.

"검사에 관해 묻고 싶은 거라면, '결과를 받아들였고 적극적으로 치료하겠다'라고밖에는 할 말이 없어. 그 외엔 더 말해봐야 시간 낭비고."

쭝잉은 잠시 침묵했다.

"나 여기 좀 있다 가게 해주면 돼. 방금 할머니 혈압이 불안정했는데 선배가 가서 좀 봐줄래? 조금 안정되면 바로 갈게."

이 말은 '충고나 걱정은 다 필요 없다'라는 뜻이었다.

성추스는 쭝잉을 뚫어지게 쳐다보다가 물을 한 잔 더 주며 말했다.

"알았어. 나 먼저 간다."

문이 열렸다 닫혔다. 십 분 정도 지나서 쭝잉은 다시 복도로 나갔다. 가족, 환자, 의료인 들이 지나다녔다. 고요한 풍경이 마치 아무 일도 없었던 것 같았다.

병실로 들어가자 외할머니도 아무 일 없었던 척했다.

"왔니?"

쭝잉은 "네" 하고 대답하고 태연하게 앉아 침대 머리맡에서 죽 그릇을 가져다 뚜껑을 열었다. 뜨거운 김이 올라오는 게 아직 식지 않았다.

"잡곡죽 사 왔어요. 간이 심심하겠지만 혈당 조절해야 하니 이거 드시는 게 나을 거예요."

"너는 안 먹어?"

"전 죽은 영 안 먹히더라고요. 할머니 다 드시면 내려가서 밥 먹을게요."

비닐봉지에서 일회용 수저를 꺼내 건네며 말했다.

외할머니는 쭝잉이 기분을 맞춰주려고 노력하는 것을 보고 마음이 조금 놓여 죽을 먹기 시작했다.

침대 위로 햇빛이 쏟아져 실내는 다소 건조하고 더웠다. 쭝잉은 일어나 에어컨 온도를 조절하고, 외할머니가 다 드신 것을 보고 다가가 정리했다.

쭝잉은 빈 그릇을 받아 비닐봉지에 넣고 외할머니에게 물었다.

"어제 병실에 왔던 쑨 선생 기억하세요?"

"그럼, 기억하지."

외할머니가 쭝잉이 건넨 티슈로 입을 닦으며 말했다.

"나 어디 문제 있다니?"

"어쩌면요."

쭝잉이 몸을 일으키며 말했다.

"할머니 다리 불편했잖아요. MRA 찍어보자던데요, 왜 그러는지."

"검사 안 받을란다."

외할머니가 결단력 있게 대답했다.

"검사 빨리 끝나고 비교적 안전해요. 부담 가지실 필요 없어요."

외할머니는 아무 말도 하지 않았다. 쭝잉은 한참 기다리다가 외할머니가 휴대전화를 만지작거리는 것을 봤다.

외할머니는 돋보기를 쓰고 휴대전화 연락처를 열어 전화를 걸었다. 전화가 걸리자 쫑잉에게 전화기를 건넸다.

"네 외삼촌하고 얘기해 봐."

"외삼촌, 저예요."

쫑잉은 영문도 모른 채 전화를 받았다.

"샤오잉, 어머니께 무슨 일 있니?"

작은외삼촌 쪽은 깊은 밤 특유의 고요함이 흘렀다.

"어젯밤 할머니가 넘어지셔서 머리에 피가 조금 났어요. 제가 영상을 확인했는데 전체적으로는 큰 문제가 없어요. 그런데 최근 다리가 자주 아프시고 걸을 때도 힘들어하신다고 했더니 의사가 MRA를 찍어보자고 하네요. 하지동맥 문제인지 보려고요."

쫑잉의 말을 다 들은 작은외삼촌이 침착하게 말했다.

"네 말은 잘 알겠다. 하지동맥 폐색증 말이지? 그 검사라면 이미 했고, 그때는 수술하기엔 부적합하다고 했었어. 그러다 최근에 증세가 조금 심해져서 수술이 필요하다는 얘기를 들었단다."

"그 수술은 국내 기술도 많이 좋아졌어요. 괜찮으시면 제가 바로 수술 날짜 잡을게요."

쫑잉이 입술을 깨물며 말했다.

"나도 안다. 하지만 수술하고 나면 간호할 사람이 필요한데 상하이에 계시면 너밖에 없잖니. 너도 일이 바쁠 텐데 폐를 끼칠 순 없지. 게다가 어머니 병력 관리와 보험도 다 여기에 있으니 여기가 편해. 의사가 수술 스케줄을 잡아주기도 했고. 이번 달이야.”

“이번 달요?”

“응. 어머니가 네게 말씀하셨는지 모르겠는데, 내가 이달 중순에 모시러 가려고 했어.”

“중순이요?”

“14일 저녁 비행기야. 벌써 예약해 놨다.”

9월 14일, 얼마 안 남았다.

쭝잉은 곁눈질로 외할머니를 쳐다봤다. 아무리 봐도 너무 갑작스러웠다.

쭝잉은 머리를 만지며 이 상황과 스케줄을 납득하려고 애썼다.

“또 다른 일 있니?”

“없어요.”

“그러면 어머니 좀 바꿔줄래?”

쭝잉은 전화기를 외할머니에게 건넸다. 외할머니는 외삼촌과 한참 통화하다 약을 주러 간호사가 오고 나서야 전화를 끊었다.

쭝잉은 햇빛에 정신을 놓고 있었다. 약을 다 먹은 외할머니가 쭝잉에게 아침 먹으러 가라고 재촉했다.

“아침 먹고 아파트로 돌아가 한숨 자고 오렴. 온종일 여기 붙어 있지 말고.”

외삼촌이 말한 날짜가 계속 머릿속에 맴돌았다.

"별로 잠이 안 와서요."

"안 자도 가서 씻고 옷도 갈아입고 와. 지금 네 꼴을 좀 봐라."

그랬다. 쭝잉은 이틀 동안 씻지도, 옷을 갈아입지도 못했다. 하지만 지금쯤 성칭랑은 자신보다 더 엉망일지 아닐지 알 수 없었다.

쭝잉은 재빨리 정신을 차리고 외할머니 말대로 병원에서 나와 699번지 아파트로 돌아갔다.

문을 열자 집 안에 아무도 없었다.

욕실로 들어갔다. 바닥과 세면대 모두 매우 깨끗한 게 몇 시간 안에 사용한 흔적은 없었다.

발코니 문이 열려 있어 미풍에 커튼이 흔들렸다. 엄마가 쓰던 책장 문도 반쯤 열려 있었다.

쭝잉이 성큼성큼 다가가 문을 닫았다. 그 순간 다이어리 순서가 바뀐 것을 발견했다. 이것은 성칭랑의 스타일이 아니었다. 그였으면 원래대로 잘 정리해 놓았을 테니 외할머니가 만졌을 것이다.

쭝잉은 연도가 인쇄된 다이어리를 꺼내 기록이 있는 마지막 장을 펼쳤다가 다시 앞으로 돌아가 9월 14일에서 멈추고 손가락으로 가볍게 짚어 '쭝잉 생일' 네 글자를 가렸다.

그날은 빨리 다가왔다.


상하이는 기온이 조금 더 떨어졌다. 새벽하늘에는 먹구름이 가득했고 일기예보에서 소나기가 내릴 것이라고 했다.

쭝잉은 외할머니의 퇴원 수속을 밟고 아파트로 돌아와 짐을 정리했다.

쭝잉이 외할머니의 짐을 대신 싸려고 하자 외할머니가 극구 마다했다.

"내 짐은 당연히 내가 정리해야지. 네가 건드리면 질서가 흩어져."

그래서 결국 출발 당일에야 정리를 시작했다.

여행 가방은 난징에서 돌아온 뒤 건드리지 않았다. 외할머니는 한 벌 한 벌 정리하다가 갑자기 세탁한 셔츠를 꺼내 들었다.

"아, 이거 그 사람 셔츠 아니냐?"

바닥에 쪼그리고 앉아 목록을 작성하던 쭝잉이 고개를 들어 외할머니 쪽을 봤다. 성칭랑이 호텔 계단에서 떨어뜨리고 간 셔츠였다.

세탁을 맡기고 깜박 잊고 있었다.

"돌려주는 거 잊지 마라."

외할머니는 쭝잉에게 셔츠를 건네며 당부했다.

"네."

쭝잉은 셔츠를 받으며 무뚝뚝하게 대답했다.

셔츠는 깨끗했다. 너무 깨끗해 그 시대에 속한 전쟁의 냄새는 다 사라지고 현대의 세제가 남긴 깨끗한 냄새만 났다.

흔적조차 없네, 하고 쭝잉은 생각했다.

"어째 요즘은 통 안 보이네?"

"바빠서요."

"그 소린 노인에게 더 말하기 싫을 때 하는 거잖니."

외할머니가 다 안다는 듯이 말했다.

"내가 모를 줄 알아? 내가 다 간여할 수도 없고. 네 맘만 편하면 난 다 괜찮다."

쭝잉은 순간 가슴이 욱신욱신 저렸다.

그때 현관문 벨이 울렸다.

"네 외삼촌일 게다. 어제저녁에 도착했을 거야."

쭝잉이 벌떡 일어나 문을 열었다. 정말 외삼촌이었다.

"내가 너무 일찍 왔나?"

"아니요. 짐 정리 곧 다 돼요."

"정리 다 하고 같이 점심 먹으러 나갈까?"

외삼촌이 시간을 보며 말했다.

"집에 오는 길에 우리가 찬거리를 좀 사 왔어. 같이하면 빨리 먹을 수 있을 거야."

"쌀도 다 씻어놨고요."

외할머니의 말에 쭝잉도 말을 보탰다.

"오랫동안 요리를 안 해서 잘되려나 모르겠네요. 이따가 욕하지 마세요."

외삼촌이 들어와 옷소매를 걷고 손을 씻으며 말했다.

거실의 탁상시계는 여느 때와 다름없이 똑같은 박자로 시침을 밀어냈다. 주방에서 연기가 나서 창문을 반쯤 열자 시원한 바람이 들어왔다. 아파트에 모처럼 대화 소리와 사람이 움직이는 소리, 주방 도구가 부딪치는 소리가 났다.

순간, 옛날로 돌아간 것 같았다.

식탁에 밥과 젓가락이 놓이고 한쪽에 빈 밥그릇과 젓가락이 놓이자 쭝잉은 현실로 돌아왔다.

외할머니는 빈 밥그릇과 젓가락을 보며 잠시 멍하니 있다가 말했다.

"오늘은 샤오만의 기일이다. 밥 먹고 성묘 가자."

"네."

쭝잉이 시선을 거두며 대답했다.

아파트에서 공동묘지까지 가는 길은 아주 익숙했다. 쭝잉은 매일 부검실로 출근했고 일을 마치고 나오면 공동묘지가 보였다.

쭝잉은 엄마가 그곳에 있다는 것을 알았다. 그러나 뼛가루는 무기물에 불과해 아무리 그리워하고 애도해 봐야 알 리가 없었다. 그래서 쭝잉은 늘 멀리서 보기만 할 뿐 한 번도 가까이 다가가지 않았다.

마지막으로 간 것이 벌써 몇 년 전이었다. 날씨는 을씨년스러웠고 묘비도 어두웠다. 묘비에 붙은 사진 속 엄마만 예전처럼 젊고 아름다웠다.

묘비 위에 내려앉은 먼지를 치우고 외할머니가 품에 안고 온 분재를 묘비 앞에 놓았다.

"잘 지냈니? 네가 참 보고 싶구나."

외할머니의 목소리에서 절제된 슬픔이 묻어났다. 쭝잉은 눈가가 시큰해져 고개를 살짝 들었다.

멀리서 먹구름이 소용돌이치고 천둥소리가 낮게 울리는 게 곧 비가 쏟아질 것 같았다.

쭝잉은 허리를 굽혀 외할머니를 부축하다가 책장에 있던 다이어리가 떠올라 결국 물어보기로 했다.

"할머니, 엄마 마지막 일 년 다이어리 보셨어요?"

외할머니가 가볍게 한숨을 내쉬었다.

"엄마는 9월 14일 이후에도 일정을 잡아놨어요. 그런 사람이 왜 자살을 해요."

외할머니는 놀라지 않고 담담하게 쭝잉을 쳐다봤다. 점점 탁해지는 눈에 오랜 세월 쌓인 체념이 담겨 있었다.

"그러면 사인이 뭔데? 살인이라고? 증거는 있니?"

"저도 잘 모르겠어요. 확신할 수도, 증거도 없어요."

쭝잉은 감정을 누르며 차례대로 대답했다.

외할머니는 다시 한숨을 푹 쉬며 쭝잉의 손을 잡았다.

말하기 싫으신가 보다 하고 생각한 순간, 외할머니가 말했다.

"마음에 걸리는 게 있으면 증거를 찾아 진상을 밝히렴."

하늘이 더 어두워지고 금방이라도 폭우가 쏟아질 것 같았다. 옆에 있던 공원묘지 직원이 "곧 비가 쏟아질 것 같은데요" 하고 완곡하게 재촉하자, 쭝잉이 외할머니의 손을 다시 꼭 잡았다.

공원묘지에서 나와 외할머니와 외삼촌을 공항으로 모셔다 드렸다. 비와 교통체증 때문에 공항에 도착했을 때는 이미 컴컴한 저녁이었다.

쭝잉은 차를 세우고 외할머니와 외삼촌을 배웅했다. 공항 대합실은 싸늘했고 머리 위로 무수한 조명등이 빛을 뿜어내고 있었다. 날씨가 나빠 스크린에 항공기 연착 소식이 줄줄이 떠서 기다리는 수밖에 없었다.

외할머니는 쭝잉더러 먼저 돌아가라고 했지만, 쭝잉은 에둘러 거절했다.

"비가 많이 와서 돌아가는 길도 안전하지 않아요. 비 그칠 때까지 기다렸다가 갈게요."

일리가 있는 말이어서 외할머니는 더 재촉하지 않았다.

공항 대합실에는 많은 사람이 오갔다. 누군가는 일어서고 누군가는 앉기를 반복하다 한 시간 반쯤 뒤에는 연인 한 쌍이 쭝잉 옆에 앉았다.

여자는 경제 뉴스를 보고 있었다. '신시제약'이라는 제목이 보였다.

여자는 누군가 자신의 휴대전화를 보고 있다는 것을 느꼈는지 휴대전화 각도를 바꾸었다.

쭝잉은 주머니에서 휴대전화를 꺼내 같은 제목의 뉴스를 찾았다.

제목은 '뤼첸밍, 신시제약 주식 대량 매수, 지분율 최대 주주 쭝칭린 뛰어넘나'였다.

댓글은 몇 개 없었다. 사회 뉴스 면처럼 떠들썩하지는 않았지만 그중 한 댓글에 대댓글이 잔뜩 달려 있었다.

주요 내용은 이랬다.

"뤼가 최근 장외시장에서 신시 주식을 집중 매수해 개인 지분율이 5.03%가 됐다. 뤼의 두 회사가 신시 지분 10.23%를 보유하고 있으니 실질 보유 지분율은 15.26%다. 쭝이 지분을 다 끌어모으면 15.3%로, 뤼가 계속 주식을 매수한다면 쭝은 확실히 위기 상황에 놓인다."

그 밑에 달린 댓글은 이랬다.

"하지만 잊지 마시길. 쭝의 부인이 교통사고로 죽은 싱쉐이의 여동생이고, 싱쉐이의 수중에 2.6% 정도의 지분이 있다는 사실을. 이건 여동생에게 넘어갈 수밖에 없고, 그녀는 쭝과 행동을 늘 같이해 온 사이이니 그의 집안이 우위를 점하고 있다는 것을 명심하시라."

이어서 설전이 이어졌다.

마지막 댓글은 십 분 전에 올라온 것으로 내용은 이랬다.

"과연 싱쉐이 여동생이 쭝칭린과 한마음 한뜻일까, 귀신이나 알겠지."

비꼬는 말투가 내막을 잘 아는 모양이었고, 마지막 '귀신이나 알겠지'라는 말은 소름이 끼쳤다.

쭝잉 옆에 앉은 여자는 댓글을 다 봤는지 "뭐 이런 걸 갖고 입씨름이야. 할 일도 참 없네" 하고 삐죽거렸다.

이때 탑승을 알리는 안내 방송이 나왔다. 외할머니는 눈을 가늘게 뜨고 손에 쥔 항공권을 보더니 쭝잉에게 물었다.

"우리가 타는 비행기 아니니?"

"맞아요."

쭝잉이 일어나자 외삼촌도 일어났다.

쭝잉은 외할머니를 부축하고 외삼촌은 캐리어를 들었다.

보안 검색대 입구에 도착하자, 쭝잉은 두 손을 내밀어 외할머니와 포옹했다.

"수술 잘 받으세요. 보고 싶을 거예요, 팡 여사."

"의사가 최소 침습술로 한다고 했으니 너무 걱정하지 마라. 이런, 숨 막힌다, 얘."

외할머니가 도리어 쭝잉을 위로했다.

쭝잉은 손을 풀었다.

외할머니는 조금 절뚝거리며 걷다가 갑자기 뒤돌아 쭝잉을 바라봤다. 쭝잉은 외할머니를 향해 힘껏 손을 흔들었다. 외할머니도 손을 흔들어주었다.

금세, 은발 머리가 사라졌다.

쭝잉은 몸에서 뭔가 떨어져 나가는 느낌이 들었다. 몸을 돌려 나오는데 앞길이 텅 빈 것 같았다.

바깥은 비가 그치고 천둥번개도 멎어 있었다. 쭝잉은 아무 생각 없이 쭉 둘러보다 성칭랑이 사라진 화장실에서 눈길이 멈췄다. 순간 가슴이 잡아 뜯기는 듯한 느낌이 또 들었다.


9월 중순의 비 오는 밤, 딱 적당하게 서늘했다. 맑고 그윽한 밤하늘을 배경으로 차 안에는 라디오에서 음악이 흘러나왔지만, 쭝잉은 음악이 전혀 귀에 들어오지 않았다.

699번지 아파트에 돌아와 주차하니, 시간은 이미 밤 10시가 넘어 있었다.

쭝잉은 몇 걸음 뒷걸음질 쳐 고개를 들어 아파트 창문을 쳐다봤다. 컴컴한 것이 생기라고는 전혀 없었다.

주머니에 손을 찔러 넣은 채 고개를 숙이고 바닥에 고인 물을 밟으며 아파트 옆 편의점으로 향했다.

편의점에서는 슬픈 발라드가 나왔고, 에어컨은 필사적으로 냉기를 뿜고 있었다.

쭝잉은 손 가는 대로 도시락 두 개를 집었다가 내려놓고 컵라면이 있는 매대로 가 제일 비싼 라면을 하나 집었다.

결제하고 포장지를 뜯어 뜨거운 물을 붓고, 면을 들고 창가에 앉았다.

며칠 동안 너무 피곤했던 탓에 거의 쓰러질 것 같았다. 강렬한 라면 향도 둔해진 신경을 깨우지 못했지만, 이마에서 식은 땀이 줄줄 흘러나왔으니 이것도 반응은 반응이라고 할 수 있었다.

쭝잉은 약을 삼키고 라면 뚜껑을 연 다음 젓가락을 들었다. 한 입 먹기도 전에 휴대전화가 맹렬하게 진동했다.

재빨리 꺼내 메시지를 열었다. 쉬쉬안칭의 문자로, 흐릿하게 찍힌 사진 한 장이 다였다.

확대하기도 전에 쉬쉬안칭이 두 번째 문자를 보내왔다.

"봤어? CCTV 캡쳐한 거야. 그 사람 찾았다고!"

쭝잉은 고개를 숙인 채 멍하니 문자를 봤다. 그 순간 누군가 쭝잉 앞의 유리를 두드렸다.

그는 몸을 숙여 유리를 가볍게 두드렸고, 쭝잉은 고개를 들었다.

통유리를 사이에 두고 그가 상처가 채 아물지 않은 얼굴로 미소를 꾹 참으며 작은 상자를 내밀었다.

상자에는 오메가OMEGA라는 글자와 1920년대에서 40년대까지 사용한 광고 카피가 새겨져 있었다.

The right time for life.

"생일 축하해요, 쭝 선생."

희미한 가로등 불빛은 겨우 발밑만 비추어 불빛 밖에 서 있는 성청랑의 얼굴은 반만 밝고 반은 어두웠다.

컵라면에서 김이 모락모락 올라와 매운 향이 코를 자극했다. 편의점에 흐르던 배경 음악이 자동으로 다음 노래로 바뀌었는지 돌연 신나는 음악이 나왔다.

야간 당직 아르바이트생이 기한이 지난 식품을 폐기하는 소리를 들으며 쭝잉은 긴 탁자 앞에 멍하니 앉아 있었다.

그해부터 9월 14일은 축하할 수 없는 날이 되었다.

그렇기 때문에 쭝잉은 그동안 생일을 쇠치 않았고, 그녀에게 "생일 축하해"라고 말해주는 사람도 없었다.

통유리를 사이에 두고 이런 비현실적인 축하를 받다니, 아주 먼 옛날이야기처럼 낯설었다.

일하던 아르바이트생이 문득 고개를 들어 밖을 보니 익숙한 그림자가 보였다. 그녀는, 왜 또 왔지?, 하고 생각했다.

야간조인 그녀는 밤 10시 이후 저 이상한 남자를 자주 봤다. 행동과 복장은 구식이었지만 절대 궁상맞지 않았다. 그런데 편의점에 올 때마다 물건을 사지는 않고 폐기되는 식품이 있냐고 물었다.

아르바이트생은 고개를 쑥 빼 내다봤다. 남자가 허리를 숙인 채 탁자에서 라면을 먹고 있는 여자를 보고 있었다. 설마 이젠 다른 사람 라면에까지 눈독을 들이는 건 아니겠지?!

아르바이트생이 보는 것만으로도 당혹스러워 입을 삐죽거리며 시선을 돌리려는데 편의점 문에 달린 종이 울렸다. 종소리에 고개를 돌리니 그 남자가 문을 열고 들어왔다. 그는 계산대로 와 폐기 식품이 있냐고 묻는 대신, 창가 탁자로 다가가 그 여자 옆에서 멈추었다.

그는 다소 어쩔 줄 몰라 하더니 몸을 약간 숙이고 묵직한 저음으로 조심스럽게 말했다.

"쭝 선생, 미안합니다. 조금 전에는 너무 느닷없었습니다."

쭝잉은 그가 생일 축하한다는 말을 한 순간부터 정신이 나가서, 그가 통유리 앞에서 사라지고, 문을 열고 들어오고, 미안하다고 말하고 나서야 컵라면 뚜껑을 덮고 몸을 옆으로 돌려 고개를 들며 말했다.

"고마워요."

쭝잉의 여상한 표정을 보고 나서야 성칭랑은 안도의 한숨을 내쉬고 상자를 내밀었다.

"지난 몇 개월 동안 도와줘서 정말 고마웠습니다. 꼭 받아주세요."

상자로 눈길을 돌린 쫑잉은 이 초 뒤에 손을 뻗어 선물을 받았다. 상자의 로고로 무엇인지 추측할 수 있었다. 상자를 여니 손목시계가 있었다. 30년대의 손목시계였다.

대를 이어 내려온 골동품 시계와는 달리, 이 시계는 반짝반짝 빛나는 새것이고 세월의 때는 없었지만, 손으로 문자판을 쓰다듬으니 그 시대의 온도와 냄새가 느껴졌다.

쫑잉은 은은하게 풍기는 전쟁의 냄새를 맡을 수 있었다.

시계에, 상자에 그리고 성칭랑의 옷에서도 같은 냄새가 났다. 강렬하고 또렷한 그것은 컵라면의 매운 냄새를 덮을 정도였다.

쫑잉은 눈을 내리떠 성칭랑의 신발을 봤다. 신발에는 채 닦지 못한 먼지가 묻어 있었고 바짓단도 더러웠으며, 셔츠는 말끔하게 유지하려고 노력한 듯했지만 그래도 지저분했다. 시선을 위로 옮기다 성칭랑의 눈과 마주쳤다. 요즘 어디에 갔었냐고 묻고 싶었지만 꾹 참고 예전처럼 차가운 말투로 물었다.

"식사했어요?"

"아니요."

성칭랑은 눈을 내려 쫑잉의 덤덤한 얼굴을 보면서 사실대로 말했다.

"잘됐네요."

쭝잉은 컵라면 뚜껑을 열고 일어나 계산대로 가 어안이 벙벙해 있는 아르바이트생에게 젓가락 한 쌍을 더 받아 와 탁자 앞에 앉았다.

"나도 안 먹었어요. 앉으세요."

쭝잉은 한 손으로 컵라면 뚜껑을 들고 한 손으로 젓가락으로 컵라면 용기에서 면을 퍼 뚜껑에 담았다.

국물이 전혀 튀지 않는 깔끔한 동작이었다.

성칭량이 멍하니 보고 있는 사이, 쭝잉은 다른 젓가락과 남은 면 반을 밀어주었다.

"드세요."

생일에 면을 먹는 것은 평범하기 짝이 없는 일이지만 컵라면 하나를 둘이 나눠 먹으며 생일을 축하하는 것은 한 번도 경험해 보지 못한 일이었다.

그녀의 시대로 와 그녀를 만나고 이미 너무나 많은 처음을 경험했어도 이번은 어딘가 조금 달랐다.

쭝잉은 언제나 먹는 속도가 빨랐고, 성칭량은 열심히 따라가려고 해도 늘 반 박자 늦었다. 이번에도 쭝잉이 먼저 다 먹고 성칭량이 마지막 한 젓가락을 먹는 것을 보고 말했다.

"국물은 먹지 말아요."

성칭량이 라면 용기를 내려놓자, 쭝잉이 자연스럽게 손을 뻗어 용기를 가져가 뚜껑을 덮고 일어나 문 앞으로 가서 젓가락과 휴지 등과 함께 쓰레기통에 버렸다.

쭝잉은 두 손을 바지 주머니에 찔러 넣고 성칭량 쪽으로 몸을 돌리며 말했다.

"돌아가죠."

성칭랑은 재빨리 서류 가방과 탁자 위에 놓인 손목시계 상자를 들고 쭝잉을 따라나섰다.

편의점 아르바이트생은 얼빠진 표정이었다. 상황이 예상을 완전히 벗어났기 때문이다. 그녀는 그들의 모습을 더 보고 싶었지만, 그들은 이미 멀리 가버린 뒤였다.

편의점 밖에는 생기 없는 가로등만이 눈을 뜨고 있었고, 비바람에 강타당한 플라타너스는 맥없이 서서 커다란 잎사귀를 바닥에 떨구고 있었다.


699번지 아파트 문 앞에도 플라타너스 잎이 가득 떨어져 있었고 바닥은 물기로 흥건했다.

깊은 밤이라 오가는 사람이 드물었고 안쪽 복도는 특히 적막했다. 두 사람은 엘리베이터에 올랐다. 쭝잉은 내내 고개를 숙인 채 휴대전화를 봤고, 성칭랑은 왠지 모르게 어색하게 서 있었다.

한참 뒤에야 성칭랑이 입을 열었다.

"팡 여사님 아파트에 계십니까?"

엘리베이터 문이 열리자 그제야 쭝잉이 휴대전화에서 눈을 뗐다.

"외할머니 오늘 집에 가셨어요."

성칭랑이 어째 한숨을 내쉬는 것 같았다.

문이 열리자 습기가 훅 밀려왔다. 현관 등을 켜자 발코니 문이 열린 게 보였다.

쭝잉은 곧장 발코니 쪽으로 다가가 문을 닫았고, 성칭랑은 손목시계 상자를 소파 쪽 탁자에 놓았다. 두 사람은 집에 돌아와 각자 자기가 맡은 일을 하는 것처럼 자연스럽게 움직였다.

699번지 아파트에서 이렇게 여유롭게 함께 있는 것도 참 오랜만인 듯했다.

쭝잉은 너무 피곤해 소파에 무너져 내리듯 앉았다. 텔레비전을 켜는 것도 귀찮았다. 집 안에는 탁상시계 소리만 들렸다. 성칭랑이 주방으로 들어가 가스레인지에 물을 올리고 나서야 물이 끓는 소리가 더해졌다.

성칭랑이 컵에 물을 따르려는데 현관 벨이 울렸다.

벨 소리에 성칭랑은 무의식적으로 긴장하면서 다급하게 피하려고 했다. 그러나 쭝잉이 소파에서 일어나며 성칭랑을 안심시켰다.

"음식 배달시켰어요."

배달? 성칭랑은 쭝잉이 음식을 주문하는 것을 보지 못했다. 현관문을 여니 상대가 정말 그렇게 말했다.

"배달 왔습니다. 이건 영수증이고요."

성칭랑이 받으려는데 쭝잉이 한발 앞서 영수증을 받아 들며 현관 서랍을 열고 돈을 꺼냈다.

쭝잉이 작은 상자를 열고 현금을 몇 장 집어 배달원에게 건네는 순간, 상자 아래에 놓인 얇은 편지 몇 개가 눈에 들어왔다. 쭝잉은 성칭랑의 보지 말라는 눈빛에도 아랑곳하지 않고 전부 집어 들었다.

성칭랑 앞에서 차례대로 다 읽은 쭝잉은 눈을 들어 그를 쳐다봤다.

모두 성칭랑이 쓴 것이었다. 몇 마디 안 됐지만 무사하다고 보고하는 형식에, 끝에는 날짜가 쓰여 있고 낙관이 찍혀 있었다.

"아파트에 계속 왔었어요?"

쭝잉이 눈길을 거두며 물었다.

성칭랑은 고개를 숙이고 잠시 생각하더니 설명했다.

"푸둥에서 돌아온 날 저녁, 당신 휴대전화와 아파트로 전화를 걸었는데 안 받더군요. 아파트로 돌아와 보니 아무도 없었고요. 외할머니께서 언제든 돌아오실 것 같아 오래 머물지 않았습니다. 그래도 당신에게 연락해야 할 것 같아서 편지를 남겨두었습니다."

성칭랑의 말을 다 들은 쭝잉은 손을 떨궜다. 지난번 고속도로 휴게소에서 성칭랑에게 "돌아오면 무슨 일이 있어도 꼭 내게 연락해요"라고 말했던 게 떠올랐다. 성칭랑은 정말 자신의 말대로 한 것이다.

자신의 말을 이렇게 진지하게 여기는 사람은 드물었다. 쭝잉은 입술을 꾹 다물며 고개를 돌리고 편지를 다시 현관 서랍에 넣었다. 그리고 현관문을 닫고 재빨리 화제를 돌렸다.

"컵라면 반으로는 부족할 것 같아서 오는 길에 음식을 주문했어요."

성칭랑은 쫑잉이 돌아오는 길 내내 휴대전화를 보던 게 생각났다.

성칭랑은 서둘러 음식을 식탁으로 가져가 포장지를 뜯었다. 쫑잉은 성칭랑이 하도록 내버려 두고 주방 서랍장에서 술을 한 병 꺼내고 병따개를 찾아 식탁에 앉았다.

식탁에 음식 일고여덟 개가 차려졌다. 모락모락 김이 나는 게 풍성하고 먹음직스러워 보였다.

성칭랑이 "다 못 먹을 것 같은데" 하고 걱정하는데 쫑잉이 슬쩍 보더니 말했다.

"안심해요. 내가 다 먹을 수 있어요. 음식 낭비 안 해요."

전시에는 식품이 부족하니 쫑잉은 성칭랑의 마음을 이해할 수 있었다.

"내 생일을 어떻게 알았어요?"

쫑잉이 술병을 따며 성칭랑의 눈을 바라봤다.

병에서 코르크를 뽑자, 성칭랑이 일어나 잔을 가져왔다.

"당신 비밀번호가 914914이고 우산에도 914가 인쇄된 것으로 보아 그 숫자가 당신에게 매우 중요한 것 같았습니다. 그리고……." 성칭랑이 잠시 뜸을 들이다가 말했다. "당신 신분증에도 생년월일이 쓰여 있었고요."

쫑잉은 성칭랑 앞에서 신분증을 꺼내 사용했던 게 떠올랐다.

쫑잉은 성칭랑의 잔에 술을 반쯤 따르고 자신의 잔에도 똑같이 따른 다음 담담하게 말했다.

"오늘은 엄마 기일이기도 해요. 예전에 돌아가셨죠."

성칭랑은 9월 14일은 옌만이 세상을 떠난 날이라는 것을 알았지만 아는 척하지 않았다. 쯍잉이 먼저 옛날이야기를 꺼낸 것은 처음이었기 때문이다.

성칭랑은 자신이 끼어들 상황이 아니라는 것을 알았다. 과연, 쯍잉은 계속 말을 이어나갔다.

"그날 보모 아줌마가 저녁에 엄마가 돌아와서 생일잔치를 해준다고 했어요. 그래서 아침부터 케이크와 초를 준비해 뒀죠. 하지만 아침이 밝고 날이 어두워질 때까지 아무리 기다려도 엄마는 오지 않았어요. 늦게서야 그들이 집에 와서 엄마가 새 빌딩에서 자살했다고 알려줬어요. 그 말에 아빠는 몹시 화를 냈고 나한테까지 성질을 부리며 케이크와 초를 던져버렸죠."

쯍잉이 술을 한 모금 더 마시며 말했다.

"이 층으로 된 생크림케이크였어요. 아주 달콤한. 초에 전자칩이 있어 노래가 나오는 거였는데, 망가져서 아줌마가 쓰레기통에 버렸는데도 노래가 계속 나오는 거예요. 느릿느릿 음울하게 말이에요. 그날 저녁, 집에 있던 사람들이 전부 나가버리고 저 혼자만 남았어요. 저는 쓰레기통 옆에 앉아 노래가 멈출 때까지 들었죠. 너무 무서워서 잠도 오지 않았어요."

여기까지 말한 쯍잉은 고개를 젖혀 잔에 남은 술을 전부 마셨다.

쯍잉이 이렇게 말을 많이 하는 경우는 드물었다. 기복이 없는 어조가 마치 다른 사람 이야기를 하는 것 같았다. 하지만 덤 덤한 표정 저 깊은 곳에 슬픔을 꼭꼭 숨겨놓았을 뿐이었다.

머리 위로 내려앉은 부드러운 불빛 때문인지 여전히 딱딱한 갑옷을 입고 있어도 그렇게 냉정하지도, 가까이 다가가기 어렵 게 느껴지지도 않았다.

쫑잉은 기계가 아니었기에 말과 행동은 차갑고 딱딱해도 감 정은 있었다.

성칭랑은 쫑잉의 눈빛에서 연약한 모습과 그녀가 진짜 피곤 하다는 것을 느꼈다.

거실에 침묵이 내려앉았다. 탁상시계만이 째깍째깍 무정하 게 새날을 향해 달려가고 있었다.

자정을 알리는 종이 울릴 때는 실내에 퍼진 술 냄새도 옅어 지고 식탁 위에는 빈 용기만 남았다. 전부 다 먹었다.

성칭랑은 일어나 식탁을 치우고, 쫑잉은 정신을 차리고 담 뱃갑을 집어 발코니로 나가 담배를 피웠다.

두 개비째 피울 때 주방에서 물소리가 멈췄다. 성칭랑이 주 방에서 나와 쫑잉과 몇 걸음 떨어진 곳에서 걸음을 멈췄다.

쫑잉은 실외 어둠 속에 서서, 성칭랑이 실내 불빛 아래서 책장, 액자와 자료가 붙어 있는 화이트보드를 보는 것을 지켜 봤다.

"쫑 선생, 당신은 일반적인 의사가 아니죠?"

갑자기 성칭랑이 물었다.

쫑잉은 미간을 좁히며 고개를 숙여 담배를 한 모금 피우고 다시 고개를 들었다.

"원래는 그랬는데, 지금은 아니에요."

"왜 아닙니까?"

쭝잉은 자신의 손을 힐끗 본 다음 대답했다.

"사고가 있었어요. 그래서 그 길을 갈 수 없어서 다른 길을 찾는 수밖에 없었어요."

성칭량의 시선이 화이트보드로 옮겨갔다. 화이트보드에는 각종 사고와 살인사건 파일이 붙어 있었다. 사실 성칭량은 오래전부터 쭝잉이 일반적인 의사가 아니라는 것을 눈치채고 있었다. 어떤 의사가 매일 죽은 사람을 상대하겠는가?

성칭량은 다시 책장으로 눈길을 돌려 구석에 있는 익스트림스포츠협회의 작은 휘장을 봤다.

"쭝 선생, 익스트림스포츠 좋아합니까?"

"네."

쭝잉은 마치 오래전 일을 회상하는 듯 잠시 뜸을 들이다 대답했다.

"어떤 종목이요?"

"암벽등반이요."

"지금은 안 합니까?"

"네."

"위험해서요?"

담배가 다 탔다.

"귀찮아서요."

"일이 바쁩니까?"

성칭랑은 이 주제를 계속 물고 늘어졌다.

"바빠요."

쫑잉은 잠시 뒤 덧붙였다.

"지금은 휴가예요."

"왜 휴가를 냈습니까?"

"일보다 더 중요한 게 있어서요."

성칭랑은 문득 '유서 작성'에 관한 일과 주식을 매각해 재산을 정리한다는 것이 떠올라 잠시 망설이다 물었다.

"무슨 일인지 물어봐도 됩니까?"

"생사에 관한?"

오늘 밤에는 묻는 말에 다 대답을 해주던 쫑잉이 이 질문에는 질문으로 답했다.

성칭랑은 큰일일 것이라는 느낌만 들었다.

"제가 도울 일이 있습니까?"

쫑잉은 고개를 저었다.

성칭랑은 쫑잉을 잠시 바라보다가 실내로 눈길을 돌렸다.

책장에 작은 액자가 놓여 있었다. 활짝 펼친 나비의 날개 같은 성운星雲 사진이 숨 막힐 듯 아름다웠다.

쫑잉은 실내로 돌아와 담배꽁초를 빈 재떨이에 떨구고 성칭랑이 주시하는 액자를 힐끗 쳐다봤다.

"그건 죽은 항성이에요."

성칭랑이 쫑잉 쪽으로 고개를 돌렸다.

이것은 성칭랑이 축적한 지식을 뛰어넘는 정보였다.

"천문 좋아합니까?"

"어릴 때 좋아했어요."

쭝잉이 갑자기 고개를 들어 탁상시계를 봤다.

"늦었어요. 어서 씻고 주무세요."

쭝잉의 재촉에 성칭랑은 시간을 더 낭비할 수 없었다. 즉시 위층으로 올라가 옷을 들고 내려왔다.

"잠깐만요."

쭝잉이 성칭랑을 불러 세우더니 방으로 돌아가 흰 셔츠를 갖고 나왔다.

"난징에 있는 호텔 계단에 놓고 간 셔츠예요. 제 것 세탁하면서 같이해서 깨끗해요."

셔츠를 건넨 쭝잉은 방금 마시고 반 정도 남은 술병을 들고 소파에 앉아 고개도 들지 않고 재촉했다.

"어서 가서 씻어요."

성칭랑이 다 씻고 나오니, 쭝잉은 소파에서 웅크린 채 잠들어 있었다. 술병도 다 빈 상태였다.

담요도 덮지 않고 웅크려 자는 모습이 불편해 보였다. 성칭랑은 몸을 숙여 작은 소리로 그녀를 불렀다.

"쭝 선생, 일어나요. 침실에 가서 주무세요."

쭝잉은 깨지는 않고 이마를 찡그리면서 이를 악물더니 호흡이 거칠어졌다. 술을 마셔서 그런지 얼굴에 드물게 혈색이 돌았다. 입술이 들썩이더니 쉰목소리로 중얼거렸다.

"엄마, 나 무서워."

잠꼬대였다.

성칭랑이 다시 조심스럽게 깨우자, 쫑잉이 손을 쑥 뻗어 성칭랑의 손가락을 잡았다.

순간 등줄기가 뻣뻣하게 굳었다.


쫑잉이 소파에서 깼을 때, 소파 옆에 침대식 의자가 놓여 있고 성칭랑의 모습은 보이지 않았다. 밖은 이미 환하게 밝은 상태였다.

새벽빛이 살금살금 거실로 파고들었다. 쫑잉은 일어나 관자놀이를 문지르며 정신을 차리고 탁자에 놓인 손목시계 상자로 시선을 떨구었다.

손을 뻗어 상자를 집자 어릴 적 생일 전날 밤이 떠올랐다. 쫑잉이 외할머니에게 물었다.

"올해는 엄마가 무슨 선물을 주실까요?"

"요즘 네 엄마가 너더러 시간관념이 없다고 하지 않았니? 숙제를 다 하면 잠만 자니까 시계를 주지 않을까?"

외할머니가 넌지시 힌트를 주었다.

하지만 날이 다 저물 때까지 기다렸어도, 바로 어제저녁 전까지 기다렸어도, 쫑잉은 끝내 엄마에게 시계를 받지 못했다.

상자에서 시계를 꺼내 손목에, 찼다.

The right time for life……

right time.

인생의 적기…….

적기.

## 제10장

# 서서히 드러나는 정체

어젯밤 잠시 그쳤던 비가 새벽부터 쏟아져 상하이는 기온이 돌연 20도 정도로 내려갔다. 공기도 촉촉하고 서늘해져 외출할 때 얇은 겉옷을 하나 더 챙겨 나가야 했다.

9시가 조금 넘어 쭝잉은 집을 나와 병원으로 향했다. 먹던 약이 다 떨어졌다.

아파트 정문을 나서려는데 경비가 불러 세웠다.

"잠시만요. 전달할 물건이 있습니다."

쭝잉은 우산을 든 채로 정문 앞에서 기다렸다. 경비가 종이 상자를 들고나왔다.

"어제 오후에 택배로 왔는데 집에 사람도 없고 전화도 안 된다며 여기에 놓고 갔습니다."

외관은 그냥 보통 상자였으나 받아 드니 무게감이 느껴졌다. 쭝잉은 상자를 들고 밖으로 나가 뜯었다. 나무 상자가 들어 있었다. 장식은 없지만 좋은 물건인 것 같았다.

나무 상자를 여니 부드러운 벨벳 천 위에 편지 봉투가 놓여 있었다. 손가락으로 집어 들자 사진이 우수수 쏟아졌다. 옛날 사진으로 총 일곱 장이었고, 전부 옌만이 있는 사진이었다.

쭝잉은 입술을 말아 물고 눈살을 찌푸리며 한 장 한 장 넘겨 봤다. 마지막에 카드가 있었다.

카드에는 "최근 옛 물건을 정리하다가 네 어머니의 옛날 사진을 발견했다. 내가 갖고 있는 것보다 네가 갖는 게 나을 것 같다는 생각이 들었다. 시간이 있으면 얘기를 나누고 싶구나"라고 쓰여 있었다. 글자와 행간에서 옛날 스타일이 느껴졌고, 마지막에 '뤼첸밍'이라는 낙관이 찍혀 있었다. 최근 신시 주식을 대거 매수한 대주주였다.

뤼첸밍에 대해 기억나는 것은 별로 없었다. 뤼첸밍은 인자한 아저씨이자 신시의 원로로 초기 임원 중 한 명이었다. 나중에 회사를 떠나 개인 사업체를 두 개나 설립하고 그 두 회사를 통해 신시 주식을 사들여 신시와 밀접한 관계를 유지하고 있었다.

손가락을 꼽아 계산해 보니 벌써 몇 년째 연락하지 않았다. 그런데 갑자기 먼저 연락을 하다니, 의외라는 생각이 들었다. 게다가 이 택배는 어제 왔다고 했다. 하필 엄마의 기일에 맞춰 옛날 사진을 보낸 것을 보면 무슨 꿍꿍이가 있는 게 아닐까?

쭝잉은 고개를 갸웃거리며 사진을 봉투에 넣고 상자에 붙은 주소를 봤다. 쑹장松江이었다.

상자를 가방에 넣고 우산을 쓰고 병원을 향해 걸었다.

외래 환자가 많은 시간이라 접수와 수납 모두 길게 줄을 서야 했다. 쭝잉은 그냥 성추스에게 전화해 처방전을 발급해 달라고 했다. 잠깐 기다리라고 해서 쭝잉은 대기실에 앉아 기다렸다. 그러다 벌떡 일어나 약국으로 가 구급약품을 샀다.

성칭랑이 있는 곳은 의약품이 부족할 테니 유비무환이라고 생각하며 큰 봉투 한가득 샀다.

약국에서 나오자 성추스에게서 전화가 왔다.

"약은 내가 받아놨으니 이쪽으로 와."

쭝잉은 전화를 끊고 약을 받으러 올라갔다.

성추스가 약을 건네며 쭝잉이 들고 있는 봉투를 힐끗 봤다.

"약을 뭐 그렇게 많이 샀어?"

"지원이 필요한 학생에게 보내주려고. 그곳에는 이런 게 필요하거든."

성추스는 봉투에 뭐가 들어 있는지 자세히 보지 못했지만, 쭝잉의 대답에 더 묻지 않았다. 그 대신 쭝잉의 건강에 관심을 두었다.

"요 며칠 상태 어때?"

"괜찮아."

쭝잉이 고개를 끄덕이며 대답했다.

성추스는 쭝잉을 찬찬히 살폈다. 안색과 기분 모두 괜찮아 보였다.

"이왕 왔으니 보고 갈래? 중위가 널 많이 보고 싶어 하는 것 같아.”

말은 그렇게 했어도 성추스는 쭝잉이 쭝위 어머니나 아버지, 또는 큰고모와 마주칠까 걱정스러워 잠시 뜸을 들이다 조심스럽게 입을 뗐다.

“방금 내가 다녀왔는데 병실에 간병인 말고 아무도 없었어.”

쭝잉은 고개를 숙이고 망설였다. 지난번 쭝위가 갑작스럽게 “미안하다”라고 말한 것이 생각나 고개를 확 들며 말했다.

“가볼게.”

쭝잉은 곧장 진료실에서 나와 엘리베이터를 탔다. 특실에 도착해 조심스럽게 문을 열었다. 병실 안에는 호흡기 소리만 났다. 그때 일용품을 가득 든 여인이 쭝잉의 뒤에서 말했다.

“안 들어가세요?”

쭝잉은 깜짝 놀라 정신을 차리고 안으로 들어갔다.

간병인은 쭝잉을 알아보고 목소리를 낮추며 말했다.

“방금 약 먹고 잠들었어요. 타이밍이 안 맞았네요.”

“괜찮습니다.”

쭝잉이 이어서 말했다.

“그냥 보러 왔어요.”

간병인이 들고 있던 물건을 내려놓고 더러워진 옷과 침대보를 수습해 돌돌 말아 들자 안에서 툭 하고 뭔가 떨어졌다. 부적이었다.

간병인은 손에 물건을 들고 있어 바로 줍지 못하고 눈만 내리깔아 바닥을 살폈다. 쭝잉이 대신 부적을 주웠다.

쭝잉은 부적을 손에 쥐고 몇 초간 봤다.

"다행이네요, 다행이야. 같이 빨았다가 큰일 날 뻔했어요. 싱 여사님이 어제 어메이峨眉산까지 사람을 보내 구해 온 거예요. 용하다고요."

어메이산? 확실히 멀긴 멀었다.

쭝잉이 이런 생각을 하면서 부적을 건네자 간병인이 쭝위 침대에 꼼꼼하게 숨겼다.

이 나이대의 남자아이라면 생기가 넘쳐야 하지만 쭝위는 그 런 것과는 거리가 멀었다. 창백한 낯으로 숨을 헐떡이며 누워 있는 쭝위는 심장벽이 종잇장처럼 얇아 목숨이 경각에 달려 있 는 상태였다.

터널 사고는 지금까지 명확한 결론이 나지 않았다. 싱쉐이 의 단순 운전 과실로 인한 사고로 의견이 모이고 있었다.

신시도 피해자 가족을 살피고 부정적인 여론을 잠재우느라 그날 밤 싱쉐이가 왜 쭝위를 데리고 집을 나섰는지, 왜 정신이 또렷한 상태에서 그렇게 심각한 실수를 했는지 신경 쓰는 사람 은 아무도 없었다.

밖에는 부슬부슬 빗소리가 울리고, 실내에는 가볍고 미세한 호흡기 소리가 느리고 규칙적으로 울렸다. 쭝잉은 순간 쭝위는 분명 이유를 알고 있을 것이라는 생각이 들었다. 그런데 어째 서 한마디도 않다가 갑자기 "미안하다"라고 했을까?

생각에 잠겨 있는데 전화가 왔다. 성추스였다.

"방금 병원 앞에서 큰고모님 봤어."

이 말만 하고 전화를 뚝 끊었다.

알려주는 것은 성추스의 몫이고, 떠나느냐 마느냐는 쭝잉의 선택이었다.

큰고모와 마주치고 싶지 않았다. 다시 마주쳐 입씨름하기 싫어 계단으로 내려갔다.

비는 멈출 기미가 보이지 않았다. 구급차가 사이렌을 울리며 지나갔고, 색색 우산을 쓴 사람들이 고개를 숙인 채 바쁘게 지나갔다.

머리가 지끈거리기 시작해 집으로 돌아가 쉬기로 했다.

음식을 배달시키고, 약을 먹고, 잠을 자고 일어나니 어느새 저녁이었다.


하늘은 어둑어둑했지만 한 가닥 빛이 남아 있었다. 일어나 앉아 물을 마시고 담배를 한 대 피우려고 가방을 뒤지니 아침에 받은 택배 상자가 나왔다.

쭝잉은 담배를 피우며 생각했다. 택배를 보낸 주소는 쑹장 서산余山 자락의 저택이었고 위에 전화번호가 있었다.

쭝잉은 담배를 끄고 그 번호로 전화를 걸었다.

젊은 남성이 받았다. 쭝잉이 이름을 말하기도 전에 상대가 먼저 입을 열었다.

"안녕하세요, 쭝 선생님."

쭝잉은 깜짝 놀랐다.

"저는 뤼 선생님의 비서이고, 성은 선입니다."

상대는 잠깐 사이를 두고 물었다.

"택배 받으셨군요?"

몇 마디 말에서 상대가 빈틈없는 사람이라는 생각이 들었다. 쭝잉은 사람과의 접촉에 서툴렀다. 특히 이런 종류의 사람과는. 그래서 사실대로 말했다.

"네, 받았습니다. 뤼 선생님을 만나고 싶습니다."

"잠시만 기다리세요."

그는 삼십 초도 안 되어 쭝잉에게 긍정적인 대답을 해주었다.

"오늘 저녁 8시, 서산 저택 어떠십니까? 제가 모시러 가겠습니다."

대답이 빠른 것을 보니 뤼첸밍이 옆에 있는 게 아닐까 하는 생각이 들었다. 쭝잉은 재빨리 정신을 차리고 대답했다.

"괜찮습니다. 제가 알아서 가겠습니다."

엄마의 옛일을 아는 사람은 매우 적었다. 뤼첸밍도 그중 한 명이라고 할 수 있었고, 먼저 사진까지 보내오자 탐색해 보고 싶은 마음이 더 강해졌다.

쭝잉은 재빨리 정리하고 집을 나섰다. 기세가 줄어든 비가 안개처럼 날려 도로를 질주하는 자동차의 불빛도 어두워 보였다.

약을 먹어 상태가 썩 좋지 않아 택시를 타고 가기로 했다. 마침 저녁 러시아워라 길이 막혀 거의 오십 분이 지나서야 저택 앞에 도착했다.

차에서 내리기도 전에 누군가 우산을 들고나와 쭝잉을 맞았다. 상대가 사무적인 미소를 지으며 말했다.

"오시느라 고생 많으셨습니다. 오늘은 조금 춥네요."

쭝잉은 목소리를 듣고 그가 전화를 받은 선 비서라는 것을 알았다.

쭝잉이 아무 말도 하지 않자 선 비서도 입을 다물고 곧장 저택으로 안내했다.

조용하고 그윽한 풍경에 빗소리도 한가하게 들렸다. 거실은 마치 참선하는 선방 같았다. 남천죽 가지 하나가 둥근 창으로 비스듬하게 들어와 있고, 아직 붉게 익지 않은 열매가 푸른 잎 사이에서 냉기를 뿜어내고 있었다. 탁자에는 선향이 타고 있었고, 다기 옆에 놓인 작은 주전자에서 물이 끓고 있었다.

뤼첸밍이 탁자 뒤 부드러운 방석에서 일어나며 말했다.

"이렇게 빨리 만날 줄은 몰랐다. 앉아라."

오랜만에 봤지만, 그는 예전 그대로여서 친근감도 조금 들었다.

"네, 아저씨."

주전자의 물이 보글보글 끓자, 뤼첸밍이 주전자를 들어 옮기며 물었다.

"차 마실래?"

"별로요."

쭝잉은 솔직하게 말했다.

"샤오만도 안 마셨는데."

뤼첸밍은 여유롭게 다구를 적시면서 차를 우리는 복잡한 과정을 시작했다.

쭝잉은 눈을 내리깔고 그 모습을 보면서 뤼첸밍의 말을 들었다.

"사진 받았니?"

"네."

쭝잉은 잠깐 사이를 두고 말했다.

"단체 사진이니 갖고 있어도 될 텐데, 왜 갖고 있기 어렵다고 하신 거예요?"

"그걸 보면 마음이 아파서 말이다. 옛일이 너무 많이 떠올라서."

뤼첸밍은 쭝잉을 한번 쳐다보고 다시 차 우리는 일에 집중했다.

"네 엄마가 떠나고 싱쉐이도 떠나니 신시 초창기 멤버 중에 남은 이가 몇 안 돼 사진을 보기가 괴롭더구나."

뤼첸밍이 작은 잔에 차를 따라 쭝잉에게 건넸다.

"맞다, 싱쉐이 사건은 결론이 났니?"

"아직요. 구체적인 상황은 저도 잘 몰라요. 제 담당이 아니거든요."

쭝잉이 찻잔을 들며 간결하게 대답했다.

뤼첸밍은 더 캐묻지 않았다.

"차 마시자."

쭝잉은 한입에 다 털어 넣고 찻잔을 내려놓으며 오랫동안 머릿속에 맴돌던 한마디를 기어이 내뱉었다.

"아저씨, 아저씨는 엄마가 자살했다고 생각하세요?"

"아니."

뤼첸밍이 찻잔에 차를 따르며 말했다.

"그날 오후 엄마를 보셨어요?"

"봤지. 저녁에 네 생일 파티를 한다고 했다."

뤼첸밍은 찻주전자를 내려놓고 쭝잉을 쳐다보며 말했다.

"언제 만나셨어요? 다른 말은 없었어요?"

쭝잉은 심장이 꽉 조이는 듯했다.

쭝잉의 잇단 질문에 뤼첸밍은 고개를 저었다.

"너무 오래된 일이라 정확하게 기억은 안 나지만, 내가 아는 샤오만이라면 상황이 아무리 안 좋아도 그런 생각을 할 사람은 아니라고 생각한다."

뤼첸밍은 찻잔을 쥐고만 있을 뿐 마시지는 않았다.

"그 사건 재조사할 생각이니? 내가 도와줄 일이 있으면 선 비서에게 말해라. 어려운 일이 있어도 말하고."

분명한 관심이었다. 쭝잉은 호의를 받아들이기로 했다. 차를 한 잔 더 마시고 조금 앉아 있으니 시간이 꽤 늦어 이만 가 보겠다고 했다. 뤼첸밍이 창밖을 보더니 말했다.

"비가 많이 오는구나. 여기는 택시 잡기가 어려우니 선 비서에게 데려다주라고 하마."

뤼첸밍의 말은 사실이어서 쭝잉은 사양하지 않았다.

현관을 나서자, 선 비서가 우산을 들고 기다리고 있었다.

선 비서가 친절하게 우산을 받쳐주고 차 문을 열어주자, 쭝잉은 정말 중요한 손님이 된 듯 느껴졌다.

쭝잉은 뒷좌석에 앉아 습관적으로 주변을 살폈다. 조수석 등받이에 붙어 있는 주머니에 '어메이산 풍경지구'라는 글자가 인쇄된 입장권이 삐죽 나와 있었다.

쭝잉은 크게 관심을 두지 않고 고개를 숙여 시계를 봤다.

1937년에서 온 손목시계가 2015년의 시간을 가리키고 있었다.

2015년 9월 15일 밤 10시까지 한 시간이 남았다.

쭝잉은 생각에 잠긴 채로 눈을 들었다. 순간 선 비서가 어메이산 풍경지구 입장권을 빠르고 조심스럽게 빼가는 것이 눈에 들어왔다.

쭝잉의 이마에 미세하게 금이 갔다.

조심스럽게 굴수록 뭔가 감추려고 한다는 수상한 느낌이 들게 마련이었다.

선 비서는 백미러로 쭝잉을 보더니, 쭝잉이 아무 기색이 없자 시선을 돌렸다.

쭝잉은 선 비서가 시선을 돌리자 고개를 숙이고 휴대전화를 꺼내 뉴스 클라이언트를 열었다. 재빨리 어제 봤던 '뤼첸밍 신시제약 주식 대량 매수, 지분율 최대 주주 쭝칭린 뛰어넘나'라는 제목의 경제 뉴스를 찾았다. 뉴스 아래에 있는 댓글 창에서 어제 본 댓글을 찾았으나 삭제됐는지 보이지 않았다.

쭝잉은 눈썹을 찌푸리며 대댓글이 많았던 그 댓글을 다시 찾아봤다. 하지만 그 야릇한 댓글은 보이지 않았다. 어제 공항 대합실에서 분명히 봤는데 말이다.

"과연 싱쉐이 여동생이 쭝칭린과 한마음 한뜻일까. 귀신이나 알겠지"라는 댓글이었는데 지금은, 삭제되었다…….

조심스럽게 가져간 풍경지구 입장권과 같은 방식이었다.

쭝위의 부적은 어메이산에서 구해 온 것이고, 선 비서 또는 뤼첸밍의 주변 사람이 마침 어메이산 풍경지구에서 돌아왔다. 우연일 수도 있지만, 방금 감추려고 하던 선 비서의 행동에 오히려 의심이 강해졌다.

쭝위 어머니와 쭝칭린이 한마음 한뜻이 아니라면 그녀는 누구와 한마음 한뜻이란 말인가?

뤼첸밍?

쭝잉은 휴대전화 화면을 뚫어지게 쳐다보며 아무 말도 하지 않았다. 이 두 가지 단서만 갖고 쭝위 어머니와 뤼첸밍이 사적인 감정이 있다고 단언할 수는 없었다. 하지만 적어도 그들 사이에 거래든 남녀 간의 애정이든 은밀한 커넥션이 있고, 매우 조심스럽게 은폐하고 있다는 것은 알 수 있었다.

두 사람은 무슨 일을 꾸미고 있는 것일까? 아버지는 이것을 알고 있을까? 싱쉐이 사건과도 관계가 있을까?

쭝잉은 전원 버튼을 눌러 화면을 끄고 입을 꾹 다문 채 차창 밖을 쳐다봤다.

빗줄기가 더 거세졌다. 차 안은 빗소리로 숨이 막힐 것 같았다. 번개가 내리치자 도로 옆 가로수가 번쩍 빛나더니 천둥소리와 함께 다시 어두워졌다.

주택지를 나오는 길에는 어두운 가로등이 이어졌고, 비 오는 밤 도시는 평소와는 달리 적막했다. 밤이 깊어지자 불빛이 하나둘 꺼지고 빌딩의 장식 조명만이 팬터마임을 하는 것처럼 색을 바꾸었다.

시내로 진입하자 신호등이 많아졌다. 빨간불에 차가 멈췄다. 쭝잉은 곁눈질로 창밖을 보다가 낯익은 그림자를 발견했다. 그는 다급한 발걸음으로 빗속을 뚫고 횡단보도를 건너 도로 저편으로 가고 있었다.

그를 알아본 쭝잉이 다급하게 말했다.

"선 비서님, 이 신호등 다음에서 내려주세요."

갑작스러운 요구에도 선 비서는 두말하지 않고 신호등을 통과해 차를 멈춰주었다. 그리고 쭝잉이 내리려는 순간 우산을 건네며 "밤길 조심하세요" 하고 말했다.

쭝잉은 우산을 받아 들며 고맙다고 말하고 차에서 내렸다. 몸을 돌려 그 낯익은 그림자를 봤을 때, 그는 이미 도로를 따라 한참 멀어지고 있었다.

맞은편으로 향하는 신호등은 한참이 지나도 녹색불로 바뀌지 않았다. 쭝잉은 길을 건너지 못하고 그냥 그 길을 따라 뛰어가다가 다음 횡단보도에 도착해서야 그를 따라잡을 수 있었다. 녹색불이 들어오자마자, 쭝잉은 미친 듯이 뛰어 횡단보도를 건너가 비를 뚫고 걸어가는 성칭랑을 잡을 수 있었다.

쭝잉은 호흡을 가다듬으며 성칭랑에게 우산을 씌워주었다. 성칭랑이 놀란 눈으로 쭝잉을 쳐다봤다.

"걸음이 참 빠르네요."

"비가 와서 빨라졌습니다. 그쪽은 비가 안 왔고, 또 바빠서 우산을 안 가져왔거든요."

성칭랑이 눈꺼풀을 파르르 떨며 약간 두서없이 말했다.

머리칼이 비에 쫄딱 젖은 것이 예전에는 잘 볼 수 없던 흐트러진 모습이었고 손도 젖어 차가워 보였다.

쭝잉은 성칭랑의 손을 꼭 잡고 몇 분 동안 그대로 있다가 반대편에 있는 지하철 입구로 끌고 갔다.

비 오는 날은 택시 잡기가 어렵다. 아직 지하철이 운행하는 시간이라 쭝잉은 성칭랑을 데리고 지하철역으로 들어갔다. 표를 사 안전 검사대를 지나고 안내에 따라 승강장에 나란히 섰다. 두 사람 곁은 밤늦게 귀가하는 비에 젖은 사람들로 북적거렸다.

지하철이 괴물처럼 어둠을 뚫고 포효하며 진입하더니 온순하게 정차했다.

유리 보호문이 열리자 사람들이 안으로 우르르 들어가 순식간에 좌석이 꽉 차고 빈자리는 몇 개 남지 않았다.

쭝잉이 성칭랑에게 앉으라고 했지만, 성칭랑은 고개를 숙이며 속삭였다.

"옷이 다 젖어서 안 앉는 게 나아요."

성칭랑의 말대로 흠뻑 젖은 채로 사람들 틈에 끼어 있는 것은 예의가 아니었고 자리를 젖게 만드는 것도 적절치 않았다. 쭝잉은 성칭랑의 선택을 존중하기로 하고 그를 좌석과 문 사이의 구석으로 끌어당겼다. 그리고 좌석 옆에 있는 스테인리스 손잡이를 잡아 아무도 그를 방해하지 못하도록 일종의 보호구역을 만들었다.

성칭랑은 손잡이를 잡은 쭝잉의 손을 봤다. 셔츠 소매를 걷어 올리고 있어 손목에 찬 손목시계가 보였다. 그 순간 굳어 있던 입가에서 살며시 힘이 빠졌다. 선물이 적절하지 않거나 무례한 짓은 아니었는지 내내 걱정했는데 이제 그러지 않아도 될 것 같았다.

그런데 고개를 숙였더니 입술에 쭝잉의 머리칼이 닿아 순간 등줄기가 뻣뻣하게 굳었다.

성칭랑은 꼼짝하지 못하고 쭝잉이 준 긴 우산만 꼭 쥐었다. 빗방울이 우산을 따라 아래로 떨어지고 귓가에는 지하철이 지나가며 내는 바람 소리가 들렸다. 그러다 지하철이 갑자기 지상으로 올라가자 빗줄기가 지하철 유리창을 빠르게 스치고 지나갔다.

"어젯밤에 잘 잤어요?"

쭝잉이 눈을 들며 물었다.

성칭랑은 퍼뜩 정신을 차리고 고개를 끄덕였다.

"어디서 잤어요?"

이 질문은 짐짓 못 들은 척했다.

"접이식 의자에서 잤어요? 어제는 너무 피곤하고 술도 많이 마셔서 헛소리에 이상한 행동도 했을 텐데 미안해요. 너무 마음에 담아두지 말아요."

쭝잉이 아무렇지 않은 척 말하면서 부자연스럽게 고개를 돌리는 바람에 젖은 머리칼이 성칭랑의 얼굴을 스쳤다.

우산을 든 성칭랑의 손이 흠칫하면서 힘이 들어갔다. 역에 도착한 지하철이 갑자기 멈춰 몸이 약간 앞으로 쏠리자, 쭝잉이 재빨리 손을 뻗어 성칭랑의 등을 감쌌다.

"이쪽 문이 열려요."

쭝잉의 말이 채 끝나기도 전에 지하철 문이 열리고 귓가에 승객이 타고 내리는 소리만 들렸다.

문이 닫힌다는 안내가 나오고 지하철은 다시 앞으로 달렸다. 쭝잉은 성칭랑의 손을 잡고 잠시 기댔다. 성칭랑은 어젯밤 쭝잉이 이렇게 내내 자신의 손을 잡고 있던 게 떠올랐다. 힘을 세게 주지는 않았지만 꽉 잡고 있었다.

"헛소리 안 했습니다. 이상한 행동도 안 했고요. 쭝 선생 평안하게 잘 잤습니다."

"그래요?"

쭝잉이 고개를 들고 반문했다.

"네."

성칭랑은 마음이 조금 걸렸지만 그렇다고 대답했다.

쭝잉은 더 묻지 않았다. 지하철은 안정적으로 주행했지만, 쭝잉은 성칭랑의 손을 놓지 않았다.

징안쓰역에 도착했을 때, 성칭랑은 쭝잉의 손바닥에서 전해지던 온기와 지하철이 달릴 때 지나가던 광고만 기억에 남았다. 광고에는 브랜드 로고는 없고 '역사를 증명하고 미래를 장악한다'라는 카피만 있었다. 우산 끝으로 물이 흘러내리지도 않았다.

지하철역에서 나오니 비도 그쳤다.

699번지 아파트로 가는 길에 쭝잉은 성칭랑에게 물었다.

"오늘은 왜 거기 있었어요?"

"아주가 병이 나서 약 사러 갔어요."

목소리에서 피로감이 묻어났다.

병이 났다고? 쭝잉은 말없이 걸었다. 아파트 공용 현관에 도착하자 출입 카드를 댔다.

"왜 병이 났어요?"

"원래 병약한 데다, 감기에 걸렸는지 아니면 감염이 됐는지 계속 열이 나고 먹지도 못하고 기침을 심하게 했어요."

성칭랑의 표정이 점점 어두워졌다.

소리가 나자 복도 등이 켜졌다. 쭝잉은 엘리베이터 버튼을 누르며 물었다.

"병원에는 가봤고요?"

"아직요. 지금 조계 병원은 물자가 너무 부족합니다. 제 의사 친구는 지난달 공습으로 사망했고요."

그 아이는 쭝잉의 손에 의해 세상에 나온 아이였다. 속수무책이라는 성칭랑의 말에 쭝잉은 애가 탔다.

엘리베이터 문이 열렸는데 쭝잉은 타지 않고 성칭랑에게 말했다.

"먼저 올라가 씻으세요. 감기 걸리면 안 되니까요. 저는 나
갔다가 금방 돌아올게요."

쭝잉은 성청랑을 엘리베이터에 밀어 넣고 공용 현관을 나
섰다.

엘리베이터는 위로 올라가고, 쭝잉은 빠른 걸음으로 병원으
로 향했다. 쭝잉은 휴게실에 있는 성추스를 찾아가 단도직입적
으로 말했다.

"나 처방전 좀 써줘."

"무슨 일이야? 아침에 준 약이 무슨 문제라도 있어?"

성추스가 영문을 모르겠다는 듯이 물었다.

"아니, 아기가 폐렴인 것 같아. 약 좀 처방해 줘."

쭝잉이 고개를 저으며 대답했다.

"폐렴이면 입원하는 게 제일 좋은데……."

"나도 알아. 하지만 그럴 상황이 아니라."

쭝잉이 간곡하게 말했다.

"부탁이야."

졸다 깬 성추스는 정신이 다 돌아오지 않은 상태로 쭝잉의
부탁대로 약을 처방해 주고 쭝잉을 배웅했다. 그러고 나서야
도대체 누가 병이 났는지, 왜 입원할 상황이 아닌지 물어보지
못했다는 게 생각났다. 그러나 한 가지 확실한 점은 쭝잉이 점
점 이상해지고 있다는 것이었다.

성칭랑이 목욕하고 옷을 갈아입고 나오자, 쭝잉이 돌아와 있었다.

쭝잉은 식탁 앞에 앉아 약품 사용 설명서를 쓰고 아침에 약국에서 사 온 약과 함께 포장하더니 마지막으로 구급상자를 정리했다. 성칭랑은 맞은편에 앉아서 쭝잉이 정리하는 모습을 지켜봤다.

정리가 끝나 시계를 보니 거의 새벽이었다.

쭝잉은 6시 전에 못 일어날까 걱정스러워 일단 구급상자를 성칭랑에게 주었다.

"아주의 증상을 봐선 폐렴일 가능성이 커요. 관련 약을 넣었으니 칭후이에게 설명서에 써놓은 용량대로 사용하라고 하세요. 가방 안에 응급 약품도 넣었어요. 혹시 쓸 일이 생길지도 모르니까. 무슨 문제가 있으면 돌아와서 내게 말해요."

쭝잉은 잠깐 생각하다가 가방에서 새 휴대전화를 꺼내 성칭랑에게 건넸다.

"새걸로 하나 샀어요. 안에 내 전화번호 저장해 놨으니 여기로 돌아오면 바로 연락할 수 있을 거예요. 제때 충전하는 거 잊지 말고 안 쓸 때는 꺼놔요."

쭝잉은 성칭랑의 습득력을 믿었기 때문에 시범을 보여주지 않고 이렇게 말만 하고 씻으러 가버렸다.

쭝잉은 너무 피곤했다. 침대에 누워 눈을 감자 엄마의 사진들이 스쳐 지나갔다. 그다음 오늘 만났던 사람들과 일들을 떠올리며 힘겹게 소화하고 분해하기 시작했다.

뤼첸밍은 쭝잉이 주식을 매도한 순간 장외시장에서 주식을 내량 매수했다. 그리고 쭝위 어머니와 심상치 않은 관계를 맺고 있는 듯했다. 뤼첸밍의 목적은 신시의 통제권과 발언권일까?

쭝잉은 언제 잠들었는지 모르게 잠들었다가 새벽 5시 56분, 갑작스러운 전화벨 소리에 잠에서 깼다.

낯선 목소리의 상대가 뜻밖의 질문을 했다.

"쭝 선생님, 말씀 좀 묻겠습니다. 일전에 신시 주식을 다량 매도한 이유가 신시제약이 신약 임상실험 데이터를 조작했기 때문입니까?"

데이터 조작?

쭝잉은 상황이 파악되지 않아 무의식적으로 머리를 뒤로 쓸어내리고 침대에서 내려오면서 전화를 끊었다.

문을 열고 나가니 성칭량이 옷매무시를 정리하며 쭝잉 쪽으로 다가왔다.

성칭량은 한 손에는 구급상자를, 다른 한 손에는 휴대전화를 든 채로 쭝잉에게 말했다.

"쭝 선생, 장 변호사에게서 전화 왔습니다."

쭝잉이 전화기를 받아 들자 장 변호사가 물었다.

"뉴스 봤어? 신시가 임상실험 데이터를 조작했다는 거 알았어?"

"언제 뉴스인데?"

"방금."

쫑잉이 손을 내리자 앞머리 몇 가닥이 흘러내렸다.

"무슨 상황인지 대충 알겠으니 일단 끊어. 나중에 내가 전화할게."

쫑잉이 천천히 대답하고 전화를 끊자 다른 전화가 진동했다.

수문이 열린 것처럼 뉴스 관련 전화가 물밀듯 쏟아져 아침의 평화를 깨뜨렸다.

쫑잉은 몇 초 동안 망설이다가 재빨리 휴대전화를 끄고 성칭랑의 손을 잡았다.

"아주를 봐야겠어요."

손목시계의 초침이 12를 넘어갔다.


8월부터 지금까지 쫑잉은 수십 일 동안 1937년의 699번지 아파트로 돌아간 적이 없었다.

아파트의 변화는 쉽게 알아차릴 수 있었다. 식탁은 깔끔했던 모습을 잃고 아기용품으로 가득했고, 소파 위에는 옷과 책이 아무렇게나 던져져 있었으며, 탁자에는 빈 젖병이 놓여 있고, 하얀 도자기 그릇은 바닥에 널브러진 상태로 미음이 쏟아져 있었다.

보아하니 성칭후이는 아기 돌보는 일에 영 소질이 없는 모양이었다.

생각이 여기에 미치자, 쫑잉은 그제야 성칭후이와 아이들이 모두 이 아파트에 있다는 사실이 떠올랐다. 갑자기 성칭랑의 손을 꼭 잡은 채로 성칭랑의 침실 앞에 나타나면 매우 의심스럽겠다는 생각이 들었다.

쭝잉은 전기라도 오른 듯이 후다닥 손을 놓았다. 바로 그때 위층에서 아이 울음소리가 들리더니 성칭후이가 난간에 기대 아래를 내려다봤다. 쭝잉이 아직 정신을 못 차리고 있는 사이, 성칭후이가 아주를 안고 내려와 몇 걸음 앞에서 멈추더니 의심 스러운 눈빛으로 쭝잉을 쳐다봤다.

"쭝 선생님…… 출국한 거 아니었어요?"

쭝잉은 두 손을 바지 주머니에 밀어 넣고 고개를 숙인 채 생각과 감정을 정리했다. 막 입을 열려는 순간 성칭랑이 대답 했다.

"쭝 선생 출국에 문제가 생겨서 상하이에서 이틀 동안 머무 르게 됐어."

쭝잉은 성칭랑의 말에 문제가 없다고 생각했지만, 성칭후이 는 아닌 모양이었다.

"그런데 쭝 선생님 언제 왔어요?"

편안한 티셔츠와 실내복 바지 차림에, 모기 물린 자국이 훤 히 보이는 맨발에, 자고 일어나 부스스한 머리를 하고 성칭랑 의 침실 앞에 서 있는 모습은 딱 봐도 여기서 밤을 보낸 모양새 였다.

성칭랑은 재빨리 쭝잉을 살피고 태연한 척 대답했다.

"어젯밤 내가 나갈 때 마침 쭝 선생이 와서 여기서 잤어."

"아, 내가 잠이 깊이 들어서 못 들었나 보네요."

요 며칠 성칭후이는 아주 때문에 잠을 설친 탓에 어제저녁

에는 위층으로 올라가자마자 곯아떨어져 성칭랑이 언제 나갔
는지도 몰랐다. 성칭후이는 아직 잠이 덜 깬 상태로 정갈한 옷
차림을 한 성칭랑을 보더니 물었다.

"오빠는 이제 들어온 거야?"

"응."

성칭랑이 구급상자를 건네려는데 성칭후이의 품에 안겨 있
던 아주가 울다 울다 숨을 헐떡이기 시작했다.

쭝잉이 다가가 손을 뻗어 아기의 상태를 살폈다. 호흡이 빠
르고 불규칙하며 입술이 보라색으로 변한 것이, 좋지 않은 징
조였다.

"일단 올라가요."

쭝잉은 성칭랑의 손에서 구급상자를 받아 들고 성칭후이의
등을 가볍게 감싸며 위층 방으로 올라갔다.

두 쌍의 발이 '탁탁탁' 소리를 내며 위층으로 사라지자 작은
방에서 작은 머리통이 쑥 나왔다. 방금 잠에서 깬 아라이었다.

아라이는 성칭랑을 보고 조심스럽게 "안녕하세요" 하고 인
사하곤 거실로 쪼르르 나와 식탁과 소파에 놓인 물건을 정리하
는 성칭랑을 도왔다.

쭝잉이 자던 위층의 손님방은 이제 성칭후이와 아주의 침실
이 된 듯했다. 아래층과 마찬가지로 정리가 안 되어 정신이 없
었다.

쭝잉은 아주의 체온을 다시 재고 폐 소리를 들은 다음, 옆에
서 안절부절못하며 서 있는 성칭후이에게 물었다.

"열난 지 얼마나 됐어요?"

"한참 됐어요. 우유도 못 먹고 의식을 잃을 때도 있었어요."

성칭후이의 목소리에서 불안이 느껴졌다.

"불안해하지 말아요."

쯍잉은 구급상자를 열어 해열 패치와 물약을 꺼내고 알코올 패드와 스포이트를 성칭후이에게 건넸다.

"스포이트 소독해 줘요."

성칭후이는 쯍잉의 말대로 하면서 고개를 쑥 내밀어 신기한 듯이 구급상자를 봤다. 쯍잉은 볼수록 신비스러웠지만, 그래도 기댈 수 있는 사람인 것 같아 불안했던 마음이 가라앉고 저도 모르게 안심이 되었다.

성칭후이가 소독한 스포이트를 건네자, 쯍잉이 약병에서 물약을 덜어 아주에게 먹였다.

성칭후이가 호기심 어린 눈으로 쳐다보자, 쯍잉이 갑자기 동작을 멈췄다.

쯍잉은 자기가 하려다가 문득 이런 것은 성칭후이가 반드시 배워야 할 부분이라는 생각이 들어 성칭후이에게 스포이트를 건넸다.

"직접 하는 게 낫겠어요."

성칭후이는 자신이 없는 듯 망설였다.

"어렵지 않아요. 천천히 주면 돼요. 내가 옆에서 속도를 조절해 줄게요."

쯍잉의 격려에 성칭후이는 가볍게 숨을 들이쉬고 주먹을 쥐

고 나서야 스포이트를 받아 들고 조심스럽고 신중하게 아주에
게 약을 먹였다.

쭝잉은 확실히 인내심이 강한 좋은 선생님이었다. 약을 다
먹이자, 성칭후이는 몸을 쭉 펴고 한숨을 내쉬며 쭝잉에게 물
었다.

"이 약 먹으면 나아요?"

"아직은 아니에요."

쭝잉은 약상자에 든 작은 계량컵을 꺼냈다.

"매끼마다 먹여야 할 용량을 적어놨으니 그대로 먹이면 돼
요. 많이 먹이면 안 되고요."

이번에는 해열 패치를 가리키며 설명했다.

"이건 물리적으로 체온을 낮출 때 사용하는 거예요. 아주 체
온을 잘 살피다가 열이 너무 많이 나면 붙여요."

설명을 마친 쭝잉은 습관적으로 입을 꾹 말아 물고 작은 수
액 주머니를 들어 올렸다.

성칭후이는 쭝잉이 아무 말도 하지 않자 먼저 입을 열었다.

"왜 그러세요?"

쭝잉이 수액 주머니를 놓더니 방에서 나갔다.

계단 입구로 나오자 거실에서 바쁘게 정리하던 성칭랑이 고
개를 들어 쭝잉을 쳐다봤다.

"필요한 거 있어요?"

"지난달에 제가 가져온 구급상자 여기 있어요, 아니면 성 공
관에 있어요?"

"공관에요. 필요합니까? 제가 가서 가져올게요."

"아주가 수액을 맞아야 하는데 수액 연결하는 줄을 안 가져왔어요. 그 가방에 여러 개 넣어놨으니 분명 더 있을 거예요."

"알겠습니다. 지금 가서 가져오겠습니다."

성칭랑이 차분하게 대답하면서 택시를 부르기 위해 전화를 걸었다.

"필요한 약이 더 있으니 같이 가요."

"옷은 예전 그 자리에 있습니다."

쭝잉의 결연한 눈빛에 성칭랑은 거절할 수가 없었다.

침실에 놓인 오 단 서랍 제일 마지막 서랍이었다.

쭝잉이 옷을 갈아입고 나오자, 성칭랑은 죽을 데우면서 아라이에게 설명을 해주고 있었다.

"끓으면 바로 불을 꺼. 알겠지?"

아라이가 진지하게 고개를 끄덕이자, 성칭랑은 쭝잉 쪽으로 몸을 돌렸다.

"갑시다."

쭝잉과 성칭랑이 집을 나서 1층으로 내려오자 높은 안내 데스크 뒤에서 신문을 보고 있던 예 선생이 고개를 들며 일어났다. 쭝잉을 보더니 어두웠던 얼굴이 확 밝아졌다.

"미스 쭝, 돌아오셨군요! 언제 왔어요?"

지금은 한담을 나눌 때가 아닌지라 성칭랑이 나서서 말했다.

"저희가 지금 급한 일이 있어서 나가보겠습니다."

예 선생은 적당히 물러났다. 쭝잉은 우편함에서 신문을 꺼냈다.

성칭랑이 며칠은 안 가져갔는지 중문, 영문 신문이 한 뭉치는 되었다.

쭝잉은 한 손으로 신문을 쥐고 고개를 숙인 채 걸어가면서 봤다. 단지 문 앞에 다다르자 서늘한 바람이 밀려와 고개를 들어 하늘을 보니 해는 흔적도 없이 사라지고 어두침침한 구름만 가득했다.

성칭랑은 팔에 걸치고 있던 보머 재킷을 쭝잉에게 걸쳐주었다.

"기온이 조금 내려갔어요."

성칭랑은 택시 쪽으로 뚜벅뚜벅 걸어가 문을 열고 쭝잉에게 먼저 타도록 했다.

쭝잉은 퍼뜩 정신을 차리고 한 손으로 옷깃을 꽉 잡고 택시에 올랐다. 여전히 고개를 숙이고 신문을 보면서.

기사, 사설, 공고, 광고, 지면은 전쟁 전과 크게 다르지 않았고, 전쟁에 지면을 많이 할애하지도 않았다. 본토와는 다른, 조계에 속한 신문이라 사람들의 관심은 9월 축구협회 대표 교체와 백화점에서 출시한 신상품에 쏠려 있었다. 암묵적으로 상하이를 화계와 조계, 전쟁 지역과 비전쟁 지역으로 나누고 있었다.

일상의 자질구레한 일들이 전쟁의 불길을 포장하는 포장지로 쓰였다.

쭝잉은 끝까지 다 볼 수가 없어 고개를 들어 창밖을 바라봤다.

차량은 순조롭게 프랑스 조계를 달렸다. 공공조계에 있는 성 공관으로 가는 길에 난징로를 지나다 익숙한 건물이 눈에 들어왔다. 예전에 묵었던, 폭격으로 부서졌던 화마오호텔이 새 단장을 마치고 다시 개장했다.

그날 오후, 하늘에서 폭탄 두 발이 떨어졌다. 폭발음은 귀청이 떨어질 만큼 컸고, 복도는 온통 피범벅이 되었다.

그런데 겨우 한 달 만에 다시 영업을 시작하고 손님을 맞이하다니, 마치 폭격이 없었던 것 같았다.

"언제 개장했어요?"

쭝잉은 창밖에 눈길을 둔 채로 몸을 쭉 펴며 물었다.

"최근에요."

성칭랑이 쭝잉의 시선을 따라 보면서 말했다.

"그날 같이 폭격을 당했던 대세계극장도 개장해 새 영화를 상영하고 있습니다."

성칭랑의 말투에서 근심이 묻어났다. 불과 백 미터 떨어진 맞은편은 포성이 울리는 지옥인데 이곳만 천국일 수는 없었다.

점점 늘어나는 외국 주둔군은 평화를 가장한 공황과 불안을 보여주었고, 경찰은 의심스러운 인물과 폭동을 일으키는 난민을 잡아들였으며, 공공조계 위생처는 벌써 세 차례나 콜레라 발생 상황을 발표했다……. 간신히 질서가 유지되고 있기는 하지만 얇은 유리처럼 툭 치면 깨질 것 같았다.

차량이 성 공관에 도착했을 때, 집안사람들은 성칭핑의 아이를 둘러싸고 난감해하고 있었다.

성칭랑이 경비실에 방문 이유를 설명하자, 야오 아저씨가 미간을 찌푸리며 말했다.

"지금 집 안이 엉망이니 얼른 물건만 갖고 나오세요."

성칭랑을 대하는 야오 아저씨의 태도가 예전과는 달리 친절했다.

쭝잉이 없던 동안 무슨 일이 있었던 것일까?

"무슨 일입니까?"

성칭랑이 상황을 물었다.

"어제 도련님이 제 아버지와 외출했다가 어디서 놓쳤는지 밤새 못 찾다 오늘 새벽에 경찰차를 타고 왔어요! 돌아왔으니 다행이다 싶었죠. 그런데 갑자기 구토에 설사에, 상태가 아주 심각해서 둘째 아가씨와 남편분이 다투고 난리가 났습니다!"

야오 아저씨가 말하는 도련님은 성칭펑의 아이였다.

"어디서 찾았대요?"

쭝잉이 물었다.

"서쪽 난민촌까지 갔답니다. 경찰서에 여러 번 부탁했으니 망정이지 아니었으면 어떻게 찾았겠어요!"

성칭랑이 미간을 살짝 찡그리며 차가운 목소리로 쭝잉에게 말했다.

"콜레라가 돌고 있는 지역입니다."

쭝잉은 무의식적으로 입술을 깨물며 아무 말도 하지 않았다.

"구급상자만 들고나올 테니 여기서 기다리세요."

서늘한 바람 속에서 성큼성큼 안으로 들어가는 성칭랑의 모습을 보면서 중잉은 저도 모르게 주먹을 꽉 쥐었다.

문 앞에 도착하자 거실에서 싸우는 소리가 들렸다. 성칭펑의 질책에 성칭펑의 남편이 변명하고 있었다. 성칭펑은 "아이 데리고 나가서 제대로 안 보고 뭐 했어? 또 어떤 여자와 놀아났냐고? 도대체 누가 아들도 잊을 만큼 당신 혼을 쏙 빼놓은 거야?" 하고 의심을 쏟아냈고, 매형은 "내가 정말 바람피우러 나갔으면 아이를 데리고 갔겠어? 머리를 조금만 굴려도 알 거 아니야? 돈은 전부 당신이 관리하는데, 내가 어디서 돈이 나서 바람을 피워?" 하면서 항변하고 있었다.

이 말만 반복하는 게 금세 끝날 것 같지 않았다.

성칭랑이 그들을 피해 위층으로 올라가려고 계단 두 개를 막 올랐는데, 성칭펑이 갑자기 불러 세웠다.

"넌 인사도 안 하니? 그렇게 소리 없이 움직여서 누구 간 떨어지게 만들 일 있어?!"

성칭랑은 발걸음을 멈추고 계단에서 내려와 정색하며 말했다.

"성칭펑, 나한테 화풀이하는 건 아무 의미 없어. 지금은 시시비비를 가릴 때가 아니라 제일 급한 일을 해야 할 때라고. 아후이 어서 병원으로 데리고 가."

성칭랑이 몸을 휙 돌려 위층으로 올라가자, 성칭펑 남편이 성칭랑의 말을 받아 설득에 나섰다.

"아후이, 병원에 가야 한다고. 이렇게 생트집 잡는 건 의미가 없다니까!"

이 말에 성칭펑은 더 화가 났다.

"은근슬쩍 말 돌리지 마!"

성칭랑이 다시 걸음을 멈췄다.

"서구에 콜레라가 돌고 있어. 아후이가 그곳에서 돌아온 뒤 구토와 설사를 한다며. 아후이에게도, 이 집에 있는 사람들에게도 책임감 있는 행동을 하길 바라."

"너 그게 무슨 뜻이야?!"

성칭랑은 해줄 말은 다 했기에 못 들은 척하고 위층으로 올라갔다.

그러자 성칭펑이 위층에 대고 소리쳤다.

"너 지금 아후이 저주하는 거야?! 그게 도대체 무슨 뜻이야?!"

"콜레라가 의심스러우니 지금 당장 격리하라는 뜻이에요."

현관 쪽에서 들리는 소리에 성칭펑이 고개를 휙 돌리니 문 앞에 오래간만에 보는 낯익은 사람이 서 있었다.

그녀를 본 성칭펑이 무의식적으로 물었다.

"다시 한번 말해봐요."

담담한 표정의 쭝잉이 싸늘한 눈길로 말했다.

"지금 당장이라고 했습니다."

쭝잉의 말에 성칭펑은 가슴속에 치밀던 화가 반은 꺼졌다. 코를 벌름거리는 성칭펑의 얼굴에는 풀 곳 없는 화만 남아 있었다.

성칭랑은 걸음을 멈추고 현관 쪽을 쳐다봤다. 쭝잉이 들어
올 거라고는 생각하지 못했다.

"쭝 선생?"

쭝잉은 성칭랑이 또 가족에게 붙잡혀 있을까 걱정되기도 했
고, 의사로서 상황을 알려주어야 한다고 생각해 올라와 봤더니
아니나 다를까, 성칭펑과 그녀의 남편은 싸우느라 정신이 없었
고, 성칭랑이 기껏 생각해서 해주는 말에 감사는커녕 오히려
화풀이나 하고 있었다. 성칭펑은 지금 뭐가 더 중요한지도 모
르고, 아이와 자기 자신, 심지어 타인에게도 무책임한 행동을
하고 있었다.

"구토와 설사를 한다고 꼭 콜레라는 아니지만, 그곳에서 돌
아와 전형적인 콜레라 증상을 보이니 신중하게 살펴야 해요.
정말 콜레라인데 그냥 내버려 두면 아후이는 심각한 구토와 설
사로 탈수 증상과 쇼크가 오고, 더 심한 경우 사망에 이를 수도
있어요. 이 건물에 있는 사람들도 전부 감염의 위험에 노출되
고요."

높지도 낮지도 않은 침착한 어조에 권위가 실려 있어 실내
에 쭝잉의 목소리만 남은 것 같았다.

성칭펑은 바깥이 역병으로 떠들썩하다는 것을 알았지만, 그
건 난민 지역의 일로만 생각했지 자신과는 전혀 상관없는 일이
라고 여겼다. 그러니 자기 자식이 콜레라에 걸렸을지도 모른다
는 사실을 인정하지 못하고 오히려 쭝잉에게 손가락질하며 소
리쳤다.

"너, 너 헛소리하지 마!"

"보고 나서 결론 내려도 늦지 않죠."

쭝잉이 다가가 성칭핑에게 신문을 내밀며 말했다.

조계 신문 사회면에 위생처가 낸 공고가 있었다. 위생처는 콜레라 상황을 설명하면서 조계 주민의 경각심을 일깨우는 동시에 유사 증상이 나타날 경우, 즉시 조계에 설치된 콜레라 전문병원에서 격리 치료를 받도록 권고했다.

성칭핑은 영어를 썩 잘하지는 못해도 공고문을 읽을 정도는 되었다. 성칭핑이 정신을 차리기도 전에 성칭핑의 남편이 신문을 빼앗아 훑어보더니 초조한 기색으로 말했다.

"어서, 어서 야오 아저씨에게 아후이를 병원으로 옮기라고 해. 그 콜레라 전문병원이 어디라고?"

"무슨 콜레라 병원이야?!"

성칭핑은 다시 화가 폭발해 목소리를 높였다.

"그런 병원 자체가 콜레라의 온상이라고! 거기 가면 없던 병도 걸린단 말이야!"

귀를 찌르는 외침에 쭝잉은 고막이 찢어질 것 같은 통증이 몰려와 무의식적으로 미간을 찌푸렸다.

"콜레라 병원은 전문적인 소독과 격리 조치를 취해서……."

쭝잉의 말이 채 끝나기도 전에 성칭핑이 말을 가로챘다.

"당신이 가봤어요?"

"내가 가봤어."

성칭랑이 성큼성큼 아래로 내려와 쭝잉 앞에 섰다.

"쫑 선생 말대로 전문병원은 시스템이 잘 갖춰져 있어. 내 친구도 병원에서 완치돼 퇴원했고. 콜레라는 치료가 빠를수록 완치도 잘되기 때문에 시간을 지체하면 안 돼."

그러면서 성칭펑의 남편에게 말했다.

"빨리 병원에 가는 게 좋아요."

성칭펑의 남편은 성칭랑에게 맺힌 감정이 있었지만, 지금만큼은 같은 생각이라 바로 사용인을 불렀다.

"어서 아후이 데리고 내려오고 야오 아저씨에게 자동차 준비시켜요. 바로 병원으로 출발할 테니까."

"어딜 감히?!"

성칭펑이 계단을 가로막으며 사용인이 올라가지 못하도록 막았다. 성칭펑은 두려움이 가득한 눈으로 무의식적으로 저항하면서 히스테릭하게 소리쳤다.

"콜레라라도 병원은 안 돼! 의사를 집으로 불러서 치료하면 돼!"

"지금 상하이에서 가장 부족한 게 의사인데 어떤 의사가 여기까지 오겠어?"

성칭펑 남편이 돌연 목소리를 높였다.

"성칭펑, 생각을 좀 하라고!"

"여기 있잖아?!"

성칭펑은 애가 탔는지 눈에 핏발을 세우며 쫑잉을 가리켰다. 성칭랑이 즉각 반박했다.

"쫑 선생은 손님이지, 당신 마음대로 부리는 사용인이 아닙니다."

성칭랑이 쭝잉에게 얼른 나가라고 하려는데, 위층에서 다급하게 부르는 소리가 들렸다.

"도련님이 토하다가 정신을 잃었습니다!"

성칭펑이 황급하게 2층으로 올라가자 성칭펑 남편도 즉시 따라 올라갔다. 다들 정신이 없어 쭝잉이 뒤에서 하는 말에 신경 쓰는 사람은 없었다.

"잠시만요. 방에 있는 토사물에 손대지 마세요."

쭝잉의 말에 성칭랑이 고개를 돌리자 두 사람의 시선이 마주쳤다.

"구급상자 어디 있어요?"

"제가 가져오겠습니다."

성칭랑이 위층으로 올라가려고 하자, 쭝잉이 성칭랑을 잡았다.

"같이 가요."

두 사람은 재빨리 2층 서재로 들어갔고, 성칭랑이 구급상자를 가져왔다. 쭝잉은 구급상자를 열어 소독액, 라텍스 장갑, 마스크, 항생제를 꺼냈다.

"콜레라는 장이 감염되는 전염병이라 토사물 접촉을 피하는 게 중요해요. 저렇게 막무가내로 들어가면 너무 위험해요. 빨리 감염 위험을 알려줘야 해요."

쭝잉이 재빨리 마스크를 쓰고 고개를 들었다. 성칭랑의 표정이 미세하게 변한 듯싶어 그의 시선을 따라 고개를 돌리니 구석에 성칭샹이 있었다.

휠체어에 앉아 있는 성칭샹의 늘어진 바지 아래가 텅 비어 있었다. 창백했던 얼굴이 쭝잉을 발견한 순간 벌겋게 달아올랐다.

"당신이 내 다리 잘랐어?!"

쭝잉은 순간 멍해졌다.

성칭샹은 "왜 내 다리를 잘랐어?", "내가 너더러 자르라고 했어?", "왜 나한테 묻지 않았어?!" 하며 원망을 쏟아냈다. 성칭량이 나서서 "그때 상황 설명해 드렸잖아요" 하고 말하자, 성칭샹이 거칠게 말을 끊으며 "지금 저 사람한테 묻고 있잖아!" 하고 외쳤다.

쭝잉은 손을 뻗어 성칭량을 말리고 성칭샹 쪽으로 몸을 돌려 침착하고 냉정한 목소리로 말했다.

"제가 당신의 다리 절단 수술에 참여한 건 맞습니다. 당신 다리는 상태가 매우 심각했어요. 다리를 살리면 감염과 합병증이 더 심해질 뿐 생명을 유지하는 데 전혀 도움이 되지 않았습니다. 계속 설명할까요?"

마스크로 얼굴의 반이 가려졌고 노출된 눈에서도 별다른 감정이 느껴지지 않았다.

대치 상태가 되자, 쭝잉은 몸을 돌려 구급상자를 재빨리 정리한 다음 나가려고 했다.

수술 후 심리치료는 쭝잉이 잘하는 분야가 아니었지만 문을 나서려다 멈추고 짧게 숨을 내쉰 다음, 성칭샹을 등진 채 말했다.

"성 선생님, 사고는 이미 일어난, 말 그대로 어쩔 수 없는 사고였습니다. 지금 할 수 있는 건 앞을 보는 것뿐이에요."

성칭랑은 쭝잉의 말이 분명 경험에서 나온 것이라고 느꼈다.

성칭랑이 쭝잉 곁으로 다가갔지만 쭝잉은 구급상자를 들고 먼저 나갔다.

서재에서 잠시 지체했다고 바깥에서는 진혀 나른 상황이 전개되고 있었다.

성칭핑 남편이 아이를 안고 1층으로 내려가 운전기사를 부르지도 않고 직접 운전석에 앉더니 병원으로 출발했다. 성칭핑이 소리치며 막았지만 결국 막지 못했다.

쭝잉이 내려갔을 때는 화가 잔뜩 난 자동차 경적만이 공관을 가득 채우고 있었다.

쭝잉은 계단 쪽에 서서 주위를 둘러봤다. 계단 위, 거실 바닥 위에 토사물의 흔적이 남아 있었다.

공기는 질식할 것처럼 답답했다. 쭝잉은 아래층에 있는 성칭랑에게 주의를 주었다.

"조심하세요. 밟지 말아요."

자동차 소리가 멀어지자 매미 우는 소리만 드문드문 들렸다.

흐린 날 창백하고 힘없는 빛이 채색 유리를 뚫고 거실로 들어와 바닥에 생기 잃은 색채 조각을 남겼다.

성칭핑이 터벅터벅 들어오더니 거실에 놓인 소파에 무너지듯 내려앉았다.

소란을 피우느라 치파오의 매듭단추가 두 개나 뜯어졌고, 컬을 넣어 난정하게 빗어 올린 머리칼은 몇 가닥 풀어져 있었으며, 어두운 눈빛이 거만하던 평소 태도와는 전혀 다른 흐트러진 모습이었다.

갑작스러운 전쟁으로 삶이 더 엉망이 되었다.

친정의 사업은 전쟁에 거의 다 무너졌고, 살던 집도 전쟁에 휩쓸려 친정으로 들어올 수밖에 없게 되었다. 오빠는 두 다리를 잃은 뒤 전혀 다른 사람이 되었고, 성칭후이는 알지도 못하는 아이를 키운답시고 자신과 인연을 끊다시피 했으며, 남편은 날마다 어떤 여자와 놀아나는지 알 수 없었는데, 이젠 아후이까지 심한 병으로 앓아누웠으니 평소 무서울 게 없었던 거만한 귀부인이 지금은 바닥에 주저앉아 어찌할 바를 몰랐다.

쭝잉은 잠시 상황을 파악하고 성칭평 앞으로 다가가 불쑥 몸을 숙이며 말했다.

"손 내미세요."

성칭평은 이게 무슨 소리인가 싶어 고개를 들었다. 성칭평은 마치 이빨이 다 빠져 공격력을 잃은 동물 같았다.

"손 내미세요."

쭝잉이 다시 한번 말했다.

성칭평이 기계적으로 손을 내밀자, 쭝잉은 소독액 병뚜껑을 따고 손바닥에 소독액을 짜주었다.

"삼 분 동안 비빈 다음 흐르는 물에 깨끗이 씻으세요."

그런 다음 몸을 일으켜 성칭랑에게 말했다.

"아이는 병원으로 갔어도 아이가 있던 방은 반드시 소독해야 해요."

쭝잉은 주도면밀했다. 성칭랑은 쭝잉을 온전히 신뢰했기 때문에 사용인에게 쭝잉의 말대로 정리하고 소독 작업을 하라고 지시했다.

각자 할 일을 끝내고 나니 식사 시간이었다. 바깥의 스산한 바람도 멎은 것 같았다. 쭝잉은 항생제를 남겨놓고 야오 아저씨에게 사람들에게 나눠주라고 당부했다. 예방 차원이었다.

"다른 사람에게 비슷한 증상이 나타나면 즉시 병원에 가세요. 우린 다른 급한 일이 있어서 이만 가볼게요."

쭝잉은 성칭랑 쪽으로 몸을 돌렸다.

"성 선생님, 가시죠."

"선생님 조심해서 가세요. 쭝 선생님도 안녕히 가세요."

야오 아저씨가 공손하게 서서 두 사람이 차에 올라 보이지 않을 때까지 배웅한 뒤에야 공관 대문을 닫았다.

차 안은 상대적으로 밀폐되어 있었다. 쭝잉은 차창에 머리를 기대고 눈을 감았다.

새벽에 신시의 임상실험 데이터 조작 뉴스 때문에 깨서 성 공관의 돌발 사건까지 처리하다 보니 힘이 들었는지 이마에서 식은땀이 줄줄 흘렀다. 열도 조금 나는 것 같았다.

성칭랑은 쭝잉이 아침도 안 먹은 게 생각나 서류 가방을 뒤졌지만 작은 비스킷 하나가 전부였다. 그것도 거의 부서져 있었다.

쭝잉에게 건네야 하나 망설이고 있는데, 쭝잉이 갑자기 자세를 고쳐 앉더니 손을 뻗어 비스킷을 가져갔다. 그리고 포장을 북 찢고 망설임 없이 반을 먹고 남은 것을 성칭량에게 주었다.

"혼자 다 먹을 순 없죠."

그러더니 다시 차갑고 딱딱한 차창에 머리를 기대고 눈을 감았다.

조용한 차 안에서 비스킷 포장지가 마찰하는 소리가 간간이 들렸다. 조심스러운 게 쭝잉을 방해하지 않으려는 것 같았다.

성칭량은 먹을 때 거의 소리를 내지 않았다. 쭝잉은 눈을 감고 성칭량이 내는 소리를 들었다. 그가 서류 가방을 열어 서류를 꺼내는 것 같았다.

쭝잉은 무의식적으로 눈꺼풀을 살짝 들어 올려 성칭량이 들고 있는 서류로 시선을 옮겼다.

자원위원회의 제안서로, 상하이 공장 내륙 이전에 필요한 경비 문제에 관한 것이었다. 현재 수많은 공장이 자금 부족으로 이전을 할 수 없으니 재정부에서 주요 공장에 자금을 지원해 달라는 내용이었다. 거기에는 상무와 중화 같은 유서 깊은 인쇄소도 포함되어 있었다.

쭝잉은 전쟁 전 어느 날, 두 사람이 성 공관에서 이전위원회로, 다시 훙커우로 가서 배표를 전해주느라 깊은 밤이 되어서야 699번지 아파트로 돌아오면서 성칭량이 했던 "상하이에만 공장이 오 천 개 있는데 전쟁으로 다 파괴되거나 적의 수중에 넘어가면 산업 전체가 큰 타격을 입을 겁니다"라는 말이 생각났다.

"이 일 때문에 계속 바쁜 거예요?"

쭝잉의 갑작스러운 질문에 성칭량은 순간 멈칫했다가 고개를 끄덕였다.

쭝잉은 잠시 생각하고 다시 물었다.

"제가 이때의 역사를 잘 몰라서 무식한 질문 하나만 할게요. 지금 상황이 어때요. 얼마나 이전했어요?"

성칭량이 서류 가방에 서류를 넣고 미간을 좁히며 손가락 두 개를 들어 올렸다.

"이십 퍼센트요?"

"아니요, 이 퍼센트요."

무거운 표정과 가라앉은 목소리에서 '어쩔 수 없는 상황에서도 최선을 다하겠다'는 결심이 느껴졌다. 해야 할 일, 할 수 있는 일은 이미 다 했다. 성칭량은 상하이의 크고 작은 공장 오천여 개 가운데 절대다수는 내륙 이전 가능성이 없다는 것을 분명하게 알았다.

쭝잉은 더 묻지 않았다.

"일이 있으면 가세요. 아파트에는 저와 칭후이가 있으니 큰 문제는 없을 거예요."

쭝잉이 이렇게 말했음에도 성칭량은 쭝잉을 아파트 공용 현관까지 데려다주고, 쭝잉이 위층으로 올라가는 것까지 보고 나서야 다시 차로 돌아가 일을 보러 나갔다.

쭝잉은 아파트 발코니에 서서 차가 멀어지는 것을 바라봤다. 어디로 가는지 알 수 없어 이별하는 느낌이 들었다.

실내에서 들리는 아이 울음소리에 쭝잉은 정신을 차리고 재빨리 거실로 돌아왔다. 알코올 패드로 손을 소독하고 구급상자에서 수액 연결 줄을 꺼내 위층으로 올라가 아주에게 수액을 놓아주었다.

쭝잉이 바쁘게 손을 놀리자, 성칭후이가 점심으로 국수를 먹자면서 아래층으로 내려갔다. 주방에 금세 활기가 돌았다.

쭝잉이 아주를 달래고 성칭후이를 도우려고 내려가는데 현관 벨이 울렸다. 성칭후이는 식사 준비로 바빠 쭝잉이 문을 열어주었다.

예 선생이 전보를 건넸다.

"방금 안내 데스크로 와서 제가 직접 갖고 올라왔습니다. 미스 쭝이 성 선생님께 전해주세요. 그럼 저는 이만 가보겠습니다."

"알겠습니다. 고맙습니다."

쭝잉은 전보를 받아 들고 훑어봤다. 글을 보니 전보라기보다 편지 같았다.

"보름간 모두가 노력한 끝에 기자재와 인력 모두 오늘 마침내 한커우에 도착했습니다. 오는 내내 비바람으로 어려움이 많았지만 형님의 도움으로 무사히 도착할 수 있었습니다. 정말 감사드립니다. 수일 전 전장鎭江에서 헤어진 이후 이제 언제 다시 만날 수 있을지 모르겠습니다. 지금 상하이는 아주 위험하니 부디 몸조심하십시오."

본문 아래에 모모 철강공장의 모모 씨의 낙관이 찍혀 있었다.

아마도 이전에 성공한 이 퍼센트 중 하나인 모양이라고 쭝잉은 생각했다. 쭝잉은 전보를 현관 서랍에 넣었다.

성칭후이가 국수 그릇을 들고 거실로 나오며 물었다.

"누구예요?"

"예 선생이 전보를 갖고 왔어요."

"누가 보낸 건데요?"

"무슨 철강공장인 것 같은데요?"

쭝잉은 서랍을 닫고 성칭후이 쪽으로 몸을 돌리며 대답했다.

"아, 거기 알아요. 한커우에 도착했다고 하죠?"

성칭후이가 식탁에 그릇을 내려놓으며 말했다.

"그걸 어떻게 알아요?"

"그 철강공장 정말 대단해요. 지난번에 칭핑 언니가 그 공장이 이전하면 성가의 기계공장 이전에 동의한다고 했거든요."

성칭후이가 의자에 앉으며 말했다.

"큰 공장들이 잇달아 이전했어요. 추세가 이렇다 보니 언니도 가만히 앉아 공장이 폭격당하는 걸 보고만 있을 수는 없었겠죠. 언니에게 다른 뾰족한 수가 있는 것도 아니고. 그러니 결국은 칭랑 오빠만 믿을밖에요. 언니 말은 사실 체면이라도 챙기겠다는 거였죠. 속으론 진작에 바랐으면서."

성칭후이의 말에 쭝잉은 성 공관에서 위로는 성칭펑부터 아래로는 야오 아저씨까지 성칭랑을 대하는 태도에 왜 미묘한 변화가 생겼는지 알 수 있었다.

"어서 드세요. 국수 불어요."

성칭후이의 재촉에 쭝잉은 앉아서 국수를 먹었다. 아파트에 고요한 평화가 흘렀지만 잠시의 평화라는 것을 쭝잉은 알았다.

전쟁은 이제 막 시작되었고 사람들의 미래는 모두 불투명했다. 성칭후이와 아이들이 어디로 갈 것인지, 성가의 공장은 순조롭게 이전할 수 있을지, 성가의 다른 사람들은 공장을 따라 함께 떠날 것인지……. 물론 성칭랑도 있었다. 성칭랑은 전쟁이 끝나도 계속 상하이에 남아 있을까?

밤 10시에서 십여 분 정도 남았을 때, 성칭랑이 돌아왔다.

시간이 늦어 성칭후이와 아이들은 진작에 잠이 들었고 쭝잉도 소파에서 몇 시간 동안 잤다. 사실 쭝잉은 오후 내내 비몽사몽 상태였고 호흡기관의 염증 반응이 뚜렷해 기침이 나왔다.

"왜 그래요?"

성칭랑이 쭝잉의 상태를 보며 물었다. 어둠 속에서 손 하나가 뻗어 나와 성칭랑의 손을 잡았다.

"쉿, 그냥 이대로 조금만 있어요."

## 제11장

# '신시'의 아이러니

잔뜩 가라앉은 목소리에서 피곤함이 묻어났다. 호흡도 느렸다.

어둠 속에서 성칭량은 쭝잉의 손이 차갑지만 그래도 평소보다 조금 부드럽다고 느꼈다. 손가락에 박힌 굳은살이 손바닥에 닿자 예전에 쭝잉에게 느꼈던 힘을 다시 느낄 수 있었다.

거실에는 시계 소리만 들렸다. 성칭량은 그대로 앉았다. 무릎 위에 서류 가방을 올려놓고 긴장해서 뻣뻣해진 어깨에서도 힘을 빼고 조용히 쭝잉 옆을 지켰다.

10시가 되고 탁상시계가 울리자 모든 것이 변했다.

귓가에 2015년 밤 10시의 탁상시계 종소리가 울렸다. 눈을 감고 있었지만 쭝잉은 돌아왔다는 것을 분명하게 느꼈다.

마지막 종이 울리자, 쭝잉은 손을 풀고 두 손으로 이마를 짚으며 말했다.

"미안한데 불 좀 켜주세요."

성칭랑은 아직 정신을 차리지 못한 상태였지만 쭝잉의 말에 벌떡 일어나 거실 불을 켜고 소파로 돌아왔다.

"쭝 선생, 지금 상태 어때요?"

실내에 불이 들어오자, 쭝잉은 이마를 짚고 있던 손을 내리며 고개를 들었다.

"심하지는 않아요."

여전히 목소리가 가라앉아 있었다.

"열이 조금 나고 상부 호흡기에 염증이 약간 있어요. 어젯밤에 바람을 쐬어서 그런가 봐요. 별일 아니에요."

무의식적으로 손을 뻗어 탁자 위에 있는 담뱃갑을 더듬어 한 개비 꺼내려 했으나 그냥 다시 집어넣고 벌떡 일어나 창고로 향했다.

성칭랑은 쭝잉이 창고에서 수액 걸이를 내오고, 서랍에서 수액과 약을 꺼내 수액 연결 줄 포장을 뜯어 수액에 연결한 다음 수액 걸이에 거는 일련의 과정을 지켜봤다.

쭝잉은 서랍에 기댄 채 수액 바늘을 소독하고 공기를 뺀 다음 자신의 손등 정맥에 꽂았다. 바늘을 잘 고정하고 나서 고개를 들어 수액 조절기를 봤다. 투명한 액체가 규칙적으로 떨어지자, 쭝잉은 수액 걸이를 밀고 주방으로 들어가 물을 끓였다.

하루 종일 창문을 열어놓았더니 실내에 들어온 작은 벌레들이 전등 주위를 뱅글뱅글 돌았고, 어느새 모기가 팔뚝을 물었다. 쭝잉이 알아차렸을 때는 이미 모기가 든든하게 배를 채우고 도망간 뒤였다.

열이 나니 반응 속도도 느렸다. 쭝잉은 피부가 벌겋게 붓는 것은 신경 쓰지 않고 고개를 돌려 창밖을 내다봤다.

늦여름 서늘한 바람이 밀려들어 오고, 밤은 그다지 밝지 않았으며 고요함마저 감돌았다.

주전자에서 물이 끓는 소리와 바깥의 벌레 우는 소리는 매우 오랜만이었다. 어릴 때나 들렸던 소리 같았다. 어쩌면 어른이 되어서도 들렸겠지만 쭝잉이 주의를 기울이지 않았을 수도 있었다.

딴생각에 빠져 있는 사이, 성칭랑이 다가와 격자창을 닫았다.

저녁이라 기온이 내려갔고 바람도 서늘해 창문을 열어놓으면 회복에 좋지 않을 것 같았다. 성칭랑은 창문을 잘 닫고 끓인 물을 유리컵에 따라 쭝잉을 위해 식혀놓았다.

쭝잉은 컵을 힐끗 보고 수액 걸이를 끌고 소파로 가 앉았다. 리모컨으로 텔레비전을 켜고 채널을 돌리자, 남자 앵커가 단정하게 앉아 나이트 뉴스를 진행하고 있었다.

성칭랑이 물잔을 쭝잉 앞에 내려놓자, 쭝잉이 말했다.

"앉아요."

성칭랑은 쭝잉 옆에 앉아 쭝잉이 약상자를 뜯어 캡슐 두 알을 꺼내는 것을 지켜봤다. 쭝잉이 먹으려는 줄 알았는데, 갑자기 고개를 돌려 성칭랑에게 "입 벌려요" 하고 말했다.

성칭랑은 놀랐지만 쭝잉이 시키는 대로 입을 벌렸다. 쭝잉은 캡슐 두 알을 성칭랑의 입에 넣어주고 물을 건넸다.

"항생제예요. 예방 차원에서."

이이서 말했다.

"경구용 콜레라 백신은 당장 구하기 어렵지만, 당신은 복용해야 할 것 같아요. 시간 나면 다시 가서 사 올게요."

성칭랑은 쫑잉을 보면서 조금 뜨거운 물과 캡슐 두 알을 삼켰다.

쫑잉은 다시 캡슐 두 알을 꺼내 자기 입에 넣고 성칭랑이 들고 있던 물컵을 가져가 훅 마셨다. 뜨거웠는지 미간을 확 찌푸리며 삼키고 물컵을 내려놓고 눈을 감았다.

텔레비전 음량은 크지도 작지도 않았다. 정확한 발음의 남성 앵커가 적당한 속도로 뉴스를 읽자 쫑잉의 호흡도 차츰 느려졌다.

성칭랑은 고개를 들어 수액 걸이에 걸린 투명한 주머니를 봤다. 수액이 조용히 쫑잉의 정맥으로 들어갔지만, 소파에 기댄 채 정좌한 쫑잉의 고요한 얼굴에는 피곤이 가득했다.

그 순간 성칭랑은 쫑잉의 머리를 감싸 안아 자신의 어깨에 기대게 하고 싶었다.

갑작스러운 생각에 성칭랑은 눈 안쪽의 정명혈을 누르며 정신을 차리려고 애썼다. 그러나 몇 초 뒤 성칭랑의 오른쪽 어깨가 묵직해졌다. 쫑잉이 눈을 꼭 감은 채 성칭랑의 어깨에 머리를 기댔다. 잠이 든 것 같았다.

쫑잉의 머리칼은 부드러웠고 샴푸 향이 은은하게 풍겼다. 그러나 옷에서는 소독약 냄새가 났다.

성칭랑은 순간 심장이 확 조였지만 이내 풀어졌다. 눈을 내리뜨자 쭝잉의 가늘고 풍성한 속눈썹이 아래로 가라앉아 있었고, 콧방울이 가볍게 움직였으며, 입술은 늘 그렇듯 꾹 다물고 있었다.

그 모습에 성칭랑은 마음이 편안해지고 안심이 되었다. 시간이 느리게 흘렀으면 하는 생각도 들었다.

그러나 수액은 결국 다 들어갔고, 텔레비전 뉴스도 동시에 끝을 알렸다. 쭝잉을 깨워야 했다.

성칭랑이 깨우기도 전에 쭝잉이 일어나 앉아 손등 위에 붙은 밴드를 쫘악 떼고 알코올 솜으로 누르면서 깔끔하게 바늘을 뽑았다.

쭝잉은 쓰레기를 처리하고 고개를 돌렸다. 성칭랑과 눈이 마주치자 잠시 난처해했다가 다시 아닌 척했다가 결국 아무렇지 않은 듯 말했다.

"늦었어요. 씻고 자야죠. 아주 상태는 수시로 지켜봐야 하니 내일 아침 가기 전에 저 깨워요."

쭝잉은 성칭랑의 시선을 피해 욕실로 들어가 씻었다.

조금 전 쭝잉은 깊이 잠들지 않고 반쯤 깨어 있어서 자신이 무슨 행동을 하는지 알았다. 하지만 성칭랑에게 기대는 자신을 그냥 내버려 두었다. 잠재의식의 부추김과 예사롭지 않은 자기 방임이었다.

7월에 만나 지금까지, 한 사람을 온전히 알기에는 부족한 시간이었다.

그러나 만남보다 헤어짐이 길었어도 감동적인 순간이 제법 있었다. 지금 이런 상황에서는 그것이 좋은 일인지 나쁜 일인지 판단하기 어려웠지만 말이다.

칠십여 년 전의 상하이는 재난이 현재 진행형이었다.

자베이구는 폭격과 전투가 더 격렬해졌다. 농작물이 무르익는 계절이었지만 전쟁으로 인해 수확이 제대로 이뤄지지 않아 식량 공급 위기가 예상되었고, 이 지역 사람들은 생활이 더 어려워질 것이었다.

3일 뒤, 9월 19일은 1937년의 추석이었다.

추석날에 성칭후이는 새벽부터 쌀을 사러 나갔다가 빈손으로 돌아왔다. 단정한 단발이 조금 엉클어지고 말투에서 불만이 묻어났다.

"쌀이 풀리자마자 동이 났어요. 난 근처에 가보지도 못했지 뭐예요. 어떤 사람이 내 머리칼을 잡아당기더라고요. 정말 너무하지 않아요?"

그러다 쭝잉이 아주를 진찰하는 것을 보고는 정신을 차리고 물었다.

"아주 상태 어때요?"

"조금씩 좋아지고 있어요. 상태도 비교적 안정적이고."

쭝잉이 청진기를 빼면서 말했다.

"집에 밀가루가 반 봉지 남았는데 아껴서 먹으면 조금은 버틸 수 있을 거예요."

성칭후이가 가볍게 말하며 현관 서랍에 열쇠를 두고 일력을 보더니 다시 한숨을 내쉬었다.

"추석이네요. 원래대로라면 오늘 개학인데 못 할 것 같아요. 오는 길에 중학교 동창을 만났는데 푸단대와 다퉁대도 개학을 못 한대요. 학교들이 연합해서 이전한다고 하는데……. 아, 뭐든 다 내륙으로 이전하네요. 내륙에는 전쟁이 안 나겠죠?"

성칭후이는 말을 하면서 몸을 돌려 쭝잉을 쳐다봤다. 쭝잉이 반응이 없자 스스로 위로하듯 말했다.

"임시방편이겠죠? 언젠가는 다 돌아올 거예요. 어떻게 생각해요?"

쭝잉은 가타부타 말하지 않고 잠시 망설이다가 물었다.

"이 전쟁 빨리 끝나지 않을 거예요. 혹시 상하이를 떠날 계획은 없어요?"

성칭후이는 말이 없었다. 대답하고 싶지 않은 것 같았다. 어려서부터 잘 계획된 인생을 살아온 그녀였기에 홀로 두 아이를 입양한 것만으로도 굉장한 이탈이었다. 그러나 상하이를 떠나는 것은 아이를 입양하는 것보다 더 무섭고 낯선 일이었다.

한참 생각한 성칭후이가 고개를 들고 대답했다.

"전 칭랑 오빠가 가는 데로 따라갈래요."

성칭후이는 의존적인 성향이 강했다. 아직 어려 혼자 세상일을 처리한 경험과 능력이 부족하니 너무나 정상적인 반응이었다.

쭝잉은 더 묻지 않았다.

성칭후이가 갑자기 작은 가방에서 표 몇 장을 꺼냈다.

"어제 오빠가 줬어요. 오늘 공부국 악단이 난징대극원에서 자선 음악회를 한다는데, 저는 집에서 아기 볼래요. 오빠랑 선생님이 가세요."

성칭후이는 쭝잉과 성칭랑을 이어주는 게 신이 났는지 계속 떠들었다.

"사실 너무 아쉬워요. 예전 같았으면 추석이라 아주 떠들썩했을 텐데. 올해는 행사가 많이 취소됐거든요. 아니었으면 오빠가 불꽃놀이에도 데리고 갔을 건데. 지금은 불꽃놀이 대신 포화만 있네요."

전쟁 때라 명절 축하도 그저 형식적일 뿐이었고 축하하는 사람도 드물어 마치 사막에 핀 꽃처럼 쓸쓸했다.

성칭후이와 아이들은 음악회에 못 가고 성칭랑과 쭝잉만 가기로 했다. 일을 마치고 저녁에 돌아온 성칭랑은 택시는 부르기가 어렵고 시간도 촉박해 안내 데스크에서 자전거를 빌렸다.

성칭랑이 한 발은 땅을 짚고 다른 한 발은 자전거 페달에 올린 채 쭝잉에게 타라고 권했다.

쭝잉은 성칭랑과 자전거를 훑어보고 두말하지 않고 뒷자리에 올라탔다. 발판을 구르는 순간 오른팔을 뻗어 성칭랑의 허리를 잡았다.

셔츠 사이로 전해지는 체온에 더 안전한 느낌이 들었다.

공기 중에 화약 냄새가 은은하게 떠다녔다. 자전거 차축이 돌아가는 경쾌한 소리가 조용한 도로에서 유난히 크게 들렸다.

골목을 빠져나와 고개를 돌리자 달빛이 온 거리를 가득 채우고 있었다.

성칭랑의 등에서 불빛이 반짝거려 자세히 보니 늦여름의 마지막 반딧불이로, 열심히 빛을 모으고 있었다.

음악회는 관객이 많지 않았다. 특수한 상황의 명절이라 사람들 대부분이 외출을 삼가기로 한 모양이었다. 그래도 공부국 악단은 최선을 다해 연주해 기부금을 모집했다.

야간 통행금지 때문에 음악회는 9시가 조금 넘어서 막을 내렸다. 음악회가 끝나자 사람들은 삼삼오오 모여 인사를 하고 극장을 빠져나갔다.

관객들이 흩어질 때, 쫑잉은 구석에서 탄산음료를 마셨다. 칠십여 년 전의 배합이라 현재와는 미세한 차이가 있었지만 달콤한 맛과 톡톡 터지는 탄산에 기분이 좋아졌다.

고개를 숙여 손목시계를 보니 9시 50분이었다. 성칭랑은 저쪽에서 공부국 동료와 이야기를 나누고 있었다.

다시 일 분이 지나자, 성칭랑이 동료와 대화를 마치고 자전거를 끌고 쫑잉을 향해 다가왔다.

거리는 매우 한산했다. 멀리서 가끔 총성이 들리는 것으로 보아 소규모 충돌이 벌어진 모양이었다.

쫑잉은 자전거에 올라타 한 손으로 성칭랑의 허리를 잡고 다른 한 손으로 탄산음료 병을 꽉 쥐었다.

스치는 풍경은 달랐지만 시종 어두웠다. 전력은 부족해도 달빛만은 풍부했다. 달리고 달리다 보니 갑자기 주변이 환해지고 도시의 공기도 순식간에 변했다.

밀리 동빙명주 탑이 밤하늘에 환하게 빛나고 있었다. 1937년의 만월과 다른 점이라면 2015년 이날의 달은 가는 갈고리 모양이었고, 온 도시를 환하게 밝히는 조명 속에서 전혀 눈에 띄지 않는다는 것이었다.

손가락 한번 튕기는 사이에 세상이 확 바뀌었다.

바람은 서늘했지만 부드러웠고, 차도에는 자동차가 쌩쌩 달려 그들은 침착하게 도로 옆에 난 작은 길로 자전거를 몰았다. 깊은 밤 산책하는 사람들을 지나치고 가끔은 나는 듯 지나가는 오토바이에게 길을 내주었다.

쭝잉의 눈길이 멀지 않은 곳에서 빛나는 건물로 향했다. 쭝잉은 성칭랑에게 멈추라고 했다.

성칭랑이 급브레이크를 밟아 자전거를 세우고 쭝잉의 시선을 따라 눈길을 옮겼다.

대형 빌딩 꼭대기에 거대한 로고가 붙어 있었다.

'SINCERE, 신시제약'

영문 글자 하나하나에 빛이 들어와 반짝거렸다.

'신시어sincere, 진실된'이라는 뜻은 신시 창립자의 신념과 태도를 나타내는 단어로 약품 데이터 조작이 폭로된 이 시점에서는 아이러니하게 느껴졌다.

쭝잉의 눈에 암담한 빛이 지나갔다.

성칭랑은 쭝잉과 신시의 관계를 잘 알고 있었다.

쭝잉과 쭝칭린의 부녀 관계를 폭로한 뉴스와 옌만의 생애 관련 스크랩 등 파편화된 정보를 모아 붙이니 그 안에 있는 인과관계를 대충 파악할 수 있었다.

신시의 영문명을 보자, 성칭랑은 스크랩에 있었던 옌만의 인터뷰 기사가 떠올랐다. 인터뷰에서 옌만은 자체 연구개발에 대한 이상과 결심을 보여주었고, 신시라는 이름에 노력과 진심이 담겨 있어 정말 적절하고 좋은 이름 같았다.

"신시어."

성칭랑은 저도 모르게 소리 내 읽었다.

"좋은 뜻이네요."

"내가 처음으로 배운 영어 단어예요. 예스나 노보다 더 먼저."

쭝잉이 자전거 뒷좌석에 기댄 채 말했다. 감기가 다 낫지 않아 목소리에서 비음이 섞여 나왔다.

"이 영문명은 엄마가 지은 거예요."

쭝잉이 스스럼없이 엄마 이야기를 하자, 성칭랑은 쭝잉과 한 걸음 더 가까워진 것 같아 조금 놀라우면서도 기뻤다.

"당시 함께했던 파트너들도 만장일치로 찬성해 음역한 신시라는 이름이 생긴 거래요."

말하다 보니 말투가 점점 느려지고 탄식도 섞여 나왔다.

"신시를 창립했을 때, 사람들은 젊었고 이상도 같았어요. 그저 좋은 약을 만들고 싶은 마음뿐이었죠. 하지만 사람은 변하게 마련인지, 권력과 이권 다툼을 하느라 어느덧 초심을 잊었어요."

쭝잉이 이렇게 말을 많이 하는 경우는 드물었다. 말을 마친 쭝잉은 신시 빌딩을 바라보며 한동안 말이 없었다. 성칭랑은 조용히 쭝잉 곁을 지켰다.

그때 갑자기 성칭랑의 휴대전화가 울렸다. 깜짝 놀라 다급하게 서류 가방을 열어 휴대전화를 꺼냈다. 불이 들어온 액정에 전화번호만 떴다. 연락처에 저장하지 않았어도 이 번호가 쉐쉬안칭의 것임을 알았다.

지난번 아파트에서 쉐쉬안칭과 처음 맞붙었을 때 그녀의 전화번호를 외워두었다.

이곳으로 올 때마다 쉐쉬안칭에게서 전화가 왔지만, 쭝잉이 옆에 없기도 했고 성격이 거친 쉐쉬안칭이 엉뚱한 짓을 할까 봐 걱정스러워 아예 받지 않았다.

액정이 계속 켜진 채로 기본으로 설정된 휴대전화 벨 소리가 이상할 정도로 크게 울렸다.

쭝잉에게 휴대전화를 건네자, 쭝잉이 삼 초 정도 망설이더니 중지로 통화 버튼을 눌렀다. 귀에 대기도 전에 저쪽에서 오랜만에 듣는 목소리가 들렸다.

"맙소사, 전화를 받을 줄도 아네?!"

노기가 충천했지만 말투에서 느껴지는 음의 변화와 떨림에서 오랫동안 통화를 못 해서 생긴 걱정과 당황스러움이 고스란히 전달되었다.

"날 말려 죽일 셈이야? 하느님 감사합니다. 네가 아직 살아 있다니."

"그래, 나 아직 살아 있어. 너 어디야?"

쉬쉬안칭은 이어폰의 음량을 높이고 말했다.

"퇴근한 지 얼마 안 됐어. 샤오정은 팀으로 돌아갔고, 난 집에 가려다 너를 찾기로 했지. 위치 전송해."

"왜 날 찾아?"

"쭝 선생."

쉬쉬안칭이 갑자기 성청랑이 사용하는 호칭으로 불렀다.

"며칠 전 선생이 내게 보낸 문자 기억 안 납니까? 저는 부탁은 다 들어드리는 사람입니다만."

그제야 쉬쉬안칭에게 문자를 보냈던 게 생각났다.

엄마의 추락 사고 파일을 찾아봐 달라고 부탁했는데 그날은 답신을 받지 못했다.

"파일?"

"당연하지."

쭝잉은 재빨리 지도 앱을 열려다, 이 전화는 성청랑의 것이라는 게 생각나 그만두었다.

대신 주머니에서 자기 휴대전화를 꺼내 시작 버튼을 길게 누르자 몇 초 뒤 문자가 맹렬한 기세로 쏟아져 들어왔다. 이 세계와 연락을 끊은 지 너무 오래된 모양이었다.

하나하나 다 볼 겨를이 없어 우선 위치를 쉬쉬안칭에게 전송했다. 쉬쉬안칭도 자신의 위치를 보내왔다. 차로 삼 킬로미터도 안 떨어진 가까운 거리에 있었다.

쭝잉이 휴대전화를 주머니에 넣자, 성청랑이 물었다.

"자리를 피해드릴까요?"

"아니요."

쭝잉은 잠시 뒤 보충 설명을 해주었다.

"쉐쉬안칭도 당신 사정 알아요. 미안해요. 먼저 양해를 구해야 했는데."

"괜찮습니다. 그 친구분은 의심이 많아서 자초지종을 아는 게 나을 겁니다."

성칭랑의 말도 어느 정도 일리가 있었다. 이 이상한 일을 알게 된 뒤로 쉐쉬안칭은 제멋대로 조사하거나 방해하지 않았다.

어쨌든, 쉐쉬안칭은 비밀 하나는 잘 지키니 여기저기 떠들고 다닐 걱정은 없었다.


깊은 밤, 동방명주 탑의 조명도 꺼졌다.

차 한 대가 도로 옆에 서더니 경적을 울렸다.

쭝잉과 성칭랑이 소리가 나는 곳을 쳐다보니 쉐쉬안칭이 차에서 내려 그들 쪽으로 성큼성큼 다가오고 있었다.

쉐쉬안칭은 두 걸음 앞에서 걸음을 우뚝 멈추고 먼저 골동품 자전거를 훑어보고, 그다음 성칭랑을 아래위로 가늠하고, 마지막으로 쭝잉을 물끄러미 쳐다봤다.

"정말 대단들 하다. 한밤중에 도로에서 자전거를 다 타고. 이 자전거 움직이기는 해? 너 옷은 또……."

쉐쉬안칭이 한 걸음 성큼 다가오더니 쭝잉의 셔츠를 잡고 비벼봤다.

"1937년도 거? 실종된 동안 계속 거기에 있었던 거야?!"

"응."

쭝잉이 고개를 들어 쉐쉬안칭과 눈을 맞추며 사실대로 대답했다.

마음의 준비는 하고 있었지만 쉐쉬안칭은 믿을 수가 없었다. 쭝잉이 손에 들고 있는 반 정도 남은 콜라병을 보더니 뭐에 홀린 것처럼 가져가 가로등에 대고 한참을 쳐다봤다.

"마셨어?"

"마셨어."

쉐쉬안칭은 병을 보면서 약간 망설이다가 결국 한 모금 마셔봤다. 탄산이 다 빠지고 단맛만 남아 오래 놔둔 설탕물처럼 세월의 맛이 느껴졌다.

"참나, 내가 미쳤지."

콜라를 마신 쉐쉬안칭이 혼잣말을 하듯 내뱉었다.

쉐쉬안칭은 뒤늦게야 무서운 생각이 들었다. 공항에서 성청랑을 찾던 날은 자책과 걱정으로 생각할 틈이 없었다. 그러나 시간이 흐르자 불안이 홍수처럼 밀려왔다. 다행히 자신이 일부러 푸둥에 내려준 이름 모를 선생이 무사해서 한시름 놓았다.

사람을 위험한 곳으로 밀어 넣은 것은 친절한 행동은 절대 아니었기에 쉐쉬안칭은 고개를 들어 성청랑을 쳐다보면서 솔직하게 말했다.

"지난번 일은 미안했습니다. 그래서 오늘은 제가 밥을 사겠습니다. 미안하다는 뜻이니 받아줬으면 좋겠습니다."

"저는 쭝 선생 뜻에 따르겠습니다."

"지금 밥 먹기엔 너무 늦지 않았어?"

쉐쉬안칭은 수긍하지 않았다.

"무슨 소리? 상하이의 야식들이 너를 기다리고 있다고. 밥 먹으면서 할 얘기도 있고. 안 그래?"

쉐쉬안칭의 두 눈이 허기로 번들거렸다. 보아하니 너무 바빠 온종일 밥도 제대로 못 먹은 것 같았다. 쭝잉도 종종 경험하는 일이라 이해가 돼서 그러자고 했다.

두 사람은 쉐쉬안칭의 차를 타고 밥을 먹으러 갔다. 자전거를 어디에 두느냐가 문제였다. 쉐쉬안칭은 귀찮은 티를 팍팍 냈다.

"길에 그냥 놔둬도 아무도 안 주워 갈걸?"

그냥 길에 놔두라는 뜻이었다. 쭝잉이 쉐쉬안칭을 쳐다보자 즉시 말을 바꾸었다.

"그럼 트렁크에 넣지 뭐."

성칭랑이 자전거를 들어 트렁크에 넣었다. 쭝잉은 조수석에 앉고 성칭랑은 뒷좌석에 앉았다.

차는 훠궈집 근처에서 멈췄다. 석재로 문틀을 만들고 목재로 문짝을 만든 대문이 있는 상하이의 전통주택 양식인 스쿠먼石庫門 건물로 한눈에 봐도 유서 깊은 고택 같았다.

노르스름한 조명이 간판을 비추고, 입구는 20세기 초 스타일을 유지하고 있었으며, 누군가 피아노로 쇼팽의 곡을 연주하고 있었다. 계단을 올라가자 오른쪽 벽에 유화가 잔뜩 걸려 있었다. 앞서가던 쉐쉬안칭이 고개를 돌려 성청랑에게 물었다.

"여기 마음에 들어요?"

성청랑은 이번에도 쭝잉에게 발언권을 넘겼다.

"쭝 선생은 어떻습니까?"

"괜찮아요."

룸으로 들어가자마자 쉐쉬안칭은 음식을 주문하고 캐묻기
시작했다.

"공무원? 학자? 아니면 사업가?", "프랑스에서 왔다는 말은
진짜예요?", "몇 년생이에요? 1905년?"

쏟아지는 질문 세례에 성청랑은 대답할 틈도 없었다.

하얀 장갑을 끼고 간장을 덜어주던 직원이 쉐쉬안칭의 말을
듣고 저도 모르게 손을 떨었다.

"잠시 비켜줄래요? 우리가 할게요."

쭝잉의 말에 룸 담당 직원이 의심의 눈초리로 쭝잉과 성청
랑을 보고 조용히 나갔다.

문이 닫히고 나서야 성청랑은 쉐쉬안칭의 질문에 차례로 대
답했다.

"직업은 변호사고 둥우대학교 겸임교수로 있고, 프랑스에서
돌아왔다는 말은 사실이고, 1905년에 태어난 게 맞습니다."

성청랑의 대답에 쉐쉬안칭은 탄산수를 벌컥벌컥 들이켰다.

"와, 이런, 1905년이라니. 당신 지금으로부터 백 년도 전에
태어났네요. 그래서, 도대체 이름이 뭐예요?"

"그건 중요하지 않다고 말씀드렸습니다만."

성칭랑이 미소를 지으며 대답했다.

냄비에서 탕이 끓었지만, 쭝잉은 끼어들 생각이 없어 고개를 숙여 문자를 살폈다.

광고와 안내 문자를 보고 있는데 갑자기 모르는 번호가 툭 튀어나왔다.

상대는 멀티미디어 메시지에 "저는 7월 23일 터널 사고 뒤에 연락드렸던 기자입니다. 방금 단서를 잡았습니다"라고만 쓰고, 이메일을 캡처한 사진을 같이 보냈다.

사진을 확대하니 익명 이메일로 "신시의 데이터 조작이 이번이 처음이라고 생각합니까?"라는 제목이 있었다.

내용도 간단했다. "옌만 사고 당일, 예전 사무 빌딩에서 새 빌딩으로 가는 옌만의 차가 나가고 바로 뒤이어 나간 차가 있습니다."

메시지 마지막 부분에 상하이를 뜻하는 '후滬A'로 시작하는 차량번호였다고 쓰여 있었다.

쭝잉이 저도 모르게 미간을 좁히고 입술을 깨물자, 쉐쉬안 칭이 바짝 다가왔다.

"멍하니 뭐 해?"

퍼뜩 고개를 들어 휴대전화를 끄기도 전에 쉐쉬안칭이 획 채갔다. 화면을 쓱 보더니 어두운 얼굴로 휴대전화를 돌려주었다.

"장난 같아, 아니면 진짜 단서 같아?"

터널 사고 발생이 있고 얼마 뒤, 이 번호로 전화를 받았던 기억이 났다. 그 사람인가? 이 익명의 이메일은 또 누가 그에게 보낸 것일까?

이메일 제목은 신시의 데이터 조작이었지만 내용은 옌만 사망에 관한 것이었다.

신시의 데이터 조작과 엄마의 죽음이 무슨 관계가 있는 것일까?

쫑잉이 생각에 빠져 아무 말도 하지 않자, 쉐쉬안칭이 대뜸 말했다.

"그게 진짜인지 가짜인지는 일단 조사를 하고 다시 말하자고."

그러고는 휴대전화를 꺼내 문자를 보내더니 답장을 기다리지도 않고 바로 전화를 걸었다.

통화 연결음이 끝나자마자 "나 차량번호 하나만 조회해 줘. 번호는 문자로 보내놨어" 하고 말했다.

냄비의 국물이 펄펄 끓어 김이 자욱했지만 젓가락을 드는 사람은 없었다. 쉐쉬안칭의 휴대전화가 진동하기 무섭게 그녀는 전화를 받았다. 차량 소유자 정보를 듣고는 아무 말 없이 전화기를 내려놓았다.

룸에는 '보글보글' 하는 소리만 들리고 세 사람은 서로의 얼굴만 쳐다봤다. 쫑잉이 앞에 놓인 탄산수를 한 모금 마시고 고개를 들었다.

"누구 거야?"

쉐쉬안칭은 성청랑을 보고 다시 쫑잉에게 시선을 돌리며 차가운 목소리로 말했다.

"싱쉐이."

단서는 죽은 사람을 향하고 있었다.

순간 실내에 정적이 흐르고 보글거리는 소리만 울렸다.

쉬쉬안칭이 침묵을 깼다.

"이메일은, 그게 정말 맞으면 제공자는 신시의 옛 직원일 가능성이 있어. 두 차량이 함께 나가는 걸 직접 목격했을 수도 있지. 하지만 '신시의 데이터 조작이 이번이 처음이라고 생각합니까?'는 무슨 뜻이지? 신시가 예전에도 데이터를 조작했다는 거야? 데이터 조작과 두 차량이 같이 나간 게 무슨 관계가 있는 건가?"

"응, 그 뜻이야."

한참 말이 없던 쭝잉이 마침내 입을 열었다.

"그래서, 이 단서의 핵심은 신시가 예전에도 정말 데이터를 조작했는지와 그 사건과 내 엄마의 사고가 어떤 관계가 있느냐야."

쉬쉬안칭이 미간을 좁히며 손가락으로 식탁보가 깔린 식탁을 툭툭 치면서 생각에 잠겼다.

"몇 가지 질문이 있어."

"말해."

"첫째, 네 어머니는 당시 신시 연구개발부 책임자였으니 약품 개발 전 과정을 잘 알았을 거야. 물론 데이터를 포함해서. 넌 네 어머니가 데이터를 조작할 사람이라고 생각해? 둘째, 만약 과거에 정말 데이터 조작이 있었다면 그 약은 출시된 지 오랜 시간이 흘렀는데 문제가 전혀 없었을까? 관리감독 부처가 발견하지 못했을까? 셋째, 그날 싱쉐이의 차와 네 어머니의 차가 같이 나갔다고 해서 그게 뭘 증명하지? 싱쉐이가 네 어머니의 사고를 목격한 걸까? 하지만 같이 나갔어도 각자 다른 곳으로 갔을 수도 있잖아?"

질문이 하나하나 식탁에 놓이고 젓가락도 들었지만 어디서부터 젓가락을 대야 할지 알 수 없었다.

"그래서, 단서는 있지만 쓸 만하지 않다는 거야."

쭝잉이 아무 말도 하지 않자, 쉐쉬안칭이 서둘러 결론을 내렸다.

"기자는 그게 뭔지 몰라서 너한테 보냈을 거야. 그걸 뭐라고 하더라……. 이럴 때 쓰는 사자성어가 있었는데."

"포전인옥*."

성칭랑이 짚어주었다.

"맞아요."

쉐쉬안칭이 반가워하며 성칭랑에게 시선을 돌렸다. 성칭랑은 차분하게 냄비에 채소를 넣고 있었다.

"스톱!"

쉐쉬안칭이 성칭랑을 가로막았다.

"오늘은 손님인데 직접 하면 안 되죠."

---

\* 抛磚引玉. 옥을 얻기 위해 벽돌을 던진다는 뜻으로, 작은 대가로 큰 이익을 얻는 계책을 말한다.

쉐쉬안칭이 밖으로 나가 직원을 불렀다. 성칭랑은 손에 든 집게를 내려놓고 심란한 표정의 쭝잉을 보며 말없이 컵에 탄산수를 채워주었다.

쭝잉은 퍼뜩 정신을 차리고 고맙다고 말하고 휴대전화를 주머니에 넣었다.

다시 룸으로 들어온 직원이 버섯을 기본으로 한 국물에 신선한 재료를 차례대로 넣자 김이 올라오면서 실내가 온통 음식 향으로 가득 찼다.

한밤중, 맛있는 요리는 유혹적이었지만 쭝잉은 식욕이 일지 않았다. 성칭랑도 쭝잉에게 맞추며 별로 먹지 않았다. 쉐쉬안칭은 고개를 들어 두 사람을 보더니 이 자리가 익명의 단서로 인해 의미가 없어졌다는 것을 깨달았다.

하지만 주문도 많이 했고 음식값도 저렴하지 않으니 낭비는 안 된다는 생각에 머리를 박고 맹렬하게 먹는 수밖에 없었다. 결국에는 배가 터질 것처럼 불렀다.

쉐쉬안칭은 망고야자빙수를 싹 비우고 입도 닦지 않은 채 휴대전화를 들어 쭝잉에게 이메일을 보냈다.

한참 뒤 쭝잉의 휴대전화에서 '윙' 소리와 함께 이메일 도착 알림이 떴지만, 쭝잉은 거들떠보지도 않았다.

쉐쉬안칭은 휴대전화를 내려놓으며 "네 어머니 사건 관련 자료야. PDF로 만들어서 방금 보냈으니 봐" 하고 말했다.

그 말에 쭝잉은 즉시 휴대전화를 꺼내 이메일을 열고 첨부 파일을 다운로드받았다.

파일이 다 다운되기 전, 쉬쉬안칭이 말했다.

"스캔하면서 대충 봤는데 현장에서 수집한 족적이 너무 뒤죽박죽이더라. 작업자들 족적 같았어. 혈흔은 손상된 흔적이 있지만, 신고자 말이 시신을 발견하고 너무 정신이 없어서 자신이 시신을 살피다 잘못해서 닿은 것 같다고 말했고. 당시 사진도 있으니 잘 살펴봐."

마침내 파일이 열리자, 쭝잉은 한 장 한 장 아래로 내렸다. 손가락이 파르르 떨렸다.

이 바닥에서 구른 지도 수년째고 수많은 사건을 다뤄봤으며, 이것보다 훨씬 처참한 현장도 많이 봤지만, 엄마의 사고 현장 사진과 시신 부검 사진은 처음 봤다. 한 장씩 넘기다 보니 해묵은 공포가 슬금슬금 올라왔다. 그날 밤 어둠 속 쓰레기통 옆에서 느릿느릿 울리는 생일 축하 노래를 들었던 때와 같은 느낌이었다.

사건 파일 속 엄마는 잔뜩 흐트러져 있었고, 피와 살이 뭉개진 모습은 자신이 기억하던 허리가 꼿꼿하고 눈빛이 맑은 엄마가 아니었다.

쭝잉은 입술을 꽉 깨물면서 쉬쉬안칭이 하는 말을 들었다.

"현장이 인위적으로 훼손된 흔적이 있지만, 추락이 시작된 지점과 끝점은 명확해. 추락 경로를 보면 외부에서 민 건 아니야. 이런저런 소문이 있긴 했지만, 감정 의견에는 자살이라고 명시되진 않았어. 타살을 배제한 돌발 사고나 스스로 떨어진 거라고 쓰여 있지. 내 개인적으로는…… 그 판단은 큰 문제가 없는 거 같아."

화면을 넘기던 손가락이 어느 지점에서 멈췄다.

'타살 증거 부족으로 수사 종료.'

이후 이 사건은 종결되었다.

이때 직원이 물색없이 물었다.

"디저트 더 필요하세요?"

"아니요, 계산할게요."

쉐쉬안칭이 은행 카드를 건네며 말했다.

룸을 나가 아래층으로 내려가니 홀에 사람도 몇 없고 피아노 소리도 멈춰 있었다. 밖으로 나가자 바람이 조금 세게 불었다.

쉐쉬안칭은 차를 가져와 쭝잉을 데려다주겠다고 고집했다.

"성 선생은 어디로 가세요?"

"쭝 선생과 같이 갑니다."

그 말에 쉐쉬안칭은 말문이 막혔다. 하지만 쭝잉이 그에게 아파트 열쇠를 준 것이 생각나 어쩔 수 없이 '그와 쭝잉이 699번지 아파트에 같이 사는' 현실을 받아들이는 수밖에 없었다.

차가 푸싱중複興中로를 지나 699번지 아파트로 향했다. 도착하니 12시가 갓 넘었다.

쉐쉬안칭이 먼저 차에서 내리고 성칭랑이 바로 내려 쭝잉에게 차 문을 열어주며 말했다.

"바람이 세니 먼저 올라가세요."

쉐쉬안칭은 트렁크를 열다가 그들을 흘겨보며 소리쳤다.

"성 선생님, 자전거 내리셔야죠?"

성칭랑이 성큼성큼 다가와 자전거를 받자, 쉬쉬안칭이 목소리를 깔며 말했다.

"당신 때문에 쭝잉이 위험에 빠지거나 뜻밖의 사고를 당하지 않길 바라요. 다른 건 내가 할 말이 아니고. 다음에 봐요."

쉬쉬안칭은 성칭랑을 똑바로 쳐다보면서 트렁크를 힘껏 닫고는 차에 올라 빠르게 떠났다.

텅 빈 거리에 성칭랑과 예 선생에게 빌려 온 자전거만이 남았다.


성칭랑이 공용 현관 안으로 들어오자, 쭝잉이 어두운 복도에서 기다리고 있었다.

"잠시만요."

성칭랑은 넓은 복도 한편에 자전거를 잘 세우고 혼잣말처럼 말했다.

"예 선생은 저기에 두는 걸 좋아해서요."

하지만 지금 이 아파트 어디에 예 선생이란 사람이 있겠는가. 안내 데스크에 있던 무명인의 인생 행방과 이 아파트에 살던 사람들의 미래는 기록되지도, 아는 사람도 없었다.

엘리베이터는 고장이 난 듯해 계단으로 올라가는 수밖에 없었다.

복도는 적막하고 어둡고 서늘했으며 기척이 하나도 없는 게 아파트 전체가 텅 빈 것 같았다.

두 사람은 말없이 아파트로 돌아가 각자 자기 일을 했다.

쭝잉은 씻고 약을 먹은 뒤 쉬러 들어갔고, 성칭랑은 불을 끄고 위층으로 올라갔다.

두 사람 모두 쉽게 잠을 이루지 못했다.

쭝잉은 모로 누워 자료 속 사진을 봤다. 바깥의 가로등 불빛이 열여섯 조각으로 난 격자창으로 들어와 쭝잉을 여러 조각으로 나누어놓았다.

쭝잉은 일어나 휴대전화를 들고 거실로 나와 소파에 앉았다. 적막을 뚫고 위층에서 타자기 소리가 들려왔다. 자음과 모음 자판을 치는 소리가 기계적으로 들렸다.

쭝잉은 가만히 듣고 있다가 물을 한 컵 따라 조용히 위층으로 올라갔다.

고개를 숙이니 문틈으로 불빛이 새어 나오고 있었다.

노크하자 타자 소리가 뚝 멈췄다.

"들어오세요."

손잡이를 돌려 문을 열고 안으로 들어갔다. 성칭랑은 침대 옆 작은 탁자 앞에 앉아 있었다. 탁자에는 스탠드가 켜 있고, 그 옆 타자기에 꽂힌 종이에 글자가 빼곡하게 적혀 있었다.

쭝잉이 다가가 스탠드 옆에 물컵을 내려놓았다.

"아직 안 잤어요?"

"공부국에 필요한 서류를 작성해야 해서요."

성칭랑이 고개를 들고 쭝잉을 보며 신중하게 물었다.

"그 사건 때문에 잠이 안 옵니까?"

"네."

쭝잉은 피하지 않았다.

"그 단서 때문에요?"

"네. 너무 모호한데 많은 추측을 하게 만들어요."

성칭랑은 식당에서 쉐쉬안칭이 했던 질문들을 떠올렸다.

"쉐 선생 말이, 쭝 선생 모친이 연구개발부 책임자였다는데, 그렇다면 선생은 모친이 조작을 용인했을 수도 있다고 생각합니까?"

조작을 용인했을 수도 있냐고?

절대 아니다.

이것이 쭝잉의 대답이었다. 쭝잉은 엄마를 절대적으로 신뢰했지만 말하지는 않았다.

성칭랑이 갑자기 수첩을 펼치고 만년필 뚜껑을 열더니 이 초 정도 망설이다가 말했다.

"그렇다면 우선 옌 여사가 조작을 용인하지 않았다고 가정해 봅시다."

성칭랑이 자신의 가설을 써 내려갔다.

"전제: 옌 여사는 조작을 용인하지 않았다.

과거 신시는 데이터를 조작했는가? → 아니오. → 단서에 위배.

과거 신시는 데이터를 조작했는가? → 예. → 옌 여사가 알았는가? → 아니오. → 단서에 위배.

과거 신시는 데이터를 조작했는가? → 예. → 옌 여사가 알

았는가? → 예. → 옌 여사가 막았는가? → 아니오. → 전제에
위배.

　과거 신시는 데이터를 조작했는가? → 예. → 옌 여사가 알
았는가? → 예. → 옌 여사가 막았는가? → 예. → 막는 데 성공
했는가? → 예. → 조작 불가. → 단서에 위배."

　여기까지 쓰다가 갑자기 멈췄다. 노란 불빛에 수첩의 글씨
와 손에 쥔 만년필이 빛났다.

　성칭랑이 곧 다시 써 내려갔다.

　"막는 데 성공했는가? → 아니오. → 막는 데 실패. → 실패의
결과는 사고 발생이나 다름이 없는가? 사고의 성격은? 싱쉐이
가 참여했는가? 그는 사고에서 어떤 역할을 했는가? 동기는?"

　쭝잉은 수첩을 보고 무의식적으로 눈을 감았다. 쉐쉬안칭의
질문과는 다른 방법이었고 치밀하지는 않았지만 비교적 논리
적인 추리 방법이었다.

　쭝잉이 생각에 잠기려는 순간, 성칭랑이 말했다.

　"자살을 제외하고, 만약 선생이 그 단서가 믿을 만하고 추적
할 가치가 있다고 생각한다면, 선생의 모친은 조작 사실을 알
고 막았을 겁니다. 그리고 그 때문에 불행한 사고를 당했을 겁
니다. 싱쉐이는 분명 돌파구가 될 겁니다. 비록 세상을 떠났다
고 해도요."

　성칭랑은 만년필 뚜껑을 닫고 내려놓았다.

　"죽은 사람은 비밀을 무덤까지 가져간다고 하지만 싱쉐이
처럼 갑자기 세상을 떠난 사람이라면 유품에서 단서를 찾을 수

있는 경우가 종종 있습니다. 없애고 싶은 비밀을 처리할 시간이 없기 때문이죠."

성칭랑이 돌연 고개를 돌려 쭝잉과 눈을 맞추었다. 목소리에서 밤 특유의 평온함이 묻어났다.

"쭝 선생, 선생은 법의관이니 이런 건 저보다 더 잘 알겠죠."

성칭랑이 고개를 돌렸을 때, 쭝잉은 성칭랑의 말이 전혀 귀에 들어오지 않았다. 거리가 너무 가까워 그의 숨결이 또렷하게 느껴졌기 때문이다.

어떤 숨결은 무의식적으로 다가가 잡게 만든다. 하지만 두 사람은 삼 초 동안 서로 마주 보다가 쭝잉은 벌떡 일어났고, 성칭랑은 고개를 돌리며 만년필 뚜껑을 열어 아무 일도 없었다는 듯 계속 써 내려갔다.

"싱쉐이를 돌파구로 삼는다면 추적할 수 있는 단서는 두 개입니다. 하나는 과거 쭝 선생 모친의 사고이고, 다른 하나는 싱쉐이의 사고입니다. 당시 그의 차와 쭝 선생 모친의 차가 같이 나갔다면 그의 차량이 돌아온 시간과 그날 그의 행적을 조사하는 겁니다. 예전에 그와 친했던 사람부터 찾아가 볼 수 있습니다. 싱쉐이의 사고에 관한 건, 제 생각에는 경찰도 현재 조사 중일 테니 사고 원인은 일단 제쳐두고, 유품이 있다면 대략 이런 방향이 있을 겁니다."

성칭랑은 수첩에 적어 내려갔고, 쭝잉은 고개를 숙여 성칭랑이 적는 것을 봤다.

성칭랑이 "사고 당일 남은 중요한 물증"이라고 쓰자, 쭝잉은 사고 현장에서 발견된 미개봉 마약이 떠올랐다. 상식적으로 생각해도 마약을 장시간 몸에 지니고 다닐 사람은 없었다. 따라서 사고 발생 직전에 싱쉐이의 수중에 들어갔다는 것을 뜻했고, 그래서 사고 전 싱쉐이와 접촉한 인물이 상당히 의심스러웠다.

마약 제공자와 사고가 관계가 있는지, 어떤 내력을 지녔는지는 경찰이 조사하고 있는 부분이었고, 쭝잉이 할 수 있는 일이란 기다리는 것뿐이었다.

성칭랑이 "일정 기록"이라고 썼고, 쭝잉은 입술을 깨물었다.

쭝잉은 싱쉐이의 업무 스타일을 몰라서 싱쉐이가 일정을 직접 기록하는지는 알 수 없었지만, 그의 비서는 분명 일정표를 갖고 있을 것이었다. 생각이 여기에 미치자 신시에 가봐야 할 이유가 생겼다.

성칭랑은 마지막으로 "싱쉐이가 스스로 은닉한 물품"이라고 썼고, 쭝잉은 눈썹을 약간 찌푸렸다.

"일반적으로 남에게 알리기 싫은 비밀은 자기가 먼저 숨기게 마련입니다. 하지만 이 부분은 사생활 침해에 속하기 때문에 유품 처리권이 없는 사람에게는 어려운 일입니다. 이건 제 추측일 뿐이지만, 이런 말을 하는 이유는 쭝 선생에게 힌트를 주고 싶어서입니다. 구체적으로 어떻게 찾아야 하는지는 저보다 선생이 더 잘 알 겁니다. 물론……."

성칭랑이 몸을 돌리며 말했다.

"도움이 필요하면 언제든 말씀하세요."

쭝잉은 정신을 차리고 아무 말 없이 고개를 숙인 채 방 안을 몇 번 왔다 갔다 하다가 침대 옆 침대식 의자에 앉았다.

성칭랑은 쭝잉이 뭘 하려는지 몰랐지만 어쨌든 할 말은 다 했다. 두 사람은 각자 자리에 앉아 아무 말도 하지 않았다. 방 안에는 침묵만이 감돌았고 서로의 숨소리와 밖에서 차가 지나가는 소리만 간간이 들렸다.

쭝잉은 앉아서 일어날 기미를 보이지 않았다.

쭝잉은 지금 누군가 옆에 있어주기를 바란다는 것을 성칭랑은 깨달았다. 그러나 그에게는 할 일이 있었고 타자 치는 소리가 그녀를 방해할까 염려스러웠다.

"저는 아직 할 일이 남아서요. 타자 소리 괜찮다면 먼저 쉬고 계세요."

성칭랑이 잠시 뜸을 들이다 덧붙였다.

"제가 옆에 있을게요."

쭝잉이 고개를 끄덕였다.

"제가 잠들면 떠나기 전에 깨워줘요."

성칭랑은 무슨 뜻인가 싶어 쭝잉을 쳐다봤다.

쭝잉이 고개를 숙였다 들며 말했다.

"깼을 때 당신이 없는 게 싫어요."

잠시 멈추었다가 다시 말했다.

"작별 인사를 할 기회도 없잖아요."

쭝잉의 말에 성칭랑은 무의식적으로 수첩 위에 놓았던 손으로 주먹을 꽉 쥐었다.

"네."

쭝잉이 눕자 성청량이 담요를 덮어주려는데, 쭝잉이 갑자기 벌떡 일어나더니 탁자 옆으로 다가가 충전 중인 휴대전화를 들어 잠금 해제한 다음 앱스토어를 열었다. 그리고 위치추적 앱을 다운로드받아 등록하고 관련 설치를 한 다음 성청량에게 건넸다.

"나를 찾고 싶으면 이걸 여세요. 그러면 내 위치가 나와요. 당신에게 권한을 열어놨거든요."

"선생도 내 위치를 볼 수 있고요?"

성청량이 화면을 보면서 물었다.

"네."

쭝잉이 다시 의자로 돌아가 앉으며 자기의 휴대전화를 열어 앱을 클릭하자 지도에 휴대전화 위치를 알리는 점 두 개가 떴다. 둘이 매우 가깝게 붙어 있었다.

방에서 다시 타자 소리가 울렸다. 규칙적으로 이어지다 멈추곤 하는 타자기 소리에 안심이 되었다. 쭝잉은 휴대전화를 내려놓고 타자기가 움직이는 소리에 따라 스르륵 잠이 들었다.

깨어나니 날이 밝아 있고, 방에는 아무도 없었다.

쭝잉은 성청량이 이미 떠난 줄 알았으나 시간을 보니 6시까지는 아직 몇 분이 남아 있었다. 밖에서 발소리가 들려 눈을 돌리자, 성청량이 쟁반을 들고 들어왔다.

성청량이 쟁반을 작은 탁자에 올려놓았다.

"아침을 좀 만들어봤습니다. 따뜻할 때 드세요."

그러고는 서류 가방을 들고 인사했다.

"저는 이만 가야 합니다."

"몸조심하세요."

성청랑은 "네" 하고 대답하고 고개를 숙여 손목시계를 보고는 종이 울리기 전에 아래층으로 내려갔다.

종소리가 멈추자, 쭝잉은 휴대전화를 들어 위치 앱을 열었다. 지도에 있던 두 개의 점 중 하나만 남고 다른 하나는 사라져 버렸다.

날이 밝자, 이 도시는 쭝잉 혼자만의 전쟁터가 되었다.

아침을 먹고 청소를 하고 집을 나서 신시로 향했다.

빌딩에 붙은 로고 등은 이미 꺼지고 건물 외벽 유리창에 반사된 햇빛이 눈을 찔렀다.

실험 데이터 조작 은폐 등 문제가 폭로되어 최근 신시는 취재로 몰려드는 언론에 대응하느라 지칠 대로 지쳐 안내 데스크 직원도 내방자에게 적의가 가득했다. 마침 쭝잉이 만나겠다는 사람이 약품연구원 원장 비서라니 더 심했다. 신시의 핵심 부서인 약품연구원은 싱쉐이의 터널 사고와 마약 혐의 이후 이번 분기에만 벌써 두 차례나 언론의 도마 위에 올라 굉장히 민감한 상태였다.

안내 데스크 직원은 쭝잉이 누구인지 몰랐기 때문에 사무적으로 물었다.

"약속하셨습니까?"

"아니요."

"죄송합니다만, 미리 약속하고 오셔야 합니다."

쭝잉이 휴대전화를 들어 신시에서 아는 사람에게 전화하려는데 갑자기 누군가가 쭝잉을 불렀다.

"샤오잉? 어떻게 왔어?"

쭝잉은 휴대전화를 내리며 그를 쳐다봤다.

"천 아저씨."

천 아저씨는 신시에서 오래 근무한 사람으로, 지금은 인사부 책임자 중 한 명이었다.

"올라가 얘기 좀 나눌까?"

모든 일에는 돌파구가 있게 마련이었다. 당장은 싱쒜이의 비서를 못 만나더라도, 측면에서 염탐하는 것도 헛수고는 아닐 터였다.

"네."

쭝잉은 그를 따라 엘리베이터 쪽으로 갔다.

대리석 바닥이 반짝반짝 빛났고, 과거의 혈흔은 사라진 지 오래였다.

쭝잉은 저도 모르게 고개를 들었다. 건물 복도에는 난간이 잘 설치되어 있어 지금은 뛰어내리고 싶어도 못 할 것 같았다.

쭝잉이 위를 보고 있는 것을 본 천 아저씨는 쭝잉이 빌딩에 오니 엄마 생각이 났나 보다 생각했는지 옌만 이야기를 꺼냈다.

"네 어머니가 떠난 지도 오래됐구나."

쭝잉이 시선을 거두며 고개를 끄덕였다.

엘리베이터 입구에 도착하자, 천 아저씨가 다시 물었다.

"듣자 하니 최근 주식을 매도했다면서?"

"갖고 있어봐야 소용없어서요. 생각난 김에 했어요."

이렇게 대답하자 상대도 더 묻지 않았다.

엘리베이터 문이 열리자, 쭝잉이 그에게 먼저 오르라고 한 뒤 따라 들어가 닫힘 버튼을 눌렀다.

"예전 그 사무실이에요?"

"응."

쭝잉은 해당 층을 눌렀다.

기억이 맞다면 싱쉐이의 사무실도 같은 층이었다.

두 사람은 엘리베이터에서 내려 복도를 따라 천 아저씨의 사무실로 갔다. 가는 길에 싱쉐이의 사무실이 있었다. 싱쉐이의 사무실은 아직 문패도 바뀌지 않은 상태였다.

"이 사무실은 지금 누가 써요?"

"잠시 비워두고 있다. 싱쉐이의 물건을 어제저녁에 가족이 가져갔거든."

천 아저씨는 말을 하면서 쭝잉을 옆에 있는 사무실로 안내했다. 들어가면서 비서에게 차를 내오라고 말하고 쭝잉에게는 앉으라고 권했다.

쭝잉이 가죽 소파에 앉자, 천 아저씨가 물었다.

"누구 만나러 왔니?"

"지나가는 길에 그냥 들러봤어요."

그냥 들어도 신뢰가 안 가는 대답이었다.

"넌 그렇게 한가한 사람이 아닌 거 같은데, 뭐가 궁금해서 왔지?"

천 아저씨가 웃으며 물었다.

그때 비서가 차를 들고 들어왔다. 쭝잉이 찻잔을 받아 들었다.

"그럼 솔직하게 말할게요. 제 어머니가 세상을 떠난 날, 싱 아저씨 보셨어요?"

천 아저씨가 무의식적으로 펜을 들어 양쪽 끝을 잡고 천천히 비볐다.

"봤지."

"어디서 보셨어요?"

"예전 사옥에서."

"언제요?"

"저녁이었다."

천 아저씨는 몸을 뒤로 젖혀 의자에 기대며 그때를 회상했다.

"그날 나는 퇴근하는 길이었고, 그는 바쁘게 돌아왔지. 야근한다더구나. 그때는 문 앞에서 얼굴만 봐서 자세히 묻지는 못했다. 근데 그걸 뭐 하러 묻니? 싱쉐이가 네 어머니 사고와 무슨 관계라도 있어?"

쭝잉은 두 손을 마주 잡았다.

"최근 소문을 들었는데 호기심이 생겨서요."

천 아저씨가 찻잔을 들어 한 모금 마시고 고개를 들어 쭝잉을 쳐다봤다.

"무슨 소문?"

"너무 많고 두서가 없어서 뭐라고 설명해야 할지 모르겠어요."

쭝잉은 대충 둘러댔다.

"최근 회사에도 이런저런 심란한 소문이 많이 돌고 있어. 누가 일부러 퍼트리는 거 같아. 너도 너무 신경 쓰지 말고 그냥 듣고 넘겨라."

그때 책상에 놓인 사무용 전화가 울렸다. 천 아저씨는 전화기를 들고 십 초 정도 있다가 끊으며 말했다.

"회의가 있어서. 더 있다 갈래? 아니면?"

"아니요. 저도 다른 일이 있어요. 이만 갈게요."

쭝잉은 천 아저씨와 함께 사무실에서 나왔다. 옆 사무실을 지나면서 저도 모르게 쓱 쳐다봤다.

싱쉐이의 개인 물건을 가족이 가져갔다고?

쭝잉이 아는 바로는 싱쉐이의 가족은 쭝위 어머니 한 명뿐인데, 그녀가 유품을 가져간 것일까? 가져갔다면 어디로 가져갔을까? 그녀의 집? 아니면 싱쉐이의 집?

쭝잉은 이런저런 생각을 하면서 화장실로 들어갔다. 화장실 문 너머 사람들이 떠드는 소리가 들렸다.

"예전의 연구실과 지금의 약품연구원 책임자 둘 다 비명횡사하다니, 너무 이상하지 않아? 게다가 모두 신약 출시 전에 죽었잖아. 정말 이상하다니까."

"어제 빅 보스가 이 일로 화냈다며, 회사에서 함부로 떠들지 말라고."

"하지만 모두 말하는걸. 내가 처음도 아니고."

수돗물 흐르는 소리가 그치자, 그 사람이 이어서 말했다.

"비도덕적인 일을 하고 켕겨서 그러는 걸 수도 있잖아. 그걸 누가 알아."

이어서 휴지 뽑는 소리가 들렸다.

"괜찮아. 나 이직할 거야. 이번에 폭로된 사건 말이야, 하필 집중 단속 기간에 걸렸으니 정말 처벌을 받으면 신시는 블랙리스트에 올라 앞으로 삼 년 동안은 신약 신청이 불가능하잖아. 그러면 프로젝트가 다 홀드 되겠지. 약품연구원은 올 스톱 되고."

신시의 미래는 빌딩 외벽 유리처럼 밝지 않았다. 쭝잉이 빌딩에서 나오자 구름이 태양을 가려 발밑에 그림자가 졌다.


쭝잉은 '집'으로 돌아갔다.

십 대 때부터 학교 기숙사에서 살았고 필요한 일이 없으면 돌아오지 않았으니 집을 떠난 것이나 다름없었다.

이 집에서 오랫동안 일한 도우미 아줌마가 갑자기 돌아온 쭝잉을 보고 깜짝 놀라면서도 어릴 때처럼 반갑게 맞아주었다.

"어머, 샤오잉 왔네!"

쭝잉이 거실로 들어가자, 아줌마가 물었다.

"밥은 먹었니? 뭐 먹고 싶어? 아줌마가 다 해줄게."

"뭐든 좋아요."

쫑잉이 식탁 앞에 앉으며 말하자, 아줌마가 앞치마를 두르며 주방으로 들어갔다.

"오늘은 집에 아무도 없어. 양만 조금 더 하면 되니까 볶음밥 해줄게."

넓은 거실에 쫑잉 혼자 남았다. 창문으로 햇살이 들어오고, 투명한 어항 속에서 물고기가 꼬리를 흔들며 헤엄치고, 주방에서 밥 볶는 냄새가 거실까지 넘어왔다.

마치 과거로 돌아간 것 같았다. 엄마는 실험으로, 아빠는 접대로 바빠 집에는 쫑잉과 아줌마뿐이었다.

학교가 끝나고 집에 오면 아줌마가 볶음밥을 해주었다. 거기에 소고기장조림을 올려 후다닥 섞어 게걸스럽게 먹어도 배가 고팠다. 위에 블랙홀이라도 있는 것 같았다.

익숙한 맛이 상에 올라와 있어도 쫑잉은 어째 먹는 속도가 잘 나지 않았다.

옆에서 쫑잉을 지켜보던 아줌마가 조심스럽게 말했다.

"왜 이렇게 말랐어? 아무리 바빠도 밥은 챙겨 먹어야지" 하면서 물었다.

"무슨 일로 왔니?"

쫑잉은 젓가락을 내려놓고 빈 밥그릇을 보며 말했다.

"엄마 방을 좀 보고 싶어서요."

쫑잉의 말에 아줌마는 속으로 한숨을 내쉬며 부드럽게 말했다.

"올라가 봐."

쫑잉은 일어나 맨 위층의 다락방으로 올라갔다.

예전에 이 방은 엄마의 작업실이어서 쫑잉도 함부로 들어오지 못했다. 엄마가 돌아가신 뒤에는 창고로 변했고 도우미 아줌마만 가끔 올라와 청소했다.

사선으로 떨어지는 다락방 창문을 열자 햇빛과 바람이 훅 몰려 들어왔다.

어릴 때 비가 오는 날이면 이 창문을 꽉 닫고 바닥에 누워 책을 봤다. 누워서 떨어지는 빗소리를 들으면 마치 우물 안에서 잠을 자는 것 같은 느낌이 들었다.

쫑잉은 고개를 숙여 여기저기 살폈다. 싱쉐이의 물건을 찾을 수 있으면 좋겠다고 생각했지만, 다락방에 있는 종이 상자는 딱 봐도 매우 오래됐고, 어제 들여온 것처럼 보이는 것은 하나도 없었다.

그때 아줌마가 과일을 갖고 올라왔다.

"어제 쫑위 어머니가 물건을 잔뜩 가져왔어. 여기에 두려나 했는데 오늘 또 싹 가져가더라. 네가 서 있는 거기, 어제 일부러 치워놨는데 괜한 일을 한 거 같아."

"가져갔어요?"

쫑잉이 몸을 일으키며 물었다.

"그래, 오전에 내갔어. 무슨 물건인지는 모르겠고."

아줌마가 과일 쟁반을 건네며 대답했다.

어제 들여와 오늘 아침에 내갔다면, 싱쉐이의 유품?

쫑잉이 팔을 뻗어 과일 쟁반을 받아들자, 아줌마가 말했다.

"나는 할 일이 남아서 먼저 내려갈 테니, 넌 여기서 쉬고 있어."

아줌마가 나간 뒤, 쫑잉은 바닥에 앉아 과일을 먹었다. 몇 개 먹지도 않았는데 두통이 몰려와 약통에서 약을 몇 알 꺼내 삼키고 침대식 의자를 펼쳐 문을 닫은 다음 잠을 잤다.

잠에서 깼을 때는 날이 벌써 어둑어둑해진 상태였다. 일어나 앉아 보니 팔뚝에 모기 물린 자국이 네댓 개 나 있었다.

일어나 창문을 닫고 시계를 보고는 깜짝 놀랐다. 밤 9시가 넘었기 때문이다. 아줌마도 깨우러 오지 않았다.

쫑잉은 조심스럽게 문을 닫고 아래층으로 내려갔다. 계단 입구에서 한껏 소리를 낮추며 대화하는 소리가 들렸다.

"나도 알아. 물건은 전부 집으로 옮겨놨으니 이제 당신들이 알아서 처리해. 당분간은 나한테 전화하지 말고."

목소리에서 불안과 초조가 느껴졌다. 쫑위 어머니의 목소리였다.

쫑잉은 그녀가 전화를 끊고 마음을 가라앉힐 때까지 기다렸다가 아래층으로 내려갔다.

무심코 고개를 돌린 쫑위 어머니는 쫑잉을 보자 깜짝 놀랐다. 아줌마에게 쫑잉이 왔다는 말을 못 들어 갑자기 계단 입구에 나타날 줄은 전혀 예상하지 못했던 것이다. 타이밍이 매우 안 좋았다. 쫑잉이 들었는지, 들었으면 얼마나 들었는지 알 수 없어 불안함과 당황스러움이 얼굴에 다 드러났다.

쭝잉은 마치 아무 일도 없었다는 듯이 쭝위 어머니에게 인사하고는 왜 왔는지 설명 없이 그저 "이만 갈게요" 하고는 현관 쪽으로 갔다.

현관에서 서둘러 신발을 갈아 신자, 아줌마가 다급하게 쫓아 나오며 말했다.

"가려고? 장조림 싸줄 테니 냉장고에 넣어둬. 그럼 며칠은 먹을 수 있어."

"괜찮아요."

쭝잉은 아줌마의 호의를 거절하고 곧장 밖으로 나갔다. 그러나 몇 걸음 가기도 전에 귀가하는 아버지와 딱 마주쳤다.

화가 잔뜩 나 보이는 쭝칭린이 단도직입적으로 물었다.

"오늘 회사 갔었니?"

"네."

"주식 갖고 있을 때는 회사에 흥미라고는 없더니 다 처분하고 나니까 이제야 생각나더냐?"

"확인할 게 있어서요."

"왜, 누가 네 엄마를 죽였는지 확인이라도 하게?"

"그런 거 아니에요."

쭝잉은 숨을 깊이 들이마셨다. 그때 주머니에서 휴대전화가 진동했다. 쭝잉이 전화를 꺼내서 받는데, 쭝칭린이 갑자기 손을 들어 쭝잉의 휴대전화를 쳐냈다.

"너 머리가 어떻게 된 거 아니냐? 소문 확인이라도 하러 간 거야? 전 직원에게 내가 옌만을 죽였다고 말하고 싶었어?!"

# 제12장
## 의혹과 어려움을 극복하고

쭝칭린은 말을 가려서 할 수 없을 정도로 화가 나 손까지 덜덜 떨었다.

쭝잉은 고개를 돌려 바닥에 떨어진 휴대전화를 봤다. 액정에 몇 초 동안 불이 들어오다가 결국 까맣게 되었다. 성청랑의 전화를 받지 못했다.

쭝잉은 화를 최대한 누르며 말했다.

"말로 하시지 휴대전화를 부술 필요는 없잖아요?"

쭝잉의 말에 쭝칭린은 더 화가 나 쭝잉의 뺨을 때리려 손을 들었다. 그러나 손이 쭝잉의 머리칼에 닿기도 전에 쭝잉이 손을 뻗어 쭝칭린의 손목을 잡았다. 이런 비이성적인 화풀이는 절대 받아들일 수 없다는 듯한 태도였다. 쭝칭린을 노려보는 두 눈에 불만이 가득했다.

"정정당당하다면 두려울 게 없겠죠. 정말 양심에 거리낄 일을 하지 않았으면 소문이 뭐가 두렵겠어요? 왜 이렇게 화를 내세요?"

쭝잉은 갑자기 호흡이 가빠지고 얼굴 근육이 팽팽하게 긴장되면서 말에 공격성이 더 강해졌다.

"엄마 사건은, 그때 아버지는 최선을 다해 밝히지 않고 그냥 자살로 결론지었잖아요. 그랬으면 이제 와 신경 쓰지 마세요. 제가 조사를 하든 뭘 하든 그건 다 제 일이고 아버지와는 상관없으니까요."

쏟아내듯 말한 쭝잉은 아버지의 손을 쳐내고 액정이 부서진 휴대전화를 주웠다.

전원 버튼을 길게 눌러 다시 켜보려고 했지만 아무 반응이 없었다. 쭝잉은 고장 난 기계를 주머니에 넣고 빠른 걸음으로 계단을 내려갔다.

쭝잉은 늘 참고 견뎠다. 엄마가 세상을 떠났을 때도 울고불고하지 않았다. 처음 본 딸의 강경한 모습에 쭝칭린은 더 화가 나 소리쳤다.

"너 거기 안 서!"

쭝잉은 걸음을 멈추었다. 막막한 어둠 속에서 이 초 정도 서 있다가 고개를 살짝 돌리며 "안녕히 계세요"라는 말만 남기고 총총히 대문을 나섰다.

지분 경쟁에 이제는 조작 스캔들까지, 신시가 비바람에 흔들리는 상황에서 쭝잉이 이 정도로 담담하게 인사하고 끝낸 것만으로도 최대한의 성의를 보여준 것이었다. 보유하고 있던 주식도 다 팔았으니 이제 신시와는 어떤 관계도 남지 않았다. 이 집과도 이 지경이 되었으니 앞으로 다시 엮일 일은 없을 것이다.

마주 오는 차 안에는 귀가하는 사람들로 가득했고, 쭝잉만 홀로 그들과 반대 방향으로 걸었다. 가로등이 무심히 앞길을 비추었고 이미 지나온 길은 어두웠다.

나왔다고 관계가 끊길까?

쭝잉은 타운하우스 지역의 외지고 좁은 길에 서서 귀가하는 차량이 한 대 한 대 지나가는 것을 봤다. 멀리 반짝이는 수많은 주택 불빛이 자신과는 전혀 상관이 없어 보였다.

쭝잉은 한숨을 길게 내쉬었다. 전화를 걸고 싶었지만 휴대전화는 고장 났고, 아파트로 돌아가자니 이곳은 택시가 잘 잡히지 않았다.

걷다 보니 피곤했고 어디로 가야 할지도 알 수 없었다. 허기와 초가을의 밤바람만이 함께했다.

쭝잉은 길가에 쭈그리고 앉았다.

구급차가 사이렌을 울리며 도로의 1차선을 질주했고, 맞은 편에는 드문드문 상점에 조명이 들어와 있었으며, 저 너머 광장에서는 누군가 춤을 추고 있었고, 삼삼오오 짝지어 밤 산책을 하는 사람도 있었다. 지나가던 꼬마가 쭝잉을 보더니 옆에 있던 어른에게 물었다.

"저 언니는 왜 바닥에 앉아 있어요? 거지예요?"

그 말에 옆에 있던 어른이 다급하게 말했다.

"아니야. 그런 말 함부로 하는 거 아니야."

십 분 정도 지났을까, 택시 한 대가 쭝잉 앞에서 끼익 멈췄다.

조수석 문이 벌컥 열리더니 성칭랑이 내려 성큼성큼 다가와 쭝잉을 살폈다.

"쭝 선생, 왜 그래요?"

쭝잉은 고개를 들어 성칭랑을 봤다. 가로등 불빛에 성칭랑의 얼굴이 반만 보였지만, 쭝잉은 성칭랑의 얼굴에 가득한 걱정과 불안을 느낄 수 있었다.

순간 마음이 진정되고 말투도 부드러워졌다.

"어떻게 날 찾았어요?"

"집에 안 계시길래 휴대전화에서 선생의 위치를 찾았습니다. 전화를 걸었는데 말다툼하는 소리가 들리더니 갑자기 끊어지더군요. 걱정스러워서……."

성칭랑이 휴대전화를 내보이며 대답하고는 잠깐 멈췄다가 물었다.

"왜 그래요? 괜찮습니까? 어디 많이 불편해요?"

쭝잉은 성칭랑의 설명은 귀에 들어오지도 않았다. 그러나 열심히 설명하는 성칭랑의 모습을 보니 이 밤이 따뜻해지는 것 같아 더 이상 막막하지도, 답답하지도 않았다. 쭝잉은 안도의 한숨을 내쉬었다. 늘 덤덤하기만 했던 얼굴에 미소가 번졌다. 옅은 미소였지만 진심에서 우러난 것이었다.

"전 괜찮아요."

쭝잉이 진심으로 말했다.

성칭랑은 그 말에 안심하며 쭝잉에게 손을 내밀었다.

"식사했어요? 밥 먹으러 갑시다."

성칭랑은 주먹을 쥐었다 펴고 쭝잉의 손을 잡아 일으켰다.

"그래요."

두 사람은 다시 택시에 올라 늦은 시간까지 영업하는 식당으로 향했다.

깊은 밤, 따뜻한 음식은 고객을 차별하지 않았다.

음식이 잘 먹혀 쭝잉은 두 사람이 시킨 삼 인분을 깨끗하게 먹어 치웠다.

두 사람이 식사를 마치자 식당도 문을 닫았다.

등 뒤로 간판 불이 꺼졌다. 쭝잉은 문 앞에 서서 택시를 기다리며 생각을 정리하고 고개를 돌려 성칭랑에게 말했다.

"저는 들를 곳이 있으니 집에 가서 쉬세요. 제 걱정하지 말고요."

쭝잉이 어딜 가든 그녀의 사생활이라 묻기가 곤란했지만, 성칭랑은 야밤에 쭝잉 혼자 나가는 게 걱정되었다. 그래서 망설이다가 그래도 물어보기로 했다.

"어디 가십니까?"

"싱쉐이의 집이요."

쭝잉은 길 건너편 신호등을 보며 대답했다.

"유품 조사하려요?"

"네."

쭝잉이 명쾌하게 대답했다.

쭝위 어머니가 전화로 "물건은 전부 집에 옮겨놨으니 이제 당신들이 알아서 처리해"라고 했던 말을 똑똑히 들었다. 그 말은 싱쉐이의 유품을 그의 집으로 옮겼고, 누군가 그것을 빨리 처리하려고 한다는 뜻이었다. 불법 침입이라도 해서 확인해 봐야 했다.

"저도 같이 가겠습니다."

쭝잉은 고개를 돌려 성청랑을 쳐다봤다.

"당신은 휴식이 필요해요."

성청랑은 손을 뻗어 택시를 잡아 뒷좌석 문을 열며 쭝잉에게 말했다.

"아니요, 괜찮습니다. 선생 혼자 보낼 수 없어요."

쭝잉은 성청랑을 몇 초간 쳐다본 다음 차에 올랐다.

"일단 아파트로 먼저 가요. 가져가야 할 물건이 있어요."

십오 분 뒤, 택시는 699번지 아파트 아래서 멈췄다. 쭝잉은 차에서 내려 조수석에 앉은 성청랑에게 말했다.

"여기서 기다리세요. 금방 올게요."

쭝잉은 빠른 걸음으로 공용 현관으로 들어가 위층으로 올라갔다. 성청랑은 꼭대기 층의 창문에 불이 들어왔다가 금세 꺼지는 것을 봤다. 그리고 일 분 뒤, 쭝잉이 옷을 갈아입고 손에 알루미늄으로 된 감식 장비 가방과 우산을 들고나왔다.

밤공기가 점점 습해지는 것이 며칠 연속 맑았던 상하이에 비가 올 모양이었다.

택시가 축축한 밤공기를 뚫고 빠르게 달렸다. 두 사람은 도시를 가로질러 싱쉐이의 집으로 향했다.

싱쉐이는 상장기업 핵심 부서의 책임자였지만 평소 약품연구원과 집만 오갔고 접대나 사교 활동을 하는 경우가 거의 없었다. 집도 교외에 있어 은거하는 듯한 느낌을 주었다.

택시에서 쭝잉은 성청랑이 휴대전화 지도로 택시가 가는 방향을 계속 확인하는 것을 봤다.

칠십 년 전에 이 지역은 상하이의 전투 지역이었고, 새벽 6시까지는 겨우 네다섯 시간 남았으며, 성청랑을 다시는 절대 전투 지역에 떨어뜨릴 수 없다고 쭝잉은 생각했다.

"최대한 빨리 시내로 돌아올 테니 걱정하지 말아요."

쭝잉이 다짐하듯 말했다.

"괜찮습니다."

성청랑이 의외의 대답을 하더니 휴대전화를 내려놓고 설명했다.

"시간 안에 닿지 못해도 다른 계획이 있으니 제 걱정은 하지 마세요."

다른 계획? 쭝잉은 어리둥절했다.

"성가의 기계공장도 이전이 확정됐습니다. 다음 공장들 이전할 때 같이 가려고 준비 중입니다. 경비와 인력에 관한 일 외에 통행증도 빨리 해결해야 합니다."

성청랑이 설명을 덧붙였다.

"지금 우리가 가진 조계와 베이징-상하이 경비사령부의 통행증으로는 주둔군 지역을 통과할 수 없어요. 순조로운 이전을 위해서는 주둔군 통행증을 받아야 합니다. 오늘 안 왔으면 조만간 다시 와서 통행증을 받아야 했을 겁니다. 오늘 오게 돼서 전투 지역에 다시 와야 하는 위험을 면하게 됐으니 너무 마음 쓰지 마세요."

쭝잉은 이해하면서도 내륙 이전이 정말 번거롭고 위험하다는 것을 다시 깨달았다.

쭝잉은 더 말하지 않았다. 택시가 마침내 작은 타운하우스 앞에 멈췄다.

서둘러 돌아가야 한다는 걱정이 사라져 택시를 그냥 보냈다. 차비를 치르자 택시는 차를 돌려 빠르게 빠져나갔다.

쭝잉은 CCTV를 피하려고 우산을 폈다. 성칭랑이 바로 알아차리고 우산을 받아 들었다. 쭝잉은 감식 가방을 열어 마스크를 꺼내 쓰고 라텍스 장갑을 끼며 말했다.

"문 앞에만 감시 카메라가 있으니 저것만 피하면 돼요."

쭝잉이 문 앞으로 다가가 손을 뻗어 도어록 덮개를 올리자 비밀번호 터치패드가 나타났다.

쭝잉은 가방에서 솔과 지문 채취용 분말 통을 꺼내 터치패드 앞에서 한쪽 무릎을 꿇고 앉아 조심스럽게 분말을 묻혔다.

성칭랑은 우산으로 CCTV를 가리고, 손전등으로 터치패드를 비추며 시선을 터치패드에 고정했다.

네 개의 숫자가 차례대로 나타났다.

1, 4, 9, 0.

솔을 들고 있던 쭝잉의 손이 순간 허공에서 멈췄다.

이마에서 식은땀이 났다. 의외의 숫자에 놀란 쭝잉은 터치패드 앞에서 얼어붙었다. 정신을 차리기도 전에 성칭랑이 손을 뻗어 네 자리 숫자를 눌렀다.

0, 9, 1, 4.

'띠리릭' 비밀번호 해제 소리가 울리며 도어록이 열렸다. 성칭랑과 쭝잉은 눈빛을 교환했다.

0914, 쭝잉의 어머니가 세상을 떠난 날이었다.

일일이 조합해 볼 필요도 없이 0, 9, 1, 4였다. 게다가 터치패드에 남은 자국으로 봐서는 비밀번호가 한 번도 바뀐 적이 없는 듯했다.

싱쉐이가 이 비밀번호를 사용하다니, 우연의 일치라고 보기는 어려웠다.

"쭝 선생?"

성칭랑이 조심스럽게 불렀다.

쭝잉은 일단 의심을 떨치고 터치패드에 묻은 분말을 재빨리 털어내고 일어나 잠금 해제된 문을 열었다.

달빛이 밀고 들어와 그들의 앞길을 비춰주었다.

문을 닫자 썰렁한 거실이 나왔다. 가구가 적어 텅 빈 느낌마저 들었다. 손전등으로 주위를 훑으니 공기에 떠다니는 먼지가 보였다. 최근 두 달 사이 집을 청소한 사람이 없었는지 먼지가 쌓인 곳이 많았다.

1층에는 쌓아놓은 상자가 없었다. 손전등으로 계단 쪽을 비추자 흔적이 보였다. 먼지를 닦았거나 아니면 무의식적으로 밟은 것 같았다.

"위로 올라가요."

성칭랑이 쭝잉의 뒤에 붙어서 바닥에 난 발자국을 따라 올라갔다. 발자국은 2층 서재 입구에서 멈췄다.

두 사람은 문 앞에서 멈췄다. 쭝잉이 손을 뻗어 문을 열고 손전등으로 안을 비추자 왼쪽 벽에 신시 로고가 박힌 상자가 몇 개 쌓여 있었다. 신시에서 가져온 물건이 틀림없었다.

분명했다.

상자는 투명 테이프로 밀봉되어 흔적을 남기지 않고 뜯을 수가 없었다.

곰곰이 생각하던 쭝잉은 갑자기 손전등을 입에 물고 상자를 뒤집더니 칼을 꺼내 상자 아랫부분을 조심스럽게 뜯었다.

상자에는 서류철이 가지런하게 놓여 있었다. 쭝잉은 최근 업무 서류부터 몇 개 훑어봤다.

쭝잉의 조사 대상은 약품연구원이 아니라 싱쉐이 개인이었기 때문에 개인 물건과 기록부터 찾아야 했다.

상자를 하나하나 열어 찾다 보니 시간도 점점 빨리 지나가는 것 같았다. 불을 켤 수도, 창문을 열 수도 없어 꼭 닫힌 실내 공간이 긴장감과 압박감을 더했다.

쭝잉은 답답함을 꾹 참았다. 이마에서 땀이 배어났고 이마 옆 머리칼이 폭 젖었다.

손전등이 갑자기 꺼지자, 쭝잉은 예비 배터리로 바꾸고 팔을 들어 손목시계를 봤다. 시간이 부족했다.

"성 선생님, 여긴 제가 찾을 테니 선생님은 서랍과 책장을 찾아보세요."

성칭랑은 쭝잉의 초조함을 알아채고 위로했다.

"너무 초조해하지 말고 차근차근히 해요."

성칭랑은 책장으로 다가가 손전등으로 한 층씩 비추다 나무 액자에서 우뚝 멈췄다.

액자에는 옛날 사진이 꽂혀 있었다. 쭝잉의 집에 있던 졸업 단체 사진과 같은 것이었다. 옌만과 싱쉐이와 쭝칭린이 있는. 다른 점이라면 사진도 액자도 더 크다는 것이었다.

사진 속 싱쉐이는 고지식해 보이는 안경을 썼고, 마르고 약해 보이는 체격이었다. 싱쉐이는 옌만 뒤에 서 있었고, 옆에는 그보다 머리가 반 정도 큰 쭝칭린이 있었다.

성칭랑은 유리문을 열고 조심스럽게 액자를 옮겨 뒤에 무슨 책이 있는지 살피려고 했다. 하드커버로 된 2010년판 『중국약전中國藥典』 세 권이 반듯하게 놓여 있었다.

액자를 제자리에 놓으려다가 무의식적으로 멈추고 손가락으로 책 위쪽을 더듬자 책자 하나가 손에 걸렸다.

책자는 약전과 책장 위의 벽 사이에 가로로 놓여 있었다. 게다가 살짝 들어가 있어서 자세히 살피지 않으면 잘 보이지도 않았다.

성칭랑은 손가락으로 책자를 빼냈다.

표지는 깨끗했다. 글씨 하나 없었지만 중간 부분이 불룩하게 튀어나오고 양옆은 얇은 게 전형적인 스크랩북이었다.

반면 쭝잉은 노트를 찾아 한 권을 집어 아무 페이지나 펼쳤다.

왼쪽 페이지에 "2011년 9월 17일. 북풍, 구름 많음, 소나기, 춥지도 덥지도 않음. 잘 지내니?", 오른쪽 페이지에 "2011년 9월 18일. 기온 하락, 여전히 북풍, 흐린 날이 계속됐지만 비는 안 내림. 잘 지내니?"라고 적혀 있었다.

쭝잉은 재빨리 뒤쪽을 펼쳤다.

하루도 빠지지 않고 쓴 일기에는 날씨와 마지막 부분에 "잘 지내니?"라는 말뿐이었다.

누구에게 묻는 것일까? 날씨는 또 누구에게 보여주려고 기록한 것이고.

쭝잉은 낯빛이 점점 어두워지고 이마의 땀도 싸늘하게 식는 것 같았다.

날씨를 기록하는 습관은, 그녀의 엄마에게도 있었기 때문이다.

"쭝 선생."

갑자기 부르는 소리에 쭝잉은 퍼뜩 정신이 들었다.

쭝잉은 들고 있던 노트를 덮었다. 성칭랑이 다가와 책자 하나를 건넸다.

"싱쉐이가 만든 스크랩 같습니다. 한번 보세요."

쭝잉이 재빨리 펼쳐 봤다. 페이지를 넘길수록 손이 느려졌다. 옌만에 관한 스크랩이었다. 쭝잉이 한 스크랩보다 더 자세했고, 처음 보는 것도 있었다.

왜 이런 것을 만들었지?

무슨 자격으로 이런 것을 만들었지?

쭝잉은 문득 화가 치밀어 올랐다. 그러나 분노의 불씨 속에 숨어 있는 것은 막연한 두려움이었다.

"이런 것도 있었습니다."

성칭랑이 약통을 건넸다. 흰색과 파란색이 연결된 약통에는 '에스시탈로프람 옥살레이트 정제'라고 쓰여 있었다.

"절반 정도 먹었네요."

성칭랑이 말했다.

"설명서를 보니 중증 우울증과……."

"알아요."

쭝잉이 손을 뻗어 약통을 받았다. 지난해 싱쉐이를 만났을 때, 무서울 정도로 마르고 웃는 표정도 둔하고 기계적이었던 것이 떠올랐다.

이 사람은, 엄마 사건과 관계가 있다. 그러나 도대체…… 어떤 관계란 말인가?

살인자? 아니면…….

순간 우울한 압박감이 덮쳐와 쭝잉은 약통과 책자를 성칭랑에게 돌려주고 약간 힘겨운 듯이 짧게 한숨을 내쉬었다.

"시간이 늦었으니 이만 정리하죠."

예상 밖의 발견이었지만 증거는 아니었다. 가져갈 필요가 없으니 제자리에 돌려놓는 수밖에 없었다.

종이 상자 속 물건을 최대한 원래대로 돌려놓고 상자 아래를 투명 테이프로 세심하게 다시 봉한 다음, 하나하나 제자리에 돌려놓았다. 손을 탄 것처럼 보이지 않았다.

작업을 마치자, 날이 밝아오고 있었다.

쭝잉은 시간을 확인하고 감식 가방을 들며 말했다.

"아래층으로 내려가죠. 오 분 남았어요."

하지만 문 앞에 닿기도 전에 쭝잉이 걸음을 멈추고 손으로 성칭랑에게 조용히 하라고 표시했다. 아래층에서 문소리와 발소리가 들렸다. 쭝잉은 신경이 팽팽하게 곤두섰다. 발소리로 봤을 때 최소 두 명이었다.

성칭랑은 책장 옆에 있는 창문 앞으로 쭝잉을 잽싸게 잡아당기고 두꺼운 커튼으로 덮었다.

쭝잉은 한 손으로는 감식 가방을 들고 다른 한 손으로는 성칭랑의 손을 꽉 잡았다. 발소리가 위로 올라오더니 서재 문 앞에서 멈췄다. 침입자는 문손잡이를 잡아 가볍게 안으로 밀면서 반쯤 들어왔다. 어두워서 침입자의 얼굴은 보이지 않았지만 푸르스름한 새벽빛이 커튼 사이의 좁은 틈을 뚫고 실내로 들어와 침입자의 가죽 신발에 떨어졌다. 깨끗하고 광을 잘 낸 구두였다.

문자가 왔는지 성칭랑의 휴대전화가 가볍게 진동했다.

미세한 진동에 문밖에서 "엇" 하며 경계하는 소리가 들렸다.

"누가 있다."

쭝잉은 숨을 죽인 채 꼼짝하지 않았고, 성칭랑은 한 손으로 쭝잉을 꼭 잡고 시계를 보려고 고개를 숙였다. 그러자 턱이 쭝잉의 귀에 닿았다.

시곗바늘이 한 칸 한 칸 6시를 향해 움직이고 있었다. 몸을
바짝 붙인 탓에 긴장으로 빠르게 뛰는 서로의 심장 소리가 느
껴지고 어느덧 숨 쉬는 박자도 같아졌다.

쭝잉은 고개를 돌려 창밖을 봤다.

어스름한 새벽빛 속에 낯익은 차량이 눈에 들어왔다.


며칠 전에 탔던 차량이었다. 9월 15일 저녁, 비가 쏟아져 쭝
잉은 저 차를 타고 위산 자락에 있는 저택에서 나왔다. 운전자
는, 선 비서였다.

잠깐 딴생각을 하는 사이에 몸이 갑자기 아래로 쑥 꺼지더
니 전혀 다른 세상이 되었다.

발아래로 나무판자가 느껴지더니 제대로 서기도 전에 무너
져 내렸다. 아래로 떨어지는 순간, 누군가 쭝잉을 품에 끌어안
아 축축한 풀 더미로 같이 떨어졌다.

쭝잉은 통증에 눈을 떴다. 손에 쥔 것은 풀이 아니라 성청랑
의 셔츠였다.

성청랑은 가볍게 부딪힌 게 아닌 듯했다. 통증을 참느라 단
단하게 굳은 표정으로 눈을 뜨고는 "아파요? 심합니까?" 하고
물으면서 오히려 쭝잉의 상태를 확인했다.

쭝잉은 손을 확 놓고 일어나 앉아 어깨를 주무르고 머리칼
을 정리한 다음, "괜찮아요"라고 대답하고 고개를 들어 주위를
둘러봤다.

전형적인 20세기의 농가 주택으로, 제법 번듯한 집이었던 듯했다. 하지만 지붕은 폭격으로 일찌감치 날아갔고, 다락방이었던 듯한 곳은 목판이 흔들리며 금방이라도 떨어질 것 같았다. 두 사람은 바로 저 아슬아슬한 목판 위로 나타나 아래로 떨어진 것이었다. 다행히 부뚜막 옆에 볏짚이 쌓여 있어 완충 역할을 해주었다.

실내는 온통 어지러웠고, 바닥은 진흙탕인 것이 비가 내린 모양이었다.

날은 아직 다 밝지 않았고, 폭우가 휩쓸고 간 상하이의 외곽 지역은 이상할 정도로 공기가 습했다. 쭝잉이 멍해 있는 사이에 성청랑이 일어나 그녀를 잡아 일으켰다.

"지도가 맞다면 사단 사령부 주둔지가 근처일 겁니다."

성청랑이 통증을 참으며 말했다.

"지금 바로 가요?"

쭝잉이 정신을 차리고 숨을 깊게 들이마시며 물었다.

성청랑이 바깥 상황을 살필 요량으로 밖으로 나가려는데 문턱을 채 나서기도 전에 총성이 울렸다.

소나기처럼 쏟아지는 총성 속에서 검푸른 새벽빛을 가르며 동쪽에서 해가 솟아올랐다.

성청랑이 멈칫하더니 쭝잉 쪽으로 고개를 돌리며 "나오지 마세요" 하고는 혼자 밖으로 나갔다.

총성이 더 격렬해질 때쯤 성청랑이 돌아왔다.

"우리 위험지역에 있는 거예요?"

쭝잉이 숨을 참으며 물었다.

"아닙니다."

성칭랑이 갑자기 쭝잉의 손을 잡아 펴면서 손바닥에 선을 그으며 설명했다.

"이게 강이고, 서쪽은 일본군이 점령한 마을이고 동쪽은 국군 진영이에요. 지금 우리는 여기에 있어요."

성칭랑의 손가락 끝이 가리키는 위치는 교전 선 근처로 동쪽이었다.

"교전 지역이요?"

"네."

성칭랑이 고개를 숙인 채로 계속 설명했다.

"국군이 반격하려면 이 강을 건너야 합니다. 일본군은 강 건너편에서 기관총으로 방어를 하고 있고요. 총소리는 분명 저쪽에서 났을 겁니다."

"우린 어느 쪽으로 가야 하죠?"

성칭랑이 손가락으로 선을 쭉 그으며 확신에 찬 목소리로 말했다.

"동쪽으로요. 최전선 지휘부로 갑니다. 멀지 않아요."

새벽 전투가 갓 시작돼 전투가 어떻게 발전할지 그 누구도 예상할 수 없었다. 더 위험한 공습이 시작되기 전에 빨리 이동하는 게 현명한 선택일지도 몰랐다.

성칭랑이 갑자기 쭝잉의 손에 차갑게 빛나는 권총을 쥐어주었다.

"만일에 대비해서요."

무겁고 차가운 금속이 손바닥에 닿자, 쯍잉은 고개를 획 숙여 손에 쥔 물건을 봤다. 브라우닝 M1911 권총이었다.

햇빛이 고인 물을 증발시키기 전이라 길은 진흙탕이어서 걷기가 매우 불편했다. 쯍잉은 진흙 속에서 발을 빼느라 휘청거렸고, 옆에서 잡아주는 성칭랑이 없었으면 얼마나 넘어졌을지 알 수 없었다.

등 뒤에서 총소리가 점점 격렬해졌지만 앞으로 갈수록 소리가 멀어졌다. 공기 중에 퍼진 화약 냄새와 간간이 울리는 대구경 포탄 소리만이 지금이 위험한 전시 상황이라는 것을 알려주었다.

쯍잉은 고개를 돌려 성칭랑의 옆얼굴을 슬쩍 봤다.

입을 꾹 다문 채 묵묵히 앞으로 나가는 성칭랑은 이런 상황이 익숙한 듯했다. 쯍잉이 쳐다보는 것을 의식했는지 성칭랑이 고개를 획 돌리며 물었다.

"왜 그러십니까?"

"아무것도 아니에요. 어서 가요."

분명 다른 것에 신경 쓸 틈이 없는 긴장된 상황이건만, 쯍잉은 성칭랑의 얼굴에 유탄 상처가 났던 것과 생일 밤 몸에서 풍기던 화약 냄새가 떠올랐다.

조계에서 살고 군인도 아닌 사람이 전투 지역을 낯설어하지 않았다.

서늘한 새벽바람에도 등은 땀으로 젖었고, 심장은 과부하가 걸릴 정도로 빠르게 뛰었다. 눈앞에 최전선 지휘부가 보였다. 참호만 넘으면 도착할 수 있는 거리에서 갑자기 적기의 굉음이 울렸다.

고개를 드니 전투기 두 대가 서쪽에서 날아와 지휘부 상공을 뒤덮더니 그중 한 대가 돌연 방향을 틀었다. 전투기가 어디로 날아가는지 파악하기도 전에 손이 불쑥 나와 쭝잉의 뒤통수를 감싸고 바닥으로 내리눌렀다……

몇 초 뒤, 몇 미터 밖에서 포탄이 터졌다. 땅이 흔들리고 귓가가 얼얼하더니 진흙과 돌 파편이 온몸을 뒤덮었다.

성칭랑이 팔로 쭝잉의 뒤통수를 감싸고 손으로 쭝잉의 귀와 옆얼굴을 꽉 덮었다.

포탄이 불규칙적으로 쏟아졌다. 계속되는 폭격에 귀가 먹먹해져 쭝잉은 성칭랑이 무슨 말을 하는지 들리지 않았다.

지휘부까지 가는 길은 아슬아슬한 혼란의 연속이었다.

사병 하나가 그들을 향해 소리쳤다. 넘어지고 끌리면서 결국 지휘부에 도착했을 때는 온몸이 엉망진창이 되었다.

방공호에 들어가자 귀마개를 한 것처럼 폭격 소리가 아득하고 낮게 울렸다.

쭝잉은 귀를 막고 청력이 빨리 회복되기를 바라며 손가락 끝으로 귀 근처 혈자리를 꾹꾹 눌렀다. 성칭랑은 사병에게 증서를 보여주고 있었다.

사병은 그들을 살펴보고 잔뜩 경계하는 표정으로 물었다.

"이전위원회 사람이라고요? 누구를 찾아왔습니까? 무슨 이유로요?"

"여기 오기 전에 이전위원회가 사령부 책임자와 얘기를 끝냈습니다. 통행증을 신청하러 왔으니 전화로 연락해 주십시오."

바깥은 포성이 계속되어 고함을 치다시피 말해야 했다.

"사단장님은 지금 사령부에 안 계십니다! 오늘 이 전투가 끝나야 알려줄 수 있어요!"

이 전투가 언제 끝날지는 아무도 몰랐다.

"그러면 먼저 제79연대 3대대 대대장인 성청허에게 연락해 주겠습니까?"

"성 대대장님은 지난밤에 대원들을 이끌고 동쪽으로 포위 공격을 나가셔서 지휘부에 안 계십니다. 돌아올 때까지 기다리십시오!"

잇단 거절에 순간 어떻게 해야 할지 알 수 없었다. 바깥은 포성이 계속되고 있었다. 성청랑은 손을 내려 증서와 관련 서류를 가방에 넣었다.

쭝잉은 그제야 비로소 성청랑의 손을 봤다. 손등이 온통 피범벅이었다. 저 손으로 막아주지 않았다면 지금쯤 자신의 얼굴이 저렇게 됐을 것이다.

"왜 그러십니까?"

쭝잉의 눈빛을 느낀 성청랑의 눈길이 쭝잉을 따라 자신의 손으로 내려갔다. 그제야 홧홧하게 타는 듯한 통증이 몰려왔다.

"깨끗이 씻으면 됩니다."

성청랑이 말하기가 무섭게 쫑잉이 그의 손목을 잡아 들고 손을 자세히 살폈다.

바깥은 환한 태양 아래 전투기가 오가며 전투가 치열하게 벌어지고 있었지만, 방공호 안은 어두침침하고 축축했다. 통신병이 무선 통신기를 안고 진창이 된 바닥에 앉아 초조하게 무선을 쳤고, 쥐가 거리낌 없이 사람들 사이를 오갔다. 쫑잉은 꿇어앉아 감식 가방을 열어 라텍스 장갑과 작은 핀셋을 꺼냈다.

쫑잉은 바위를 가리키며 성청랑에게 앉으라고 하고 한 손으로는 성청랑의 손을 잡고 다른 한 손으로는 핀셋을 들어 피부에 박힌 작은 돌을 빼냈다.

머리 위 흐린 등불이 밖에서 간간이 들려오는 폭격 소리와 진동에 꺼졌다 켜졌다를 반복했다.

성청랑은 눈을 아래로 떨구었다. 쫑잉의 옷깃이 진흙과 먼지로 더러워지고 이마 옆 머리칼은 젖어 있었다. 흐트러진 모습임에도 외부의 상황에는 아랑곳하지 않고 집중한 모습이었다.

통증은 그다지 심하지 않았다. 불안과 긴장으로 팽팽해진 신경이 순간 느슨하게 풀리면서 침침하고 축축한 방공호 안이 잠시나마 따뜻하고 편안하게 느껴졌다.

짧은 평화였다.

적기의 폭격 소리가 멈추자, 군인들이 다급하게 뛰어 들어왔다. 지휘관인 듯한 사람이 모자를 내던지면서 씩씩거리며 소리쳤다.

"83연대는 도대체 뭐 하는 거야? 밤새 방어하느라 내 부하가 절반이나 죽었는데! 내 부하가 반이나 죽었다고! 반이나!"

눈이 벌겋게 된 지휘관은 온통 진흙투성이였고 왼팔에서 피가 흘러내리고 있었으며, 분노와 통증으로 온몸을 벌벌 떨었다.

쭝잉이 고개를 들자 성청랑도 따라 고개를 돌렸다. 두 사람은 그 지휘관을 알아봤지만, 그는 아직 눈치채지 못한 듯 몸을 돌려 들것을 든 사병에게 소리쳤다.

"뭘 그렇게 멍하니 서 있어?! 어서 군의관 불러서 총알 빼내라고 해!"

"대대장님께 보고합니다! 부상자가 너무 많아 인력이 부족해 기다려야 한답니다!"

옆에 있던 사병이 두 다리를 착 모으고 큰 소리로 대답했다.

성청허는 발로 흙벽을 찼다.

"사람이 다 죽게 생겼는데 뭘 기다리라는 거야!"

통증과 분노로 어쩔 줄 모르던 성청허는 고개를 돌리다 얼핏 두 사람을 봤다. 그제야 성청허는 칠팔 미터 떨어진 곳에 있는 성청랑과 쭝잉을 알아봤다.

성청허는 순간 멍했다가 즉각 물었다.

"두 사람이 왜 여기 있어?"

상대가 대답하기도 전에 성청허가 구세주라도 만난 것처럼 성큼성큼 다가와 쭝잉을 잡고 말했다.

"마침 잘됐네. 어서 사람 좀 구해줘요!"

동작이 너무 빨라 막을 새도 없었다. 쭝잉은 성청허의 손을 뿌리치려 했으나 들것 앞으로 이미 끌려간 뒤였다.

자원이 부족한 상황에서는 모든 것이 계급이 높은 사람 우선이었다. 의료 자원도 예외는 아니었다. 그런데 지저분한 들것에 누워 있는 사람은 계급이 가장 낮은 보병이었다. 매우 앳된 소년이었다. 평화로운 시대에 살았다면 의무교육을 받고 있을 나이로 보였다.

성칭허는 온몸으로 내뿜던 노기가 걱정으로 바뀌고 말투도 다급해졌다.

"총알이 어깨 아래에 있으니 목숨을 구할 수 있을 겁니다. 빨리 총알을 빼내요!"

쫑잉은 병사의 상태를 살폈다. 쇄골 아래, 심장 위로 총알이 뚫고 지나갔고, 상처를 가제로 막아놓았지만 피가 계속 밖으로 스며 나왔다. 앳된 얼굴에 혈색이 없고 맥박이 약한 게 쇼크 상태로 보였다. 상황이 매우 심각해 군 병원까지 가지도 못할 듯했다.

쫑잉은 잠시 침묵하다가 손을 거뒀다.

"미안해요. 저는 못합니다."

"겨우 총알 하나 빼는 거잖아요!"

"겨우 총알 하나 빼는 문제가 아니라고요."

갑자기 부하를 너무 많이 잃은 탓에 보상 심리가 작용했는지, 성칭허는 대대에서 가장 어린 사병을 꼭 살리겠다는 일념으로 평소 같지 않게 강경하게 고집했다.

두 사람 모두 눈이 벌겋게 충혈되어 있었다.

쭝잉은 밤새 한숨도 못 자 흰자에 실핏줄이 다 터져 있었다. 쭝잉은 숨을 깊이 들이마시며 말했다.

"검사 장비가 없어서 총알의 위치를 정확하게 알 수 없고 부상 정도도 몰라요. 이곳은 수술 환경도 매우 좋지 않고, 게다가 나는······."

쭝잉은 여기까지 말하고 눈을 질끈 감았다. 눈을 다시 떴을 때는 더 피곤해 보였다.

"나는 죽은 사람 총알만 제거해 봤다고요."

"죽은 사람 총알만 제거했으면 어때서? 뭐가 달라?!"

쭝잉은 다시 눈을 감았다.

의사 생활을 수년간 했지만 총상 환자는 만나본 적이 없었고, 법의관이 된 뒤에도 딱 한 번 접해봤을 뿐이었다. 그것도 이미 사망한 피해자였다. 시체 해부와 살아 있는 사람의 총알을 제거하는 것이 같을 수가 없었다.

경험 부족은 그렇다고 해도, 쭝잉은 수술을 집도한 지가 정말 오래되었다. 수술대를 포기한 날부터 수술을 직접 집도한 적이 단 한 번도 없었다. 지난번 성칭샹의 다리 절단 수술도 레지던트 선생에게 지시만 했을 뿐이지 처음부터 끝까지 메스를 잡지 않았다.

"살리려고 데려온 거라고!"

성칭허의 말이 더 다급해졌다.

쭝잉이 눈을 떴다.

"쭝 선생."

그때 누군가 쭝잉을 불렀다. 익숙하기 그지없는 목소리를 따라 쭝잉이 고개를 돌렸다. 성칭랑이 들것 한쪽에 서서 쭝잉을 보고 있었다.

"정말…… 못해요."

쭝잉이 성칭랑을 향해 말했다.

방공호에는 사람들이 계속 드나들었고, 바깥은 폭격 소리가 계속됐으며, 머리 위에서는 흙 부스러기가 떨어졌다.

흐릿한 전등이 반짝거렸다. 성칭랑의 시선이 쭝잉의 오른손으로 향했다. 성칭랑은 언젠가 쭝잉이 얼핏 언급한 말이 떠올랐다. 심리적인 공포가 쭝잉을 가로막고 있다는 생각이 들었다. 그러나 쭝잉의 얼굴에는 환자를 걱정하는 의사의 마음이 다 드러나 있었다. 쭝잉의 내적 갈등이 느껴졌다.

"쭝 선생, 선생이 어떤 결정을 내리든 저는 당신 곁에 있을 겁니다."

일분일초가 다급한 성칭허가 꾸물거리는 그들이 못마땅해 끼어들려는데, 성칭랑이 손을 뻗어 가로막았다.

쭝잉의 오른손 손가락이 덜덜 떨렸다. 쭝잉은 온 힘을 다해 주먹을 꼭 쥐었다 펴기를 몇 번 반복한 끝에 고개를 들고 말했다.

"한번 해볼게요."

말이 떨어지기가 무섭게 성칭허가 옆에 있던 사병에게 명령했다.

"어떻게 해서든 필요한 기계와 간호사를 데려와! 3대대 형제를 다 잃었는데 어린애까지 보낼 수는 없잖아!"

임시 수술장이 꾸려졌다. 야전병원에는 의사가 두 명뿐이어서 밀려드는 환자를 보느라 올 수가 없어 간호사 몇 명이 쭝잉의 조수가 되었다.

철저하게 소독도 못 하고 무영등도 없으며, 무균 수술복과 모니터는 상상도 못 할 상황이라 총알 위치 판단과 관통 부위 정리, 조직 분리 및 봉합 등 모든 과정을 쭝잉 혼자 감당해야 했다. 심지어 수술장은 조용하지도 않았다. 멀리서 유탄포 포성이 간간이 들리는 게 반격이 시작된 것 같았다.

동쪽에 있던 태양이 서서히 하늘의 정중앙으로 이동했다. 쭝잉의 눈꺼풀이 계속 파르르 떨리고 뺨을 따라 땀이 흘러내려 셔츠 깃이 땀에 푹 젖었다. 쭝잉은 젖 먹던 힘을 다 짜내 매 과정을 매우 신중하게 처리했다.

너무 긴장해 툭 건드리면 신경줄이 탁 끊어질 정도로 집중하자 꿈에서 늘 괴롭히던 실수 장면이 전혀 떠오르지 않았다.

마지막 봉합을 마친 쭝잉은 눈을 감았다. 힘이 쑥 빠져 쓰러질 것 같았지만 수술대 옆을 꽉 잡고 굳건하게 서 있었다.

하얀 커튼 너머에서 성칭랑이 쭝잉을 기다리고 있었다. 쭝잉이 기계를 내려놓자 그제야 성칭랑도 조심스럽게 숨을 내쉬었다.

안심하기가 무섭게 통신병이 다급하게 들어와 사령부와 어렵게 전화가 연결됐다며, 그쪽에서 성칭랑에게 최전선 지휘부가 아닌 사령부로 와서 통행증을 받아 가라고 했다고 전했다.

이곳에 온 진짜 목적을 놓칠 수 없었지만, 성청량은 쫑잉이 나오기를 기다렸다.


두 사람은 마주 보며 잠시 아무 말도 하지 않았다. 성청량이 주머니에서 흰 손수건을 꺼내 처음 만났던 그때처럼 쫑잉에게 건넸다.

"안 쓴 거라 깨끗합니다."

깔끔하게 접힌 손수건은 주름이 조금 져 있었고, 화약 냄새와 성청량의 체온이 느껴졌다. 그러나 먼지도, 혈흔도 없어 정말 깨끗해 보였다.

쫑잉은 손수건을 손에 꼭 쥐며 성청량의 말을 들었다.

"전 지금 사령부에 가봐야 합니다. 위험하니 당신은 여기서 기다리세요."

쫑잉이 고개를 끄덕였다.

통신병이 다시 재촉하자, 성청량은 그제야 몸을 돌려 떠났다.

쫑잉도 따라 나갔다. 성청량이 지프에 오르자, 지프가 진흙길을 따라 흔들거리며 멀어졌다. 태양이 조금씩 서쪽으로 기울자 포성이 잠시 멈추었다.

저쪽에서 성청허와 부관의 목소리가 들렸다. 부관이 걸어가면서 성청허에게 다급한 목소리로 권했다.

"대대장님, 샤오쿤 수술받는 거 보고 대대장님도 치료받기로 하지 않았습니까! 대수롭지 않게 여기면 안 된다니까요! 감염이라도 되면 큰일 난다고요!"

부관의 말에도 성칭허는 쭝잉에게 곧장 다가와 "고맙습니다"라고 말하고는 쭝잉을 지나 안으로 들어가 대대에서 제일 어린 부상병을 살폈다. 그러나 들어간 지 일 분도 채 안 돼 간호사에게 내쫓겼다.

성칭허는 모자를 벗고 머리칼을 잡아 뜯었다. 잔뜩 흐트러지고 지저분한 모습이 처음 봤을 때와는 영 딴판이었다.

쭝잉이 눈을 들어 성칭허를 가늠했다.

"머리와 어깨에 난 상처 치료 안 받을 생각이에요?"

"그래봤자 외상인데요. 아프다 보면 괜찮아지겠죠."

말에 '스스로에게 벌을 주는' 듯한 뉘앙스가 있었다. 출혈로 창백해진 얼굴에 기분이 저조하다고 쓰여 있었다. 치열한 전투를 치르며 많은 전우를 잃은 탓에 무의식적으로 자신은 상처를 치료할 자격이 없다고 느끼는 것 같았다.

그러나 사나운 간호사는 성칭허의 바람을 들어주지 않았다. 간호사가 의료용 트레이를 들고나오며 차갑게 명령했다.

"들어와 붕대 감으세요."

"가세요."

쭝잉이 성칭허를 보며 말했다.

성칭허가 안으로 들어가자, 쭝잉은 조금 더 바깥으로 나갔다.

땀으로 축축해진 등에 서늘한 바람이 스치자 피부에 닭살이 쫙 돋으며 한기가 들었다. 당황스러운 느낌도 마침내 사라졌다.

바로 조금 전, 쭝잉은 분명 수술 전 과정을 끝냈다. 손을 떨지도, 환자가 수술대에서 죽지도 않았다.

밖에서 얼마나 서 있었는지 정신을 차리고 고개를 돌리니 붕대를 감은 성칭허가 나오고 있었다. 간호사가 그에게 맺힌 원한이라도 있는지 붕대를 아주 투박하게 감아놓았다. 특히 머리는 아주 무성의하게 감아놓아 웃음이 나올 정도였다.

거울이 없어 자기가 어떤 모습인지 모르는 성칭허는 말없이 제복 주머니에서 담배와 성냥을 꺼내 담배를 입에 물고 불을 붙인 다음 한 모금 빨며 먼 곳을 바라봤다.

쭝잉은 기운을 차리기 위해 손을 뻗으며 말했다.

"나도 한 대 줄래요?"

성칭허는 쭝잉을 힐끗 보더니 담뱃갑과 성냥을 꺼내 건넸다.

담뱃갑에는 담배가 몇 대 없었다. 직접 말았는지 매우 투박해 담배 가루가 흘러나올 것 같았다.

쭝잉은 한 개비를 꺼내 성냥을 그어 담배에 불을 붙이고 미간을 좁히며 한 모금 빨았다. 그러나 연기를 삼키자마자 폐가 강력하게 저항했다.

쭝잉이 기침을 심하게 하자, 성칭허가 "큭" 하고 웃더니 비아냥거렸다.

"피우지도 못하면서 왜 달라고 했어요? 흡연이 좋은 것도 아니고."

쭝잉은 자신의 폐를 더 괴롭히지 않고 연기가 피어오르는 것을 보기만 했다.

"안 피운 지 오래돼서 그래요."

쫑잉이 갈라진 목소리로 말했다.

성칭허의 손이 순간 멈칫하더니 고개를 돌려 쫑잉의 옆얼굴을 봤다.

"형 때문에 끊었어요?"

쫑잉은 잠시 가타부타 말이 없다가 대답했다.

"아마도요."

손가락 사이에 있는 담배가 타도록 놔두고 다른 손으로 주머니에서 손수건을 꺼내려고 했는데, 아침에 성칭랑이 준 권총이 손에 잡혔다.

브라우닝은 작지만 정교해 치명적인 살상력을 갖고 있었다.

쫑잉이 권총을 이리저리 살피는 것을 본 성칭허가 담배 연기를 도넛 모양으로 내뿜으며 말했다.

"형이 남의 걸로 인심을 쓰셨군."

"이 총 그쪽이 준 거예요?"

"당연하죠. 형 같은 서생이 총 쓸 일이 어디 있겠습니까?"

성칭허는 아예 쫑잉 쪽으로 몸을 돌려 한 손을 주머니에 꽂은 채로 턱을 들며 도발하듯 물었다.

"어떻게 사용하는지, 어디를 쏴야 하는지 알려줄까요? 총알은 너무 오래 사용 안 하면 녹이 슬거든요."

성칭허가 의기양양하게 말하기가 무섭게 쫑잉이 권총을 장전해 들어 올리며 검은 총구를 그에게 조준했다.

"어디가 가장 치명적인지는 내가 그쪽보다 더 잘 알아요."

목소리는 차분했지만, 눈빛은 차가웠다.

쭝잉은 도발을 싫어한다는 것을 눈치챈 성칭허가 눈썹을 치켜올렸다.

"할 말 있으면 말로 좋게 풉시다. 뭐 총을 들이대고 그래요, 사람 놀라게."

쭝잉은 탄창을 제거하고 총알을 빼고 하나하나 분해한 다음 다시 조립했다.

"권총이 익숙한 것 같네. 좋아합니까?"

성칭허가 그 모습을 지켜보며 물었다.

"안 좋아합니다."

그때 부관이 다가와 성칭허에게 법랑 단지를 건네며 불만을 토로했다.

"식량이 너무 부족합니다. 상부에선 지원군만 파견하고 보급은 안 해주면 어떻게 합니까? 일부러 굶기는 거 아닙니까?"

성칭허는 단지를 받아 들고 그대로 쭝잉에게 건넸다.

"먹을 만한 게 별로 없으니 아쉬운 대로 이거라도 먹어요. 전쟁터에 오래 있지는 않을 테니까."

뚜껑을 열자 미음이 가득 담겨 있었다. 수저로 휘저어도 쌀이 몇 개 올라오지 않았다.

"안 드세요?"

성칭허는 고개를 저으며 줄담배만 피우면서 저쪽에 있는 지원군 쪽으로 시선을 돌렸다.

도착한 지 얼마 안 된 지원군은 누적된 피로로 군인이라면 가져야 할 투지가 부족했고, 앳된 얼굴에는 막막해하는 표정이 역력했다.

"임시로 편성돼 먼 길을 오고, 경험도 전혀 없고 장비도 따라주지 않으니."

성칭허가 말을 이었다.

"그냥 죽으라고 보낸 거지."

담배를 피우며 애써 담담하게 말했지만 입술과 얼굴 근육은 가볍게 떨고 있었다. 끝까지 버티는 것 외에 다른 방법이 없다는 절망이 조악한 담배가 타면서 나는 연기를 따라 성칭허의 얼굴을 덮쳤다.

쭝잉은 미음을 다 먹고 쉴 곳을 찾았다.

성칭허는 일을 처리하러 대대로 돌아갔다.

성칭랑은 저녁이 되어서야 최전선 지휘부로 돌아왔다.

지휘부는 마을 근처 도교 사원을 임시로 사용했다. 이곳은 한때 방문객으로 북적거렸으나 전쟁 통에 버려져 초가을 바람에 쓸쓸한 기운만 감돌았다.

성칭랑은 통신병에게 감사 인사를 하고 차에서 내렸다. 마침 성칭허를 만났다.

이 미터 정도 떨어진 상태에서 성칭허가 성칭랑에게 옷을 던졌다.

"형 거 아니고 쭝 선생 거야. 간호사에게 빌려 온 거라 맞을 거야."

성칭랑이 옷을 받아 들고 "고마워"라고 말하며 지휘부 안으로 걸어갔다.

대문을 넘어 뒤쪽으로 가자, 성칭허가 제일 왼쪽에 있는 나뭇간을 가리켰다.

"많이 피곤해 보이던데. 지금은 안에서 자고 있을 거야."

성칭랑이 다시 "고마워"라고 말하고 나뭇간으로 다가가 노크를 하고 들어가려고 했다.

"형."

성칭허가 갑자기 성칭랑을 불러 세웠다.

성칭랑이 몸을 돌렸다. 성칭허는 머리에 우스꽝스럽게 붕대를 둘둘 두르고 어깨에도 붕대를 감고 있었으며, 셔츠 깃은 흐트러지고 신발과 바짓단은 온통 진흙과 피가 묻어 있었다.

"왜?"

"형 여자 대단하던데."

성칭허가 씨익 웃으며 뜬금없는 말을 던졌다.

"그래서?"

성칭랑이 성칭허의 눈빛을 맞받아치며 물었다.

성칭허는 고개를 약간 기울이며 생각했다.

"집과 국가에 관한 입장과 생각은 다르지만, 우리가 여자 보는 눈은 비슷해. 안 그래?"

한 손에는 서류 가방을 들고 한 손에는 성칭허가 준 깨끗한 옷을 들고 있던 성칭랑은 저도 모르게 주먹을 꽉 쥐었으나 담담한 어조로 되물었다.

"집과 국가에 관한 입장과 생각이 뭐가 다르다는 거지? 여자 보는 눈이 비슷하다는 건 또 무슨 말이고?"

성칭허의 얼굴에 보일 듯 말 듯 실소가 떠올랐다.

"집은, 나는 정말 참을 수가 없거든. 그런데 형은 그렇게 밀어내도 떠나질 못하잖아. 국가는, 나는 최전방에 있고 형은 후방에서 바쁘고. 여자 보는 눈은 같네. 그렇다면 쟁탈전이라도 벌여야 하나?"

성칭랑은 화를 꾹 참으며 성칭허의 말을 다 듣고 나서 침착하게 말했다.

"쟁탈전? 쭝 선생은 물건이 아니야."

성칭허가 활짝 웃었다. 성칭허는 미소가 진짜처럼 보이길 바라며 어투를 바꿔 말했다.

"형, 그렇게 정색하지 마. 내가 최전방에서 내일을 알 수 없는 입장만 아니었으면 결과가 어떻든 한번 해볼 거였으니까."

성칭허는 아무리 노력해도 쭝잉은 자기에게 눈길 한번 안 줄 것을 알았지만, 어릴 때부터 늘 성칭랑과 비교를 당하다 보니 습관적으로 객기를 부렸다. 게다가 오늘 성칭허는 지금과 같은 상황에서는 좋아하는 사람이 생겨도 구애할 자격이 없다는 것을 깨달았다. 미래를 줄 수 없기 때문이었다. 그 미래라는 것이 그저 살아남는 것에 불과하더라도 말이다.

성칭랑은 성칭허의 '내일을 알 수 없는'이라는 말의 뜻을 알아채고 잠시 할 말을 잃었다.

"전쟁이 점점 격렬해질 테니 몸조심해."

성칭랑의 말에 성칭허는 미소를 지었다. 성칭허는 한참 말이 없다가 마침내 턱을 들며 말했다.

　"당연하지. 상하이에 있는 공장을 내륙으로 이전시키려고 형이 이렇게 애쓰는데, 그게 의미가 있는 일이었는지 끝까지 살아남아서 직접 봐야 하지 않겠어!"

　"있을 거야."

　"그래?"

　성칭허가 돌연 옷깃의 단추를 잠그고 웃음을 거두며 몸을 돌렸다.

　"내가 그때까지 살아 있길 바라."

　성칭허는 모자를 쓰고 밖으로 나갔다. 밤바람이 성칭허의 어깨에 두른 하얀 붕대를 스치고 지나갔다.

　성칭허는 밤바람을 따라 고개를 돌렸다. 성칭랑의 뒷모습이 보였다. 어릴 때부터 쌓였던 성칭랑에 대한 편견은 이미 절반 정도가 사라진 지 오래였다. 제 이익만 챙기는 사람이었으면 공장 내륙 이전이라는 죽도록 고생만 하고 좋은 소리는 못 듣는 일로 전쟁터를 뛰어다닐 리가 없었다.

　핏빛 석양이 막을 새도 없이 내려앉았다. 잠에서 깬 지 오래인 쭝잉은 문밖의 대화를 들으며 일어나 북쪽으로 난 낡은 창을 열었다.

　눈을 감았다 뜨고 손바닥을 쑥 내밀어 눈앞에서 흔들었다.

　사물이 여러 개로 보였다.

　당황스러움은 잠시였고, 증상도 잠시였다.

쭝잉은 몸을 돌려 문을 바라봤다. 성칭랑은 쭝잉의 수면을 방해할까 봐 걱정스러웠는지 바로 들어오지 않았다.

쭝잉은 숨을 내쉬고 창에 기대 잠시 쉬었다. 서풍이 부는 석양 속에서 상하이에 정말 가을이 왔다는 느낌이 들었다.

성칭랑은 문밖에서 삼십 분 정도 서 있었다. 쭝잉이 먼저 문을 열고 나오자, 성칭랑이 한 손에는 서류 가방을, 다른 한 손에는 옷을 안고 있는 게 보였다. 옷에 묻어 있던 진흙은 다 마르고 세수를 한 것 같았지만 더 피곤해 보였다.

"일은 잘 처리했어요?"

"네."

성칭랑이 고개를 끄덕이며 들고 있던 옷을 건넸지만, 쭝잉은 손을 들어 시계를 봤다.

"몇 시간 안 남았으니 안 갈아입을래요."

오후 6시, 밤 10시까지 네 시간이 남았다.

두 사람은 오랫동안 잠을 못 잤고, 지금은 잠시나마 평온했으며 대화할 기운이 남아 있지 않았기에 시간을 아껴 휴식을 취하기로 암묵적으로 합의했다.

전투 지역의 허름한 지휘소라 꽉 닫히지 않는 창문과 문틈 사이로 습한 바람이 들어왔다. 불도 침대도 없는 어두운 실내에는 낡은 방수포를 덮은 건초 더미만 있었고, 벽을 건드리면 흙이 후두둑 떨어졌다.

성칭랑은 벽 쪽에 기대고 쭝잉은 성칭랑에게 기대서 잤다. 어둠이 깔리자 기온이 급격하게 내려가고 밤바람이 더 강해졌다. 상황이 급변하는 전투 지역에서 이렇게 잠을 잘 수 있는 것만으로도 행복한 일인데, 믿을 만한 사람이 곁에 있으니 더할 나위가 없었다.

성청랑은 고른 숨을 내쉬며 잠을 잤지만, 쭝잉은 긴 꿈을 꾸었다. 꿈은 쭝잉이 수술대에 서는 것으로 시작해 수술이 끝날 때까지 진행됐다. 수술은 복잡했지만 결국 성공했다.

두 사람이 기분 좋게 자는 동안 성청허가 저녁을 갖고 왔다. 문이 반쯤 열려 있어 벽에 붙어 함께 자는 두 사람이 보였다. 창문으로 달빛이 파고들어 두 사람을 부드럽게 감싼 모습이 유난히 평화로워 보였다.

성청허는 그 모습을 몇 초 동안 지켜보다가 문을 닫고 문 앞에 저녁 식사를 놓았다.

추석이 지나 점점 작아지는 달이 조금씩 하늘 한복판으로 이동했다. 성청허가 방어 병력을 배치하는 등 일을 다 처리하고 다시 왔을 때, 문 앞에 놔둔 식사가 손도 안 댄 채 그대로 놓여 있었다.

성청허는 밤을 틈타 떠나라고 할 생각으로 문을 확 열고 안을 들여다봤지만 두 사람은 보이지 않았다.

어리둥절해 안으로 들어갔다. 건초 더미 위에 간호사에게 빌려 온 옷이 놓여 있었다. 쭝잉은 옷을 갈아입지 않았다.

옷 옆에 종이가 놓여 있었다. 깨끗한 흰 종이에 '고마워'라는 한마디만 쓰여 있었다.

옷만 남겨두고 사람은 어디로 간 거지?

성칭허는 옷을 들고 밖으로 나갔다. 마침 다가오는 부관에게 물었다.

"두 사람이 떠나는 거 봤나? 언제 갔지? 어떻게 갔어?!"

"저는 잘 모릅니다."

몰아치는 질문에 부관은 곤혹스러운 표정으로 모자를 벗으며 대답했다.


사라진 두 사람은 2015년으로 돌아왔다. 곧 끝날 이날은 제 55차 유엔총회에서 지정한 '세계 평화의 날'이었다.

바람은 따뜻하고 달은 밝았다. 두 사람은 길옆에 서 있었다. 신호등의 신호가 기계적으로 바뀌고 있었고, 낮에 경험했던 모든 일이 다 꿈만 같았다.

교외에다 밤이라 인적이 드물어 반경 백 미터 안으로 지나는 사람이 보이지 않았다. 멀리 불빛이 반짝이는 타운하우스 지역은 그들이 새벽에 떠났던 싱쉐이의 집이 있는 곳이었다.

두 사람은 길을 건너 타운하우스에 도착했다. 문밖에 서 있던 차량은 보이지 않았다. 밖에서 보니 창문이 모두 어두운 것이 안에 사람이 없는 게 분명했다.

쭝잉은 얼굴을 가리고 장갑을 끼고 다시 문 앞으로 다가가 도어록 덮개를 열고 0, 9, 1, 4를 눌렀다. 그러나 도어록은 비밀번호가 틀렸다는 안내 말을 내뱉었다.

비밀번호가 바뀌었다.

쭝잉은 손전등을 켜고 자세히 살폈다. 터치패드에 남아 있던 지문도 깨끗하게 닦여 있었다.

상대는 매우 신중했다.

쭝잉은 도어록 덮개를 내리고 2층 서재를 올려다봤다. 통창 커튼이 사오십 센티미터 정도 열려 있는 게 아침에 그들이 커튼 뒤에 사람이 숨어 있는지 살피느라 열어본 게 분명했다.

침입자는 선 비서였을까? 그와 같이 온 사람은 또 누구였을까? 혹시 뤼첸밍?

뤼첸밍이 싱쉐이의 유품을 처리하러 왔을까? 무엇을 찾으러?

쭝잉은 미간을 찌푸린 채로 생각에 잠겼다. 그러나 지금은 갈피를 잡을 수 없고 들어갈 수도 없으니 CCTV 밖으로 벗어나는 게 나았다.

"일단 돌아가요. 당신 손에 난 상처도 치료해야 하니까."

두 사람은 큰길로 나와 겨우 택시를 잡았다. 가로등 불빛에 두 사람의 모습을 가늠하던 택시 기사가 조심스럽게 물었다.

"두 분 어디서 왔어요? 옷은 어쩌다 그 모양이 됐고요?"

"시골에 갔다가 돌아오는 길에 교통사고를 당했어요."

쭝잉이 얼굴색 하나 변하지 않고 거짓말을 했다.

택시 기사는 반신반의하다가 쭝잉이 신분증을 내밀자 그제야 두 사람을 태웠다.

택시는 밤거리를 질주했다. 한 번도 막히지 않고 699번지 아파트에 도착하자 자정이 다 되었다.

택시에서 내려 아파트 단지로 들어서자, 경비가 두 사람의 옷에 묻은 피를 보더니 화들짝 놀랐다. 성칭랑은 아까 쭝잉이 말했던 대로 대충 얼버무렸다.

엘리베이터를 타고 올라가면서도 두 사람은 아무 말도 하지 않았다.

두 사람이 처음으로 엘리베이터를 같이 탔던 것도 699번지 아파트에서였다. 칠십여 년 전 이 아파트의 엘리베이터는 무겁고 느렸다. 전쟁 전이었고, 햇살은 눈부시게 빛나고, 정원에는 아이들의 웃음소리가 넘쳤으며, 거리에는 차량이 가득했다. 그러나 모든 것이 순식간에 사라졌다.

두 사람은 씻고 깨끗한 옷으로 갈아입은 다음, 거실에 앉아 텔레비전을 켜고 나이트 뉴스 채널을 틀었다. 그러나 이상하게 고요했다.

쭝잉은 일어나 구급상자를 가져오고 등나무 의자를 옮겨와 성칭랑 앞에 앉았다.

"손이요."

성칭랑이 손을 내밀자, 쭝잉은 천장 등을 등지지 않게 고쳐 앉은 다음 핀셋으로 알코올 솜을 들어 성칭랑의 손을 꼼꼼하게 소독했다.

상처에 알코올 솜이 닿자 쓰라려 성칭랑은 저도 모르게 미간을 찌푸렸다.

쭝잉이 눈을 들어 성칭랑의 미간을 보고는 다시 고개를 돌려 가루약을 집었다.

"상처가 깊어서 관리를 잘해야 해요. 연고 갖고 다니면서 하루에 한 번씩 꼭 다시 발라주세요."

"쭝 선생, 아까 그 집 문 앞에서 왜 안 들어갔습니까?"

성칭랑이 불쑥 물었다.

"비밀번호가 바뀌었어요."

쭝잉은 사실대로 대답했다.

"새벽에 온 그 두 사람이 바꾼 겁니까?"

쭝잉의 손이 조금 느려지더니 약을 바르던 면봉을 발 옆 휴지통에 버렸다.

"아마도요."

"그 두 사람을 압니까?"

쭝잉은 선 비서와 뤼첸밍의 얼굴이 떠올랐다.

"그중 한 명은 엄마와 마찬가지로 신시의 원로예요. 하지만 신시를 떠난 지 오래됐고, 지금은 자기 사업을 해요. 그런데 신시의 주식을 계속 보유하고 있었어요. 그것도 아주 많이."

쭝잉은 다른 면봉을 집어 약을 계속 발랐다.

"그 사람과 싱쉐이의 관계는 어땠습니까?"

쭝잉은 잠시 생각했다.

"사적인 관계는 보통이었을걸요? 신시를 떠난 뒤에는 연락을 잘 안 했을 거예요."

"연락을 잘 안 하던 사람이 갑자기 나타났다……."

성칭랑이 중얼거렸다.

"그 사람의 목적도 우리처럼 싱쉐이의 유품이었습니까?"

두 사람은 위층에 있는 서재로 곧장 올라왔으니 목적은 안

봐도 뻔했다.

이렇게 생각하니 그날 쭝위 어머니가 계단 입구에서 전화한 상대는 선 비서일 가능성이 컸다.

쭝위 어머니의 말 때문에 그들이 그 시간에 싱쉐이의 집에 나타난 것이다.

그들의 목적은 유품 '처리'였을까? 하지만 싱쉐이의 유품은 업무 자료와 일기뿐이었는데 '처리'해야 할 게 뭐가 있었을까?

"어쩌면 다를 수도요. 우리는 증거를 찾으러 갔지만, 그는 증거를 덮으려고 했어요. 동기가 달라요."

"뭘 덮으려고 합니까? 당신 어머니 사건과 관련된 거요? 아니면 싱쉐이 사건과 관련된 거요?"

성칭랑은 질문을 하고 다시 말했다.

"싱쉐이가 죽은 뒤 그가 당신에게 연락했습니까?"

쭝잉이 고개를 확 들었다.

"어떻게 알았어요?"

"갑작스러운 연락에는 다 이유가 있게 마련입니다. 문득 생각나 연락하고 만나자고 하는 경우는 드물어요. 그가 당신을 떠보려고 연락했을 가능성은 없습니까?"

쭝잉은 그날 나누었던 대화 내용을 떠올렸다. 핵심 대화는 두 부분이었다.

첫째, 뤼첸밍은 쭝잉에게 싱쉐이 사건의 결론이 났냐고 물었다. 둘째, 뤼첸밍은 옌만이 자살한 것이 아니라고 생각했다.

쭝잉은 사실 첫 번째 것은 별로 신경 쓰지 않았다. 두 번째 것에 대해서라면, 그때는 공감받는 느낌이 들어 감격스럽기도 했다.

그러나 지금 생각해 보니 너무 이상했다. 뤼첸밍은 아주 우호적인 태도였지만 처음부터 끝까지 쭝잉을 떠보는 듯한 말투였다.

그제야 소름이 끼치고 혼란스러워져 순간 미간이 확 찌푸려졌다.

성칭랑은 쭝잉이 생각을 멈춘 것을 눈치채고 더 묻지 않았다.

"조급해하지 말아요. 그들도 유품을 찾으러 왔다면 적어도 우리의 방향이 맞다는 거니까요. 열쇠는, 여전히 싱쉐이의 유품이 쥐고 있네요."

쭝잉은 정신을 차리고 구급상자에서 거즈를 꺼내 성칭랑의 손을 감싸고 붕대로 감으며 물었다.

"싱쉐이의 행적이 이상하다고 생각해요?"

"비밀번호, 일기, 아니면 스크랩이요?"

"전부 다요."

"비밀번호를 0914로 설정한 건 당신 어머니가 세상을 떠난 날이 그에게 중요하다는 뜻이고, 일기 내용은 단순하지만 고집스럽고, 날마다 안부를 묻는 대상도 불명확합니다. 스크랩은……."

성칭랑이 고개를 들어 쭝잉과 눈을 맞췄다.

"사람마다 수집하는 동기는 다르겠지만, 만약 제가 누군가의 정보를 그렇게 정성스럽게 모은다면, 사랑하는 사람일 겁니다."

쭝잉의 손이 순간 멈췄다.

"싱쉐이에게 특별한 취미가 있었을 가능성을 배제하면, 그는 당신 어머니에게 깊은 감정을 품고 있었을 겁니다."

성칭랑의 말뜻은 분명했다. 싱쉐이가 옌만에게 사적인 감정을 품고 있었을 가능성이 크다는 것이다. 그러나 이것은 쭝잉이 가장 원하지 않았던 대답이었다.

사적인 감정이 끼어들면 싱쉐이가 사건 전체에서 도대체 어떤 역할을 했는지 판단하기가 더 어려워지기 때문이었다. 그것들은 잘못을 저지른 자의 양심의 가책이었을까? 아니면 단순히 죽은 사람에 대한 그리움이었을까?

지방 방송국 나이트 뉴스가 거의 끝나갈 때쯤, 남자 앵커가 차분한 목소리로 속보를 알렸다.

"속보를 말씀드리겠습니다. 오늘 밤 10시경, 바오산寶山구 타운하우스 주택가에서 화재가 발생했습니다. 현재 화재 진압 작업이 진행 중이며 사상자는 없는 것으로 알려졌습니다……."

화면이 사고 현장으로 바뀌자, 쭝잉은 성칭랑의 시선을 따라 텔레비전 화면으로 눈길을 돌렸다. 연기 속에서 불이 난 건물이 보였다.

싱쉐이의 집이었다.

쭝잉은 벌떡 일어났다. 속보가 거의 끝나자, 화면이 스튜디오로 바뀌고 앵커가 다음 뉴스를 전했다.

성칭량은 고개를 숙여 손에 감던 붕대를 잘 고정했다.

"저 화재가 우연이라면 너무 공교로운데요."

성칭량은 서류 가방에서 오래된 업무용 노트를 꺼내 쭝잉의 등을 쳐다보며 말했다.

"오늘 정신없이 바빠서 말할 틈이 없었는데, 아침에 당신이 나가자고 했을 때 이걸 찾았습니다……."

쭝잉이 몸을 돌려 업무용 노트를 봤다. 겉면에 엄마가 세상을 떠난 연도가 쓰여 있었다.

"갑자기 사람들이 올라오는 바람에 제자리에 돌려놓지 못했습니다. 사령부로 가는 길에 시간이 나서 살펴봤는데……."

성칭량이 어떤 페이지를 펼치며 쭝잉에게 보여주었다.

"9월 14일. 오늘, 나는 양심을 버렸다."

## 제13장

# 신비로운 시공의 연결

이 문장 뒤로는 텅 비어 있었다. 쭝잉은 재빨리 다음 몇 페이지를 살폈지만 줄 쳐진 빈 종이만 있을 뿐 한 글자도 없었다.

쭝잉의 손이 허공에 머물렀다.

"뒤를 다 살펴봤지만 아무 내용이 없었습니다. 그날부터 이 노트는 사용되지 않았어요."

버려진 양심과 사용이 중단된 업무용 노트. 익명의 이메일에 있던 단서는 옌만의 자살 가능성을 제외하기에 충분했고, 사고가 발생했을 때 싱쉐이가 현장에 있었다는 것을 확신할 수 있었다.

싱쉐이는 무슨 이유로 침묵을 선택했고, 또 왜 자책했을까? 현장에 다른 사람은 없었을까?

추측은 점점 확신으로 굳어졌지만 여전히 증거가 부족했다.

쭝잉은 업무용 노트를 내려놓고 다시 텔레비전 화면을 봤다.

나이트 뉴스가 끝나자 샴푸 광고가 튀어나왔다. 성칭랑은 소파에 앉은 채로 쭝잉의 뒷모습을 바라봤다.

"싱쉐이의 집 화재는, 만약 누군가 고의로 일으킨 거라면 이유는 딱 하나입니다. 그들은 원하는 걸 못 찾았습니다. 도둑이 제 발이 저려서 아예 전부 태워버린 겁니다."

핵심 증거는, 어쩌면 이미 타서 재가 되었거나 아니면 아예 그곳에 없었을 것이다.

쭝잉은 미간을 찌푸렸다.

"오래된 사건은 진상을 파헤치는 것 자체가 어려운 일입니다. 방해받는 것도 예삿일이니 너무 상심하지 말아요. 제가 옆에 있을 테니 지금은 일단 푹 쉬어요."

성칭랑이 일어나 냉장고에서 우유를 꺼내 컵에 따르고 전자레인지에 데워 탁자에 놓았다.

"다 마시고 일찍 주무세요."

성칭랑이 손을 거두자, 쭝잉이 붕대를 감은 성칭랑의 손에서 얼굴로 시선을 돌렸다.

"네."

쭝잉이 대답하자, 성칭랑은 몸을 돌려 그 자리에서 몇 초 동안 가만히 서 있다가 위층으로 올라갔다.

성칭랑은 방문을 닫고 서류 가방을 열어 서류를 정리했다. 아래층에서 걸음 소리, 컵 씻는 소리, 불 끄는 소리, 문 닫는 소리가 들리고…… 잠시 뒤 적막이 흘렀다.

작은 탁자 위 스탠드가 조용히 빛나고 북쪽으로 난 창에 잎이 큰 플라타너스가 바짝 붙어 있는 밤이 아름다웠다. 짧은 평화였다.

1937년의 이튿날 새벽, 상하이에는 또 비가 내렸다.

성칭랑은 아파트 서재에서 바쁘게 일했고, 쭝잉은 거실에서 아주를 진찰했으며, 성칭후이와 아라이는 주방에서 죽을 끓였다.

"쭝 선생님, 요 며칠 어디 갔었어요? 전 이제 안 오시나 보다 했어요."

주방에서 성칭후이가 말했다.

"친구도 보고 처리할 것도 있었어요. 일 마치고 바로 왔어요."

쭝잉이 청진기를 내려놓으며 대답했다.

삼십 분 전, 성칭랑은 아파트를 떠날 생각으로 아래층으로 내려갔다가 진작 준비를 마치고 거실에서 기다리고 있는 쭝잉을 발견했다.

쭝잉의 이유는 충분했다. 아주의 폐렴은 쭝잉이 진단하고 치료했다. 무릇 시작을 했으면 끝을 내야 하는 법, 쭝잉은 끝을 봐야 했다.

그래서 1937년으로 돌아왔다. 6시 39분, 서재에서 규칙적으로 타자 소리가 들렸다.

"그럼 당분간은 상하이에 머무는 거예요, 아니면 해외로 나갈 거예요?"

성칭후이가 다시 물었다.

"아직은 잘 모르겠어요."

쭝잉은 아주를 요람에 내려놓고 대답했다.

성칭후이는 더 묻지 않고 다 씻은 그릇과 젓가락을 아라이에게 건네며 식탁에 놓으라고 일렀다.

아라이가 식탁에 그릇을 놓자, 성칭후이가 죽 냄비를 들고 오며 서재를 향해 외쳤다.

"오빠, 아침 드세요."

"난 신경 쓰지 말고 먼저 먹어."

성칭랑이 서재에서 대답했다.

성칭후이는 쭝잉에게도 어서 와서 앉으라면서 쭝잉이 쌀과 통조림을 가져와 주어서 고맙다고 인사했다.

"아주는 병이 난 데다 집에는 식량이 부족했거든요. 선생님 도움이 없었으면 속수무책이었을 거예요. 정말 아주 적절할 때 도와주셨어요. 고맙습니다, 쭝 선생님."

"제가 뭘요. 다 성 선생님이 준비한 거예요."

쭝잉의 말에 성칭후이는 서재를 힐끔 쳐다보더니 목소리를 낮추며 말했다.

"우리 집 공장도 이전하기로 했어요. 그래서 오빠가 더 바빠졌지 뭐예요. 밤에도 못 돌아올 만큼요. 잠은 좀 자면서 하는지 모르겠어요. 오늘은 비도 많이 오는데 집에서 쉬면 좋을 텐데."

"그러길 바라야죠."

쭝잉은 성칭후이의 말에 맞장구를 치고 입을 다물었다.

식탁에는 젓가락이 오르락내리락하며 움직였고, 밖에는 폭우가 쏟아졌다.

여름과 가을이 교차되는 시기, 비바람이 불어도 상하이의 전쟁은 계속되었다. 그저 머리 위를 날아다니던 폭격기의 폭격 소리가 잠시 멈췄을 뿐이었다.

두꺼운 구름이 하늘을 뒤덮고 장대비가 내리는 날씨는 비행에 적합하지 않았다.

실로 오랜만에 온 조용하고 평온한 날이었다. 아주는 우유를 먹고 잠이 들었고, 성칭후이와 아라이는 집안일로 바빴으며, 발코니로 향하는 문이 열려 있어 새벽바람에 비가 실려와 커튼을 건드렸고, 집 안은 온통 습기가 가득했으며, 오랫동안 사용하지 않았던 축음기에서 〈십리양장十里洋場〉 노래가 흘러나왔다. "쑤저우와 항저우를 천당에 비유하지만 이제 쑤-항은 평범해지고 상하이가 더 천당 같지……"

썰렁한 정원에서 새소리가 들려오고, 아래층의 어떤 부인이 가족에게 가스를 낭비한다고 화내는 소리가 들렸으며, 멀리 식당의 창문에서 은은하게 불빛이 흘러나오고, 도로에는 질주하는 자동차가 도로 옆에 고인 물을 밟고 지나가 물보라가 일었다.

비에 공기가 깨끗하게 씻겨나가 화약 냄새도 종적을 감추었다.

비 내리는 날의 일상은 전쟁 전처럼 안온했다.

성칭후이는 설거지를 하고 남은 죽을 데워 그릇에 담아 쭝잉에게 주며 눈짓으로 말했다.

쭝잉은 성청후이의 뜻을 알아채고 죽 그릇을 올린 쟁반을 들고 서재로 향했다.

성청랑은 아직 일을 다 마치지 못했다. 쭝잉이 죽 그릇을 그의 손 옆에 내려놓자, 성청랑은 고개를 들어 "고맙습니다"라고 인사하면서 "피곤하면 가서 좀 주무세요" 하고 말했다.

"안 졸려요."

성청랑이 고개를 돌려 책장 옆에 있는 등나무 의자를 가리켰다.

"그럼 좀 앉아 있을래요?"

쭝잉은 고개를 돌려 등나무 의자를 힐끗 보고 책장 앞으로 가서 볼 만한 책이 없나 살폈다.

책장에는 거의 다 법률 관련 서적이었다. 차근차근 눈길을 옮기다 구석에서 경제학자 우반눙吳半農이 번역한 『자본론』에서 멈췄다. 출판사는 상하이 상무인서관이었다.

쭝잉은 며칠 전에 성청랑이 들고 있던 내륙 이전 경비 증액 제안서를 봤었다. 상무인서관도 내륙 이전 명단에 있었던 게 생각났다.

기억이 맞다면 상무인서관은 중국의 현대 출판업을 연 상징적인 출판사였다. 전쟁 시기에 이곳도 마찬가지로 어려움을 겪었고 1946년에야 다시 상하이로 돌아왔다. 그러나 지금은 1937년이었다.

앞으로 몇 년 동안 혹독한 상황이 이어질 텐데, 성청랑은 자신에 관한 계획은 세웠을까?

타자 소리가 마침내 멈추고 성칭랑이 서류를 정리했다. 쭝잉은 몇 년 전 출간된 『상하이 변호사 조합 보고서』를 넘겨 보고 있었다. '상하이 변호사 공비公費 임시 회칙' 부분에 변호사 수임료 상한선이 명시되어 있었다. 수임료에는 자문비, 서류 검토비, 각종 사건 법정 출두비 등이 포함되었다. '소송물이 5만 위안 이상일 경우 1, 2심을 기준으로 금액의 3%를……' 부분을 읽고 있는데, 성칭랑이 서류를 가방에 넣고 가방을 닫는 소리가 났다.

성칭랑이 고개를 돌려 쭝잉을 쳐다봤다. 쭝잉은 성칭랑이 쳐다보는 눈길을 느끼고 보고서를 덮어 책장에 꽂았다.

쭝잉은 문득 성칭랑에 대해 아는 게 거의 없다는 것을 깨달았다. 반면 성칭랑은 쭝잉의 생일은 물론 지금 직면한 문제와 심지어 어머니의 과거까지 다 알고 있었다……. 그러나 쭝잉 자신은 성칭랑에 대해 모르는 것이 많았다.

지금 성칭랑은 상황이 여의치 않고 가족도 화목하지 않으며, 하루 시간의 대부분을 공장 내륙 이전에 쓴다는 것뿐, 현재의 삶에 대한 태도, 미래 계획에 대해서는 아는 것이 전혀 없었다.

성칭랑은 먼저 말을 꺼낸 적이 없었고 쭝잉도 묻지 않았다.

바깥은 비가 더 거세졌다. 쭝잉이 뭐에 홀린 듯이 물었다.

"전쟁 전에도 당신은 이렇게 온종일 바빴어요?"

"아마도요. 바쁜 내용이 달랐을 뿐입니다."

성칭량은 쭝잉의 질문에 거부감을 느끼지 않았다. 오히려 쭝잉이 자신의 생활을 묻는 것을 기꺼워하는 것 같았다.

"그때는 학계와 재계와의 만남이 잦았고 일도 많았습니다. 지금은 국난이 닥쳤으니 불필요한 만남은 많이 줄었고 일도 급감했어요. 근래에는 공부국 정례 회의 말고는 이전위원회 일만 하고 있습니다."

"그다음에는요?"

쭝잉이 물었다.

"내륙 이전 문제가 일단락되면 어쩔 계획이에요?"

두 사람 모두 잘 알고 있었다. 11월에 상하이가 함락되면 조계는 외딴섬이 되기 때문에 그 전에 상하이에 계속 남을지, 아니면 다른 곳으로 떠날지 반드시 생각해 두어야 했다.

쭝잉의 질문에 빗소리만 화답했다.

창백한 햇빛이 창으로 들어왔고 책상 위에 놓인 죽은 식은 지 오래였다.

잠시 침묵이 흘렀다. 쭝잉이 가볍게 숨을 들이쉬면서 물었다.

"성 선생님, 날마다 두 세계를 오가게 된 계기가 뭔지 생각해 본 적 있어요?"

성칭량은 진지하게 생각해 본 적이 있는 모양이었다. 입을 꾹 다물고 잠시 있다가 천천히 말하기 시작했다.

"7월 12일, 처음으로 선생의 세계로 갔습니다. 그날은 평소와 다른 게 전혀 없었어요. 딱 한 가지만 빼고요."

"그게 뭔데요?"

"그날 현관의 등이 나가서 전구를 갈았습니다."

"현관 등이요?"

"네."

쭝잉은 현관 등을 떠올렸다. 쭝잉이 처음으로 1937년의 699번지 아파트에 오던 날 바로 알아봤다. 그때 성칭랑이 쭝잉에게 "저 등이 나의 길을 비추고, 쭝 선생의 길도 비춰주니 귀한 인연이네요"라고 말했다.

그러니까 두 사람의 길을 비추고 세월의 변화를 거치며 전구를 바꿔 끼면서도 늘 그 자리에 있던 현관 등이 이 신비한 일을 일으켰다고?

"당신 말은, 저 등이 당신을 두 시대를 오가게 했단 말이에요?"

"확실하지는 않습니다."

"저 등의 내력을 알아요?"

"유태인 상점에서 샀습니다. 구체적인 내력은 저도 잘 모르고요."

"저걸 바꾸면 어떻게 돼요?"

쭝잉은 신경이 점점 팽팽해지는 게 느껴졌다.

"해봤습니다."

성칭랑이 차분하게 대답했다.

"모든 게 그대로였습니다. 저는 계속 당신의 시대로 갔고요."

순간 쭝잉은 심장이 덜컥 내려앉았다.

쭝잉은 문 쪽으로 천천히 걸어가 밖을 내다보고 다시 돌아왔다. 바깥에서 번개가 번쩍하더니 곧 귀를 울리는 천둥이 쳤다.

천둥번개가 멈출 때까지 기다렸다가 쭝잉은 다시 성칭랑 쪽으로 고개를 돌리며 천천히 물었다.

"왜 시작됐는지는 알 수 없지만, 어느 순간 이런 현상이 갑자기 멈출 거라고는 생각 안 해봤어요?"

더 이상 두 세계를 오가지 않고 미래와의 연결이 완전히 끊어진 채로 1937년에 남아 시대의 흐름에 따라 살아가는 것 말이다.

성칭랑도 생각해 봤다. 그러나 대답할 수가 없었다.

그 순간 전화벨이 울렸다. 밖에서 성칭후이가 아이를 안은 채 외쳤다.

"오빠, 전화 받아요. 분명 오빠 전화일 거야."

성칭랑이 벌떡 일어나 전화를 받으러 나가 대화는 여기에서 중단되었다.

전화를 끊고 서재로 돌아온 성칭랑이 외출 준비를 했다.

"장부에 확인할 게 있어서 공장에 가봐야겠습니다. 걱정하지 마세요. 10시 전에는 꼭 돌아오겠습니다."

성칭랑이 서류 가방을 들고 나가며 한마디 덧붙였다.

"여기 책장에 있는 책이 마음에 안 들면 저쪽 책장을 보세요. 여기보단 흥미로운 책이 많을 겁니다."

쭝잉은 방금 나누었던 대화에서 아직 다 빠져나오지도 않은 상태에서 성칭랑의 인사를 들어 대꾸할 적당한 말이 생각나지 않았다. 그저 주머니에서 은박지에 싸인 초콜릿 몇 개를 꺼내 성칭랑에게 다가가 서류 가방에 쑥 넣어주었다.

성칭랑이 밖으로 나가자, 비가 더 거세게 쏟아졌다.

먹구름이 험악한 기세로 하늘로 솟아오르고 상하이 전체가 비에 흠뻑 젖었다.

네 시간 뒤, 성칭후이는 성 공관의 큰올케에게서 전화를 받았다.

상하이의 불안한 시국에도 불구하고 큰올케는 폭격으로 두 다리를 잃은 성칭샹과 집안을 돌보기 위해 고향 쨩쑤江蘇성에서 아이를 데리고 상하이로 돌아왔다.

큰올케는 성칭후이가 걱정스러워 아이들을 데리고 집으로 돌아오라고 전화한 것이었다.

"언니가 반대할걸요."

성칭후이가 수화기에 대고 말했다.

"그렇게 큰일을 상의도 안 하고 혼자서 덜컥 결정했으니 반대하는 게 당연하죠. 그래도 칭후이 걱정을 많이 하고 있어요. 성격 강한 칭핑에게 칭후이도 강하게 맞받아치니 불난 데 기름을 부은 격이었죠. 칭후이, 집 나가는 건 문제를 해결하는 방법이 아니에요."

큰올케가 차분하게 설득했다.

성칭후이는 배짱이 조금 부족했다.

"하, 하지만, 다른 방법이 없었는걸요. 언니는 고집이 세단 말이에요! 연락을 끊으라고 하면 그냥 그러는 수밖에 없다고요!"

"어수선한 시국에 가족이 뿔뿔이 흩어지면 되겠어요?"

큰올케가 타이르듯 말했다.

성칭후이는 정말 할 말이 없었다.

"칭후이 데리고 오라고 기사 보냈으니 얼른 정리해서 아이들과 함께 집으로 돌아오세요. 칭랑한테는 내가 오늘 저녁에 말할게요. 칭펑은 걱정할 필요 없어요. 날 믿어요. 이 집안에서 그래도 아직은 내 말이 통한다니까요."

큰올케의 차분한 설득에 성칭후이는 꼬리를 내리는 수밖에 없었다.

"네, 알겠어요."

성칭후이는 전화를 끊고 쭝잉을 향해 말했다.

"쭝 선생님, 저 집으로 돌아가게 됐어요."

쭝잉은 조금 의외라고 생각했지만 성칭후이의 설명을 들으니 자초지종을 알 것 같았다.

그 집안에서 큰올케의 말이 통한다면 성칭후이가 돌아가는 것이 더 적절한 선택이었다. 지금 성칭후이의 경제 상황과 생활력으로는 혼자서 두 아이를 감당할 수 없기 때문이었다.

이렇게 큰 짐을 성칭후이에게 안긴 사람이 자신이었기에 쭝잉은 모른 척할 수가 없었다.

"집으로 돌아가고 싶어요?"

쭝잉의 물음에 성칭후이는 미간을 좁히고 입술을 깨물며 한참 생각했다. 가장 걱정되는 게 언니의 반대였는데 큰올케가 나서서 해결해 주었으니 집에 돌아가지 않을 이유가 없었다.

성칭후이가 고개를 끄덕이자, 쭝잉이 성칭후이를 도와 소파에 놓인 옷을 정리하기 시작했다.

"그래요, 내가 같이 가줄게요."

비 오는 날의 외출은 불편했다. 차도 느릿느릿 도착했다.

아라이가 제일 앞에 서고 아주를 안은 성칭후이가 그 뒤를 따르고, 쭝잉이 여행 가방 두 개를 들고 제일 마지막에서 따라갔다.

안내 데스크에 있던 예 선생이 우산을 들고나와 그들이 차에 타는 것을 도와주었다.

비가 안개처럼 자욱하게 쏟아지고 천둥번개가 간간이 이어졌다. 성칭후이가 수척해진 얼굴을 차창에 기댄 채 창밖을 쳐다보며 품에 안은 아이를 손으로 가볍게 토닥거렸다. 길가에 늘어선 상점의 차양 아래에서 난민들이 몸을 잔뜩 웅크린 채 비를 피하고 있었다. 날은 점점 추워지는데 차양 아래 아이들은 여전히 홑겹 옷을 입은 채로 쏟아지는 장대비를 망연히 바라보면서 비가 그치길 기다리고 있었다.

성칭후이는 갑자기 이 모든 상황이 거북했다. 그녀가 기억하는 상하이의 초가을은 이렇게 차갑지 않았다.

성 공관에 도착하자 오후가 다 되었다.

온 가족이 점심을 먹고 나자, 아이들은 낮잠을 자러 가고 어른들만 남았다.

집 밖의 나무에 비가 몰아치자 나뭇잎이 우수수 쏟아졌다.

본채로 들어오는 입구에는 물이 흥건하고 발판에는 발자국이 어수선하게 찍혀 있었다. 청소하기도 전에 문 옆에 우산을 세워놓아 바닥에 물이 고여 있었다.

날씨 때문에 거실은 어두웠다. 모두 소파에 앉아 성칭후이가 돌아오기를 기다리는 분위기가 예사롭지 않았다.

성칭후이는 성 공관에 도착해서도 쭝잉이 여행 가방을 들고 뒤따라올 때까지 선뜻 안으로 들어가지 못했다. 보다 못한 사용인이 안쪽에 대고 외쳤다.

"아가씨 오셨습니다."

그제야 성칭후이는 안으로 걸음을 뗐다.

성칭후이가 안으로 들어가는 순간, 품에 있던 아주가 갑자기 울음을 터뜨렸다. 소파에 앉아 있던 성칭핑이 제일 먼저 눈살을 찌푸렸고, 성칭핑의 남편은 아무렇지 않다는 듯이 앉아 있었으며, 성칭상은 휠체어에 앉아 헛기침을 했다. 큰올케만 일어나 유모에게 말했다.

"일단 아이 데리고 가서 좀 쉬게 해요. 우리는 나눌 말이 있으니까."

유모가 재빨리 다가와 성칭후이의 품에 안긴 아이를 데리고 가려 하자 성칭후이가 머뭇거렸다.

"괜찮아요, 아가씨. 아가씨도 제가 키웠잖아요."

유모의 말에 성칭후이는 그제야 아이를 내주었다.

큰올케는 문밖에 서 있는 쭝잉을 보고 정중하게 물었다.

"실례지만 누구신지요?"

쭝잉이 대답하기도 전에 성칭핑이 먼저 말했다.

"오빠 다리 수술해 준 의사 선생님이에요."

큰올케는 놀라는 듯하더니 바로 안으로 안내했다.

"비가 와서 너무 습하네요. 어서 들어오세요."

쭝잉이 안으로 들어오자, 사용인이 재빨리 다가와 쭝잉이 들고 있던 여행 가방을 받아 들었다. 큰올케가 쭝잉에게 앉으라고 권했다.

그러나 쭝잉은 앉지 않고 성칭후이 옆에 서서 슬쩍 그녀의 손을 잡아주었다. 그러자 성칭후이가 용기를 내서 말했다.

"무턱대고 집을 나간 건 제가 잘못했어요. 하지만 저도 이제 성인이고 내 일을 결정할 권리가 있어요. 의논도 못 하게 하고 그냥 나가라고만 하고, 무고한 아이들에게 모욕적인 말을 한 건 언니가 잘못한 거예요."

성칭후이가 자신을 겨냥해 말하자 성칭핑이 버럭 소리쳤다.

"이게 뭘 잘했다고."

"성칭핑."

큰올케가 이름만 불렀을 뿐인데 성칭핑은 즉시 입을 다물고 두 손을 맞잡으며 한쪽 팔꿈치를 소파 팔걸이에 기댔다.

성칭후이가 도착하기 전에 큰올케는 이미 성칭핑을 설득해 놓았다. 그래서 성칭핑은 불만이 있어도 참는 수밖에 없었다.

큰올케는 성칭후이에게 훈계를 해서 성칭핑의 체면을 세워주는 것을 잊지 않았다.

"두 아이를 입양하는 게 작은 일은 아니잖아요. 지금 칭후이

능력으로는 아이들을 키울 수도 없고요. 이 집에서 나가 칭랑
집으로 간 건 독립도 아니고 그냥 다른 사람에게 의지하는 거
잖아요, 안 그래요?"

"맞아요."

성칭후이는 머리를 조금 숙이며 수긍했다.

"앞으로는 무슨 일 있으면 꼭 의논해요. 화난다고 일을 이렇
게 키우지 말고요. 가족끼리 서로 의논을 해야지, 이러면 안 되
죠."

큰올케는 이번에는 성칭펑에게 말했다.

"칭랑에게도 너무 박하게 굴지 마세요. 진심을 계속 거절당
하면 언젠간 식어요."

성칭펑이 고개를 돌렸다. 체면 때문에 대놓고 받아들이지는
않았지만, 예전처럼 기고만장하게 소리치지는 않았다. 아픈 아
들을 돌보느라 마른 얼굴이 어두운 불빛 속에서도 수척해 보
였다.

큰올케가 말을 끝낼 때까지 비가 계속 퍼붓듯이 내렸다.

바로 그때 사용인이 다급하게 뛰어 내려오며 소리쳤다.

"아후이 도련님이 갑자기 열이 나요!"

계산해 보니 발병일로부터 엿새가 지났다. 아후이를 콜레라
전문병원에 보낸 뒤, 성칭펑은 행여 병원에서 다른 병이 감염
될까 걱정스러워 조금 호전되자마자 반대에도 불구하고 아후
이를 퇴원시켰다.

오늘 아침만 해도 곧 회복할 것 같았는데 갑자기 열이 난다

고 하니 성칭핑은 애가 타서 벌떡 일어나 쭝잉에게 다가가 부탁했다.

"쭝 선생님, 저와 같이 올라가서 봐주실 거죠?"

성칭후이는 언니의 이런 태도에 반감이 들었지만, 사람 목숨이 달린 일이라 막을 수가 없어서 쭝잉에게 슬쩍 당부하기만 했다.

"조심하세요."

쭝잉은 두말하지 않고 위층으로 올라갔다. 아후이의 체온을 묻고 요 며칠 회복 상태를 듣고는 방으로 들어가 진찰하고 나와서 손을 씻었다.

온 가족이 다 2층으로 올라와, 쭝잉이 허리를 굽혀 수도꼭지를 틀어 말없이 꼼꼼하게 두 손을 씻는 모습을 지켜봤다.

"왜 아무 말도 안 해요?"

성칭핑이 다급하게 물었다.

쭝잉이 수도꼭지를 잠그며 차분하게 대답했다.

"콜레라 환자는, 특히 아동은 완쾌되기 전에 반응기를 거칩니다. 그래서 체온 상승은 정상적인 일입니다. 이삼 일 뒤면 열은 저절로 내릴 테니 걱정하지 마세요."

"정말이에요?"

성칭핑이 다시 물었다.

"네, 확실해요."

성칭핑은 그제야 한숨을 푹 내쉬며 바로 방으로 들어가려다 문 앞에서 멈추고 한참 망설이다가 부자연스럽게 쭝잉에게 한

마디 건넸다.

"정말 고마워요."

쫑잉은 손을 씻고 습관적으로 두 손을 올리고 있었다. 그러자 팔을 따라 물이 바닥으로 뚝뚝 흘러내려 성칭펑의 인사에 제대로 반응하지 못했다.

이때 큰올케가 다가와 쫑잉에게 수건을 건넸다.

직업적인 습관 때문에 쫑잉은 수건으로 손을 닦는 것을 좋아하지 않았지만 그래도 받아 들었다.

큰올케는 쫑잉이 손을 다 닦을 때까지 기다리고 나서야 말했다.

"남편은 늘 자신만만했던 사람이라 두 다리를 잃었다는 현실을 한동안 받아들이지 못했어요. 하지만 저는 그게 최상의 결정이었다는 걸 압니다. 남편이 선생님께 화를 냈을 텐데 선생님이 양해해 주세요. 남편을 살려주셔서 정말 고맙습니다."

쫑잉은 뭐라고 대답을 하고 싶었지만, 그런 건 그녀가 가장 못하는 일이었다.

그때 사용인이 '탁탁탁' 소리를 내며 위층으로 다급하게 올라왔다.

"사모님, 방금 공장에서 전화가 왔는데, 자베이의 공장이 폭격을 당해 공장 뒤에 있는 사무용 건물이 다 무너졌답니다!"

"칭랑이 오늘 공장에 가지 않았어?"

큰올케는 무의식적으로 주먹을 꽉 쥐며 진정하려고 애쓰며 물었다.

사용인이 세차게 고개를 끄덕였다.

"셋째 도련님이 바로 그 건물에 있었답니다!"

그 순간, 갑자기 벼락이 쫙 치더니 거실이 번쩍 빛났다가 순식간에 어두워졌다.

평정을 유지하던 큰올케의 말투가 점점 빨라졌다.

"야오 아저씨에게 어서 공장으로 가보라고 해!"

큰올케의 말이 채 끝나기도 전에 쭝잉이 아래층으로 뛰어내려갔다.


비가 쏟아지는 오늘은 정말 최악이었다.

일본군은 비행이 쉽지 않을 텐데 기를 쓰고 전투기를 이륙시켜 무자비하게 포탄을 쏟아내고 갔다.

쭝잉이 아래층으로 뛰어 내려왔을 때, 야오 아저씨는 무슨일이 생겼는지 아직 모르고 있었다. 사용인이 헐레벌떡 달려와설명했다.

"자베이 공장이 폭격을 당했는데 셋째 도련님이 바로 그 건물에 계셨대요! 사모님이 어서 가서 찾아보라고 하세요!"

야오 아저씨는 그제야 정신을 차리고 자동차를 가지러 후원으로 허겁지겁 달려갔다.

날은 점점 어두워지고 빗발은 더 굵어졌다. 차는 한참이 지나서야 시동이 걸렸다.

출발하려는데 큰올케가 본채에서 나와 차에 앉아 있는 쭝잉에게 우산을 건넸다.

큰올케는 쭝잉과 성청랑의 관계에 대해 들은 말이 없었지만 쭝잉의 반응으로 대충 눈치를 챘다.

"너무 당황하지 말아요. 꼭 찾을 거예요."

차가 헤드라이트를 켜고 성 공관 철문 앞에 도착하자, 야오 아저씨가 경적을 울리며 외쳤다.

"빨리 문 열어!"

사용인이 재빨리 다가와 대문을 열자 빠르게 회전하던 차바퀴를 따라 촤악— 물보라가 일었지만 이내 빗소리에 잠겨버렸고, 차 천장을 때리는 빗소리만 들렸다. 무겁게 때리는 빗소리가 마치 우박이 떨어지는 것 같았다.

길은 험했다. 마음은 급한데 갈수록 태산이었다.

비바람에 도로 옆 가로수가 쓰러져 길을 막아 돌아가는 수밖에 없었다.

공공조계 철문을 나와 쑤저우허를 지나 상하이 북역 방향으로 달려가는 차창 밖으로 폐허와 황무지가 보였고, 지나는 사람은 거의 없었다. 빗소리를 제외하면 무섭도록 고요한 적막뿐이었다.

야오 아저씨는 앞길을 보면서 당황했는지 이마에 땀이 맺힌 채로 중얼거리며 운전했다.

"지난달에 왔을 때만 해도 이 모양이 아니었는데, 이렇지 않았는데……. 분명히 이 길이 맞아. 분명 이쪽으로 가면 맞는데……."

날이 완전히 저물고 나서야 차가 공장 대문으로 진입했다.

공장 대문은 반이 무너졌고, 폭격으로 인한 연무는 벌써 비에 씻긴 상태였다. 현대식 가로등도, 달빛도 없어 자동차 헤드라이트가 지나가는 곳만 제대로 보였다.

불빛을 보고 안에서 누군가 비틀거리며 뛰어나와 차창을 두드리며 쉰목소리로 말했다.

"오셨군요. 셋째 도련님은 못 찾았어요. 못 찾았다고요……."

쭝잉은 우산을 펼 생각도 못 하고 그냥 차에서 내렸다.

"어느 건물이에요?"

그 사람은 빗속에서 힘겹게 숨을 몰아쉬며 북서쪽에 있는 폐허를 가리켰다.

"셋째 도련님이 점심을 드시고 장부를 확인한다면서 건물로 들어가시는 것만 봤어요. 나오는 건 못 봤고요."

비가 퍼붓듯이 쏟아졌지만, 쭝잉은 말없이 폐허 쪽으로 달렸다.

쭝잉은 붕괴 현장에 출동한 적이 있었다. 경험으로 봤을 때 이런 상황에서 살아 있을 가능성은 아주 적었다. 하지만 지금은 경험이고 이성이고 다 날아가고 본능만 남아 미친 듯이 성칭랑을 찾기 시작했다.

번개가 치고 천둥이 울렸다. 파열된 수도관에서 물이 콸콸 뿜어져 나왔다. 기둥이 어지럽게 무너져 있고, 나무는 불에 타 검게 죽어 있었다. 쏟아지는 비에 쓸려 내려갔어도 역한 냄새가 계속 콧속으로 파고들었다.

쭝잉은 맨손으로 무너진 건물 잔해를 뒤집었다. 축축하고 미끄러웠다. 빗줄기가 머리칼을 따라 아래로 흘러내려 옷깃을 파고들었고, 온몸이 금세 흠뻑 젖었다.

손가락 끝에서 옷감 감촉이 느껴져 더 깊이 파보니 팔이었다. 무너지는 건물에 깔려 엉망이 된 것 같았다.

쭝잉의 손이 파르르 떨렸다. 공포가 전류처럼 심장에서부터 전신으로 퍼져나갔고, 손가락은 산소 부족으로 차갑게 마비되었다.

설마, 아닐 거야…….

밤 10시 전에 아파트로 돌아온다고 분명히 말했었다. 하지만 지금은 해도 지고 온통 폐허라 온전한 시신인지, 시신의 일부인지 분간이 안 되었다.

"어떻게 찾지? 비가 쏟아져 한 치 앞도 안 보이는데. 전혀 분간이 안 되잖아."

야오 아저씨는 조바심에 원망을 쏟아냈고, 공장 직원들은 동료에게 계속 소리를 질렀다.

잔해를 얼마나 뒤졌는지 몰랐다. 쭝잉은 얼굴에 흐르는 게 땀인지 비인지 알 수 없었다. 허리와 고개를 숙여 찾다 보니 머리로 피가 쏠렸고, 기진맥진해 심장이 미친 듯이 뛰고 다리가 후들후들 떨렸다. 이렇게까지 하는 이유는 단 하나였다…….

쭝잉은 성칭랑이 살아 있기를 바랐다. 2015년으로 돌아가지 못할까 봐 그런 게 아니라 그냥 단순하고 절실하게 그가 살아 있기를 바랐다.

하늘도 무심하시지, 그에겐 계속 고난만 주신다.

기온이 급격히 떨어지고 바람도 점점 거세졌다. 빗방울로 눈앞이 흐릿하고 귓가에 천둥소리가 울렸다. 일어서자 하늘과 땅이 빙글빙글 돌고 머리가 계속 윙윙 울렸다. 눈을 뜨니 눈앞이 칠흑같이 어두웠다.

누가 부르는 소리가 어렴풋이 들려왔다. 그 소리가 점점 커졌지만 어디서 들리는 것인지 분간할 수 없었고, 무슨 내용인지는 더더욱 들리지 않았다.

다급한 발걸음이 고인 물과 폐허를 밟고 다가와 쭝잉 뒤에서 멈췄다. 그제야 소리가 분명하게 들렸다.

"쭝 선생!"

축축하고 피곤하며, 걱정이 가득한 외침과 함께 느껴진 것은 익숙한 냄새였다. 쭝잉은 그제야 몸을 돌렸다. 벼락에 상대의 얼굴 반이 밝게 빛났다가 순식간에 어둠 속으로 사라졌다.

천둥이 울리는 가운데 쭝잉은 본능적으로 손을 뻗었다. 그의 손목에 손이 닿는 순간, 쭝잉은 손을 들어 그를 꽉 끌어안았다.

어떻게 된 일인지 묻고 싶은 말로 머릿속이 뒤죽박죽이었고, 목소리는 목에 걸려 나오지 않았다. 잔뜩 긴장한 데다 너무 당황한 나머지 기댄 몸이 덜덜 떨렸다.

성칭랑도 쭝잉을 꽉 끌어안았다. 비에 젖어 목덜미가 축축했고, 그의 목 뒤를 꽉 잡은 손가락은 얼음처럼 차가웠으며, 목에 닿은 그녀의 코에서 박자를 잃고 내쉬는 숨결이 그의 피부를 감쌌다. 그제야 성칭랑은 생기와 체온을 조금 느낄 수 있었다.

성칭랑은 쭝잉의 이마를 덮은 젖은 머리칼을 넘겨주고 쭝잉의 이마에 턱을 대며 긴장을 풀어주었다.

"괜찮아요. 아무 일 없어요. 나 여기 있어요."

몇 시간 동안 마음 졸이며 긴장했던 게 한순간에 풀어지지는 않았다. 성칭랑이 손을 풀자, 쭝잉이 본능적으로 그를 더 꼭 끌어안으며 이성이 되돌아올 때까지 기다렸다.

머리 위로 계속 비가 쏟아지고 몸 옆으로는 바람이 지나갔다. 멀리서 야오 아저씨와 직원들이 생존자를 찾는 외침이 들려왔다. 시간이 얼마나 흘렀을까. 쭝잉이 팔을 내리고 힘없이 한숨을 내쉬자 몸이 스르륵 가라앉는 것 같았다.

그때 야오 아저씨가 뛰어와 성칭랑을 알아보고는 눈을 동그랗게 떴다.

"도련님?! 도련님은……."

"얼른 가서 차 문 좀 열어주세요."

성칭랑이 쓰러지려는 쭝잉을 당겨 안으며 야오 아저씨에게 말했다. 설명보다 쭝잉이 우선이었다.

야오 아저씨는 퍼뜩 정신을 차리고 재빨리 차로 뛰어가 차 문을 열었다. 성칭랑은 쭝잉을 뒷좌석에 앉히고 자신도 탔다.

"프랑스 조계의 아파트로 가주세요."

야오 아저씨는 놀라고 긴장한 상태에서 좀처럼 벗어나지 못해 비와 땀으로 젖은 손으로 핸들을 잡고 헤드라이트를 켜며 몇 번을 시도한 끝에 겨우 시동이 걸린 차를 돌려 진흙탕이 된

도로를 달렸다.

야오 아저씨가 정신을 차리고 물었다.

"이, 이게 도대체 어떻게 된 일이에요?"

"오후 1시 반쯤에 이전위원회에서 급한 일이 있다고 전화가 와서 그쪽으로 갔습니다. 이전위원회 일이 끝나고 공관으로 돌아갔는데 두 분이 벌써 나갔다고 하더라고요."

성칭량이 가까스로 목소리를 가다듬으며 말했다.

성칭량이 말을 멈추자 하얀 셔츠 소맷부리를 따라 빗물이 상처 난 손등으로 흘러내려 붕대에 피가 스며 나왔다.

"제 잘못입니다. 갑자기 나가느라 공장 직원들에게 인사를 못 했어요."

폭격을 당한 시간은 오후 2시였다. 성칭량이 떠나고 얼마 뒤 공장이 무차별적으로 쏟아진 포탄에 다 무너졌다. 이런 날씨에도 공습을 진행할 줄은 아무도 예상하지 못했다.

이 말은 야오 아저씨에게 하는 말이기도 했지만 쭝잉에게 더 하고 싶은 말이었다.

차는 계속 달리고 쭝잉의 마음도 조금씩 안정이 되었다. 기쁜 것인지 슬픈 것인지 아니면 다행인 것인지 몰라, 쭝잉은 그저 묵묵히 손을 내밀어 성칭량의 왼손을 꼭 잡았다.

두 손을 맞잡자 체온이 조금씩 회복되었고 차 밖의 비바람도 더 이상 무섭지 않았다.

조계는 온통 어두웠다. 아파트에 도착하자, 안내 데스크의 예 선생은 스웨터를 두르고 높은 데스크 뒤에 앉아 졸고 있었다. 데스크 위에 놓인 하얀 초는 거의 다 타서 작아진 불꽃이 위태롭게 흔들리는 게 자칫 잘못하면 꺼질 것 같았다.

열악한 날씨 탓에 아파트는 정전이었다. 성칭랑이 어둠을 더듬어 초를 찾아와 성냥을 켜 심지에 붙이자 실내가 조금 밝아졌다.

수도꼭지를 트니 물이 나왔다. 수도는 정상적으로 사용할 수 있어서 정말 다행이었다.

성칭랑은 촛불을 들고 소파 앞으로 가 탁자 위에 내려놓고 침실로 들어가 깨끗한 가운을 들고나왔다. 흠뻑 젖은 쭝잉은 여전히 현관에 서 있었다.

성칭랑은 가운을 들고 욕실로 들어가 안에도 촛불을 켜고 수건을 들고나와 쭝잉의 젖은 머리를 수건으로 덮어주었다.

성칭랑은 수건으로 쭝잉의 머리칼을 부드럽게 닦으며 잔뜩 갈라진 목소리로 말했다.

"감기 걸리겠어요. 가서 옷 갈아입으세요."

쭝잉은 고개를 들어 성칭랑의 얼굴이 보고 싶었지만, 너무 어두워서 시력이 아무리 좋아도 잘 보일 것 같지 않았다. 오직 숨결과 목소리만 느낄 수 있었다.

성칭랑이 손을 놓고 반걸음 물러나서야 쭝잉이 말없이 욕실로 들어갔다.

욕실 문이 닫히길 기다렸다가 성칭랑도 침실로 들어가 젖은 옷을 갈아입고 나와 물을 끓여 소파에 앉았다.

조용해지자 낮에 있었던 일들이 파노라마처럼 머릿속을 스치면서 알 수 없는 감정이 솟구쳤다. 살면서 이렇게까지 진심으로 자신의 생사를 걱정해 준 사람은 한 명도 없었다.

무의식적으로 고개를 돌리자, 마침 쭝잉이 욕실에서 나왔다.

빛이라고는 거실 탁자에 놓인 촛불뿐이라 쭝잉은 소파로 다가와 앉았다. 비쩍 마른 몸은 검은 가운을 입어도 여전히 차가웠다.

촛불이 가볍게 흔들렸다. 두 사람은 소파에 앉아 가냘픈 불빛을 바라보며 한동안 아무 말도 하지 않았다. 말을 할 필요도 없었다.

성칭랑이 쭝잉에게 따뜻한 물을 건네고, 옆에 있던 담요를 집어 쭝잉 쪽으로 몸을 기울여 오른손으로 쭝잉의 어깨를 감싸듯 덮어주었다. 쭝잉이 고개를 기울이자 두 사람의 뺨이 닿을 듯 가까워졌다.

어두운 불빛 속에서 서로의 숨결이 잡힐 듯했고 얼굴 근육의 미세한 움직임도 눈에 들어왔다. 성칭랑의 속눈썹이 파르르 떨리면서 두 사람의 콧날이 맞닿고, 눈앞이 흐릿해질 정도로 가까워지면서 입술이 닿으려는 찰나, 성칭랑이 갑자기 얼굴을 돌리고 손을 거두었다.

컵을 들고 있던 쭝잉의 손에 힘이 꽉 들어갔다가 풀리면서 손가락이 살짝 떨렸다. 긴장했던 어깨 근육도 확 풀렸다.

성칭랑은 쭝잉의 눈길을 피하면서 목소리를 가다듬고 말했다.

"아직 두 시간이 남았으니 먼저 들어가 쉬세요. 시간 되면 알려드리겠습니다.”

성칭랑의 말에 쭝잉은 삼십 초 정도 앉아 있다가 알았다고 대답하고는 어깨에 담요를 두른 채로 컵을 들고 위층으로 올라 갔다.

이 정도 길이의 초는 육십 분 정도면 다 탈 것이었다. 성칭랑 은 소파에 앉아 초가 다 타는 것을 묵묵히 지켜보다가 다시 하 나를 더 켜고 두 번째 초가 다 탔을 때 일어나 위층으로 올라 갔다.

문을 노크했다. 반응이 없었다. 다시 한 번 노크했다. 여전히 반응이 없었다.

좋지 않은 예감이 들었다. 성칭랑은 벌컥 문을 열고 들어가 며 “쭝 선생”하고 불렀지만 쭝잉은 혼수상태에 빠진 것처럼 아무 반응이 없었다.

거실의 탁상시계는 느긋하게 움직였지만 어쨌든 점점 10시 에 가까워지고 있었다.


성칭랑의 이마에서 땀이 쭉 흘러나왔다. 종소리가 울리는 찰나, 성칭랑은 쭝잉을 안고 아래층으로 내려가 2015년 아파 트의 현관 등 스위치를 눌렀다.

성칭랑은 이 시대의 구급차 전화번호를 몰라 수화기를 들어 쉬쉬안칭의 휴대전화로 전화를 걸었다.

“여보세요, 쭝잉? 무슨 일이야?”

쉬쉬안칭은 의외라는 기색이 역력했다.

"여보세요?"

"밤늦게 전화해서 미안합니다. 쭝 선생이 갑자기 기절했습니다. 지금 병원에 가려고 하는데 저는 그녀의 병력을 모르고, 그녀 대신 결정할 권한도 없어서 그녀의 가족이나 친구에게 알리려고 하는데, 제가 아는 분이라고는 쉐 선생뿐이어서요. 쉐 선생이 가족이나 친구에게 연락해 주거나 아니면 병원으로 와 줄 수 있습니까?"

다급한 어조였으나 조리가 있었다.

성칭랑의 말을 다 들은 쉐쉬안칭은 불안감을 누르며 탁자에 있던 차 열쇠를 잽싸게 집어 들었다.

"제일 가까운 병원으로 가세요. 제가 금방 갈게요."

성칭랑은 전화를 끊고 현관 서랍에서 얼마 안 남은 현금을 꺼내 쭝잉을 안고 재빨리 엘리베이터에 올랐다.

현대의 엘리베이터도 내려가는 속도가 너무 느렸다. 층수를 알리는 숫자가 너무 더디게 변해 애가 탔다.

아파트 정문을 뛰어나가자 마침 정문 앞에 손님을 내려주고 출발하려는 택시가 있었다. 성칭랑은 그 택시를 가로막았다.

택시 기사는 깜짝 놀라 성칭랑을 노려봤지만 쭝잉을 안고 있는 모습에 환자라는 것을 알아채고 재빨리 내려 차 문을 열어주었다.

택시가 메마른 도로 위를 내달렸다. 도로 옆에는 가로등이, 머리 위에는 달빛이 있었고, 병원 간판은 한밤중에도 불이 환하게 켜져 있었다.

숨이 턱 끝까지 차오르도록 달려 병원 응급실에 쭝잉을 내려놓자 성청랑은 밖으로 밀려났다. 정신없이 내달렸더니 성청랑의 등이 땀으로 젖었고 기진맥진했다.

신경외과 의사가 진찰을 마치고 나와 가족을 찾았다. 의사는 성청랑에게 다가와 차트에 뭔가를 쓰면서 말했다.

"조금만 늦었어도 큰일 날 뻔했는데 다행입니다. 환자와 어떤 관계신가요?"

의사가 고개를 들어 성청랑의 얼굴을 쳐다봤다.

"성 선생님, 이리 좀 와보세요!"

그때 뒤에 있던 간호사가 소리쳤다.

성추스의 눈동자가 수축하면서 펜을 들고 있던 손이 허공에서 멈췄다.

"당신 누굽니까?"

너무 닮았다.

병원 마트에서 쭝잉의 신용카드를 쓰던 남자, 옛날 가족사진 속의 그 남자와 눈앞의 이 남자는 너무 닮았다. 세세한 부분의 생김새가 닮은 게 아니라 전체적으로 다 닮아서 더 무서웠다.

성추스는 그를 다시 만날 것이라고는 전혀 생각하지 못했다. 그런데 지금 그 사람이 자기 앞에, 그것도 일 미터도 안 되는 거리에 서 있었다.

응급실의 창백한 전등이 성추스의 얼굴을 비추어 놀란 표정이 더 부각되었다.

"쭝잉의 친구입니다."

추궁하는 듯한 질문에 성칭랑은 영문을 몰랐지만 어쨌든 신중하게 대답하고 즉시 되물었다.

"지금 상태는 어떻습니까?"

성추스는 즉시 정신을 차렸다.

"지금 상태는 괜찮습니다. 하지만 가족에게 얘기해야 할 것이 있어요."

대답하면서 성추스가 다시 물었다.

"이 서류를 작성하려면 선생님의 정보가 필요한데, 성이 어떻게 되십니까?"

성칭랑은 쭝잉의 상태가 괜찮다는 말에 한시름 놓았다. 그러나 이 시대 사람은 경계하고 있었기에 쭝잉을 제외하고는 그 누구에게도 신분을 털어놓지 않았다. 이름을 포함해서.

성칭랑은 성추스의 눈길을 맞받아치며 성추스가 들고 있는 서류로 시선을 옮겼다가 다시 그를 쳐다보며 말했다.

"제 정보는 적을 필요가 없을 것 같습니다."

성추스는 차트를 획 가리며 재빨리 표정을 갈무리했다.

"선생님 낯이 익은데, 예전에 본 적이 있는 것 같네요. 저는 쭝잉의 선배예요. 안녕하세요."

성추스는 우호적으로 손을 내밀었지만, 성칭랑은 그의 표정 변화를 살피고 다시 가슴에 달린 이름표를 보고 물었다.

"병원 상점에서 봤습니까? 기억력이 매우 좋으시군요, 닥터 성."

성추스는 상대가 자신을 기억할 줄도, 갑작스러운 칭찬에
어떻게 반응해야 할지도 몰랐지만 계속 말했다.

"그날 결제할 때 쭝잉의 카드를 사용해서 눈여겨봤어요."

성추스의 말에 성칭랑은 예전에 699번지 아파트에 불쑥 찾
아온 손님이 이 사람이지 않을까 싶었다. 그때 자신은 목욕 중
이었고, 쭝잉이 손님을 맞았었다. 추측이 맞다면 그 손님이 바
로 눈앞의 이 성추스일 터였다.

그날 그들은 성칭후이도 언급하면서 "미스 성 말하는 거야?
이분은 우리 할아버지의 양어머니셔"라고 말했다.

그러니까 이 사람은 성칭후이가 입양한 아이의 후손인 건
가?

시간과 공간이 신비롭게 연결된 것 같아, 성칭랑은 생각을
멈추고 손을 내밀어 매우 예의 바르게 상대의 손을 맞잡았다.

성추스는 손을 거두고 눈을 내리깔며 성칭랑의 신발을 주의
깊게 봤다. 265에서 270 사이즈의 더비 슈즈로, 그날 밤 쭝잉의
집 현관에서 봤던 신발이었다.

두 사람이 그 정도로 친하다면 이 이름 모를 선생은 도대체
쭝잉과 어떤 관계일까?

성추스가 더 물어보려는데 간호사가 다시 그에게 어서 영상
을 보라고 재촉했다. 바로 그때 쉐쉬안칭이 초조한 표정으로
들이닥쳤다.

쉐쉬안칭은 성추스를 알아보고 다짜고짜 물었다.

"쭝잉 상태 어때요? 지금 어디 있어요?"

"제 개인적인 소견으로는 제때 와서 큰 문제는 없을 걸로 보이지만, 구체적인 상태는 검사 결과를 봐야겠습니다. 어쨌든……."

성추스가 공적인 말투로 대답했다.

하지만 쉬쉬안칭은 성추스의 이런저런 설명을 들을 만한 인내심이 없었다. 그래서 성추스가 들고 있던 차트를 확 뺏어 처음부터 끝까지 꼼꼼하게 읽었다.

차트를 다 읽은 쉬쉬안칭은 한숨이 나오려는 것을 꾹 참으며 차트를 돌려주고 몸을 획 돌리며 샌드백이라도 두드리고 싶다는 듯 주먹을 꽉 쥐었다. 그리고 벽 쪽에 놓인 대기용 긴 의자를 픽픽 내리쳤다. 그러자 그 진동에 의자 끝에 앉아 있던 아이가 놀라 "으앙" 하고 울음을 터뜨렸다.

쉬쉬안칭의 손바닥이 벌겋게 부어올랐다. 아프고 화가 났다. 장장 두 달 동안이나 아무것도 모르고 있었다니. 아픈 걸 왜 혼자 감당하려고 하느냔 말이다! 도대체 어떻게 혼자 감당해왔을까!

아이가 심하게 울자, 부모가 다급하게 뛰어와 아이를 안고 가버려 긴 의자가 텅 비었다.

쉬쉬안칭은 의자에 쓰러지듯 앉아 맞은편 하얀 벽을 멍하니 바라봤다. 회사에서 바로 왔는지 제복도 갈아입지 않았고, 짧은 단발은 이삼 일은 감지 못한 듯했으며, 눈 아래에 다크서클이 길게 내려온 채로 초점을 잃은 눈으로 멍하니 있다가 한참 뒤에야 정신을 차리고 주머니에서 담배를 꺼냈다.

그때 간호사가 다시 다가와 성추스를 재촉했다. 성추스가 자리를 뜨자, 간호사가 쉐쉬안칭에게 경고했다.

"저기요, 여긴 금연구역이에요. 피우려면 나가서 피우세요."

쉐쉬안칭은 주섬주섬 담배를 주머니에 도로 넣고는 고개를 들어 성칭랑을 보면서 초조한 기색을 애써 누르며 물었다.

"온 지 얼마나 됐어요?"

"삼십 분 정도 됐습니다."

잠시 뒤, 이번에는 성칭랑이 물었다.

"쭝 선생에게 연락할 만한 가족이 있습니까?"

"있죠. 근데 없는 거나 다름없어요."

쉐쉬안칭이 한 치의 망설임도 없이 대답했다.

쭝가 사람들은 쭝잉이 어떻게 지내는지 전혀 관심이 없었고, 외가 쪽은 너무 멀리 있어서 긴급할 때는 도움이 안 되었다.

요 몇 년 동안 쭝잉의 긴급 연락인은 쉐쉬안칭 딱 한 명뿐이었다.

성칭랑의 눈빛이 급격히 어두워졌다.

그때 간호사가 그들을 불렀다.

"쭝잉 님 가족분 와서 수속하세요."

그 소리에 성칭랑이 고개를 돌리자, 쉐쉬안칭은 벌써 일어나 스테이션으로 향하고 있었다.

성칭랑은 쉐쉬안칭이 데스크에 신분증을 보여주고, 서류를 작성하며 병원비를 결제하는 모습을 먼발치서 지켜보는 수밖에 없었다. 이 시대에서 그는 신분도, 인맥도, 충분한 돈도 없어 쭝잉을 위해 해줄 수 있는 것이 하나도 없었다.

등에 스며 나왔던 땀이 차갑게 식고 무력감이 온몸으로 퍼져 나갔다. 성칭랑은 주먹을 꽉 쥐었다.

수속을 마친 쉐쉬안칭은 복도에 서서 기다렸다. 간호사가 "검사 결과 당장 안 나오니 여기 서서 통행 방해하지 말고 다른 곳에 가서 기다리세요" 하고 말하자 그제야 성칭랑 쪽으로 왔다.

"얼마나 기다려야 한답니까?"

성칭랑이 쉐쉬안칭을 보자마자 물었다.

쉐쉬안칭은 밖으로 나가며 대답했다.

"조금 뒤 신경외과로 가면 그때 알려준대요."

쉐쉬안칭은 고개도 돌리지 않고 앞만 보면서 쭉 걸어 병원 밖으로 나갔다. 그때 구급차가 사이렌을 울리며 응급실 앞으로 다가오더니, 구급대원들이 내려 "비키세요, 비켜주세요" 하고 외치며 응급실로 들어갔다. 응급실에 새로운 응급환자가 도착했다.

쉐쉬안칭과 성칭랑도 한쪽으로 비켜서 사이렌이 꺼지고 입구가 다시 질서를 회복할 때까지 기다렸다. 쉐쉬안칭은 벽에 등을 기대고 담뱃갑과 라이터를 꺼내 엄지로 라이터를 눌렀다. '딸깍' 소리와 함께 짙푸른 밤에 불꽃이 피어올랐다.

담배에 불을 붙이고 깊게 한 모금 빨아 폐 깊숙한 곳까지 연기를 들이마셨다가 코로 천천히 내뿜었다.

"몇 년 전에 나도 쭝잉을 응급실로 데리고 온 적이 있어요."

쉐쉬안칭이 불쑥 말을 꺼냈다. 연기가 어둠 속으로 흩어졌다.

"세월 참 빠르네요."

성청랑은 쉐쉬안칭의 말투에서 미묘한 감정의 변화를 느끼고 고개를 돌려 그녀를 쳐다봤다.

"무슨 일로 왔습니까?"

"사고가 났거든요."

쉐쉬안칭이 미간을 확 좁히고 입술을 힘껏 깨물자 입술이 파르르 떨렸다. 그 기억이 가져오는 불안을 가라앉히려고 담배를 한 모금 더 빨았다.

사고? 성청랑은 문득 쭝잉의 생일날 밤 나눴던 대화가 떠올랐다.

그때 왜 지금은 의사가 아니냐는 물음에, 쭝잉은 사고가 있었다고 대답했었다.

무슨 운동을 좋아하느냐는 질문에 '암벽등반'이라고 대답하기도 했었다.

대답할 때 쭝잉이 보여주었던 미세한 표정 변화가 떠올라 성청랑의 얼굴에 걱정의 빛이 서렸다.

"암벽등반을 하다가 사고가 났습니까?"

"그걸 알아요?"

쉐쉬안칭이 고개를 획 쳐들며 물었다.

성청랑이 고개를 저었다.

"아니요. 그냥 제 추측입니다."

성칭랑은 입을 꾹 다물고 잠시 생각하더니 미간을 찌푸리며 물었다.

"그러니까, 쭝 선생은 암벽등반을 하다가 손을 다쳐서 수술을 못하게 돼 직업을 바꾼 겁니까?"

성칭랑의 질문에 쉐쉬안칭은 다시 고개를 푹 숙이고 연달아 담배를 뻐끔거렸다. 동작에서 괴로움과 걱정이 묻어났다.

"아니요. 그게 아니에요……."

쉐쉬안칭은 연달아 부정하더니 불쑥 고개를 들고는 감정을 억제하려고 애썼다.

"그날 쭝잉은 팀원들과 함께 등반에 나섰어요. 이번이 마지막 등반이라고 했죠. 암벽등반은 손가락 관절에 무리가 많이 간다면서요. 외과의사에게 손은 정말 중요하거든요. 손의 안정성과 지구력이 좋아야 하죠. 신경외과의사의 손은 더더욱 귀하고요. 쭝잉은 신경외과를 정말 좋아했으니 그 선택은 당연한 거였어요."

여기까지 말한 쉐쉬안칭은 다시 고개를 숙여 담배를 태우고 이야기를 계속했다.

"그날은 날씨가 좋았던 걸로 기억해요. 비가 온 다음이라 공기도 아주 깨끗했죠. 우리는 늘 오르던 코스를 선택했어요. 그 코스는 난이도가 적당했고 여러 번 등반해 봤던 곳이라 아주 익숙했죠. 어려운 지점도 훤히 꿰뚫고 있었고요."

쉐쉬안칭은 두서없이 그냥 떠오르는 대로 말했다.

"너무 익숙했고, 사람들이 놀리기도 해서 보호 장비를 제대로 착용하지 않았죠. 그런데 종아리에 쥐가 나서, 암벽에 안전 핀을 꽂긴 했지만…….."

쉬쉬안칭의 얼굴이 연기에 가려졌다. 한참 뒤 연기가 사라지자, 그녀가 힘없는 목소리로 말했다.

"쫑잉은 나를 구했지만, 그 대신 손을 다쳤어요."

여기까지 들은 성칭랑은 쫑잉이 '사고'라고 말하던 때의 표정이 떠올라 순간 심장이 확 조이는 것 같았다.

"상처가 심했지만 쫑잉은 회복에 낙관적이었어요. 오랫동안 열심히 회복 훈련을 했고, 모든 검사가 정상으로 나왔을 때 수술을 집도하게 됐죠. 복잡한 수술이었고 수술 위험도도 높아서 여러 가지 방안을 준비했어요. 하지만 결국 실패했어요. 그때 그 일이 크게 이슈가 됐어요. 게다가 환자 가족이 어떻게 알았는지, 쫑잉이 손을 다쳤었다는 걸 끄집어내서 쫑잉과 병원을 공격했죠. 왜 그런 의사에게 수술을 맡겼냐면서…….. 쫑잉은 자신을 한 달 동안 가뒀어요. 한 달 뒤 내가 찾아갔을 때, 탁자에 책이 가득하더라고요. 시험을 볼 거라나. 못 할 일은 없다, 생각이 있으면 방법은 있게 마련이라면서요."

쉬쉬안칭이 새 담배에 불을 붙였다. 성칭랑은 그녀가 더 말할 수 없을 것 같아 대신 이야기를 마무리했다.

"그래서 당신이 쫑잉의 전업을 도왔고 지금은 동료가 됐군요."

"맞아요."

전부 말하고 나니 마음이 조금 안정되었는지 목소리가 한결 나아졌다. 그러나 담배를 들고 있는 손은 계속 떨고 있었다.

"쭝잉은 똑똑하고 힘든 일도 마다하지 않고, 이해력도 좋고 일도 깔끔하게 잘해서 어떤 면에서는 저보다 훨씬 더 전문적이에요."

쉐쉬안칭의 말에 성칭랑은 생각에 빠져들었다. 일에 몰두하던 쭝잉의 모습들이 하나둘 지나가고, 마지막에는 발코니에 서서 담배를 피우던 쓸쓸한 옆모습이 떠올랐다.

뭐든 다 잘할 것 같은 모습 뒤에는 홀로 삼킨 고통이 있었다. 쭝잉이 이를 악물고 홀로 버틴 시간은 어쩌면 훨씬 오래전부터 시작됐는지도 몰랐다.

성칭랑은 아파트에서 본, 쭝잉이 미소 짓고 있던 사진이 떠올라 탄식하듯 물었다.

"쭝 선생은 언제부터 담배를 피웠습니까?"

쉐쉬안칭은 손가락으로 가볍게 담뱃재를 털며 대답했다.

"처음 현장에 나갔을 때, 부패가 심한 시신이 나왔어요. 냄새가 아주 심했죠. 게다가 사건이 장기화되자 옷도 못 갈아입고 교대 근무로 피로가 쌓이니 피우기 시작하더라고요. 요 몇 년 중독된 거 같더니 최근에는 잘 안 피우는 게 끊으려는 것 같았어요."

여기까지 말한 쉐쉬안칭은 방금 본 차트가 떠올랐다.

"아마 병 때문에 끊으려는 것 같아요."

"지금은 어떤 상태입니까?"

성칭랑의 물음에 쉐쉬안칭이 몸을 돌리며 대답했다.

"그건 직접 물어보세요."

쉐쉬안칭은 피곤한 목소리로 힘없이 말하고는 한숨을 쉬었다.

그때 쉐쉬안칭의 휴대전화가 울렸다. 응급실 스테이션에서 온 전화였다.

"지금 신경외과로 올라갈 거래요. 빨리 오세요."

간호사의 말에 쉐쉬안칭은 곧장 응급실로 달려갔고 성칭랑도 그 뒤를 바짝 쫓았다.

응급실에서 신경외과 병동으로 가는 내내 쭝잉은 깊은 잠에 빠져 있었다.

모든 상황이 정리되고 병동 복도로 나왔을 때, 복도에 걸린 시계는 자정을 지나 붉은 숫자로 00:00:05를 나타내고 있었다. 병원 밖 집들의 불빛이 하나둘 꺼졌다.

밤이 조금씩 깊어지고 새벽 5시가 넘은 시간, 쉐쉬안칭의 전화가 울렸다. 회사에서 온 전화라 병실 밖으로 나가 받았다. 성칭랑 혼자 침대 옆을 지켰다. 쭝잉이 조금 움직이자 성칭랑이 벌떡 일어나 등을 켰다.

눈을 뜨자 병원 병실의 천장이 보이고 오른쪽으로 시선을 돌리자 성칭랑의 얼굴이 보였다. 쭝잉은 그제야 자신이 정신을 잃어 병원으로 옮겨졌다는 것을 깨달았다. 병원에 데려온 사람은 성칭랑이었다.

성칭랑은 걱정을 꾹 누르고 몸을 숙이며 물었다.

"쫑 선생, 내 말 들려요?"

쫑잉은 산소호흡기를 낀 채로 고개를 끄덕이고는 아예 호흡기를 빼고 갈라진 목소리로 말했다.

"들려요……. 앉고 싶어요."

마음은 급한데 성칭랑은 병원 침대 각도를 조절하는 방법을 몰라 허둥지둥했다.

"그냥 나 부축해서 앉혀줘요."

쫑잉은 이렇게 말하며 유리창 너머 복도에서 통화하고 있는 쉐쉬안칭을 봤다.

"쉬안칭도 왔어요?"

성칭랑은 쫑잉을 안아 앉히고 베개를 가져다 뒤에 받쳐주었다.

"제가 오시라고 전화했습니다."

쫑잉은 시간을 보려고 손을 들었지만 손목에는 환자용 네임밴드만 채워져 있었다.

성칭랑이 재빨리 물컵을 건네며 "5시 반입니다" 하고 말했다.

쫑잉은 컵을 받아 천천히 물을 마셨다.

성칭랑이 물 마시는 모습을 뚫어지게 쳐다보자, 쫑잉은 왠지 불편했다.

"왜요?"

"걱정했습니다. 그리고 알고 싶습니다……. 당신이 도대체 무슨 병에 걸렸는지."

성칭랑이 쫑잉의 얼굴에 시선을 고정한 채로 물었다.

쭝잉이 몸을 기울여 물컵을 내려놓고 걱정스럽게 묻는 성칭랑의 눈을 바라봤다.

"간단하게 말하면······."

쭝잉이 자기 머리를 가리키며 말했다.

"여기에 언제 터질지 모르는 폭탄이 숨어 있어요."

성칭랑은 목이 꽉 막히는 것 같아 채근하듯 물었다.

"치료할 수 있죠?"

어두운 불빛 속에서 쭝잉은 성칭랑의 눈을 몇 초간 가만히 바라보다가 천천히 입을 열었다.

"네."

쭝잉은 낮고 갈라진 목소리로 담담하게 대답했다.

"그런데 제 경우는 조금 복잡해서 위험률이 더 높아요."

그래서 수술 전에 유서를 쓰고, 옌만의 갑작스러운 죽음을 밝히려고 한 것이다.

하지만 성칭랑이 도울 수 있는 것은 너무 적었다. 심지어 옆에 있어줄 수도 없었다. 벌써 5시 34분이었다. 이십육 분 뒤면 자신은 다시 이 세계에서 사라진다. 성칭랑은 손을 뻗어 쭝잉의 손을 꽉 잡고 위로해 주고 싶었다. 그러나 손가락 끝이 닿으려는 순간, 문밖에서 갑자기 쉐쉬안칭이 큰 소리로 말하는 게 들렸다.

"왜 오셨어요?"

목소리에 적의가 가득했다. 성칭랑은 손을 거두었고, 쭝잉은 소리가 나는 문 쪽을 쳐다봤다. 쉐쉬안칭이 방문자와 대치

하고 있었다.

이어서 큰고모의 목소리가 울렸다.

"난 쭝잉의 고모야. 내가 뭐 못 올 데라도 왔어? 나야말로 물어보자. 당신은 누군데?"

쉐쉬안칭이 다급하게 막았다.

"쭝잉은 지금 휴식 중이에요. 문병은 다음에 시간 정해서 오세요."

"쭝잉이 의식불명이래서 왔다고!"

큰고모가 쉐쉬안칭을 밀치고 병실 문을 확 열더니 쭝잉이 앉아 있는 모습을 보고 한숨을 내쉬며 말했다.

"벌써 깨어났네, 뭘!"

큰고모는 막아도 아랑곳하지 않고 안으로 들어와 성청랑을 보고는 물었다.

"당신은 또 누구야? 좀 비켜봐요."

성청랑이 일어나자 의자를 자기 쪽으로 확 끌고 와 쭝잉의 손을 잡으며 말했다.

"방금 간호사한테 네가 의식불명으로 실려 왔다는 말을 듣고 달려왔다. 깨어났으니 다행이네, 다행이야."

쭝잉은 아무 말도 하지 않았다.

"지난번 일로 아직도 화난 거 아니지? 그때는 내가 미안했다. 네 외할머니한테 그런 말을 해선 안 됐어."

큰고모는 웬일로 온화한 말투에 진심이라는 표정으로 다시 물었다.

"지금은 좀 괜찮니?"

쭝잉은 여전히 아무 말도 하지 않았다.

성칭랑은 쭝잉이 이 방문자를 좋아하지 않는다는 것을 눈치 챘다.

"쭝잉은 이제 막 깨서 휴식이 필요합니다. 다음에 다시 오시 겠습니까?"

그 순간 밖에서 발소리가 들려 쳐다보니 성추스와 간호사가 병실로 들어오고 있었다.

"깼는데 왜 호출 안 했어요?"

성추스는 활력징후 모니터를 보고 큰고모를 힐끔 보더니 쭝 잉에게 시선을 돌리며 경고와 동시에 위로의 말을 했다.

"늦을수록 위험한 거 알지? 우리가 빨리 수술 계획 마련할 게. 쉬운 상황은 아니지만 괜찮아. 안심해도 돼."

"위험한 수술이에요? 성공률은 얼마나 돼요?"

큰고모가 걱정스럽다는 듯이 물었다.

"수술 성공률은 참고일 뿐이지 실질적인 의미는 없습니다."

성추스는 큰고모에게 대답하고 이어서 쭝잉에게 당부했다.

"푹 쉬어."

그리고 수액을 가리키며 간호사에게 말했다.

"수액 속도 좀 조절해 주세요."

성추스는 진찰을 마치고 밖으로 나가면서 쉬쉬안칭을 잡아 끌었다.

"쭝잉 지금 절대 안정해야 해요. 큰고모는 말씀을 안 가리고 하시니 주의하세요."

"알았어요. 그만 가보세요."

쉐쉬안칭이 병실로 돌아오자, 쭝잉이 큰고모를 똑바로 쳐다
보며 말했다.

"지금은 아무 말도 하고 싶지 않으니 이만 돌아가세요."

## 제14장
# 두 사람의 '전쟁터'

쉬쉬안칭은 겨우 일이 분 자리를 비웠을 뿐인데 잠시 상황
이 파악되지 않았다. 쉬쉬안칭은 자신이 손님을 쫓아내기 전
에 쭝잉이 이미 완곡하게 돌아가라는 뜻을 나타냈다는 것을 몰
랐다.

큰고모는 조금 전 성추스의 대답에 말문이 막혀 순간 무슨
말을 해야 할지 몰랐다.

"시간이 벌써 이렇게 됐네요. 가서 쉬세요. 저는 괜찮아요."

쭝잉이 이렇게까지 말했는데도 큰고모는 아랑곳하지 않고
자기 말만 했다.

"이 시간에 내가 여기 있는 건 너 때문만은 아니야. 어젯밤
쭝위가 또 위급하다는 연락을 받았잖니. 지금은 좀 어떤지 모
르겠네."

큰고모는 수심이 가득한 얼굴로 한숨을 푹 내쉬었다.

"우리 집안에 왜 이렇게 우환이 끊이지 않는지 모르겠다. 쭝위는 위급한 상태지, 너도 입원하고 수술해야 한대지! 간호사말이 네 병이 아주 위험하다던데, 그래서 네가 급하게 주식을 처분한 거구나? 혹시 수술이 잘못될지 몰라서?"

큰고모는 쭝잉의 손을 끌어와 잡고 탄식을 하며 말했다.

"그때 분명히 말했으면 그렇게 야단치지 않았을 텐데! 젊은 애들이 어째 하나같이 걱정을 끼쳐. 쭝위는 철없는 소리나 하고. 듣자 하니 무슨 장기기증 신청을 한다며 누나도 하는데 왜 자기는 못 하게 하냐고 했다더라고."

큰고모는 잠시 뜸을 들이더니 물었다.

"너 의과대학 다닐 때 장기기증 신청했지?"

큰고모는 떠보는 듯한 눈빛을 애써 감추며 쭝잉을 쳐다봤다.

쭝잉이 아무리 세상 물정을 몰라도 큰고모의 긴 사설과 너스레를 듣고 마지막 말의 의도를 모를 수가 없었다. 앞에 했던 장광설은 그저 "장기기증 신청했니?"라고 묻기 위한 것이었다. 만약 네 수술이 실패하더라도 심장은 낭비하지 않겠다는 뜻이었다.

쭝잉은 주먹을 꽉 쥐고 큰고모에게 "그만 가보세요"라고 말했음에도 큰고모는 눌러앉아 해명이랍시고 떠들었다.

"너무 깊이 생각하지 마. 다른 뜻이 있어서가 아니야. 그냥 잘 쉬다가 시간이 있으면 쭝위한테 가서 그런 거 쓰지 말라고 좀 해달라는 거지. 쭝위는 아직 어려서 아무리 말해도 모른다니까."

말이 채 끝나기도 전에 쉐쉬안칭이 뒤에서 큰고모의 팔을 잡고 난폭하게 문밖으로 끌어냈다. 큰고모가 채 반응하기도 전에 병실 문이 쾅 닫혔다.

정신을 차린 큰고모는 작은 유리창 너머로 쉐쉬안칭의 얼굴을 보며 손가락질했다.

"네가 뭔데 우리 집 일에 끼어들어?!"

쉐쉬안칭은 큰고모를 노려보면서 주먹을 꽉 쥐어 보였다. 어찌나 꽉 쥐었는지 목에 핏대가 올라올 정도였다.

강자한테 약하고 약자에게 강한 큰고모는 쉐쉬안칭이 난폭한 표정으로 온몸에서 살기를 내뿜자 시선을 피하며 뭐라고 중얼거리다가 화를 내며 갔다.

"내가 끝까지 막았어야 했는데."

쉐쉬안칭이 쭝잉을 보며 말했다.

"또 무슨 시비를 걸었어?"

쭝잉은 주먹을 꽉 쥐었다. 너무 화가 나니 말도 나오지 않았다. 쉐쉬안칭은 쭝잉을 보고 조용히 성청랑 쪽으로 다가가 그를 데리고 밖으로 나갔다.

"도대체 무슨 일이 있었던 거예요?"

성청랑은 큰고모의 말을 거의 한 자도 빼놓지 않고 말하며 시선을 문 안으로 돌렸다. 쭝잉이 억지로 참고 있는 모습을 보니 더 걱정스러웠다.

쉐쉬안칭은 복도의 안전 바를 주먹으로 내리치면서 화를 누르며 욕을 내뱉었다.

"빌어먹을 노친네 같으니! 남자 조카 목숨만 중요하지! 쭝잉이 장기기증 신청을 했으면 뭐, 심장 때문에 살인 모의라도 하려고? 이런 미친……."

쉐쉬안칭은 거의 숨이 넘어갈 정도로 화가 나 잠시 숨을 고르고 나서야 다시 말을 할 수 있었다.

"정말 잔인한 인간이네. 위해주는 척하면서 해칠 생각을 하다니, 정말 나쁜 인간이잖아!"

쉐쉬안칭은 이를 악물고 주먹을 휘두르고는 성칭랑의 눈길을 따라 실내를 쳐다봤다. 실내의 하얀 등과 실외의 조금씩 밝아지는 새벽빛이 교차하는 가운데, 쭝잉이 협탁에 놓인 종이컵을 잡아 구기고 있었다.

성칭랑이 다급하게 안으로 들어가려고 했지만 쉐쉬안칭이 막았다.

쉐쉬안칭은 고개를 살짝 들어 복도에 있는 전자시계를 보더니 차가운 목소리로 경고했다.

"여기서 사라질 생각이 아니면 어서 가요."

시간이 늦었다. 신경외과 병동은 너무 높아서 여기서 사라지면 떨어져 죽을 수도 있었다.

성칭랑은 숨을 깊이 들이마셨다. 쉐쉬안칭이 문손잡이를 꽉 쥔 채 재촉했다.

"쭝잉의 일이 곧 내 일이니 너무 걱정하지 말고 어서 가요!"

6시 정각, 성칭랑은 병원 맞은편에 있는 숯불구이 집 앞에서 사라졌다.

쭝잉은 병실 창문 앞에 서서 성칭랑이 사라지는 모습을 봤다. 동이 트기 시작할 무렵이라 상점은 닫혀 있고 행인도 없는 거리에서 그는 마치 환영처럼 사라졌다. 거리의 모습은 여전한데 그만 이곳에 존재한 적이 없었던 것 같았다.

문소리에 쭝잉은 고개를 획 돌렸다. 쉐쉬안칭이 아침 식사를 가져왔다.

쉐쉬안칭은 문을 닫고 식사를 협탁에 놓았다.

"네가 없으니 팀에 일이 많아져서 상사가 죽어도 휴가를 못 주겠대. 급하게 처리할 일이 있어서 가야 돼. 퇴근하면 바로 올게."

쉐쉬안칭이 조금 뜸을 들이다 당부했다.

"그 노친네가 또 와서 뭐라고 하면 나한테 바로 전화해."

쭝잉은 쉐쉬안칭에게 너무 걱정하지 말라고 말했다. 아침을 먹고, 쉐쉬안칭을 배웅하고 회진이 끝나기를 기다렸다가 복도를 이리저리 돌아다니다 환자복 위에 카디건을 걸치고 병원을 나섰다.

담배가 절실한데 가진 게 없었다. 쭝잉은 연극대학과 병원 사이에 있는 담배 가게로 갔다.

"블랙 데빌은 없어. 대신 이거 피워봐요."

주인이 다른 담배를 건넸다. 짙푸른 포장지 위에 작은 은색 비둘기가 인쇄되어 있었다.

쭝잉은 불을 빌려 가게 밖에서 담배를 피웠다.

연속으로 두 개비를 피우고 세 개비째 담배를 다 피워갈 때쯤 주인이 쭝잉의 환자용 네임 밴드를 힐끗 쳐다보며 말했다.

　　"입원 환자가 그렇게 많이 피우면 안 좋아."

　　주인의 말에 쭝잉은 고개를 들었다. 날씨가 유난히 좋았다. 덥지도 춥지도 않았다. 젊고 활기찬 학생들이 삼삼오오 짝을 지어 학교에서 나오고 있었다. 학생들은 생기가 넘쳤다. 그 모습을 보며 쭝잉은 형언할 수 없는 고민에 빠졌다.

　　아무리 선을 그어도 자꾸 '마음이 쓰였다.' 그들 눈에 자신은 그저 심장을 담은 그릇에 불과했어도 말이다.

　　쭝잉은 더 피우지 않고 남은 담배를 주머니에 집어넣었다. 고개를 돌려 가게 안에 있는 시계를 봤다. 남은 것이라고는 할 일 없이 보내야 하는 시간뿐이었다. 회사는 휴직했고, 엄마의 사건은 정체에 빠졌으며, 수술은 기다려야 했고, 1937년의 일은 자신이 도울 게 없어 쭝잉은 정말 철저한 백수가 되었다.

　　쉐쉬안칭은 늦게 왔다. 지친 몸을 이끌고 병원에 도착하자 밤 10시 반이었다. 곧장 병실로 달려와 쭝잉이 잠든 모습을 보니 한시름 놓으며 몸에서 힘이 쑥 빠지는 것 같았다. 그래서 병실 밖으로 나와 복도에 놓인 의자에 털썩 주저앉았다.

　　피곤하고 온몸에서 냄새가 풀풀 나고 머리는 떡이 졌지만 씻으러 갈 힘조차 없었다. 그때 갑자기 누군가 옆에 앉았다. 고개를 돌려 보니 성청랑이었다.

　　쉐쉬안칭은 고개를 다시 돌리고 허공을 쳐다보며 물었다.

　　"어디서 온 거예요?"

성청랑의 몸에서 습한 기운이 느껴지는 게 1937년은 아직도 비가 내리는 모양이었다.

"아파트에서요."

묻고 답하고 침묵이 이어졌다.

한참 뒤, 쉐쉬안칭이 갑자기 똑바로 고쳐 앉았다.

"쭝씨 일가는 급하면 뭐든 할 사람들이에요. 착해 빠진 쭝잉이 기증 신청서에 사인이라도 하면 그 사람들이 의사와 짜고 일부러 수술을 잘못할 수도 있어요. 쭝잉을 막아야 해요. 깨면 잘 타일러야겠어요."

"막아도 소용없을지 모르겠습니다."

그 말에 쉐쉬안칭은 깜짝 놀라 고개를 돌려 성청랑을 쳐다봤다.

성청랑이 서류 가방에서 얇고 작은 책자를 하나 꺼냈다. 하얀 표지에 국가 휘장과 출판사 이름이 인쇄되어 있고, 중간에 붉은 글씨로 '인체 장기이식 조례'라고 쓰여 있었다.

"쭝 선생 책장에서 찾은 겁니다. 현행 조례의 제8조에 따르면······."

성청랑이 그 페이지를 펼쳐 관련 조례를 가리켰다.

"공민이 생전에 본인의 인체 장기기증에 동의하지 않는다는 의사를 표시하지 않은 경우, 해당 공민이 사망한 뒤 그의 배우자, 성년 자녀, 부모는 서면 형식으로 해당 공민의 신체 장기기증에 동의할 수 있다."

성청랑이 '동의하지 않는다는 의사를 표시하지 않은 경우'

236

를 가리키며 말했다.

"이 말은 쭝 선생이 기증 신청서에 사인하지 않아도 동의하지 않는다는 의사를 표시하지 않으면 그녀의 부친이 장기기증을 동의할 권리가 있다는 겁니다."

여기까지 말한 성청랑은 저도 모르게 입술을 깨물었고 얼굴 근육도 굳었다.

쉐쉬안칭은 책자를 빼앗아 머리를 박고 처음부터 끝까지 읽더니 무릎을 탁 쳤다.

"쭝잉 아버지가 동의하면 사인 안 해도 기증할 수 있다고요? 이걸 그 빌어먹을 노친네가 알면 큰일이잖아요?!"

"하지만……."

성청랑이 말했다.

"동의하지 않는다고 명확하게 밝히면 됩니다. 가령 서면 형식으로 거절하면 그 누구도 기증하거나 장기를 적출할 권리가 없습니다."

쉐쉬안칭이 벌떡 일어나 손을 뻗으며 물었다.

"종이랑 펜 있어요? 쭝잉 깨면 바로 쓰라고 하게요."

성청랑이 종이와 펜을 꺼내기도 전에 쉐쉬안칭은 생각을 바꾸었다.

"아니다. 쭝잉 성격에 쉽게 안 쓸 거예요. 쭝잉에게 하라고 할 것도 없이 그냥 그 노친네가 그딴 생각을 아예 못 하도록 하면 되죠."

며칠 동안 피곤했지만, 이 순간 쉐쉬안칭은 정신이 번쩍 들었다. 이런 일은 빨리 처리할수록 좋았다. 성칭랑이 더 말하기 전에 "쭝잉 좀 잘 보고 있어요"라는 말만 남기고 엘리베이터로 뛰어가더니 병원을 빠져나갔다.

어두운 밤, 성칭랑은 병실에서 깊은 잠에 빠진 쭝잉 옆을 지키며 창밖에 드문드문 켜진 불빛을 봤다. 건물 아래에서 가끔 구급차 소리가 들렸다. 문득 평화로운 시대에 사는 사람들도 마찬가지로 다양한 '전쟁'을 치르고 있다는 생각이 들었다. 이 거대한 도시는 '무대'이자 '전쟁터'였다.

쉐쉬안칭은 저녁 내내 바쁘게 뛰어다니다 밤의 장막이 걷힐 때쯤에야 병원으로 돌아왔다. 그녀는 한달음에 달려 들어와 성칭랑에게 종이 한 장을 내밀며 물었다.

"어때요? 쭝잉의 글씨체와 똑같죠?"

성칭랑은 쭝잉이 깰까 봐 종이를 들고 병실 밖으로 나갔다.

'본인은 장기기증에 동의하지 않습니다'라는 의사를 밝힌 공증서로 글자 하나하나가 진짜 같았고 서명은 더 비슷했다.

쉐쉬안칭은 기다릴 여유가 없었다.

"이건 쭝잉네 집안사람들에게 보여주는 용도로만 쓸 거예요. 이걸 보여주면 악랄한 계획을 멈추고, 쭝잉의 수술을 놓고 음모를 꾸미지는 못하겠죠. 만약 수술이 정말, 정말 순조롭지 않다면……."

쉐쉬안칭은 이를 악물었다.

"정말 그렇게 된다면 쭝잉의 뜻을 따라야겠죠. 이 서류도 존재하지 않은 게 될 거고요."

쉬쉬안칭은 서류를 들고 가다가 성추스와 마주쳤다.

"오늘 쭝잉 큰고모 왔어요?"

"쭝위가 아직 위험한 상태라 가족이 모두 지키고 있어요. 방금 엘리베이터에서 쭝위 어머니를 만났고요."

성추스의 말에 쉬쉬안칭은 곧장 엘리베이터로 뛰어갔다. 엘리베이터 문이 닫히려는 순간, 성칭랑이 손을 뻗어 가로막더니 들어와 꼭대기 층을 눌렀다.

엘리베이터가 빠르게 올라갔다. 쉬쉬안칭은 얇은 종이를 꽉 쥐고 화를 끓어 올렸다.

쭝위의 병실에 가니 간병인만 있었다.

간병인은 쉬쉬안칭의 제복을 보고 질문에 사실대로 대답했다.

"방금 의사 선생님이 오셔서 두 분 다 진료실로 가셨어요."

두 분? 쉬쉬안칭은 쭝위 어머니와 큰고모를 떠올리고 몸을 휙 돌려 진료실로 성큼성큼 걸어갔다.

문은 꽉 닫혀 있었지만 안에서 이야기를 나누는 소리가 작게 들렸다.

"상황이 점점 나빠지고 있습니다. 적합한 심장이 없으니 마음의 준비를 하셔야 할 것 같습니다."

"다른 방법은, 다른 방법은 없어요?"

쭝위 어머니가 힘없는 목소리로 물었다.

"제가 드릴 수 있는 말씀은 다 드렸습니다. 죄송합니다."

"전혀 손쓸 수 없는 지경은 아니죠? 혹시 모르잖아요, 뜻밖의 좋은 소식이 있을지!"

큰고모가 재빨리 말했다.

"무슨 뜻밖의 좋은 소식이요?"

의사가 물었다.

성칭랑은 순간 숨을 깊이 들이마셨다. 저도 모르게 주먹을 꽉 쥐자 손등에 핏대가 불끈 솟아올랐다. 그 말에 쉬쉬안칭은 더 참지 않고 '탕탕탕' 문을 두드렸다. "들어오세요"라는 의사의 말이 떨어지기가 무섭게 쉬쉬안칭이 문을 박차고 들어갔다.

세 사람의 쏟아지는 눈길을 받으며 쉬쉬안칭은 곧장 큰고모에게 다가가 최대한 이성적으로 보이려고 애쓰며 말했다.

"뜻밖의 좋은 소식이라고요? 어쩐지 새벽 댓바람부터 달려와 쫑잉에게 장기기증 서류에 사인했냐고 묻더니, 여기 심장이식이 급한 사람이 있었군요? 내가 분명하게 말하는데, 그렇게 애쓸 필요 없어요."

쉬쉬안칭이 종이를 탁자에 올려놓고 관련 조례를 한 글자도 빠짐없이 읊었다.

"공민이 생전에 본인의 인체 장기기증에 동의하지 않는다는 의사를 밝히면, 어떤 기관이나 개인도 해당 공민의 신체 장기를 기증, 적출할 수 없다. 공민이 생전에 본인의 장기기증에 동의하지 않았는데 해당 공민의 장기를 적출할 경우, 범죄가 성립되며 법에 의거 형사 책임을 묻는다. 그러니까 눈 크게 뜨고 자세히 보세요. 똑바로 보라고요. 이게 쫑잉의 뜻이에요! 지금

하는 그 더러운 생각, 그만두라고요!"

큰고모는 놀란 듯하더니 바로 반격에 나섰다.

"계속 우리 집안일에 끼어드는데, 당신이 뭔데?!"

쉐쉬안칭은 가슴을 들썩거리며 큰고모를 똑바로 쳐다보고 한 자 한 자 씹듯이 대답했다.

"내가 아무것도 아니라고 해도 내 눈에 쭝잉은 살아 숨 쉬는 사람인데, 당신 눈에는? 당신 눈에는 뭐야?! 그냥 뛰고 있는 심장이야?"

쉐쉬안칭은 몸을 돌려 싸늘한 눈빛으로 쭝위 어머니의 얼굴을 훑어보며 일갈했다.

"백 번 아니 천 번을 양보해서, 쭝잉이 정말 운이 없다고 해도, 내가 장담하는데 당신들이 쭝잉의 몸에 손가락 하나 못 대도록 내가 필사적으로 막을 거야."

의사는 책상 뒤에서 숨을 죽인 채 앉아 있었다. 큰고모가 눈을 번쩍이더니 탁자에 놓인 종이를 집어 쫙쫙 찢었다.

"마음껏 찢어요. 복사본 또 있으니까. 이게 진짜인지 못 믿겠다면 필적 감정이라도 해보시던가."

쉐쉬안칭은 고개를 숙여 시계를 보고 성큼성큼 걸어가 문을 벌컥 열고 나갔다.

시간은 벌써 6시가 넘어 복도에 성청랑의 모습이 사라진 지 오래였다.

반면 진료실 안에는 죽은 듯한 적막이 흘렀다.

쭝위 어머니는 큰고모의 손에서 서류를 빼앗았다. 연약하고 무해해 보였던 얼굴에 조금씩 노기가 올라오더니 새하얘지면서 서류를 구겼다.

쭝위 어머니는 큰고모를 노려보며 구긴 종이를 던졌다.

"그런 말을 왜 했어요? 왜 가서 물어봤어요?!"

쭝위 어머니는 온 힘을 다해 소리쳤다. 그러자 피가 급격히 머리로 몰려 손발에 산소가 부족해졌는지 마비가 되어 휘청거렸다.

종이 뭉치에 맞고 원망의 소리를 들으니 큰고모는 섭섭한 마음이 극에 달했다.

"내가 뭘? 내가 나 좋자고 그랬어? 왜 나한테 화를 내?!"

큰고모가 눈을 부릅뜨며 소리쳤다.

쭝위 어머니는 정신을 차리고 귀 옆으로 쏟아진 머리칼을 정리했다. 떨리는 차가운 손으로 다급하게 머리칼을 여러 번 쓸어 올리고 나서야 머리칼이 전부 귀 뒤로 넘어갔다. 이성을 최대한 끌어모았으나 잘되지 않았다. 여전히 들썩거리는 가슴을 부여잡고 화와 불안을 겨우 누르며 애써 침착하게 말했다.

"제 말은…… 왜 아픈 애한테 가서서 신경 쓰게 했냐는 거죠."

조금 누그러진 표정에, 말투도 예전의 평화로운 상태로 거의 돌아왔다.

큰고모는 화가 나고 분했다. 그녀는 오래전에 이혼했다. 아들은 애 아버지에게 가도록 판결이 났고, 애 아버지는 해외로 이민 간 뒤 새 가정을 꾸렸다. 그 뒤로 이십 년, 연락이 조금씩 뜸해지더니 지난해 결혼한 아들은 결혼식에조차 그녀를 초대하지 않았다. 중년의 나이에 성격도 괴팍하니 친구라고는 돈을 보고 접근하는 사람뿐이었다. 일할 필요도 없고 할 일도 없어 동생네 일을 자기 일처럼 여겼다. 그렇지만 아무리 마음을 써 줘도 그들 눈에 그녀는 그저 '해주고도 좋은 소리 못 듣는' 외부인에 불과했다.

큰고모는 너무 화가 나 장소도 가리지 않고 따지기 시작했다.

"말 참 재밌게 하네. 나만 나쁜 사람 같잖아! 자네는 정말 그런 생각 안 했어?!"

쭝위 어머니는 당황한 표정으로 책상 뒤에서 말없이 앉아 있는 의사를 힐끗 보고 종이 뭉치를 주우며 "그만 하세요" 하고 말한 뒤, 종이 뭉치를 꽉 쥐고 총총히 나갔다.

밖으로 나온 쭝위 어머니를 기다리고 있는 것은 문 앞을 지키고 있던 쉐쉬안칭이었다.

쭝위 어머니가 고개를 들자, 쉐쉬안칭이 눈을 내리깔아 두 사람은 눈이 마주쳤다. 한쪽은 당황하고 한쪽은 싸늘했다.

쉐쉬안칭은 쭝위 어머니가 손에 쥔 종이 뭉치를 보고 방금 안에서 히스테릭하게 외쳤던 "그런 말을 왜 했어요? 왜 가서 물어봤어요?!"라는 말이 떠올라 차갑게 웃으며 의미심장하게 말했다.

"'토끼'도 다급하니 사람을 무네요. 그냥 의사를 표현한 서류만 보여줬는데 그런 태도를 보이시나? 아, 내가 다 된 밥에

재를 뿌린 건가?"

목소리를 높이지는 않았지만 한 마디 한 마디에 가시가 돋쳐 있었다.

쭝위 어머니는 침착한 척하며 고개를 떨구고 머리를 만졌다.

"비켜주세요."

쉐쉬안칭이 길을 비켜주자, 쭝위 어머니가 빠른 걸음으로 쭝위의 병실로 돌아갔다.

곧이어 큰고모가 나왔다. 쉐쉬안칭이 몇 걸음 떨어진 곳에 서서 냉소를 날렸다.

"마음을 그렇게 나쁘게 쓰면 벌받습니다. 조심하세요."

쉐쉬안칭의 난폭한 일면을 본 큰고모는 대꾸해 봐야 손해라고 느꼈는지 고개를 획 돌려 째려보더니 한마디도 못 하고 엘리베이터 쪽으로 성큼성큼 걸어갔다.

9월 말이라 6시가 돼서야 해가 떴다. 구름이 많아 날이 더 늦게 밝는 것 같았다. 쭝잉의 병실로 돌아와 커튼을 여니 밖은 여전히 흐렸다.

쉐쉬안칭은 바지 주머니에 두 손을 꽂고 병원 아래에서 사람들이 오가는 모습을 멍하니 봤다.

"방금 내려왔어?"

쉐쉬안칭이 퍼뜩 정신을 차리고 고개를 돌려 쭝잉을 쳐다봤다.

"깜짝이야. 언제 깼어? 내가 위에 간 건 어떻게 알았어?"

쭝잉이 자세를 고쳐 앉으며 쉐쉬안칭을 쳐다봤다.

"방금 성 선배가 와서 네가 큰고모 봤냐고 물었다던데."

쉐쉬안칭은 성추스가 말이 참 많다고 생각하며 설명했다.

"경고하러 갔어. 너 귀찮게 하지 말라고."

쉐쉬안칭의 얼굴은 장기간 밤샘 근무로 어둡고 까칠했고 머리칼에는 기름기가 잔뜩 끼어 있었다. 쭝잉은 쉐쉬안칭을 한참 동안 쳐다봤다.

"쉬안칭, 고마워."

"갑자기 남처럼 왜 이래? 사람 무섭게."

쉐쉬안칭은 침대 옆으로 다가가 불을 끄고 스테인리스 주전자를 가져와 종이컵에 물을 가득 따라 마시며 말했다.

"다 꼴 보기 싫어. 자기 것도 아닌데 달려드는 꼴이라니. 특히 큰고모, 웬 오지랖? 자기 자식에게 못 하니 남의 집 일에 참견하는 건가. 아, 진짜."

불평을 다 하고 물도 다 마시자 쉐쉬안칭은 종이컵을 거칠게 내려놓았다.

"화딱지가 나서 원."

그때 휴대전화가 울렸다. 쉐쉬안칭은 병실 밖으로 나가 전화를 받았다.

"응, 그 사건은 내가……."

쉐쉬안칭의 말에 쭝잉은 엄마가 세상을 떠나자 유산을 놓고 다퉜던 모습들이 떠올랐다.

'자기 것도 아닌데 달려드는' 상황을 쭝잉은 이미 예전에 경험했다.

그때는 아주 혐오스러웠다면 지금은 실망스럽고 마음이 아팠다.

쉬쉬안칭은 전화를 끊고 돌아와 시원시원하게 말했다.

"나 일이 있어서 가봐야 하는데 갔다가 바로 올게. 넌 휴가라고 생각하고 잠이나 보충해. 마음 푹 놓고 쉬어. 누가 또 귀찮게 하면 내가 당장 달려가 패줄게."

쉬쉬안칭은 급한 일로 가봐야 하면서도 쭝잉을 다독이는 것을 잊지 않았다. 세상에는 가식적인 모습으로 자기가 필요한 것만 챙겨가는 사람은 많아도 진심으로 걱정해 주고 상대가 잘되길 바라는 사람은 드물었다.

그래서 쭝잉은 이 인연이 아주 소중했다. 쉬쉬안칭이 문을 닫고 나간 뒤에도 쭝잉은 문 쪽을 한참 바라보다가 탁자 위에 놓인 활짝 핀 해바라기로 시선을 옮겼다. 어젯밤 성청랑이 가져온 것이었다.

하루하루 시간이 지나고 병원에 있는 날이 길어지자 전공의 시절로 돌아간 것 같은 기분이 들었다. 마시는 공기에서는 소독약 냄새가 났고, 밖에서는 구급차 소리가 간간이 들려왔다.

9월 말의 상하이는 쓸쓸한 기운이 감돌았지만, 다행히 국경절* 장기 연휴가 있어 계속되는 비도 그다지 싫지 않았다.

반면 칠십여 년 전의 상하이는 전쟁이 점점 처참해졌다. 부

---

* 중국의 건국일로, 1949년 9월 중국인민정치협상회의 제1차 전체 회의에서 매년 10월 1일을 국경절로 지정했다. 10월 1일부터 칠 일 동안 쉰다.

두와 정류장이 폭격을 당해 내륙 이전의 길이 더 험난해졌다. 그러나 공장이 적의 손에 넘어가는 것을 막으려면 무리해서라도 진행해야 했다.

성칭랑은 부두와 교외에 있는 공장을 바쁘게 오갔고, 잡다한 일도 처리하느라 정신이 없었다. 며칠 전 깊은 밤, 쭝잉은 성칭랑이 먼 곳에서 오느라 힘들까 봐 걱정스러웠는지 "매일 올 필요 없어요. 병원에 있으면 안전해요"라고 말했다.

그날 밤 이후 쭝잉은 성칭랑을 보지 못했다. 그 대신 침대맡 협탁에 옛날 신문에 싸인 해바라기가 놓이기 시작했다.

어느 날 새벽, 약을 주러 온 오전반 간호사가 협탁에 놓인 꽃을 보며 말했다.

"어머, 이 해바라기는 물에 안 꽂아놔도 안 시드네요."

"안 시들긴요. 그 구식 선생이 매일 밤 바꿔주잖아요. 새벽 3시에 올 때도 있고 4~5시에 올 때도 있어요. 해바라기를 놓고 스테이션에서 꼭 상태를 묻고 가더라고요. 저도 세 번이나 봤어요."

옆에 있던 인턴이 말했다.

쭝잉이 약을 삼키며 인턴을 쳐다봤다.

"물어보고 바로 가요?"

"네. 늘 바빠 보였어요. 모르셨어요? 어쩐지, 그분이 오실 때 환자분은 늘 자고 있었어요."

인턴이 대답하고 더 물었다.

"그분은 누구예요?"

쭝잉은 손을 뻗어 해바라기를 가져와 포장지로 쓴 신문을 살짝 폈다. 『North China Daily News(노스 차이나 데일리 뉴스)』, 'Shanghai, Wednesday, September 29, 1937(상하이, 수요일, 9월 29일, 1937년)'이라고 인쇄돼 있었다.

성칭량이 있는 곳의 어제 날짜였다.

9월 말의 상하이는 연일 비가 내리는지 해바라기에서 습기가 묻어났다. 그래도 꽃잎이 풍성하고 아름다워 흐린 날씨에 신선한 생기를 더해주었다.

쭝잉은 신문으로 다시 해바라기를 싸며 대답했다.

"중요한 사람이에요."

9월의 마지막 날, 상하이에는 계속 비가 내렸고 저녁까지 그치지 않았다.

장기 연휴를 앞둔 도시는 평소보다 교통체증이 더 심했다. 창밖의 네온사인이 빗물에 울긋불긋 흐릿하게 빛났다. 쭝잉은 커튼을 걷고 카디건을 걸치고 병실을 나왔다.

쭝잉은 성추스에게 외부망에 연결되는 노트북을 빌려 메일에 접속해 쉐쉬안칭이 며칠 전 보내준 엄마의 추락 사고 자료를 다운로드받아 자세히 읽기 위해 인쇄했다.

병실 복도에서 식사를 데우는 냄새가 났다. 자료를 보며 걸어가는데 뒤에서 누군가 어깨를 쳤다. 고개를 휙 돌리니 간병인 복장을 한 중년 여인이었다. 낯이 익은 게 어디서 본 것 같았다.

상대가 미간을 약간 좁히며 말했다.

"저 기억하세요? 쭝위의 간병인입니다."

"네⋯⋯. 그런데 무슨 일이시죠?"

쭝잉이 경계하며 몸을 돌렸다.

"쭝위가 누나를 보고 싶어 해요."

"저를요?"

"네, 병실에 아무도 없는 사이에 불러달라고 제게 특별히 부탁했어요."

쭝위가 자신을 보자고 한 것이 처음은 아니었지만, 이번에는 '특별히' 부탁을 했다는 게 저번과는 달랐다.

쭝잉이 놀라는 모습에 간병인이 재촉하듯 말했다.

"지금 병실에 아무도 없어요. 싱 여사님은 방금 나가서 한 시간 안에는 안 돌아올 거예요."

쭝잉은 잠시 고민하다가 자료를 손에 말아 쥐고 올라가 보기로 했다.

가는 길에 간병인이 쭝위의 상태를 대충 설명해 주었다.

"며칠 전에는 거의 죽을 뻔했는데 오늘은 조금 나아졌어요. 그래도 기계에 의지하고 있어서 말은 많이 못해요."

병원의 전등은 온통 백색이라 온기라고는 전혀 느껴지지 않았다. 쭝위의 병실에 도착해 침대맡의 작은 등을 켜자 온기가 조금 감돌았다.

쭝잉은 침대 옆에 앉았다. 병실에는 쭝잉과 쭝위뿐이었다.

소년의 안색은 전보다 더 창백했고 산소호흡기로 숨을 쉴 때마다 가슴이 힘겹게 들썩거렸다.

병실에는 커튼이 쳐져 있었다. 비가 그쳐 쭝잉이 커튼을 열려고 일어나자 쭝위가 눈을 떴다.

눈꺼풀이 천근처럼 무거운지 힘겹게 뜬 두 눈이 어두웠다.

"누나."

산소호흡기를 쓴 쭝위가 낮고 갈라진 목소리로 쭝잉을 불렀다.

쭝잉은 활력징후 모니터를 봤다. 파동이 있긴 했지만 안정적인 편이었다. 쭝잉은 따뜻한 물을 따르며 물었다.

"물 좀 마실래?"

쭝위의 시선이 물컵에서 쭝잉의 얼굴로 옮겨지더니 고개를 저었다.

너무 오랜만에 보는 것이고, 평소에도 거의 연락을 하지 않아 두 사람은 조금 어색했다.

"누나도 입원했네."

쭝위가 먼저 입을 열었다. 느리고 뚜렷하지 않았다.

"누나도 수술한다며."

"응."

한마디씩 하자 또 침묵이 감돌았다.

쭝위는 살짝 눈을 감았다가 잠시 뒤 눈을 뜨고 입을 달싹거렸지만 목소리가 나오지 않았다.

주삿바늘이 꽂힌 손등에는 혈색이 전혀 없었다. 쭝위가 갑자기 얇은 이불 속 손가락을 꼼지락거리며 뭔가를 찾았다. 쭝위의 손길을 따라 시선을 옮기니 휴대전화가 삐죽 튀어나왔다.

액정이 깨져 있었다. 분명 터널 사고 현장에서 가져온 것이리라. 다행히 전체가 파손되진 않았는지, 쭝위가 손가락으로 전원 버튼을 길게 누르자 화면에 불이 들어왔다.

쭝위가 '녹음 목록'을 찾아 손가락으로 몇 번 톡톡 건드리자 화면이 튀어나왔다.

녹음 화면과 녹음 파일 목록이 순서대로 나열되어 있었다. 최신 녹음인 '새 녹음 28'의 날짜는 2015년 9월 19일로 길이는 1분 15초였다.

쭝위가 휴대전화를 쭝잉에게 건넸다.

쭝잉은 휴대전화를 받아 들고 녹음 파일을 재생해 귀에 갖다 댔다. 또렷하게 들리지는 않았지만 문밖에서 남녀가 대화하는 것 같았다.

여성의 목소리가 낮이 익었다. 쭝위의 어머니였다. 남성의 목소리도 낯설지 않았다. 적어도 네 번은 들은 목소리였다. 한 번은 전화로, 한 번은 위산의 타운하우스에서, 한 번은 차 안에서, 마지막 한 번은 싱쉐이의 서재에서.

쭝잉은 입술을 깨물며 들었다. 선 비서가 말했다.

"선생께서 모래사장에서 바늘을 찾는 것보다 눈앞에서 찾는 게 더 쉽지 않겠냐고 말씀하셨습니다."

사라락 종이 넘기는 소리가 들렸다.

"이건 쭝잉의 7월 검사 보고서입니다. 수술을 꼭 받아야 하는 상태입니다. 수술 성공 여부와 상관없이 그녀의 심장은 쭝위 겁니다. 혈액형도 딱 맞고요. 당신이 해야 할 일은 기다리는 것뿐입니다."

맞은편에 있는 가습기에서 뿜어대는 수증기에 쫑잉은 서늘함을 느꼈다.

쫑잉은 휴대전화를 툭 떨구고 몸을 앞으로 기울여 가습기를 끄며 손에 들고 있던 엄마의 감정 보고서를 꽉 쥐었다.

실내에는 의료기기가 내는 작은 소리만 들렸고, 쫑잉은 자신의 심장이 격렬하게 뛰는 소리가 들리는 것 같았다.

갑자기 차가운 손이 쫑잉의 손가락을 쥐었다. 정신이 퍼뜩 드는 순간, 쫑위가 손을 툭 떨구며 쫑잉에게 향했던 시선을 창문 쪽에 있는 낮은 수납장으로 옮겼다. 쫑잉이 쫑위의 시선을 따라갔다.

"책가방."

쫑위가 힘겹게 말했다.

쫑잉은 수납장으로 다가가 커튼을 걷고 허리를 숙여 수납장 문을 열었다. 여행 가방이 여러 개 있는 것으로 보아 쫑위 어머니가 여기서 거의 살다시피 하는 것 같았다.

쫑잉은 여행 가방 틈에서 쫑위의 책가방을 찾았다. 혈흔이 묻어 있는 게 사고 현장에서 찾아온 것 같았다.

침대 옆으로 다가가 책가방을 건네자, 쫑위가 고개를 젓더니 갈라진 목소리로 괴로운 듯 말했다.

"열어, 열어……."

쫑잉이 지퍼를 잡아당기자 지지직 소리와 함께 가방이 열리면서 엉망이 된 시험지 뭉치와 수학책, 물리책이 보였다.

바로 그때 쭝위가 쭝잉을 향해 손을 뻗었다. 쭝잉이 순서대로 책 두 권을 건넸지만 받지 않다가 시험지 뭉치를 건네자 받아 들었다.

쭝위는 시험지 뭉치에서 뭔가를 찾으려는지 일어나 앉으려고 했지만, 몸 상태는 그런 작은 움직임마저 허락하지 않아 그냥 누워서 다급하게 시험지 뭉치를 넘겼다. 옆에 있는 활력징후 모니터의 숫자가 불안정하게 요동쳤다.

쭝잉은 모니터에 신경을 쓰면서 물었다.

"뭐 찾아? 내가 찾아줄게."

쭝잉의 말이 떨어지기가 무섭게 쭝위는 시험지 뭉치 속에서 마침내 빛바랜 종이를 찾아 떨리는 손으로 꺼냈다.

세월의 흔적이 담긴 빛바랜 종이에 피가 묻어 있었다.

종이에는 실험 데이터와 보고서가 인쇄되어 있었다. 하얀 종이에 검은 글자, 도표와 모형 사이에 엄마 옌만의 글씨가 드문드문 적혀 있었다.

옌만은 숫자에 동그라미를 치고 옆에 작은 글씨로 이상하다는 의견을 적어놓았다.

쭝위가 건넨 종이를 받은 쭝잉은 엄마의 사고 감정 보고서에서 본 '현장 혈흔이 훼손된 흔적이 있다'라는 기록이 생각났다. 종이에서 피 냄새가 나는 것 같았다. 이 종이는 추락 현장에 있었지만, 경찰이 오기 전에 누군가 주워 간 것이었다.

엄마의 사인은 추락으로 인한 과다 출혈이었다. 추락했을 때 바로 구조돼 응급실로 갔으면 살 수 있었을지도 몰랐다. 그러나 그들은 이 종이를 챙겨 갈 정신은 있어도 구급대에 전화할 생각은 하지 않았다.

그때 병실 문이 열렸다.

순간 쭝잉의 심장이 미친 듯이 뛰고 척추가 팽팽하게 긴장됐다.

쭝잉은 침대 위에 널린 시험지 뭉치와 피 묻은 서류를 허둥지둥 챙겼다.

"누구세요?"

등 뒤에서 돌연 누군가 물었다.

고개를 돌리니 의사였다. 미친 듯이 뛰던 심장이 그제야 제박자로 돌아왔다. 그러나 갑작스러운 소리에 놀라 얼굴은 창백해지고 얇은 입술에는 혈색이 사라졌으며, 책가방을 챙기는 손은 미세하게 떨렸다.

쭝잉이 휴대전화를 이불 속으로 밀어 넣자 쭝위가 막았다.

"쭝위 누나입니다."

쭝잉이 의사에게 말했다.

의사가 모니터를 힐끔 보고 눈썹을 뾰족하게 세우며 환자복을 입은 쭝잉에게 눈길을 돌렸다. 순간 얼마 전 진료실에서 발생했던 충돌이 떠올랐다.

"당신이 누나예요? 무슨 말을 했길래 환자가 이렇게 흥분 상태가 됐어요?"

의사는 다시 모니터를 보더니 불만스러운 말투로 질책했다.

"절대 안정해야 하는데 이렇게 흥분하게 만들면 안 되죠."

쭝잉은 고개를 끄덕이며 "알겠습니다" 하고 말했다.

쭝위는 호흡이 가빠지는 상황에서도 쭝잉이 들고 있는 책가방에서 시선을 떼지 않았다. 산소호흡기를 사이에 두고 쭝위가 힘겹게 입을 움직여 한마디를 반복했다.

"가져……가요."

쭝위를 쳐다보자 모니터에서 '띠띠띠' 경고음이 울렸다. 의사가 쭝잉을 제치고 쭝위에게 더 다가갔고, 경고음 소리에 간호사들이 뛰어 들어왔다. 그중 한 명이 쭝잉을 문밖으로 밀어냈다.

문 안에 있는 쭝위는 생사가 오락가락하는데 문밖의 쭝잉은 한 손에는 무거운 가방을, 다른 한 손에는 배터리가 거의 다 소진된 액정이 부서진 휴대전화를 들고 서 있었다.

VIP 병동 복도에는 이상할 만큼 정적이 흘렀다. 그때 복도 끝에서 '타다닥' 하는 다급한 발소리가 들렸다. 간병인이었다. 간병인이 돌아왔지만 별 도움이 안 돼 문밖에서 기다리는 수밖에 없었다.

쭝잉은 고개를 들어 복도에 걸린 전자시계를 봤다. 저녁 7시 30분, 이곳에 온 지 사십여 분이 지났다.

쭝잉은 말없이 닫힌 병실 문을 노려봤다. 십 분이 지나도 의사는 나오지 않았다. 간병인이 쭝잉을 보며 조심스럽게 말을 걸었다.

"쭝위 어머니 오실 시간 다 됐어요."

쭝잉은 불안해 휴대전화를 꽉 쥐었다. 조금 망설이다가 결국 빠른 걸음으로 엘리베이터 앞으로 갔다. 엘리베이터의 숫자가 14층에서 바로 19층을 지나 20층으로 올라오는 것을 보고 몸을 돌려 계단으로 내려갔다.

오 초 뒤, 쭝위 어머니가 엘리베이터에서 내렸다.

쭝잉은 책가방을 들고 비상구를 따라 곧장 1층까지 내려갔다. 다 내려왔을 때는 호흡이 가쁘고 뇌에 산소가 부족한 느낌이 들면서 손에 든 책가방이 더 무겁게 느껴졌다.

병원 밖으로 나오자 가로등에 불이 들어와 있었고, 소나기가 막 그친 초가을의 저녁 바람이 거세게 불었다.

쭝잉은 아파트로 돌아왔다.

며칠 동안 집에 아무도 없어 창문을 닫아놨더니, 현관문을 열고 들어가자 오래 묵어 답답한 냄새가 훅 밀려왔다.

실내등을 몇 개 켜고 발코니로 향하는 창을 여니 그제야 숨통이 조금 트였다.

쭝잉은 책장에서 엄마가 생전에 사용한 마지막 다이어리와 싱쉐이의 타운하우스에서 가져온 업무 일지를 들고 소파에 앉았다. 그리고 책가방에서 꺼낸 피 묻은 보고서와 쭝위의 휴대전화를 탁자 위에 놓았다.

밖에는 가을바람이 강하게 불었고, 실내에는 '째깍째깍' 시계 소리만 들렸다.

쭝잉은 두 손을 맞잡고 소파에 앉아 생각에 잠겼다. 마음을 가라앉히고 손을 뻗어 휴대전화를 다시 켜서 그 녹음 파일을 재생했다.

"선생님께서…… 수술의 성공 여부와 상관없이…… 당신이 해야 할 일은 기다리는 것뿐입니다."

이 말을 한 사람은 선 비서다. 그가 말하는 선생님은 신시 지분 경쟁에 뛰어든 뤄첸밍이다.

인터넷에서 삭제된 댓글, 어메이산 풍경지구 입장권과 부적만으로도 뤄첸밍과 쭝위 어머니 사이에 모종의 관계가 있다는 것을 알 수 있었다.

계속 듣다 보니 선 비서가 매우 의미심장한 말을 했다.

"쭝위 수술은 안심하세요. 선생님은 신의를 지키는 사람이고, 쭝칭린은 모험을 하는 사람이 아니니까요. 선생께서 승낙하셨으니 반드시 도와주실 겁니다."

마지막에 그는 "싱쉐이가 가진 2.6퍼센트 주식 처리 상황"을 물었고, "싱쉐이의 유품을 빨리 정리하세요. 선생께서 하루빨리 처리하시길 바랍니다"라고 당부했다.

후반부에 선 비서가 한 말로 미루어봤을 때, 뤄첸밍과 쭝위 어머니의 관계는 거래에 더 가까워 보였다.

뤄첸밍의 카드는 쭝위에게 적합한 심장을 찾아주는 것이고, 거래 조건은 싱쉐이의 주식과 유품이었다.

여기서 두 가지 의문점이 들었다. 첫째, 쭝위의 수술에 왜 외부인을 끌어들였을까? 둘째, 뤄첸밍은 주식 외에 왜 싱쉐이의 유품도 원했을까?

쭝위는 이식이 시급했지만 적합한 심장이 나타나지 않았다.

상황이 급하니 쭝위 어머니가 '불법적인 채널'을 통해 장기를 얻으려고 한 것일까?

선 비서가 "모래사장에서 바늘을 찾는 것보다 눈앞에서 찾는 게 더 쉽다"라고 한 말은 그들이 쭝잉의 심장에 눈독을 들이기 전에 다른 루트를 통해 적합한 장기를 찾으려고 했다는 것을 뜻했다.

그러나 "쭝칭린은 모험을 하는 사람이 아니다"라는 말의 뜻은 쭝칭린이 '불법 루트를 통해 심장을 얻는' 방법을 거절했기 때문에 쭝위 어머니가 뤼첸밍에게 도움을 청한 게 아닐까?

도움을 청하면 대가가 따르는 법. 덕분에 뤼첸밍은 당당하게 자신의 조건, 즉 싱쉐이의 주식과 유품을 요구한 것이다.

주식은 신시 지분 경쟁에서 우위를 점하려는 것이라면, 유품은 증거를 인멸하려는 목적이 클 것이다.

싱쉐이의 집에 침입한 것이나 그 집에 불이 난 것 모두 한 가지 사실을 증명한다. 싱쉐이의 유품 속에 뤼첸밍이 원하는 물건이 있고, 그 물건을 찾으려는 이유는 인멸하기 위해서다.

뤼첸밍이 찾으려던 게 이것일까?

쭝잉은 탁자 위에 놓인 피 묻은 보고서를 들어 한 장 한 장 읽어 내려갔다.

보고서 중 일부인 듯했다. 신약 출시의 안전성 평가 테스트에 관한 내용으로, 엄마가 의문스러운 곳에 표시하고 의견을 달아놓았다. 그중에 "이 보고서의 수치는 왜 내가 가진 실제 데이터 수치와 차이가 날까?"라는 말이 있었다.

어떤 숫자에는 동그라미가 쳐 있고 "주의: 고의적인 왜곡은 크든 작든 모두 조작이다"라는 의견이 달려 있었다.

보고서 마지막 장에 인쇄된 날짜는 엄마가 세상을 떠나기 전날인 9월 13일이었다.

보고서 작성자는 싱쉐이, 1차 검토자는 뤼첸밍이었다.

어둑한 불빛 아래 비친 커다란 혈흔은 이 보고서가 엄마의 추락 현장에 있었다는 것을 말해주었다.

엄마는 왜 이 보고서를 들고 추락했을까? 그 자리에는 엄마와 싱쉐이 외에 분명 다른 사람이 더 있었다. 바로 뤼첸밍.

세 사람은 이 보고서 때문에 만났을까? 이 보고서 때문에 의견 충돌이 일어났을까? 의견 충돌로 인해 엄마가 추락했을까?

보고서는 엄마와 함께 떨어졌다. 관련 물건이 남는 것이 두려워서 싱쉐이와 뤼첸밍은 이 피 묻은 보고서를 가져간 것이다.

머릿속에서 현장 사진이 휙휙 지나갔다.

엄마의 시신, 넓게 퍼진 핏자국, 사고 장면들이 점점 또렷해지면서 그때의 소리가 들리고 냄새가 나는 것 같았다. 엄마가 떨어지는 순간, 손에 들고 있던 보고서가 허공에 흩어지면서 천천히 바닥으로 내려앉고 피가 스며들었다.

위에 있던 두 사람은 어쩌면 너무 놀라 허둥댔을 수도, 아니면 계획한 일이 이뤄져 매우 침착했을 수도 있었다. 어쨌든 그들은 아래로 뛰어 내려와 아직 숨을 쉬고 있던 엄마를 그대로 두고 보고서만 집어 현장을 떠났다.

주모자가 있었을까. 있다면 누구일까. 뤼첸밍 아니면 싱쉐이?

쭝잉은 손을 들어 이마를 짚고 눈을 감은 채 생각과 감정을 조절했다.

잠시 뒤, 쭝잉은 손을 뻗어 탁자 위에 놓인 싱쉐이의 업무 일지를 펼쳤다. 9월 14일에는 "오늘, 나는 양심을 버렸다"라는 글귀뿐이었다. 다른 정보는 더 없었지만 자간과 행간에서 괴로워하는 게 느껴졌다.

싱쉐이는 그날 이후 자책에 빠졌고, 뤼첸밍은 수단과 방법을 가리지 않고 증거를 없애려 했다. 직감적으로 쭝잉은 뤼첸밍이 사건의 주모자일 것이라고 생각했다.

이후 뤼첸밍과 싱쉐이의 관계는 어땠고, 싱쉐이의 죽음은…… 뤼첸밍과 관계가 있을까?

터널 사건은 정말 사고였을까? 차에서 발견된 마약은 누가 준 것일까? 뤼첸밍일 가능성은 없을까?

여기까지 생각이 미친 쭝잉은 벌떡 일어나 침실로 들어가 서랍에서 뤼첸밍이 보내온 소포를 찾았다.

나무 상자에서 봉투를 꺼내 뒤집자 사진이 쏟아졌다. 조심스럽게 한 장을 들어 전등에 대고 자세히 살폈다. 유광 재질의 사진에 온전한 지문 두세 개가 남아 있었다.

쭝잉이 사진을 증거물 봉투에 넣으려는데 집 전화가 울렸다. 순간 팽팽하게 당겨진 신경 줄이 툭 하고 끊어졌다.

쭝잉은 무의식적으로 관자놀이를 문지르며 전화기로 다가

가 전화를 받았다. 저쪽에서 쉐쉬안칭의 다급한 목소리가 들렸다.

"여보세요."

"응, 나야."

쭝잉의 대답에 쉐쉬안칭이 한숨을 푹 내쉬었다.

"집에 갔구나. 놀랐잖아. 휴대전화는 언제 수리할 거야. 연락이 안 되니 걱정이 이만저만이 아니라고."

쉐쉬안칭이 다다다다 쏟아내고는 잠시 멈추었다.

"갑자기 집에는 왜 갔어?"

"지금 시간 있어?"

쭝잉의 반문에 쉐쉬안칭은 이마로 내려온 머리칼을 쓸어 넘기며 "당연하지" 하고 대답했다.

"그럼 잠깐 올래? 너한테 줄 게 있어."

쭝잉은 탁자에 놓인 증거물을 힐끗 쳐다보며 말했다.

쉐쉬안칭은 십오 분 만에 숨을 헐떡이며 쭝잉의 집에 도착했다.

"밖에 바람이 장난 아니야!"

쉐쉬안칭은 구시렁대면서 쭝잉의 얼굴을 살피더니 헐떡이던 숨을 멈췄다.

"안색이 왜 그래? 뭐 나방이라도 나타난 거야? 아니면 그 노친네가 또 뭐라고 했어?"

"아니."

쭝잉이 소파 쪽으로 돌아가 말없이 앉았다.

쉐쉬안칭은 쭝잉을 따라갔다. 앉기도 전에 탁자에 놓인 증거물 봉투가 눈에 띄었다.

쉐쉬안칭이 멍한 채로 있자, 쭝잉이 담배를 건넸다.

쉐쉬안칭은 담배를 받아 들고 증거물 봉투를 가리켰다.

"이게 다 뭐야?"

쭝잉은 말없이 고개를 숙여 담배를 물었다. 세 모금 빨고 얼굴이 빨개지도록 맹렬하게 기침을 했다. 기침은 한참 뒤에야 멎었다.

"앉아, 다 말해줄게."

"담배나 꺼."

쉐쉬안칭이 눈을 내리깔며 경고했다.

쭝잉은 담배를 끄고 남은 반을 쓰레기통에 던졌다. 속으로는 분노와 고통이 극에 달했지만, 겉으로는 표현을 안 해 이상하리만큼 평온해 보였다.

증거물의 출처와 자신의 추론을 순서대로 말하는 목소리가 너무 차가워 쭝잉 자신도 이상할 정도였다.

마지막으로 선 비서와 쭝위 어머니의 녹음을 들려주자 쉐쉬안칭은 폭발했다.

"거봐, 예전부터 이럴 작정이었던 거야! 사람들이 어떻게 이렇게 악독할 수가 있어. 그런 엄마한테서 어떻게 그런 아들이 나왔을까?!"

쉐쉬안칭은 손에 쥔 담배를 우그러뜨리며 간신히 화를 가라앉혔다.

"쭝위가 갑자기 이것들을 건넨 건 뭔가 암시하려던 게 아닐까?"

경찰 조사를 받을 때, 쭝위는 일관되게 '사고로 인한 일시적 기억상실'이라고 대응했다. 이제 와서 이런 증거를 내준 건 정말 최근에야 기억이 돌아왔기 때문일까, 아니면 지금까지 감추다 갑자기 양심의 가책을 느껴서일까?

어쨌든 쭝위가 어떻게 이것을 갖고 있었을까?

특히 싱쉐이에게 있어야 할 보고서가 어떻게 쭝위의 책가방에 있는 것일까?

쉐쉬안칭은 입을 꾹 다물고 생각에 잠겼다. 쭝잉이 증거물 봉투를 내밀었다.

"터널 사고 현장에서 발견된 마약 봉투에 온전한 지문이 있었다면서? 이 사진은 뤼첸밍이 보낸 거야. 그 지문과 이 사진에 찍힌 지문이 일치하는지 대조해 줘."

"알았어."

쉐쉬안칭은 사진이 담긴 증거물 봉투를 받아 다른 증거물들과 함께 상자에 넣었다.

"최대한 빨리 처리할게."

쉐쉬안칭이 하는 양을 지켜보는데 시야가 잠깐 흐려졌다.

"엄마 사건과 터널 사고는 어쨌든 최종 결과가 나오겠지. 그때까지 내가 살아 있을지 모르겠지만……."

"무슨 소리야?"

쉐쉬안칭이 바로 말을 끊으며 쭝잉의 눈을 쳐다봤다.

"이건 네 어머니 일이야. 진실이 밝혀지면 네가 직접 어머니에게 가서 결과를 알려드려야지. 난 절대 대신 안 가."

"나도 그랬으면 좋겠다, 그랬으면 좋겠어."

쭝잉은 낮은 목소리로 말하며 시선을 돌렸다.

탁상시계가 9시 40분을 향하고 있었다.


이날 밤은 서늘했지만, 1937년의 상하이는 이상하리만큼 후텁지근했다.

성가 공장의 마지막 기계 설비가 포장을 마치고 밤을 틈타 쑤저우허를 통해 운반될 예정이었으나 부두가 폭격을 당했다.

적기가 요란하게 날아와 포탄을 떨어뜨렸다. 선적을 마친 배는 갈대숲으로 필사적으로 숨어들었지만, 미처 배에 오르지 못한 인부들은 그대로 폭격을 당했다. 그 자리에서 즉사한 동료를 본 인부들은 눈물을 줄줄 흘리며 이를 악물고 죽을힘을 다해 기계를 계속 배에 실을 수밖에 없었다.

마지막이다. 전장鎭江까지만 가면 기선으로 갈아타 창장長江강을 따라가면 잠시나마 안전한 내륙 지역에 도착할 것이다.

포탄 한 발이 수십 미터 앞에서 터졌다. 삼십 초 뒤, 성청랑과 함께 온 공장 책임자가 얼굴에 먼지와 눈물이 범벅된 채로 선적 목록을 품에 안고 성청랑에게 외쳤다.

"도련님! 거긴 너무 위험합니다! 그러다……."

폭발로 인한 흙먼지가 가라앉았지만 성청랑의 모습은 보이지 않았다.

쉐쉬안칭이 간 뒤, 쭝잉은 잠이 들었다.

밤새 잡다한 꿈을 꾸고 깨어나니 현관 등이 조용히 불을 밝히고 있었다. 쭝잉은 소파에서 일어나 앉아 곧바로 발코니로 향했다.

21호 태풍 '두쥐안'의 영향으로, 새벽이 왔어도 축축한 세상은 스산하고 추웠다.

온통 흐린 가운데 저 아래 사람 그림자가 보였다. 오랜만에 보는 그림자였다.

## 제15장

# 매실 맛 키스

마음이 통했는지 그 순간 성칭랑도 고개를 들어 쭝잉을 봤다.

아직 해가 뜨지 않은 어스름한 새벽에 쭝잉은 발코니에서 가랑비를 맞으며 실내의 전등 불빛을 등진 채 서 있었다.

삼십 미터 정도 거리를 두고 성칭랑이 가방에서 휴대전화를 꺼내 전화를 걸었다.

갑자기 거실에서 전화 소리가 울려 쭝잉은 정신을 차리고 안으로 들어가 전화를 받았다. 발코니에는 커튼만이 태풍에 휘날렸다.

"여보세요."

"접니다."

성칭랑이 고개를 들어 텅 빈 발코니를 올려다보며 말했다.

"당신 봤어요."

쭝잉이 익숙한 목소리를 들으며 대답했다.

"압니다……. 바람이 세서 밖에 있으면 감기 걸려요."

쭝잉은 발코니 쪽으로 고개를 돌렸다. 바람에 커튼이 춤을 추듯 펄럭였다. 확실히 춥긴 했다. 성칭랑은 이런 방법으로 쭝잉을 안으로 들어가게 했다.

"왜 지금 와요?"

쭝잉이 시선을 거두며 물었다.

성칭랑이 공용 현관으로 들어와 엘리베이터에 올랐다. 휴대전화 신호가 불안정해졌다.

"병원에 갔더니 없길래 여기로 왔습니다."

엘리베이터가 위로 올라갔다.

"며칠 못 본 동안 잘 지냈습니까?"

"잘 못 지냈어요."

쭝잉은 어젯밤 일을 떠올리며 사실대로 대답했다.

"몸이 안 좋은 겁니까, 아니면 다른 일이 있었던 겁니까?"

성칭랑이 다급하면서도 온화한 목소리로 물었다.

"몸은 그럭저럭 괜찮아요. 시간 맞춰 약도 먹고 휴식도 잘 취하고 있는 편이고요."

쭝잉은 슬쩍 질문의 핵심을 피하며 잠시 뜸을 들이다 물었다.

"당신은 어때요?"

지금 성칭랑은 꼴이 말이 아니었다. 머리부터 발끝까지 전부 다 젖은 상태였다. 태풍도 그의 몸에 묻은 화약과 먼지 냄새를 다 씻어주지 못했다.

"저도 그다지 좋지 않습니다. 너무 엉망이라 저 보고 놀라지
마세요."

성칭랑이 엘리베이터에서 나와 현관문 앞에 잠시 서 있다가
노크했다.

"저 도착했습니다."

쭝잉이 수화기를 내려놓고 재빨리 현관으로 갔다. 현관 등
이 입구를 비추었다. 문이 열리자 현관 등이 성칭랑의 얼굴도
비추었다.

성칭랑은 고개를 숙여 손목시계를 보고 다시 고개를 들어
쭝잉에게 말했다.

"우리 일 분 남았습니다."

일 분 동안 뭘 할 수 있을까? 쭝잉은 아무것도 하지 않고 성
칭랑의 옷깃만 뚫어지게 쳐다봤다.

성칭랑은 고개를 숙여 자신의 옷차림을 살피고는 어리둥절
하면서도 약간 민망한 듯이 물었다.

"제 모습에…… 놀랐습니까?"

성칭랑이 말을 끝내기가 무섭게 쭝잉이 성큼 다가갔다. 쭝
잉의 등 뒤로 문이 닫히고 '딸깍' 문이 잠겼다. 쭝잉이 손잡이
를 놓고 자연스럽게 앞으로 나와 성칭랑을 끌어안았다.

성칭랑의 어깨에 코를 묻자 축축한 화약 냄새가 났다. 얇은
셔츠 사이로 약간 낮은 체온이 느껴지고 심장 뛰는 소리가 들
렸다.

성칭랑은 놀라 어깨를 긴장했지만 이내 한 손을 뻗어 쭝잉을 감싸 안으면서 이성적으로 쭝잉을 인게웠다.

"십 초 남았습니다."

말은 그렇게 하면서도 성칭랑은 쭝잉을 안은 팔을 풀 수가 없었다.

쭝잉은 성칭랑의 시대로 가는 것도 괜찮다고 생각했다. 이곳에는 자신에게 살의를 품은 사람들이 있다. 조만간 그들은 자신이 쭝위와 접촉한 사실을 알게 될 것이다. 쭝잉은 진상이 밝혀지기 전에 잠시 이 소용돌이를 피하고 싶었다.

6시 정각, 1937년으로 돌아가는 것을 피할 수 없었다.

복도는 죽 끓이는 냄새로 가득했고, 라디오에서는 뉴스가 나왔다 끊겼다 했다. 문 앞에 앉아 있던 부인은 곁눈질로 엘리베이터를 보고 문득 성칭랑의 집 쪽으로 시선을 돌렸다가 텅 빈 복도에 갑자기 나타난 두 사람을 보고는 너무 놀라 눈을 파르르 떨면서 고개를 획 돌려 아이에게 "어서 집으로 들어가" 하고 외쳤다.

끌어안고 있던 두 사람은 인기척을 듣고 그제야 팔을 풀었다.

쭝잉은 옆에 서서 성칭랑이 열쇠를 꺼내는 것을 봤다.

불과 일 분 전에는 쭝잉이 문을 열었는데, 지금은 성칭랑이 문을 열고 있었다.

현관 등을 켜니 어슴푸레한 빛에 감싸인 가구와 바닥은 옛 모습 그대로였고, 공기는 조금 답답한 게 오랫동안 창문을 열지 않은 것 같았다.

성칭량은 쭝잉을 집으로 들이고 문을 닫고 서류 가방을 내려놓은 다음, 재빨리 전화기 쪽으로 다가가 전화를 걸었다.

한참을 기다린 뒤에야 상대가 전화를 받았다.

쭝잉은 소파에 앉아 성칭량이 전화하는 소리를 들었다.

"네, 저는 괜찮습니다.", "배는 떠났습니까?", "큰형님 쪽에는 제가 말씀드리겠습니다.", "전장에 도착하면 다시 연락하세요. 네, 알겠습니다. 고생하셨습니다. 몸조심하세요."

전화를 끊을 때까지도 성칭량의 얼굴에는 홀가분한 기색이 보이지 않았다. 성칭량은 전화를 끊고 잠시 말없이 서 있다가 다시 어딘가로 전화를 걸었다.

아마 집인 것 같았다. 사용인이 재빨리 전화를 받고 기다리라고 했다.

일 분 정도 뒤에 성칭량이 입을 열었다.

"형수님."

성칭량이 말하기 전에 형수가 갈라진 목소리로 말했다.

"어젯밤 일은 들었어요. 어쨌든 공장은 이전 길에 올랐으니 일본인의 수중에 떨어지지 않은 것만으로도 다행이죠."

형수가 길게 한숨을 쉬었다.

"목소리 들으니 많이 피곤한 것 같네요. 공장 쪽 일은 내가 처리할 테니 걱정하지 말고 오늘은 집에서 푹 쉬세요. 이사에 관한 일은 내일 공관에서 다시 얘기해요."

이렇게 말하고 형수는 전화를 끊었다. 성칭량도 수화기를 내려놓고 몸을 돌렸다.

"오늘은 무슨 일정 있어요?"

"없습니다."

늘 일이 많고 바쁜 성칭랑에게 오늘 같은 날은 정말 처음이었다.

쭝잉은 성칭랑의 피곤한 모습을 보고 일어나며 말했다.

"저는 먹을 걸 좀 만들 테니 당신은 가서 씻어요."

쭝잉은 곧장 주방으로 들어가 서랍을 열어 지난번 가져온 즉석식품을 꺼냈다. 성칭랑은 거실에 서서 멍하니 쭝잉을 보다가 곧 정신을 차리고 욕실로 향했다.

쭝잉이 온수 수도꼭지를 틀자 물이 나오지 않았다. 온수가 또 중단된 듯했다. 성칭랑도 찬물로 씻는 수밖에 없었다.

쭝잉은 물을 끓이고 황어 통조림 두 개를 땄다. 그리고 커튼을 반 정도 열었다. 바깥은 해가 뜨는지 하늘이 점점 밝아지고 있었다. 오늘은 1937년의 10월 1일이었다. 이 시대의 상하이 사람들에게는 아직 '국경절'과 '장기 연휴'가 없었다. 그저 최전방이 일본군에 의해 무너졌다는 소식이 들려와 불안이 고조되었을 뿐이다.

컵라면이 다 익도록 욕실에서는 물소리가 끊이지 않았다.

쭝잉은 가스를 잠그고 열쇠를 들고 아래층으로 내려갔다. 우유와 조간신문을 가져올 생각이었다.

예 선생은 여전히 안내 데스크 뒤에 앉아서 머리를 반만 내밀었다. 예전처럼 머리칼에 기름을 칠하지 않아 부스스한 느낌이 들었고 흰 머리칼도 늘어난 것 같았다. 전체적으로 조금 초췌해 보였다.

신문은 있는데 우유는 보이지 않았다.

"우유는 안 왔어요?"

쭝잉의 물음에 예 선생이 일어났다. 말투도 예전처럼 열정적이지 않았다.

"교외에 있는 젖소들이 놀라 도망갔대요! 젖소가 다 도망갔으니 우유공장인들 우유를 정상적으로 공급할 수 있겠어요."

예 선생은 연신 한숨을 내쉬었다.

"미스 쭝, 상하이 떠난 거 아니었어요? 아니면 성가 분들과 함께 내륙으로 이사 가세요?"

"내륙으로 간다고요?"

쭝잉이 눈을 올려 뜨며 반문했다.

"어제 성가의 막내 아가씨가 물건을 가지러 왔거든요. 성가 공장을 모두 내륙으로 옮겼다면서 가족도 다 같이 갈 거라고 하던데요? 그래서 미스 쭝도 같이 가겠거니 생각했죠. 같이 안 가세요?"

쭝잉은 예 선생의 말에 대충 대답했다.

"저는 몰랐어요. 그래서 아직 모르겠네요. 이만 올라갈게요."

쭝잉은 계단으로 올라갔다. 초가을 햇빛이 좁은 유리창을 따라 들어와 계단의 절반을 덮었다.

쭝잉은 올라가면서 생각했다. 성가가 곧 상하이를 떠난다면 성청랑은? 같이 떠나는 건가? 방금 전화는 성가 공장 이전에 관한 일이었나?

꼭대기 층에 도착하자, 쭝잉은 열쇠를 꺼내 문을 열었다. 실내에서 컵라면이 차게 식은 냄새가 났고 욕실의 물소리는 들리지 않았다. 실내가 이상할 정도로 조용했다.

쭝잉이 조심스럽게 문을 닫고 들어가자 소파에 모로 누워 있는 성칭랑이 보였다.

씻고 잠옷으로 갈아입은 성칭랑이 머리도 다 말리지 않은 채 소파에서 자고 있었다.

쭝잉은 성칭랑에게 다가가 깨우려고 했다. 그러나 "성 선생님 식사하세요" 하고 몇 번을 불러도 성칭랑은 꼼짝하지 않고 숨만 깊게 내쉴 뿐이었다.

성칭랑은 너무 피곤해 보였다. 속눈썹에도 무거운 짐이 올려져 있는 듯 무겁게 내려앉아 있었고, 한 손은 주먹을 쥐어 가슴 앞에 놓고 다른 한 손은 소파에 내려놓은 채였다. 손등의 상처는 아직 다 아물지 않았다.

쭝잉은 더 깨우지 않았다. 담요를 덮어주고 팔걸이에 걸린 수건을 집어 조심스럽게 그의 머리칼을 말려주다 얼굴에 손가락이 닿았다. 피부가 차가웠다.

해가 높이 솟을수록 가을바람이 거세졌다.

같은 시간, 공공조계의 성 공관에는 온 가족이 식탁 앞에 앉아 불편한 아침을 맞았다.

공장을 이전하던 날, 큰형수는 가족도 공장을 따라 상하이를 떠난다고 통보했다. 바로 이 통보 때문에 가족의 짧은 평화가 깨졌다.

이사 문제로 얼굴을 붉히는 이유는 돈을 제외하니 내륙이냐, 홍콩이냐 하는 목적지만 남았기 때문이었다.

성칭핑은 내륙은 죽어도 싫다고 했다.

"상하이도 위험에 빠졌는데 거긴 뭐 괜찮겠어요? 어쨌든 나는 안 가요. 나는 아후이 데리고 홍콩으로 갈 겁니다. 칭후이도 나랑 같이 갈 거고요."

큰형수는 강요하지 않았다.

"안 가겠다고 하면 저도 강요하지 않을게요. 하지만 칭후이는 우리와 가야 해요. 아이도 있는데 홍콩으로 가면 아이들을 돌보기 힘들 테니까요."

성칭핑이 눈을 동그랗게 떴다.

"누가 애들을 데리고 간대요?! 충동적으로 들인 애들을 받아들이겠다고요? 애를 둘이나 달고 시집은 또 어떻게 가려고요? 게다가 아직 학교도 다 마치지 않았잖아요! 지금 상하이에 있는 대학은 휴교했으니 우리와 홍콩으로 가서 학업을 마치면 돼요."

"제가 이미 다 생각해 뒀어요. 내륙에 가면 아이들은 우리가 돌보고, 칭랑이 학교를 알아봐 주면 계속 공부할 수도 있고요. 결혼하고 싶으면 결혼하면 되고요."

막내를 걱정하는 마음은 같은데 방법이 달랐다.

첨예하게 대립하며 한마디씩 주고받자 결국 큰형수도 화가 난 듯했다.

묵묵히 밥을 먹던 성칭후이가 고개를 휙 들면서 욱했다.

"내 인생 대신 결정하는 기 그만 좀 히실래요? 난 아무 데도 안 가요. 그냥 상하이에 남을 거라고요!"

성칭후이는 젓가락을 탁 놓고 씩씩거리며 위층으로 올라갔다.

순간 조용해졌다가 금세 다시 소란스러워졌다. 이번에는 성칭상과 성칭펑 남편도 가세했다.

남자들이 담배를 피워대는 통에 식탁 주위가 담배 연기로 자욱해졌고 음식 냄새를 덮어버렸으며, 곧 실내 전체를 가득 메웠다.

큰형수는 일어나 옷을 정리하며 나직하게 말했다.

"나는 공장에 가서 일을 좀 처리하고 올게요. 집에 더 이상 말썽이 생기지 않길 바라요."

큰형수는 연기 속에서 빠져나와 야오 아저씨를 불러 차를 타고 공장으로 향했다. 대문이 열렸다가 닫히고 자동차 소리가 멀어지자, 집 안에 있던 남자들도 자리에서 일어나고 사용인이 아이들을 데리고 가 식탁 앞에는 성칭펑만 남았다.

그때 유모가 다가와 말했다.

"아후이 도련님이 입맛이 없나 봐요. 어떻게 할까요?"

아후이는 콜레라에서 쉽게 회복되지 못했다. 지금은 간신히 위기는 넘기고 조금 나아지긴 했지만, 몸이 많이 약해졌다. 회복하려면 잘 먹어야 할 텐데 입맛이 전혀 없는지 온종일 무기력하게 침대에 누워서 뭘 물어봐도 시원스럽게 대답하지 않왔다.

성칭핑은 걱정스러운 얼굴로 2층으로 올라갔다. 아들 앞에 가서야 성칭핑은 가시 돋친 껍데기를 벗었다. 병색이 완연한 창백한 얼굴을 보니 마음이 아프고 자책감이 몰려와 부드러운 목소리로 물었다.

"뭐 먹고 싶은 거 있으면 엄마한테 말해."

아후이는 한참 생각하더니 작은 목소리로 말했다.

"저…… 생크림케이크가 먹고 싶어요."

"그래, 엄마가 바로 사 올게."

성칭핑은 아후이에게 죽을 조금 먹이라고 유모에게 당부한 다음, 방으로 들어가 옷을 갈아입었다.

작년에 맞춘 옷인데 허리가 헐렁했다. 거울을 보니 턱이 뾰족했고, 머리칼도 언제 잘랐는지 기억이 나지 않았다.

성칭핑은 한숨을 내쉬고 가방을 들고 내려오면서 사용인에게 말했다.

"야오 아저씨에게 차 내오라고 해요."

"야오 아저씨는 방금 사모님 모시고 공장에 갔습니다."

그제야 방금 올케가 외출한 것이 생각났다.

"그럼 인력거 좀 불러줘요."

사용인이 인력거를 불러왔다. 해가 나긴 했어도 가을바람이 세서 쌀쌀했다. 그러나 인력거꾼은 팔을 다 내놓고 인력거를 끌었다.

아후이가 좋아하는 제과점이 있는 샤페이霞飛로에 도착했

지만, 매장은 문이 굳게 잠겨 있었다. 인력거에서 내려 재차 확인해도 문은 밖에서 굳게 잠겨 있었다. 유리 매대가 텅 빈 것이 오랫동안 영업하지 않은 것 같았다.

"사모님 뭐 사시게요?"

인력거꾼의 물음에 성칭펑이 미간을 찌푸린 채로 대답했다.

"생크림케이크요."

결국 성칭펑은 짜증을 못 참고 불평했다.

"전투 지역도 아닌데 문은 왜 닫고 영업 중단은 또 뭐람?!"

"생크림케이크요? 신라지차오新垃圾橋 근처에 문 연 가게가 있습니다."

인력거꾼의 말에 성칭펑은 다시 인력거에 올라탔다.

"어서 그쪽으로 갑시다!"

인력거는 성칭펑을 태우고 가을바람을 가르며 다시 달렸다. 쑤저우허에는 시체가 둥둥 떠 있었고, 강 건너 북쪽에서는 가끔 포성이 울렸으며, 조계와 전투 지역의 경계에서는 간간이 충돌이 일어났다.

태양이 하늘 정중앙으로 이동했다가 다시 천천히 서쪽으로 기울었다. 성 공관에는 마지막까지 남은 매미도 피곤한 듯 울음을 그쳤다. 낮잠을 자러 들어갔던 사람들은 진작에 다 깼고, 아이들은 마당에서 숨바꼭질 놀이를 했으며, 성칭후이는 거실에 앉아 책을 읽으며, 사용인이 "케이크 사러 나간 둘째 아가씨는 왜 여태 안 오시지" 하고 중얼거리는 소리를 들었다.

성칭후이는 그 소리에 책을 내려놓았다. 그때 거실의 시계가 다섯 번 울렸다.

성칭후이는 마당에서 노는 아이들을 불러들였다. 아이들이 2층으로 올라가는 것을 보고 혼자 대문 앞을 거닐다가 잠시 생각하더니 안으로 들어가 전화를 걸었다.

'따르릉, 따르릉' 전화벨 소리에 식탁 앞에 앉아 옛날 책을 뒤적이던 쭝잉이 벌떡 일어나 무심코 전화를 받았다.

"여보세요?"

저쪽에서 성칭후이의 다급한 목소리가 들렸다.

"성칭후이?"

"네, 저예요. 쭝 선생님! 오빠는요?"

"오빠 지금 자는데, 무슨 일이에요?"

그때 쭝잉 뒤에서 손이 쭉 뻗어 나와 수화기를 받았다.

성칭랑은 쭝잉보다 머리 하나 정도는 커서 쭝잉이 깜짝 놀라 몸을 휙 돌리자 그의 턱에 시선이 닿았다. 성칭랑의 목울대가 살짝 움직이면서 얇은 피부에서 목소리가 나오는 것 같았다.

"그래, 알았어. 바로 경찰서에 전화해 볼게."

전화를 끊은 성칭랑은 다른 손을 쭝잉의 허리 옆으로 뻗어 전화기 다이얼을 돌려 공부국 경찰서에 전화를 걸었다.

전화가 몇 번 돌려진 뒤 마침내 책임자와 연결되었다. 성칭랑은 성칭펑의 상황과 인상착의를 설명하고 무슨 소식이 있으면 제일 먼저 알려달라고 부탁했다.

성칭랑의 통화를 들은 쭝잉은 성칭펑이 아침 일찍 케이크를 사러 나갔다가 해가 지도록 돌아오지 않았고, 불안한 성칭후이가 도와달라고 전화했다는 것을 알게 되었다.

다 큰 성인이 일을 보러 밖에 나가 해가 지도록 안 돌아오는 것이 큰일은 아니었다. 하지만 지금은 전쟁 중이라 예전과는 모든 것이 달라져 성칭후이의 걱정과 불안도 과한 것이 아니었다.

성칭랑이 수화기를 내려놓고 눈을 내리깔자 쫑잉과 시선이 마주쳤다.

"왜 그럽니까?"

쫑잉은 대답하지 않고 고개를 들어 성칭랑을 가만히 바라봤다. 잠옷에, 안 말리고 자서 헝클어진 머리칼에, 방금 잠에서 깬 성칭랑의 얼굴은 평소 거리감이 느껴지는 단정함이 조금 줄어 오히려 인간미가 느껴졌다.

성칭랑은 쫑잉이 자신을 관찰하고 있다는 것을 눈치채고 얼른 시선을 피해 탁상시계를 봤다.

오후 5시 17분, 소파에서 열두 시간 정도를 내리 잤다는 소리였다. 쫑잉은 성칭랑이 오후 내내 자는 모습을 지켜봤다.

성칭랑은 순간 민망해 몸을 돌리며 말했다.

"저는 씻고 오겠습니다."

쫑잉은 성칭랑이 욕실로 성큼성큼 가는 것을 보고 식탁으로 돌아와 읽던 책을 들었다. 두 페이지를 넘기자 더 읽고 싶은 마음이 사라졌다.

쫑잉은 성칭랑의 침실로 들어가 서랍장을 열었다. 예전 위치에 쭝잉의 옷이 그대로 있었다.

씻고 나오자, 쭝잉은 갈아입은 환자복을 한쪽에 밀어놓고 성칭랑이 뭐라고 말하기도 전에 문을 닫고 나와 밖에 서서 기다렸다.

석양이 실내로 파고들어 고즈넉한 분위기를 자아냈다.

외출할 일이나 다른 일의 간섭이 없으면, 이 아파트는 너무 평화롭고 고요해서 정말 마음이 편안한 곳이었다.

성칭랑은 이곳에 얼마나 더 머무를까? 계약 기간까지? 아니면 상하이를 떠나는 날까지? 그는 성가 사람들과 함께 상하이를 떠날까?

쭝잉이 꼬리에 꼬리를 무는 생각에 빠져 있는 사이, 침실 문이 열리는 소리가 났다. 돌아보니 머리와 복장을 단정하게 정리하고 손에 서류 가방을 들고 외출 준비를 마친 성칭랑이 방에서 나왔다.

"공관에 가봐야겠습니다."

과연, 성칭랑이 이렇게 말했다.

"같이 가요."

쭝잉이 고개를 들며 말했다.

성칭랑은 조금 전, 옷을 갈아입은 쭝잉을 보고 분명 같이 가겠다고 나설 것이라고 예상했었다.

괜찮았다. 쭝잉 혼자 여기 있는 것도 안심이 안 될 것 같았다.

쭝잉은 성칭랑이 반대하지 않자 식탁에서 컵을 들고 와 "물 마셔요" 하고 건넨 뒤, 다시 주방으로 들어가 서랍에서 비스킷을 찾아 들고나왔다.

쫑잉은 비스킷을 들고 현관으로 나와 신발을 갈아 신었고, 성칭랑은 옷걸이에서 바람막이를 꺼냈다.

쫑잉이 문을 열자 뒤에서 바람막이가 걸쳐졌다. 뒤를 돌아보니 성칭랑은 별다른 설명을 하지 않고 현관문을 잠갔다.

문을 잠그고 한 손으로 서류 가방을 들고 다른 한 손으로 쫑잉의 등을 가볍게 당기며 말했다.

"이쪽으로 갑시다."

안내 데스크에서 자전거를 내오고 예 선생의 탐색하는 듯한 눈빛을 받으며 두 사람은 아파트를 나섰다.


한낮의 열기가 사그라들고 바람도 더 차가워졌다. 하늘에는 층층 구름 사이로 노을이 퍼지면서 사위가 온통 금빛으로 물들었다.

쫑잉은 바람막이를 잘 입고 조금 긴 소매를 둘둘 말아 올리며 자전거 뒷자리에 탔다.

저녁 바람이 얼굴을 스치고 지나갔다. 쫑잉은 비스킷 상자를 열며 성칭랑에게 물었다.

"배 안 고파요? 비스킷 가져왔는데."

자전거를 몰던 성칭랑이 왼팔을 뒤로 뻗자, 쫑잉이 비스킷을 쥐어주었다. 가운데 초콜릿이 끼어 있어 달콤했다.

허기진 위장에 음식물이 들어가자 조금 진정이 되었고, 해질 녘 앞길도 그리 어두워 보이지 않았다.

공공조계 입구가 닫히기 전에 성 공관에 도착하자 큰형수도 방금 돌아온 모양이었다.

대문이 열려 있고, 주차하던 야오 아저씨가 두 사람을 보고 헤드라이트를 끄며 물었다.

"셋째 도련님 어쩐 일이십니까?"

"큰형님과 형수님께 상의드릴 일이 있어서요."

성칭랑은 손을 뻗어 쭝잉의 손을 잡고 공관 본체로 향했다.

해가 졌다. 바람에 공관의 오동나무 잎이 솨아 하고 떨어져 이리저리 구르다 본채 입구 문턱에 걸렸다.

거실에는 겨우 등 하나만 켜져 있었고, 온 가족이 모여 있었다. 둘째 성칭핑만 보이지 않았다.

아이들은 빨리 저녁을 먹고 싶은지 주방 쪽을 간절히 쳐다보고 있었다. 하지만 가족이 다 모이지 않아 식탁에 식기와 음식이 놓이지 않았다.

성칭랑과 쭝잉이 들어오자, 사용인이 주방에서 나와 큰형수에게 물었다.

"사모님, 식사 올릴까요?"

성칭후이에게서 성칭핑 이야기를 들은 큰형수는 걱정이 앞섰다.

"아니, 조금만 더 기다립시다."

큰형수가 성칭랑과 쭝잉을 돌아봤다.

"두 분도 오셨네요? 앉으세요."

성칭랑이 쭝잉에게 의자를 빼주었다.

"저녁 식사 더 준비해 주세요."

큰형수의 말에 사용인은 주방으로 돌아갔다. 성칭랑은 서류 가방에서 소가죽 서류 봉투를 꺼내 큰형수에게 건넸다.

"안에 전부 다 있으니 확인해 보세요."

서류 봉투 안에는 상하이를 떠날 때 꼭 필요한 통행증과 배표가 있었다. 모두 성칭랑이 준비해 둔 것이었다.

큰형수는 고맙다는 말밖에 할 수 있는 말이 없었다. 이 집안이 성칭랑에게 진 빚은 한 번에 다 갚을 수 없을 것이었다. 그래도 마지막에 한마디 덧붙였다.

"고생 많으셨어요."

큰형수는 성칭랑에게 인사하고 문밖을 바라봤다.

"칭펑은 왜 아직 안 오지."

대문을 열어놓았지만, 날이 어두워지도록 사람 그림자도 보이지 않았다.

성칭펑 남편은 더는 앉아 있지 못했다.

"케이크 사러 샤페이로에 갔다가 분명 야오 부인에게 붙잡혀 마작을 하고 있을 겁니다. 제가 가서 데리고 오겠습니다!"

말하기 무섭게 외투도 제대로 걸치지 않고 자전거를 타고 대문을 나섰다.

성칭후이는 소파에 앉아 어두운 불빛에 책을 읽고 있었지만 사실 내용이 눈에 들어오지 않은 지 오래였다.

"아후이, 밥은 좀 먹었어요?"

큰형수가 유모에게 물었다.

"입맛이 없다면서 엄마가 돌아오면 먹는다고 하네요."

유모가 걱정스러운 듯 고개를 저으며 말했다.

"애 말 한마디에 이게 무슨 일이야. 안 먹겠다면 그냥 놔둬. 굶어 죽을 생각은 아니겠지. 내려와서 먹으라고 해."

휠체어에 앉은 큰형이 유모의 말에 일갈했다.

유모가 난처한 표정을 짓자, 큰형수가 말했다.

"아후이에게 따뜻한 국을 가져다주세요."

아후이에게 저녁을 가져다주라는 말에 다른 아이들은 배가 더 고파졌다. 그러나 큰형수가 아무 말도 하지 않으니 복도 등을 통해 바깥에서 바람에 나뭇잎이 떨어지는 것을 보고 가을 곤충이 우는 소리를 들으며 앉아 있는 수밖에 없었다.

해가 다 지도록 성청펑과 그의 남편은 돌아오지 않았다. 실내에는 조심스럽게 이야기하는 소리도 뚝 끊겼다.

아이들이 너무 배가 고파 표정이 축 늘어지자, 큰형수가 말했다.

"아이들 데리고 가 먼저 먹이세요. 우리는 칭펑이 돌아올 때까지 기다릴게요."

성청랑 옆에 앉아 졸던 쭝잉은 큰형수의 말에 퍼뜩 정신을 차리고 주머니에서 약통을 꺼내 한 번 먹을 양을 덜어 삼키려고 했다. 그러자 성청랑이 손을 쭉 뻗어 막았다.

"잠깐, 물 가져다줄게요."

성청랑이 물을 가지러 주방에 도착하기도 전에 전화벨이 울렸다.

사용인이 재빨리 전화를 받고 당황한 표정으로 성칭랑을 쳐다보며 말했다.

"서양인 전화라 무슨 말인지 모르겠어요."

순간 모든 사람이 동작을 멈췄다.

"조계 경찰서에서 온 전화일 겁니다."

성칭랑은 이렇게 말한 뒤 전화기로 성큼성큼 다가가 사용인에게 수화기를 건네받았다. 수화기 너머에서 조심스럽게 말했다.

"Sheng, I feel so sorry(성, 정말 유감이야)."

순간 찬물을 뒤집어써 머리부터 발끝까지 푹 젖은 듯한 느낌이 들고 등줄기를 타고 한기가 올라왔다.

저쪽에서 추측한 상황의 경과와 결과, 지금 해야 할 일을 천천히 설명해 주었다. 성칭랑은 내내 듣기만 할 뿐 쉽게 입을 열지 못했다.

모두가 숨죽인 채 성칭랑의 입만 쳐다봤다.

'딸깍' 소리와 함께 성칭랑이 수화기를 내려놓고 말없이 잠시 서 있더니 천천히 돌아섰다.

실내는 질식할 것처럼 적막이 감돌고 거실의 시계만 아랑곳하지 않고 여덟 번 울렸다.

'땡, 땡, 땡, 땡, 땡, 땡, 땡, 땡.'

"누나가 떠났답니다."

성칭후이는 그대로 굳었고, 큰형수는 무의식적으로 입을 벌리며 뭐라고 물어보려다 무슨 말을 해야 할지 몰라 가만히 있었다. 쭝잉은 약을 든 채로 말없이 성칭랑을 바라봤다.

"오늘 신라지차오에서 소규모 총격전이 있었는데, 누님을 잘못 쏴 병원으로 옮겼지만 늦었다고 합니다."

"케이크 사러 나갔다면서 왜 신라지차오까지 가? 도대체 무슨 생각이었던 거야?!"

성칭상이 휠체어를 탁 치면서 목이 쉬도록 소리쳤다.

눈까지 빨개져서 화내는 것처럼 소리치자 아이들은 깜짝 놀랐고, 거실은 쥐 죽은 듯이 조용해졌다. 식사를 내오던 사용인도 감히 걸음을 떼지 못했다.

성칭후이는 들고 있던 책을 꽉 쥐었고, 큰형수는 어깨를 축 늘어뜨리며 한숨을 내쉬었으며, 쭝잉은 컴컴한 대문 입구를 쳐다봤다. 이젠 목소리를 높이며 온종일 잔소리를 할 사람이 없었다.

아침까지만 해도 큰형수와 팽팽하게 대립하며 말을 쏟아냈던 사람이 저 문을 나선 뒤 작은 배가 홀로 바다에 들어간 것처럼 파도 속에서 혼자 뱅글뱅글 돌다가, 결국 망망대해만 남은 것같이 눈 깜짝할 사이에 사라져 버렸다.

전쟁은 무서울 정도로 거칠고 냉혹했다. 성칭후이가 갑자기 울음을 터뜨리자 아이들도 "왕~" 하고 울기 시작했다.

실내가 어수선한 사이, 성칭랑만 홀로 침착하게 쭝잉 쪽으로 다가와 탁자 위에 있던 서류 가방을 들고 큰형수에게 말했다.

"저는 지금 경찰서로 가보겠습니다."

쭝잉이 따라나서자, 성칭랑이 쭝잉의 귀에 대고 말했다.

"곧 통행금지입니다. 밖은 위험하니 여기 있을래요?"

쭝잉이 고개를 저었다.

"당신 따라갈래요."

성칭랑은 쭝잉과 눈을 맞추더니 두말하지 않고 그녀의 손을 꼭 잡고 함께 문을 나섰다.

야오 아저씨가 차로 두 사람을 조계 경찰서까지 데려다주었다. 그다음 병원으로 가서 영안실에서 성칭펑을 찾았다.

쭝잉은 성칭펑의 위풍당당하고 거들먹거리는 모습을 기억했다. 그러나 지금은 핸드백은 사라진 지 오래고 몸에 지니고 있던 귀중품도 다 사라졌으며, 고데기로 잘 말아 이마 앞에 붙인 앞머리는 푹 죽어 내려앉았고, 얼굴에는 혈색이 전혀 없었으며, 허리가 헐렁한 검푸른 치파오에 혈흔이 넓게 퍼져 있었다.

성칭랑은 말이 없었고, 쭝잉은 한숨을 내쉬었다.

수속을 마치고 공관으로 돌아가려고 했을 때는 밤 10시가 다가오고 있었다.

몇 분 뒤에 성칭랑은 이 시대를 떠나기 때문에 오늘 일을 다 마무리하지 못할 것이었다.

쭝잉은 먼저 차에 올라타 시간을 보고 성칭랑에게 말했다.

"제가 누님을 공관으로 모실 테니 당신은 가서 일 보세요."

쭝잉의 말에 야오 아저씨가 영문을 모르겠다는 듯이 물었다.

"셋째 도련님, 이 시간까지 해야 할 일이 남으셨어요?"

"공부국에 급한 일이 생겼나 봐요. 내일 아침엔 돌아올 수 있죠?"

쭝잉이 대신 대답하며 성칭랑을 쳐다봤다. 지금은 그냥 가고 내일 아침 공관으로 오라는 뜻이었다.

성칭랑이 대답하기도 전에 쭝잉은 절반 남은 비스킷을 성칭랑에게 건네고 자동차 문을 닫으며 야오 아저씨에게 말했다.

"가시죠."

성칭랑은 그 자리에 서서 차가 멀어지는 모습을 지켜보았고, 쭝잉은 몸을 돌려 창문을 열고 성칭랑을 바라봤다. 10시가 되자, 성칭랑이 어두운 거리에서 사라졌다.

차는 어두운 밤을 뚫고 달렸다. 아무도 없는 거리를 보니 가슴도 텅 빈 것 같았다.

전쟁 시기라 장례식도 조촐했다. 신문에 부고를 내고 가족들이 모여 아주 간단하게 한 사람을 떠나보냈다.

성칭펑의 사고로 가족들은 오히려 상하이를 떠나겠다는 결심을 굳혔다. 성칭후이는 상하이에 남겠다고 고집부리지 않고 큰오빠와 올케를 따라 내륙으로 가기로 했고, 성칭펑의 남편은 아후이와 홍콩으로 가기로 했다. 성칭랑만 상하이에 남았다.

출발하는 날, 거실에는 짐이 가득했다.

모두가 이리저리 바쁜 와중에 성칭후이만 문 앞에 서서 사진관에서 사람이 오기를 기다렸다.

성칭후이는 사진 찍는 것을 좋아했다. 이제 상하이를 떠나니 기념으로 남기고 싶었다.

성칭후이가 잠시 딴생각을 하는 사이, 대문 앞에 지프가 멈추고 군장을 한 청년이 내려 본채를 향해 성큼성큼 다가왔다.

성칭후이는 한참만에야 반응을 하며 믿을 수 없다는 듯이 외쳤다.

"칭허 오빠!"

성칭후이는 성칭허를 특별히 좋아하지는 않았지만, 최전방에서 돌아온 가족을 보니 기쁘고 감격스러웠다.

성칭허는 잔뜩 흐트러진 채로 얼굴에는 부상까지 입었고 어디에서 왔는지도 알 수 없었다. 성칭허가 다가와 성칭후이를 내려다보며 "꼬마야" 하면서 몸에 묻은 먼지를 털어냈다.

"어떻게 알고 왔어? 신문 본 거야?"

"보고하러 왔다가 겸사겸사 들렀어. 바로 가봐야 해."

성칭후이의 잇단 질문에 성칭허는 입에서 나오는 대로 대충 대답했다.

성칭허가 성칭후이 너머 실내에 놓인 짐들과 가방을 보며 물었다.

"떠나는 거야?"

"응."

성칭후이가 시무룩하게 대답했다.

성칭허는 성칭후이의 목소리에 담긴 슬픔은 신경 쓰지 않고 거실 벽에 걸린 가족사진 앞으로 다가가 군모를 벗었다.

"언니는 없어."

성칭후이의 말에 성칭허는 묵묵히 회상에 잠겼다. 어렸을 때, 누나는 그가 신발 끈을 못 묶는다고 놀리곤 했었다. 성칭허는 다시 군모를 쓰고 단추를 잘 채운 다음 말했다.

"이젠 날 놀릴 수가 없겠네."

순간 분위기가 경직됐다. 그때 밖에서 사용인이 외쳤다.

"아가씨, 사진관에서 왔어요!"

성칭후이가 밖으로 나가자, 사진사가 어디서 어떻게 찍을 거냐고 물었다. 성칭후이는 사진사에게 잘 설명한 다음, 가족들을 불러 모았다.

아이들, 성칭핑 남편, 큰형수, 성칭샹, 성칭허와 2층에서 대화를 나누던 성칭랑과 쭝잉까지.

성칭후이가 위치를 정해주면서 "칭랑 오빠가 가운데에 서요"라고 말하자 아무도 토를 달지 않았다.

성칭후이는 쭝잉에게 성칭랑 곁에 서라고 했다.

"가족분들끼리 찍으세요. 저는 안 찍는 게 좋겠어요."

쭝잉은 거절하며 뒤로 몇 걸음 물러났다. 눈앞의 화면이 너무 익숙해 쭝잉은 저도 모르게 주먹을 꽉 쥐었다. 이 장면은 성추스의 휴대전화에서 본 가족사진 두 장 중 하나였기 때문이다.

그때는 그냥 가족사진인 줄만 알았지, 가족이 뿔뿔이 흩어지기 전 기념으로 남긴 사진이라는 것을 몰랐다.

이 사진을 왜 찍게 되었는지, 성칭랑이 왜 가운데에 서 있는지, 또 왜 성칭핑이 없는지 이제야 알게 되었다.

전쟁 때는 한 번 헤어지면 대부분 영원한 이별로 이어졌다.

눈앞의 이 가족사진은 이 사람들이 자신의 인생에서 같이 찍은 마지막 사진이었을 것이다.


셔터 소리가 울리자, 사진사가 머리를 쑥 내밀며 물었다.

"한 장 더 찍을까요?"

"네."

성칭후이가 대답했다.

하지만 성칭허가 모자를 벗으며 "안 찍어. 나 이제 가야 해"라고 말하고 앵글에서 성큼 벗어났다. 그리고 고개를 숙여 담배에 불을 붙이고 훅 빨아들였다가 뒤에 사람이 다가온 것을 눈치채고 휙 돌아봤다. 성칭랑이었다.

성칭허가 담뱃재를 툭툭 털고 연기 속에서 눈을 가늘게 뜨며 말했다.

"형은 정말 이 집을 떠나지도, 포기하기도 않았군. 아버지가 돌아가시기 전에 형을 그렇게 보고 싶어 하시더니, 형이 제일 양심적인 걸 알고 계셨나 보네."

아버지가 세상을 떠날 때 성칭랑은 파리에 있었다. 만리타국에 있다 보니 소식도 늦게 전해져 편지를 받았을 때는 아버지가 돌아가시고 수개월이 지난 뒤였다. 그 편지는 아버지가 그에게 유일하게 준, 그리고 마지막으로 준 편지였다.

"내가 이번 생에 한 잘못이 두 가지 있다. 하나는 네 어머니에게 미안한 짓을 한 거고, 둘째는 너에게 미안한 짓을 한 거다. 미안하다. 두 사람에게는 어떻게 해도 보상할 길이 없구나. 돌아오고 싶으면 집으로 돌아오거라. 돌아오고 싶지 않으면 프랑스에 있는 친구에게 너를 돌봐달라고 부탁하마."

성청랑은 아버지에게 처음으로 편지를 받았고, 처음으로 이런 말을 들었다.

학업을 마치고 성청랑은 파리에 남을까 고민했지만 '집으로 돌아오라'는 말이 가슴에 맴돌아 결국 상하이로 돌아왔다.

"형이 이렇게 능력 있는 줄 아버지가 진작 알았으면 큰아버지 집으로 보내지 않았을 텐데."

성청허가 담배를 한 대 더 피웠다.

"돌아가시기 전에 편지를 써서 돌아오라고 하고서는 집안사람 아무도 형을 반기지 않았잖아. 가족사진 찍을 때도 안 불렀고."

성청허는 고개를 돌려 여전히 사진을 찍고 있는 가족을 보며 성청랑에게 물었다.

"그런데 이제는 사진 중앙에 서라고 하네. 그렇게 많은 일을 하고 나서야 인정받았는데, 이게 가치가 있다고 생각해?"

성청랑은 예전 일이 떠올랐다. 정말 감격스러울 줄 알았는데 막상 닥치고 보니 마음에 잔물결도 일지 않았다. 한 점 부끄러움 없이 열심히 일했다.

"이해받고 인정받으면 당연히 좋지. 하지만 하고 싶어서 한 일이지, 이해나 인정을 받으려고 한 건 아니라 가치를 논할 수는 없어."

그때 큰형수가 다가왔다.

싱칭허는 큰형수를 존경하는 마음이 있었다. 조금 전에는 급하게 사진을 찍느라 인사도 못 해 다가오는 형수를 반갑게 맞았다.

"형수님."

큰형수가 고개를 들어 성칭허를 보며 말했다.

"무사히 돌아와서 정말 기뻐요."

"바로 가봐야 해요. 어쩌면 앞으로 다시 못 돌아올 수도 있어요. 여러분은 그냥 예전처럼 저를 없는 것처럼 생각하세요."

큰형수는 성칭허가 이 집안을 싫어하는 것도, 그가 말만 강하게 하고 센 척한다는 것도 알았다. 그러나 몸에 상처가 난 것을 보니, 그리고 바로 최전방으로 돌아간다고 하니 걱정이 앞섰다.

"국가가 있고 가정이 있는 거예요. 칭허는 이 집을 떠나지만, 상하이와 우리 국토를 지키는 일을 하는 거니 그게 바로 우리 집을 지키는 거예요. 내가 큰형님의 말을 대신 전해줄게요. 끝까지 살아남아 이 땅에서 적을 몰아내세요. 그때 집으로 돌아오세요. 제일 좋은 술을 준비해 놓고 기다릴게요."

성칭허의 손에 있던 담배가 다 탔다. 문밖에 있던 군용 지프가 미친 듯이 경적을 울리며 군대 신호나팔처럼 성칭허를 재촉했다.

성칭허는 눈살을 확 찌푸리며 조악한 담배 맛이 나는 입술을 꾹 깨물었다. 속에서 다양한 감정이 교차하면서 눈가가 시큰거렸다. 성칭허는 손가락으로 담배를 눌러 끄고 모자를 쓴 다음 말없이 몸을 돌려 문 쪽으로 성큼성큼 걸어갔다. 차에 오르기 전, 몸을 휙 돌려 안에 대고 외쳤다.

"저 갑니다! 조심해서 가시고 다음에 봐요!"

차가 시동을 걸고 움직이고 나서야 성칭후이가 뛰어나왔지만, 숨을 헐떡이며 문 앞으로 나왔을 때 녹색 군용 지프는 이미 도로 끝까지 가서 커브를 돌아 사라지고 뿌연 먼지와 낙엽만이 뒹굴고 있었다.

상하이에 정말 가을이 왔다. 그렇지 않아도 가을이 되면 쓸쓸해지는데 이별이 더해지니 애수가 더 깊어졌다.

쭝잉은 공관에서 성칭후이와 아이들과 하룻밤 더 보냈다. 성가 사람들이 상하이를 떠나는 날, 쭝잉은 성칭후이의 소리에 깼다.

성칭후이는 밤새 잠을 이루지 못하고 뒤척이다가 해가 다 뜨기도 전에 일어나 짐을 챙겼다. 갈 길이 멀어 짐을 많이 가져가지 못하기 때문에 선택이 필요했다. 하지만 물건을 이곳에 남겨두자니 앞으로 다시는 못 볼 것 같았다. 마지막으로 아기 용품을 챙기니 큰 상자 두 개가 꽉 찼고 별도로 손에 드는 작은 상자가 더 있었다.

집안의 사용인들은 월급을 주고 해산시키고 야오 아저씨만 남아 공관 대문을 지켰다. 떠나기 전, 야오 아저씨가 눈물을 흘리며 그들에게 차를 불러주고 짐을 운반해 주고는 마지막까지 그들이 나가는 것을 배웅했다.

"셋째 도련님이 부두에 도착해 기다리신다고 전화 왔습니다."

가족들은 각자 차에 올라 문을 닫았다. 차에 시동이 걸리고 징안쓰로의 성 공관을 천천히 빠져나갔다.

성칭후이는 차의 가리개를 걷어 유리창 너머로 뒤를 쳐다봤다. 야오 아저씨가 눈물을 흘리며 철제 대문을 닫고 열쇠를 걸어 잠그고 있었다.

차 안의 아이들은 지금 이 외출이 무엇을 뜻하는지 몰랐지만, 얼마 뒤면 익숙했던 이 도시를 떠나 도착할 목적지에 대한 호기심이 막연한 두려움으로 바뀔 것이었다.

긴장한 아라이는 동생 아주를 꼭 끌어안았고, 큰형수의 아이들은 아무렇지 않은 듯 책을 읽었으며, 성칭펑의 아들 아후이는 아버지의 옷자락을 꽉 붙들고 아무 말도 하지 않았다. 아후이는 자기가 케이크가 먹고 싶다고 해서 엄마가 돌아오지 못했다는 것을 깨닫고 다시 입을 열면 아버지마저 잃어버릴까 너무 무서웠다.

부두에 도착하자, 쫑잉은 마침내 성칭랑을 만났다.

쫑잉이 성칭랑에게 어젯밤 어디에서 잤냐고 물었다.

"아파트에서 잤습니다. 그런데 왜 그런지 잠을 잘 수가 없더군요. 당신은 어땠습니까?"

"저는 잘 잤어요."

중요한 일을 앞두고 있었기에 두 사람은 짧은 인사만으로도 충분했다.

이미 1시가 지나서 가을 해가 하늘 중앙에 걸려 있었다.

배표가 귀해 부두는 매우 혼잡했다. 군대가 부두를 통제하고 경찰이 총을 들고 질서를 유지했지만 날마다 총성과 포성이 울리는 전시다 보니 그런 위협도 큰 효과는 없었다.

어렵게 승선 시간까지 기다리자 부두에 다시 사람들이 몰려들었다.

성칭후이와 아이들은 줄 뒤쪽에 있었다. 성칭후이가 아주를 안고, 쭝잉이 성칭후이를 대신해 등나무로 만든 가방을 들어주었다.

앞쪽에서 큰형수가 성칭후이에게 당부했다.

"꼭 붙어서 잘 따라와요. 아이 잘 보고. 곧 승선이에요."

사람들이 움직이기 시작했다. 발 디딜 틈도 없을 정도로 많은 사람이 한 방향을 향해 움직였다. 배가 떠날 시간이 점점 다가오자, 성칭후이는 그제야 정말 떠난다는 게 실감났다.

학교도, 동기들도, 친구들도 모두 여기에 있었다. 어릴 때부터 익숙한 모든 것이 이곳에 있었고, 성칭후이가 아는 곳이라고는 상하이뿐이었다. 태어났을 때부터 모든 기억이 상하이가 배경이었다. 노랫말 속 '상하이가 좋아. 멋진 풍경에, 자동차를 타고, 양옥에 살지. 쑤저우 항저우보다 더 천당이지'라던 상하이는 이제 더 이상 천당이 아니었다.

몸을 돌려 쭝잉을 바라보는 성칭후이의 눈빛에 아쉬움이 가득했다. 쭝잉에게, 이 도시에게.

아주는 성칭후이의 품에서 조용히 자고 아라이는 성칭후이 옆에 딱 붙어 있었다. 배에 오르기 전에 쭝잉은 성칭후이에게 가방을 건넸다.

"쭝 선생님, 저는 정말 상하이를 떠나리라고는 한 번도 생각
해 보지 않았어요. 하지만 저 이제 정말 떠나요."

성청후이는 씩씩하게 말했지만 체념과 깊은 아쉬움이 묻어
났다.

쭝잉은 어떻게 위로해야 할지 알 수 없었다. 성청후이가 고
개를 돌려 옆에 있는 아라이에게 신신당부했다.

"아라이, 표 꺼내고 내 옆에 꼭 붙어서 따라와."

이렇게 말하고는 표를 검사받고 배에 오른 다음, 사람들 사
이에 낀 채로 까치발을 들고 서서 쭝잉을 향해 외쳤다.

"선생님이랑 오빠도 몸조심하세요!"

쭝잉 옆으로 사람들이 꾸역꾸역 밀고 지나갔다. 쭝잉은 사
람들에게 떠밀려 계속 배 쪽으로 밀렸지만, 그녀는 곧 떠날 이
배와는 무관했고 이 시대와도 무관했으므로 사람들이 이동하
는 방향을 거슬러 내려갈 수밖에 없었다.

그때 건조하고 따뜻한 손이 쑥 뻗어 나와 얼음장처럼 차가
운 손가락을 꽉 잡고 엄지손가락으로 쭝잉의 손가락 관절을 눌
렀다.

쭝잉 쪽에서는 그의 뒷모습만 보였다.

성청량은 쭝잉을 잡고 한참을 걸어 부두의 인파에서 멀어진
다음에야 몸을 돌렸다. 그러자 출항하는 배와 상하이의 낮은
스카이라인이 한눈에 보였다.

성청량은 문득 중학교 국어 시간에 배운 시 한 수가 생각났

다. 두보의 시로 '명일격산악, 세사량망망明日隔山岳, 世事兩茫茫'이
었다. 즉, '내일은 산을 사이에 두고 헤어지니, 세상일이 막막하
구나'라는 뜻이었다.

전란의 시대, 이렇게 뿔뿔이 헤어지면 언제 다시 만날지 알
수 없었다. 가족을 모두 떠나보내고 나니 이렇게 큰 상하이에
덩그러니 혼자만 남은 것 같았다.

성 공관으로 돌아가자 대문은 굳게 닫혀 있고, 마당을 둘러
싼 높은 담장 안에 잎이 다 떨어진 플라타너스의 뾰족한 가지
가 붉게 지는 해를 찌르고 있었다.

두 사람이 699번지 아파트로 돌아왔을 때는 저녁 무렵이었
고, 안내 데스크에서 초가 조용히 타고 있었다. 전기가 또 끊겼
다는 뜻이었다.

위층으로 올라가서 가스를 틀어보니 가스도 끊겼고 수도꼭
지에서 물도 나오지 않았다.

전쟁 시국에 공공 서비스 시스템이 붕괴되자 아파트의 단점
이 그대로 노출되었다.

하늘가에 남은 어슴푸레한 빛에 의지해 쭝잉은 찬장을 뒤져
와인 한 병과 통조림 두 개를 찾아왔다.

쭝잉은 잠시 망설이다가 와인과 통조림을 발코니로 가지고
나가 작은 탁자에 올려놓았다. 와인 따개를 가지러 주방으로
가려는데 성칭량이 건네주었다. 초와 성냥도 주었다.

성냥갑을 열자 안에 성냥이 하나뿐이 없었다.

어둠의 장막이 다 내려앉기를 기다렸다가, 쭝잉은 성냥을

켜서 조심스럽게 초에 불을 붙였다. 어둠 속에서 불꽃이 조용히 타오르다 가끔 미풍이 불면 흔들거렸다.

성칭랑이 와인을 따 컵에 따라 쭝잉에게 건넸다.

등나무 의자를 나란히 놓으니 상하이를 내려다볼 수 있었다. 정전된 도시는 캄캄한 적막에 잠겨 한낮의 시끄러움과 혼잡, 총소리와 우는 소리가 오히려 꿈같았다.

쭝잉은 와인을 한입에 다 마시고 한참 동안 아무 말도 하지 않았다.

"엄마 사건과 터널 사고, 어쩌면 이미 결과가 나왔을 수도 있겠네요."

"그제 쉐 선생을 만났는데 그녀도 그 일을 언급하면서 당신 상태를 묻더군요. 그래서 사실대로 말해주었습니다. 어젯밤에는 변호사가 당신을 찾았습니다. 유서 관련 일로 물어볼 게 있어서 휴대전화로 연락했는데 안 받는다고요. 다시 연락하라고 말해뒀습니다."

쭝잉이 그 시대를 떠나온 지 벌써 며칠, 오늘 밤에는 돌아가 현실을 마주해야 했다.

쭝잉이 컵에 남은 술을 다 마시자 아래에서 징 소리가 들렸다. 아래를 내려다보니 어둠뿐이고 사람 그림자는 보이지 않았다.

"정전과 단수, 오래 갈까요?"

쭝잉이 갑자기 물었다.

"예전에는 오랫동안 정전된 적이 없었는데 이번에는 잘 모르겠습니다. 하지만 내일 아침 8시에도 이 상태면 저도 물과 전기가 언제 들어오는지 알 수 없을 겁니다."

"그 말은……."

"어제 긴급 통보를 받았습니다. 내일 아침 8시, 처리할 일이 있어서 상하이를 잠시 떠납니다."

쭝잉이 놀라 성청랑을 쳐다봤다.

"얼마나요?"

"아마 열흘, 아니면 더 길어질 수도 있습니다."

확실하게 말하지 못하는 게 위험한 길 같았다. 성청랑은 잠시 뜸을 들였다가 쭝잉을 보며 말했다.

"우리도 한동안 못 볼 겁니다. 하지만 당신 수술이 끝날 때쯤에는 돌아올 겁니다."

쭝잉은 성청랑이 말하는 내내 그를 바라봤다. 촛불의 빛을 빌려 성청랑의 얼굴을 자세히 살피고 나서야 그의 머리에 흰머리가 몇 가닥 자란 것을 발견했다.

순간 가슴이 욱신거려 시선을 피했다. 빈 잔을 내려놓고 주머니에서 담뱃갑을 꺼냈다.

쭝잉은 이 담배를 다 피우면 다시는 담배를 피우지 않겠다고 결심했다. 그런데 구겨진 은색 담뱃갑에 담배가 딱 한 개비 남아 있었다.

일전에 핀 몸통 전체가 까맣던 블랙 데빌과 달리, 이 담배는 전부 하얀색이었고 남색 줄 위에 비둘기가 인쇄되어 있었다.

쭝잉은 촛불에 다가가 일렁이는 불꽃을 빌려 마지막 담배에 불을 붙였다.

담배 연기가 허공으로 빠르게 사라졌다. 담배에는 매실과 크림 맛이 섞여 있었다. 쭝잉은 고개를 숙여 빈 담뱃갑을 펼쳐 봤다. 담뱃갑 정면에 올리브 가지 세 개를 물고 있는 비둘기가 인쇄되어 있고 양옆에 각각 단어가 하나씩 박혀 있었다.

쭝잉은 저도 모르게 오른쪽 단어를 읽었다. "Peace(평화)."

성칭랑이 그녀를 따라 왼쪽 단어를 읽었다. "Infinity(무한)."

저 멀리 쑤저우허에서 포성이 울리고 바람이 일었다.

가을 밤바람이 탁자에 놓인 흰 초를 무정하게 꺼버렸다. 어둠에 담배 속에 있던 담배 가루에 불이 붙었다가 꺼지더니 담배도 꺼졌다.

'Peace'와 'Infinity'. 얼마나 좋은 말인가.

전쟁이 일어나지 않았다면 도시 전체가 놀라 흠칫 떨 일도, 수많은 사람이 의지할 곳을 잃고 떠돌 일도, 삼십 대 청년이 겨우 몇 개월 만에 흰머리가 생길 일이 있겠는가?

어두워 표정은 알 수 없었지만, 호흡은 분명하게 느낄 수 있었다.

두 사람은 약속이나 한 듯이 고개를 돌렸다. 서로의 호흡이 지척에서 느껴지고 잠자리가 수면을 건드리고 날아가는 것처럼 두 사람의 입술이 마주쳤다. 성칭랑은 무의식적으로 피하려고 했지만, 담배 향이 나는 쭝잉의 손가락이 그의 얼굴을 가볍게 감쌌다.

밤바람에 머리칼이 날려 상대의 얼굴을 스치자, 쭝잉은 입술을 조금 열어 술 향기가 섞인 매실 맛과 크림 맛을 성칭랑에게 나눠주었다.

한 사람은 현대로 돌아와 진실과 수술을 마주해야 하고, 또 한 사람은 어떤 위험이 도사리고 있는지, 언제 돌아올 수 있는지 알 수 없는 길을 떠나야 했다. 실외 발코니에서 두 사람은 1937년 10월 6일 밤, 예전에 못 했던 입맞춤을 나누었다.

어둠 속에서 속눈썹이 파르르 떨렸다. 서로의 체온을 나누는 친밀함은 욕정과는 거리가 멀었다.

쭝잉은 성칭랑의 얼굴이 이렇게 뜨거운 것은 처음 봤다. 쭝잉은 눈을 뜨고 성칭랑의 턱에 손가락을 댄 채로 입술을 살짝 뗐다.

이마를 마주 댄 채 서로의 호흡을 느끼면서 잠시 그대로 있었다. 성칭랑이 상처 입은 손으로 쭝잉의 뺨을 감싸며 천천히, 그리고 신중하게 입을 맞췄다. 조금 전보다 훨씬 깊은 입맞춤이었다.

조용한 입맞춤으로 몸이 팽팽하게 긴장했고 심장박동도 빨라졌다. 두 사람은 꽉 잡은 서로의 손을 더듬었다.

입맞춤은 아래층에서 어떤 부인이 소리칠 때까지 계속되었다.

"야, 이놈아! 머리가 어떻게 됐냐! 성냥갑을 왜 연못에 던져? 초에 불을 붙일 수가 없잖아! 어서 네 아빠한테 예 선생한테 가서 성냥 좀 빌려 오라고 해!"

뜬금없는 소리에 분위기가 깨져 입맞춤이 중단되었다. 다시 인간 세상으로 돌아왔다.

공기 중에 술 냄새가 은은하게 퍼져 있고 술잔 옆에 찌그러진 피스Peace 담뱃갑이 놓여 있었다. 컴컴한 어둠 속이라 상대의 표정이 보이지 않았다.

쭝잉은 손을 풀고 아무 일도 없었다는 듯이 술병을 집어 작고 귀여운 술잔에 와인을 가득 따라 천천히 한 모금 마셨다. 차가운 액체가 식도를 타고 위로 들어가자 잠시나마 진정이 되었다.

밤바람이 세지자, 성칭랑이 어둠을 헤치고 실내로 들어가 소파에서 담요를 들고나와 쭝잉의 어깨에 덮어주었다. 그리고 옆에 있는 등나무 의자에 앉아 조금 갈라진 목소리로 말했다.

"조금만 마셔요."

다 해봐야 몇 모금 마셨을 뿐이지만 성칭랑의 말을 듣기로 했다. 쭝잉은 잔을 내려놓고 담요를 펼쳐 성칭랑에게 한쪽을 건넸다.

성칭랑이 웬일로 사양하지 않고 담요를 같이 덮었다.

조명이 부족한 밤, 두 사람은 우리에 갇힌 짐승처럼 아무 데도 갈 수가 없어 가만히 앉아 눈앞에 펼쳐져 있는 고요한 어둠을 바라봤다. 이 도시도 우리에 갇힌 짐승 같았다.

환한 시대로 돌아가기까지 네 시간 정도가 남아 무슨 말이라도 해야 했다.

잠시 뒤, 쭝잉이 물었다.

"내가 있는 시대에 처음 왔을 때, 특별히 감격스러웠던 순간이 있었어요?"

성칭랑은 잠깐 생각한 다음 반문했다.

"내가 처음 빌렸던 사전 기억해요?"

쭝잉은 현관 서랍에 있었던 얇은 수첩 첫 줄에 "책장에서 『신화자전』 사용 뒤 당일 반납"이라고 쓰여 있던 게 생각났다.

"『신화자전』이요."

"1998년 수정본으로 출판사는 상무인서관이었습니다."

성칭랑이 먼 곳을 바라보며 담담하게 말했다.

"그곳이 살아남아 있었습니다."

내륙 이전 명단에 있었던 상무인서관은 전쟁으로 파괴되고 몇 번의 이전을 거쳐 결국 살아남았다.

성칭랑은 쭝잉의 아파트에서 '자전'이라는 낯익은 글자를 봤을 때, 시대의 연결감은 물론 불멸의 희망이 끌어올라 가슴이 벅찼다.

"상무인서관뿐 아니라 많은 것이 살아남았어요."

쭝잉이 말했다.

전쟁은 길고 참혹했지만 인간의 신념과 노력까지 전부 말살하지는 못했다.

아래에서 갑자기 "전기 들어왔다!" 하는 아이의 환호성이 들렸다. 그와 동시에 어둠 속에서 불이 하나둘 켜지더니 무서울 정도로 적막한 밤에 빛을 더해주었다.

성칭랑은 일어나 불을 켜고, 쭝잉은 탁자를 정리했다.

두 사람은 탁자와 의자를 실내로 옮기고 발코니로 향하는 문을 잠갔다. 아파트 주인이 먼 길을 떠나면 오랫동안 빈집으로 남을 테고, 언제 갑자기 비바람이 몰아칠지 몰랐기 때문에 문과 창문을 잘 잠가놓아야 했다.

성칭랑은 간단히 짐을 싸고 거실의 어두운 불빛 속에 앉아 마지막으로 아파트를 둘러봤다. 왠지 이별하는 느낌이 들었다.

몇 년 전, 귀국한 성칭랑은 집에서 이 아파트로 독립해 나와 크고 작은 가구를 모두 직접 골라 배치했다. 이 집에 오래 살다 보니 가끔은 여기서 아주 오랫동안 살 것 같은 느낌이 들었고, 이 아파트가 영원히 이 모습을 유지할 것 같았다.

그러나 현실에서는 수십 년 뒤 이 아파트에 매우 큰 변화가 생겼다.

자신이 직접 사서 배치한 가구들은 어디로 갔는지 알 수 없었고, 다른 입주자의 물건이 그 자리를 차지해 자신의 흔적은 거의 다 지워지고 현관 등의 전등갓만이 남았다.

수십 년 동안 무슨 일이 생긴 것일까?

자신은 언제, 또 무슨 이유로 이 아파트를 떠났을까?

성칭랑은 고개를 돌려 낮은 탁자에 세워져 있는 탁상시계를 봤다. '째깍째깍' 시계 소리가 울리고 현관 등이 앞길을 비추고 있었다.

쭝잉은 고개를 숙여 손목시계를 봤다. 밤 10시가 점점 다가오고 있었다.

"전등 끌게요. 낭비하면 안 되니까."

성칭랑이 고개를 끄덕였다.

쭝잉이 현관으로 걸어가 현관 등을 껐다.

실내가 다시 어두워졌다. 문과 창문을 굳게 닫으니 공기의 흐름이 멈춘 것 같았다.

성칭랑이 일어나 트렁크와 서류 가방을 들고 쭝잉에게 다가가 한 손을 내밀어 그녀의 손을 잡았다. 두 사람은 함께 시계 종소리가 울리기를 기다렸다.

종소리가 울리자, 쭝잉은 손을 뻗어 익숙한 현관 등 스위치를 켰다. '딸칵' 소리와 함께 천장에서 불빛이 쏟아졌다.

현대의 전등 불빛은 밝고 안정적이었다. 성칭랑은 고개를 들었다가 다시 숙이며 쭝잉과 시선을 맞추었다.

"오늘 밤은 쉬고 내일 아침에 돌아가서 출발할 거예요, 아니면 오늘 밤에 바로 출발할 거예요?"

성칭랑이 대답하기도 전에 쭝잉은 고개를 숙여 성칭랑이 들고 온 여행 가방을 봤다. 이것으로 성칭랑이 밤에 출발하기로 했다는 것을 알 수 있었다.

"가요. 내가 데려다줄게요."

쭝잉이 손을 놓고 현관으로 가 서랍에서 열쇠를 꺼내 들고 밖으로 나갔으나, 성칭랑은 그 자리에 그대로 서 있었다.

"너무 늦었습니다. 쉬세요, 데려다줄 필요 없어요."

쭝잉은 성칭랑의 얼굴을 물끄러미 바라봤다.

"자는 것보다 당신을 데려다주고 싶어요."

이별의 아쉬움이 가득 담겨 있는 말이었다. 혼자 남아 잠 못

이루는 것보다 같이 날이 밝기를 기다리는 게 나았다.

쭝잉의 말에 성칭랑은 가방을 꼭 쥐고 문을 나섰다.

엘리베이터에 올라 층수가 한 층 한 층 내려가는 것을 보다가 1층에 도착하자, 쭝잉은 빠른 걸음으로 엘리베이터에서 내려 차를 가지러 갔다.

쭝잉이 아파트 공용 현관 앞으로 차를 가져오니, 성칭랑이 그 자리에서 기다리고 있었다.

쭝잉은 고개를 쭉 빼고 뒷좌석을 가리키며 "뒤에 놓으세요" 하고 말했다. 성칭랑이 말없이 뒷좌석 문을 열고 가방을 내려놓은 다음, 빙 돌아서 조수석에 타고 안전벨트를 맸다.

두 사람 모두 차에 앉고 나서야 쭝잉이 물었다.

"첫 번째로 가는 곳은 어디예요?"

"난징입니다."

또 후닝 고속도로를 타야 했다. 쭝잉은 한 손으로 핸들을 잡고 차량의 내비게이션을 켜 목적지를 입력했다.

내비게이션의 알림이 울리자, 쭝잉은 방향을 바꿔 남쪽으로 차를 몰았다.

온종일 흐렸던 상하이에는 먹구름이 가득했고, 공기에는 습기가 꽉 차 곧 비가 쏟아질 것 같았다. 어둠을 헤치며 달리니 네온사인과 가끔 지나는 차량만 있을 뿐 조금 썰렁했다.

삼십 분 정도 달려 휴게소에 들어갔다.

쭝잉은 기름을 넣고 편의점에 들어가 먹을 것을 샀다. 차로 돌아와 음식이 가득 담긴 봉투를 뒷좌석에 놓고 지갑을 꺼내 현금을 전부 성칭랑에게 주었다.

금전적으로 여러 차례 도움을 받은 성칭랑은 이번에는 거절
했다.

"현금 있습니다. 괜찮아요."

쭝잉은 아무 말 없이 현금을 거두고 계속 차를 몰았다.

황금연휴 귀가 차량이 절정을 이루기 전날 밤이라 도로에는
상하이로 돌아오는 차량이 대부분이었다. 그들과는 달리 두 사
람은 낯선 도시를 향해 달렸다.

깊은 밤 고속도로를 달리니 도로표지판과 나무가 휙휙 지나
갔다. 차바퀴가 노면의 도로표시 선을 삼키며 빠르게 달려나갔
다. 앞쪽은 칠흑 같은 어둠뿐이었다.

고속도로에서 빠져나오니 날이 밝아오고 있었다. 구름이 겹
겹이 쌓여 있어 하늘이 유난히 낮게 내려앉은 것 같았다.

시내로 진입하자 그제야 날이 완전히 밝았다. 쭝잉은 내비
게이션의 시간을 힐끗 보고 차를 도로변에 세웠다.

차는 운행을 중단한 지 오래인 난징 남역에 도착했다. 차창
너머로 보니 여러 차례 개조한 옛 기차역이 바로 성칭랑의 다
음 노정의 출발점이었다. 이곳은 1905년에 건설된 난징 샤관下
關역이었다.

천 리까지 배웅해도 결국은 헤어져야 했다.

6시가 가까워지자 시간을 아껴 이별의 인사를 하는 것 외에
아무것도 할 수가 없었다.

쭝잉은 한 손으로 핸들을 잡고 다른 한 손으로 입을 가린 채

가만히 있다가 돌연 한숨을 내쉬더니 몸을 돌려 뒷좌석에 있는 가방과 비닐봉지를 집어 전부 성칭랑에게 안겼다.

성칭랑은 짐을 발 옆에 놓고 쭝잉을 바라봤다.

이 분 남았다. 초침 소리가 점점 커졌다. 쭝잉은 성칭랑이 초를 세는 것을 보고 결국 입을 열었다.

"당신이 무사히 살아서 평안하게 돌아왔으면 좋겠어요."

"당신도 수술이 성공적으로 끝나고 잘 살길 바랍니다. 꼭 돌아오겠습니다."

성칭랑이 쭝잉의 눈을 보면서 낮고 갈라진 목소리로 진지하고 믿음직스럽게 말했다.

각자 걱정을 품은 채 각자의 길로 떠나야 했고, 서로의 곁에서 평생 같이 있을 가능성은 없겠지만, 어젯밤 그 순간에는 반세기를 사이에 두고 떨어진 두 마음이 하나가 되었고 두 사람 모두 같은 것을 바랐다. 헤어지지 않는 것.

성칭랑이 팔을 뻗자 쭝잉이 몸을 기울여 그에게 안겼다.

이별 전 포옹도 분초를 따져야 했다. 두 눈에 간절함이 가득했지만 이별 앞이라 참아야 했고, 서로에게 맞닿았던 손도 거둬야 했다.

성칭랑이 가방을 들고 쭝잉에게 말했다.

"그러면, 잘 가요."

쭝잉은 곁눈질로 내비게이션에 있는 시계를 봤다. 삼 초, 이 초, 일 초…….

"잘 가요."

쭝잉이 말했다.

조수석이 순식간에 텅 비었다.

저 너머 난징 서역이 쓸쓸해 보였다. 1930년대에는 남북 교통을 잇는 허브로, 후닝 철도 노선의 출발점이자 종점이던 곳이었다.

성칭랑은 역으로 들어가기 전 짐을 정리하다가 비닐봉지에 현금이 가득 든 지갑이 들어 있는 것을 발견했다. 성칭랑은 몸을 돌려 자기가 나타난 곳을 바라봤다. 쭝잉의 차가 아직 그곳에 있는 것만 같았다. 하지만 있을 리가 없었다. 여행객 두세 명이 바쁘게 성칭랑 곁을 지나갔고, 자전거가 휙 지나갔으며, 마지막으로 포드 모델 T가 서더니 옷차림에 신경을 쓴 정객政客처럼 보이는 두 사람이 내렸다.

이쪽은 먹구름이 잔뜩 끼었고, 쭝잉이 있는 쪽도 날씨가 그다지 좋지 않았다.

쭝잉은 그대로 잠시 앉아 있다가 시동을 걸고 차를 돌려 창백한 새벽빛을 거슬러 상하이로 돌아왔다.

### 제16장

# 대단원


황금연휴 마지막 날 새벽, 상하이에는 비가 내렸다. 연휴로 미뤄진 조사가 확인 단계로 접어들었다.

병원 VIP 병동의 엘리베이터가 열리고 제복을 입은 경찰 세 명이 나왔다. 터널 사고 조사팀 두 명과 쉐쉬안칭이었다.

제일 앞에 있던 장 경관이 쭝위의 병실 문을 노크했다.

쭝위 옆에서 밤을 새운 쭝위 어머니가 문을 열자 하늘색 제복이 눈에 들어왔다.

장 경관이 쭝위 어머니에게 경찰 신분증을 보여주면서 방문 이유를 설명했다.

"터널 사고의 새로운 증거가 확보돼 확인하러 왔습니다."

"일전에 왔었잖아요. 쭝위는 아무것도 기억하지 못합니다. 못 믿겠으면 의사에게 물어보세요."

쭝위 어머니가 잔뜩 경계하며 반감을 드러냈다.

장 경관이 미간을 살짝 좁혔다. 그때 뒤에 있던 쉐쉬안칭이 말했다.

"아니요, 쭝위는 기억합니다."

쉐쉬안칭이 투명 증거물 봉투에 담긴 휴대전화를 내보였다.

쭝위 어머니는 증거물 봉투에 담긴, 액정이 깨지고 보호 케이스도 약간 구겨진 휴대전화를 한눈에 알아봤다. 쉐쉬안칭이 액정을 누르자 새까만 잠금 화면이 나왔다.

"이게 뭐예요?"

쭝위 어머니가 모른 척하며 물었다.

"방금 말씀드렸는데요, 새로운 증거라고."

장 경관이 말했다.

"새 증거가 어디서 나와요? 이게 쭝위와 무슨 상관이 있죠? 심문하려면 관련 서류는 받아 왔어요?"

쭝위 어머니가 적의를 드러내며 되물었다.

장 경관이 눈을 아래로 내리며 쭝위 어머니의 상태를 가늠했다.

"싱 여사님, 긴장할 필요 없습니다. 그냥 몇 가지 확인할 게 있어서 온 겁니다. 시간도 얼마 안 걸리고요. 쭝위의 상태 때문이라면, 저희가 사전에 주치의 선생님과 통화했고 방문 허락도 받았습니다."

쭝위 어머니가 고개를 들다가 쉐쉬안칭과 시선이 마주쳤다.

쉐쉬안칭의 날카로운 눈빛에 놀란 쭝위 어머니는 병실 앞을 가로막은 채로 외투에서 휴대전화를 꺼내 차가운 손가락으로 액정을 넘기고 전화를 걸었다. 변호사에게 전화한다는 것이 잘 못 눌렀는지 선 비서에게 걸렸다.

잘못 걸긴 했어도 이미 걸었으니 어쩔 수 없다고 생각하는 데, 전화기 너머에서 "지금 전화기가 꺼져 있어……"라는 안내 음성이 들렸다.

쭝위 어머니는 전화기를 들어 전화번호를 다시 확인했다. 선 비서가, 휴대전화를 꺼놓았다. 치밀한 성격이라 전화기를 꺼놓는 법이 없던 사람이 갑자기 연락이 안 된다니 정말 이상 했다. 쭝위 어머니는 어리둥절하다가 순간 동공이 수축하면서 강렬한 불안감에 휩싸였다.

쉐쉬안칭은 그녀를 차갑게 쳐다봤다. 장 경관이 옆에 있던 동료에게 먼저 병실로 들어가라고 했다.

그 순간 정신을 차린 쭝위 어머니가 두 팔을 벌리며 문을 막 았다.

"못 들어가요!"

"싱 여사님, 우리나라 법률에 공민은 증언의 의무가 있습니 다. 비켜주십시오."

장 경관이 관련 서류를 내밀자 쭝위 어머니가 확 채가더니 자세히 살폈다. 다 읽기도 전에 옆에 있던 경관이 쭝위 어머니 를 지나 병실로 들어갔다.

침대에 누워 있던 쭝위가 병실에 들어온 경관을 보자 침대 옆에 있는 활력징후 모니터의 숫자가 급격하게 상승했다.

경관은 노트북과 프린터기를 침대맡 협탁에 올려놓았다.

중위는 힘겹게 숨을 쉬며 이불을 움켜쥐었다.

경관은 노트북과 프린터기를 연결하면서 중위에게 말했다.

"무서워하지 마. 몇 가지 간단하게 물어보려는 것뿐이니까. 말하는 게 힘들면 고개를 끄덕이거나 저으면 돼."

말하기가 무섭게 중위 어머니가 병실로 뛰어 들어와 가타부타 말도 없이 노트북 전원을 끄고 프린터기 전원도 뽑으려고 하자, 경관이 그녀를 막으며 경고했다.

"싱 여사님, 이건 공부집행방해입니다!"

중위 어머니가 숨을 깊이 들이쉬고는 고개를 들고 비켜섰다.

"질문하세요. 단, 내가 옆에 있겠어요."

"질문 내용은 밝힐 수 없으니 나가주세요."

경관이 중위 어머니에게 나가라고 하자, 그녀가 중위를 쳐다봤다. 그러나 중위는 어머니가 보기 싫은 듯, 고개를 돌려 시선을 피했다.

순간 중위 어머니는 감정이 한계에 도달했는지 다급하게 말했다.

"보호자가 왜 나가야 해요?"

중위 어머니는 강경하게 맞설 힘도 없고 켕기는 것도 있었기 때문에 경찰의 정당한 심문 요구에 맞서는 것은 마지막 발악에 불과했다.

그때 장 경관이 옆에 있던 경관에게 말했다.

"자네는 우선 싱 여사와 나가 있어."

중위 어머니가 완강하게 저항하자, 쉬쉬안칭이 앞으로 나와 경관과 함께 그녀를 밖으로 데리고 나갔다.

실내가 조용해지자, 경관이 다시 들어왔다.

장 경관은 노트북을 다시 켜고 쭝위에게 경찰 신분증을 보여주면서 관련 법적 의무와 책임을 설명한 다음, 정식으로 질문을 시작했다.

바깥에서 들리던 실랑이 소리는 금세 멈췄다. 실내에는 의료기기 소리와 장 경관의 말소리뿐이었다.

장 경관이 휴대전화가 든 투명 증거물 봉투를 내밀며 물었다.

"이 휴대전화 아니?"

쭝위가 깨진 액정을 보며 고개를 끄덕였다.

"확인 결과, 이 휴대전화와 안에 있는 유심카드 모두 네 외삼촌 싱쉐이의 거였어. 그런데 7월 23일 사고 현장에서는 발견되지 않았지. 네가 이 전화기를 가져갔니?"

끄덕끄덕.

"2015년 9월 30일 저녁, 네가 이 휴대전화기를 쭝잉에게 줬니?"

끄덕끄덕.

다른 경관이 옆에서 대화를 기록했다. 장 경관이 증거물 봉투에서 휴대전화를 꺼내 전원을 켜고 녹음 앱을 열어 7월 23일 자 녹음을 재생했다.

녹음에는 중년 남성의 목소리가 담겨 있었다. 어조 등으로 판단했을 때 녹음 당시 몸 상태가 매우 안 좋은 것 같았고, 말하는 중간중간 무거운 숨소리가 들렸다.

녹음 내용이 조용한 실내에 울려 퍼지자, 장 경관은 쭝위의 변화에 주시했다.

기억은 괴로웠다. 쭝위는 여전히 이불을 꽉 붙잡은 채로 거칠게 숨을 쉬었다. 산소호흡기 안의 들숨과 날숨이 점점 빨라졌다.

"이 파일의 녹음 시간이 사고 발생 시간과 같아. 목소리의 주인공은 싱쉐이이고 임종 직전에 녹음한 게 맞니?"

쭝위는 입술을 꾹 깨물었다. 호흡기 속 숨이 순간 멈추더니 천천히 고개를 끄덕였다.

"싱쉐이가 이 휴대전화를 네게 줬고?"

쭝위가 고개를 끄덕였다.

장 경관은 최신 녹음을 열었다.

"우리가 이 휴대전화 내용을 조사하다가 9월 19일 녹음을 발견했어. 녹음에서 인체 장기 거래 관련 대화가 나와서 지금부터 네게 대화에 나오는 인물과 녹음된 장소를 확인하려고 해."

경관이 다시 질문했다.

"이거 네가 녹음한 거니?"

쭝위는 아무 말도 하지 않다가 녹음 속 대화가 다 끝나고 나서야 천천히 고개를 끄덕였다.

"녹음 속에서 대화하는 두 사람은 네 어머니인 싱쉐수와 밍윈그룹 대표이사의 비서 선카이니? 녹음한 장소는 병원이고?"

쭝위는 한참 동안 말이 없었다. 장 경관은 인내심을 갖고 기다렸다. 옆에서 울리던 키보드 치는 소리도 멈추었다.

순간 병실은 이상할 정도로 조용해졌지만, 병실 밖은 불안으로 거의 이성을 잃은 쭝위 어머니 싱쉐수가 몇 번이나 병실로 들어오려고 시도하다가 쉐쉬안칭에게 번번이 가로막혔다.

두 사람은 문밖에서 대치했다.

"당신이 왜 쭝위의 입을 막으려고 안달인지 모르겠지만, 쭝위는 그날 사고로 병세가 더 악화됐는데, 왜 사고가 일어났는지 궁금하지 않아요?"

싱쉐수가 주먹을 꽉 쥐었다.

"차가 고장 난 것도 아니고 운전자의 정신 상태도 말짱했는데 왜 갑자기 핸들을 제어하지 못했을까요? 이상하지 않아요?"

싱쉐수는 이를 악물고 참다가 대답했다.

"오빠는 우울증이 있었어요."

"우울증이 있어서 자살했다."

쉐쉬안칭이 싱쉐수의 말을 받으며 미간을 찌푸렸다.

"어떻게 그렇게 단언할 수 있죠? 부검 보고서 안 봤어요? 아니면 당신들은 우울증이 있으면 다 자살한다고 생각하는 거예요? 예전에 쭝잉 어머니의 죽음도 그들은 자살이라고 말했죠. 싱쉐이의 죽음에도 당신들은 똑같이 반응하네요. 설령 정말 죽으려고 생각했다고 해도 평소 쭝위를 그렇게 아꼈던 사람이 제 조카를 끌어들였을까요?"

쉐쉬안칭의 말이 끝나기가 무섭게 싱쉐수가 힘껏 쥐고 있던 휴대전화가 진동했다.

쉬쉬안칭이 싱쉬수의 휴대전화를 쳐다봤다. 싱쉬수도 고개
를 숙여 액정을 보더니 잠시 망설이다가 받지 않자 전화가 끊
어졌다.

쉬쉬안칭은 싱쉬수가 갑자기 불안해한다는 것을 느끼고 차
갑게 물었다.

"싱 여사, 도대체 뭘 숨기고 있는 거예요?"

싱쉬수는 입을 꾹 다물고 아무 말도 하지 않았지만, 병실에
있는 중위는 대답을 하고 있었다.

장 경관의 '녹음 속 대화에 나오는 인물과 녹음 장소'에 대한
질문에 중위는 힘없는 목소리로 모호하게 대답했다.

"네……."

키보드 치는 소리가 타다닥 울렸다가 다시 조용해졌다.

장 경관은 휴대전화를 증거물 봉투에 다시 넣고 고개를 돌
려 활력징후 모니터의 숫자를 보더니 계속 물었다.

"지금부터 7월 23일 발생한 사건에 관해 물어볼 거야. 기억
하면 고개를 끄덕이면 돼."

장 경관의 말투가 더 정중해졌다. 마침내 본론으로 들어가
는 듯했다.

산소 포화도 측정기를 꽂은 중위의 손가락이 갑자기 파르르
떨렸다. 장 경관은 모니터의 활력징후 그래프가 불안정하게 움
직이는 것을 보고 호출 벨을 누르려고 일어났다. 그런데 중위
가 장 경관의 손을 잡았다.

중위가 천천히 말했다. 산소호흡기 속 입 모양이 변했다.

"제가…… 알아요."

장 경관은 깜짝 놀랐다가 곧 정신을 차리고 문 쪽으로 걸어
가 쉬쉬안칭을 불렀다.

"쉬안칭, 들어와."

쉬쉬안칭이 고개를 돌리고 오케이 사인을 하면서 싱쉐수에
게 말했다.

"말하고 싶지 않으면 안 해도 돼요. 진실은 밝혀지게 마련이
니까. 당신이 원하든 원하지 않든."

쉬쉬안칭은 싱쉐수를 문밖에 그대로 둔 채 몸을 돌려 병실
안으로 들어갔다.

쉬쉬안칭은 침대 곁으로 다가가 노트북 화면에 있는 기록을
보고 고개를 들어 활력징후 모니터를 본 다음, 중위에게 시선
을 돌렸다.

"감정이 격해지면 상태가 나빠질 수 있으니 잘 지켜봐."

장 경관이 쉬쉬안칭에게 조용히 말했다.

쉬쉬안칭이 고개를 끄덕였다.

장 경관은 가방에서 다른 투명 증거물 봉투를 꺼냈다. 안에
는 피가 묻은 오래된 보고서가 있었다.

"이 보고서도 9월 30일에 네가 쭝잉에게 준 거야. 7월 23일
사고가 이 보고서와 뭔가 관계가 있니?"

중위가 눈을 꾹 감은 채 힘겹게 고개를 끄덕였다.

"이 보고서가 왜 네 가방에 있지?"

쭝위는 대답하지 않았다.

"그날 너와 싱쉐이는 왜 한밤중에 외출했어? 차 안에서 무슨 일이 있었지? 핸들이 왜 갑자기 제어가 안 됐고?"

쭝위는 여전히 대답하지 않았고 호흡은 점점 가빠졌다. 그때 쭝위가 손을 들어 호흡기를 벗으려고 했다.

쉐쉬안칭이 쭝위를 막았다.

"천천히 말해. 급하지 않아."

쭝위는 애써 입을 벌려 뭔가 말하려고 했지만 힘에 부치는 모양이었다. 쉐쉬안칭은 휴대전화를 꺼내 키보드를 열어 쭝위에게 내밀었다. 쭝위는 손을 들어 천천히, 한 자 한 자 힘겹게 입력했다.

모두 말없이 기다렸다. 휴대전화 키보드를 누르는 소리만 띄엄띄엄 이어졌다.

한참 뒤에야 소리가 멈췄다. 쉐쉬안칭이 휴대전화를 거둬다 읽고도 기록하는 경관에게 넘기지 않았다.

쉐쉬안칭은 병상에 누워 있는 소년을 쳐다봤다. 소년도 쉐쉬안칭의 눈길을 피하지 않았다.

산소호흡기 아래 쭝위의 호흡이 점점 급해지고 눈에서 눈물이 핑그르르 돌더니 눈가를 따라 귀 옆으로 흘러내렸다.

쭝위가 휴대전화에 쓴 마지막 말은 '내 잘못이에요'였다.

쉐쉬안칭은 휴대전화를 쥐고 아무 말도 하지 못했다.

장 경관은 쉐쉬안칭이 입술을 꾹 깨물고 아무 말도 하지 않자 그녀의 손에서 휴대전화를 가져가 내용을 본 뒤, 한숨을 내쉬며 옆에 있던 경관에게 휴대전화를 넘겼다.

경관이 입력을 마치고 장 경관에게 다른 질문은 더 없냐고 물었다. 장 경관이 고개를 젓자, 경관이 프린터를 연결해 프린트를 시작했다.

프린트 소리가 멈추자, 장 경관은 진술서를 훑어본 뒤 쭝위에게 건넸다.

"사실과 맞는지 잘 읽어봐. 이의가 없으면 여기에 이름을 쓰고 지장 찍으면 돼."

쭝위는 막혔던 둑이 터진 것처럼 눈물을 줄줄 흘렸다. 모니터의 숫자가 위험 수치까지 올라갔다. 장 경관은 진술서를 들고 쭝위가 받기를 기다렸다.

담담하게 기다리는 실내와 달리 병실 밖의 기다림은 너무 초조하고 불안했다.

싱쉐수는 변호사에게 전화하고 뤼첸밍에게도 전화했지만 몇 번을 걸어도 연결이 되지 않았다.

선 비서는 전화기가 꺼져 있고 뤼첸밍은 연락이 되지 않자, 싱쉐수는 불안이 극에 달했다. 뤼첸밍의 전화번호를 계속 누르는 것 말고는 달리 방법이 없었다. 스무 번 정도 걸어 인내심이 바닥나려는 순간, 마침내 저쪽에서 "여보세요" 하는 차가운 목소리가 들렸다.

누적된 불안이 출구를 만나자, 싱쉐수는 하얗게 질린 얼굴로 손을 덜덜 떨면서 다급하게 물었다.

"지금 경찰이 샤오위 병실에 와 있어요. 경찰이 왜 온 거예요? 선카이는 왜 연락이 안 되고요? 당신들 무슨 일 벌이다 발각된 거 아니에요?"

전화 저쪽의 뤼첸밍이 불쾌하다는 듯이 되물었다.

"이봐요, 쭝 부인, 당신 뭘 잘못 안 거 아니야? 경찰을 끌어들인 건 당신 아들이라고. 내가 경고했지. 당신 아들이 쭝잉과 접촉할 기회 주지 말라고. 잠자코 기다리기만 하면 해결될 문제를 이렇게 엉망으로 만들어놓으니, 만족합니까?"

뤼첸밍의 말에 싱쉐수는 불안이 분노로 폭발해 얼굴 근육이 파르르 떨렸다.

"지금 내 탓하는 거야? 당신이 그 애 심장은 샤오위 거라고 장담만 안 했어도 지금 내가 이렇게 속수무책이 됐겠어? 상황을 이따위로 만들어놓고 어디서 큰소리야. 당신 내 말 잘 들어. 만약 샤오위가 수술 못 받게 되면 전부 무사하지 못할 줄 알아! 당신들이 한 일, 나도 다 생각이 있다고."

이를 갈며 말을 내뱉자, 심장이 두근두근 뛰고 호흡이 가빠지면서 얼굴이 창백해지고, 산발이 된 머리칼이 귀 옆으로 흘러내렸다.

저쪽에서 전화를 먼저 끊었는지 '뚜뚜뚜' 소리만 들렸다.

싱쉐수는 손을 들어 입을 막고 끓어오르는 감정을 눌렀다. 잠시 뒤 고개를 들자 몇 미터 밖에 서 있는 쭝칭린이 눈에 들어왔다.

순간 싱쉐수의 동공이 커지면서 휴대전화를 들고 있던 손을 꽉 쥐며 무의식적으로 뒤로 반걸음 물러났다.

쭝칭린은 싱쉐수에게 걸어가 앞에 서서 형편없는 안색으로
고압적으로 물었다.

"누구야?"

감정이 배제된 무뚝뚝한 말투였다.

싱쉐수는 시선을 피하며 무의식적으로 손을 들어 잔머리를
귀 뒤로 넘기면서 침착한 척했다.

"아뇨, 통화 안 했어요."

긴장된 마음에 머리칼을 잡아 뭉개며 말했다. 이것은 싱쉐
수의 오랜 습관이었다.

쭝칭린이 휴대전화를 내놓으라는 듯이 손을 뻗었다.

싱쉐수가 손을 뒤로 빼자, 쭝칭린이 그녀의 손목을 잡고 강
제로 빼앗으려던 찰나, 주치의가 간호사 두 명과 함께 모니터
링 실에서 뛰어나와 두 사람을 지나 병실 문을 두드렸다.

"어서 문 열어요!"

싱쉐수와 쭝칭린은 동시에 병실 쪽을 쳐다봤다. 안에 있던
쉐쉬안칭이 재빨리 문을 열었다.

"너무 오래 계셨습니다. 환자 상태가 안 좋으니 어서 나가세
요!"

주치의는 이렇게 말하고 쉐쉬안칭을 밖으로 끌어냈다. '삐
삐삐' 경고음이 울리자, 간호사는 나머지 두 경찰에게도 나가
라고 했다.

병실 문이 다시 닫혔다. 병실 안은 정신없이 바빴지만, 밖은
파도가 소리 없이 몰아치고 있었다.

쉬쉬안칭은 경계와 혐오의 눈빛으로 두 사람을 노려봤다. 나머지 두 경찰은 마무리하지 못한 진술서가 걱정이었다. 변호사의 전화를 받고 달려온 쭝칭린은 어두운 표정으로 장 경관의 손에 들린 진술서로 시선을 돌렸다. 싱쉐수는 감정을 채 추스르기도 전에 이번에는 쭝위 걱정으로 공황에 빠졌다. 그러나 그녀도 쭝칭린처럼 도대체 무엇을 물어봤는지 진술서 내용이 궁금했다.

복도에 걸린 전자시계가 오전 10시 11분을 가리켰을 때, 쭝잉도 병원에 도착했다.

주차를 마치고 '9.14'와 뫼비우스의 띠가 새겨진 우산을 들고 빗속을 뚫고 병원으로 들어갔다.

우산을 접어 들고 엘리베이터에 오른 쭝잉은 성추스를 만나러 가려다가 저도 모르게 20층을 눌렀다.

1층에서 20층까지 수많은 사람이 들어왔다가 나갔지만, 꼭대기 층에 도착했을 때는 쭝잉 혼자뿐이었다. 엘리베이터 문이 열려 밖으로 나오자 여러 개의 눈빛이 일제히 쭝잉에게 향했다.

쭝잉은 이런 상황이 기다리고 있을 줄 몰랐다. 한 손에 우산을 든 채로 그 자리에 멈추자 등 뒤로 엘리베이터 문이 닫혔다. 쉬쉬안칭이 쭝잉을 향해 성큼성큼 다가왔다.

며칠 동안 못 보고 연락도 할 수 없었다. 쉬쉬안칭은 아무 말 없이 그냥 쭝잉을 끌어안았다. 삼 초 뒤, 쉬쉬안칭이 쭝잉의 귀에 대고 속삭였다.

"마음의 준비 단단히 해. 근데 두려워하진 마. 내가 옆에 있을 테니까."

쉬쉬안칭의 말에 쭝잉은 눈을 들어 병실 쪽을 쳐다봤다.

그때 문이 열리면서 주치의가 나와 마스크를 벗자, 싱쉐수가 재빨리 다가갔다.

"우리 애 좀 어때요, 선생님?"

"불안정합니다. 낙관적이지 않고요."

주치의가 굳은 표정으로 대답했다.

싱쉐수는 순간 머리에 산소가 부족한 느낌이 들었다.

"그러면 면회는 언제 가능합니까?"

장 경관이 물었다.

주치의가 대답하기도 전에 싱쉐수가 고개를 돌려 장 경관에게 소리쳤다.

"면회는 무슨 면회?! 이런 상황에서도 당신들은 진술서 생각만 하지! 당신들만 아니었으면 우리 샤오위가 저렇게 되지는 않았을 거야!"

거의 이성을 잃은 싱쉐수가 장 경관이 들고 있던 진술서를 뺏으려 손을 뻗자 뒤에 있던 쭝칭린이 막았다.

장 경관은 뒤로 한 발 물러서면서 진술서를 옆에 있던 경관에게 넘기며 "잘 보관해"하고 말했다.

"언제 면회가 가능할지 아직 말씀드리기 어렵습니다. 급하시면 회의실에서 기다리시죠."

주치의가 장 경관에게 이렇게 말하고 병실로 들어갔다. 병실 문이 다시 닫혔다.

복도에 간호사들이 삼삼오오 지나갔고, 장 경관은 시계를 보고 최후 확인만 남은 진술서를 생각하고는 회의실에서 기다리기로 했다.

"쉐쉬안칭, 자네는 먼저 갈 거야, 아니면 여기 더 있을 거야?"

"안 가. 급한 일 안 생기면."

장 경관의 물음에 답한 쉐쉬안칭은 쭝잉의 등을 감쌌다.

"가서 좀 앉자."

쭝잉은 쉐쉬안칭이 이끄는 대로 가면서 병실 앞을 지나다 싱쉐수의 시선을 느꼈다. 분노와 원망이 다 드러난 눈빛이었다.

회의실은 복도보다 더 폐쇄적이었다.

네 사람은 각자 자리에 앉았다. 기록 담당 경관은 물증과 진술을 정리하면서 안타깝다는 듯이 탄식했다.

"보고 있으니 마음이 참 그래요. 왜 이제야 말하는 걸까요?"

"십 대 아이가 이렇게 큰일을 가슴에 품고 지금까지 참은 게 불쌍하지. 너였어도 말하기 힘들었을걸."

장 경관이 진술서를 들며 쭝잉에게 물었다.

"볼래요?"

쭝잉은 밤새 운전해서 매우 피곤했다. 진실이 무척 알고 싶었지만, 막상 진실이 눈앞에 펼쳐지니 두려운 마음이 드는 건 어쩔 수가 없었다.

위독한 아이에게 캐낸 진술서에는 선혈이 낭자했다.

쭝잉은 말없이 주머니에서 약통을 꺼내 약을 집어삼킨 다음, 목구멍의 이물감이 사라진 다음에야 쉐쉬안칭 쪽으로 고개를 돌렸다.

"네가 말해줘."

쉐쉬안칭의 마음도 복잡했다. 쉐쉬안칭은 장 경관에게 증거물 봉투에 담긴 휴대전화를 받아 녹음 기록을 열었다.

"네가 하나를 놓쳤더라고. 교통사고가 발생하자, 싱쉐이가 경찰에 신고한 다음에 남긴 녹음이야."

쉐쉬안칭이 7월 23일의 그 녹음을 열어 음량을 키우자 실내에 싱쉐이의 목소리가 울려 퍼졌다.

싱쉐이는 거칠게 숨을 내쉬면서 확신하는 말투로 "난 틀렸어" 하고 말했다.

"어떤 말은, 더 늦었다간 영영 할 수가 없지. 샤오위…… 방금 너도 보고 들었을 거야. 그 삼촌은 오늘 저녁에, 예전에 있었던 일로 찾아온 거야. 최근에 그가 알았거든. 내가 이걸 남겼다는 걸……."

종이가 바스락거리는 소리가 짧게 들리고 깊은 한숨 소리가 이어졌다.

"이 보고서는 내가 쓴 거다. 보고서에 있는 약은 우리가 우리의 거의 전부를 쏟아부어서 개발한 거야. 임상에서 데이터가 조금만 바뀌어도 손실이 너무 컸어."

"우리는 확신했어……. 아주 조금 고친다고 문제가 생길 리 없다고. 하지만 이 보고서는…… 반려되었지."

"그날, 옌만이 새 사옥의 실험실을 보러 갔어. 나와 그 삼촌도 같이 갔지. 이 보고서 때문에 의견 충돌이 생겼고, 옌만이 떨어졌어."

"이 보고서도 그녀와 함께 떨어졌지. 나는 보고서를 전부 줍고, 그녀는 구하지 않았어."

말하는 목소리에서 점점 힘이 빠지고 흐느끼는 소리가 끼어들었다.

"잘못한 건 잘못한 거고, 아무리 조금이라도 고친 건 조작이니까……."

쉬쉬안칭이 정지 버튼을 눌렀다.

"당시 상황은 대충 이래. 그들이 왜 한밤중에 고속도로를 달렸는지는, 쭝위 말이, 그날 밤 뤼첸밍의 비서가 마약을 가져와 싱쉐이에게 주는 걸 봤대. 얼른 집에 가서 엄마에게 말하려고 밤에 가자고 제 외삼촌을 졸랐나 봐. 하지만 가는 길 내내 외삼촌이 이상해서 못 참고 물었더니 아니라고 부정하더래. 그래서 확인하겠다고 조수석에 있던 싱쉐이의 가방을 뒤지다가……."

"그날 싱쉐이는 마약을 안 한 게 확실해. 마약을 받은 지도 얼마 안 됐고. 하지만 쭝위에게 숨기고 싶어서 쭝위를 막았나 봐."

"그러다가 핸들을 놓쳤고, 결과는 우리가 아는 대로고."

하늘은 뿌옇고 비는 그치지 않았다.

창문과 문이 꽉 닫힌 회의실은 공기가 답답했다. 밖에서 간간이 발소리가 들리다 조용해졌다.

쉐쉬안칭이 한숨을 쉬며 휴대전화에서 포털 사이트를 열어 검색 기록을 찾았다.

"휴대전화를 조사하다가 이것들을 발견했어."

위독한 소년은 의식이 또렷할 때 포털 사이트에서 7월 23일 터널 사고 관련 뉴스를 찾아봤다. 뉴스 사이에 피해자와 생존자 사진이 있었다……

현장에서 즉사한 남편, 부인 그리고 엄마 배 속에 있던 아기, 마지막으로 혈혈단신이 된 아이가 붕대를 감고 휠체어에 앉아 있었다. 아이의 눈은 아이답지 않게 공허했다.

쭝위는 참담한 결과에 너무 놀랐다. 이 모든 것을 어떻게 되돌려야 할지 몰라 결국 다 자신의 탓으로 돌렸다. 자신이 아니었으면 이 부부는 무사히 집에 도착해 기다리고 있던 아이와 함께 행복하게 살 수 있었고, 외삼촌도 자신을 데려다주고 안전하게 집으로 돌아갈 수 있었다……. 하지만, 이제 기회가 없다.

이미 발생한 일은 되돌릴 수 없었다.

과거 옌만이 말다툼 끝에 떨어진 것도, 현장에 같이 있던 두 사람이 혐의를 피하려고 숨이 붙어 있던 옌만을 그대로 두고 현장을 떠나 홀로 죽게 만든 것도, 전부 되돌릴 수 없는 사실이었다.

전전긍긍하며 침묵하고 숨겨왔던 진실이 모두 까발려졌다.

하지만 옌만은 돌아올 수 없고 터널 사고로 숨진 사람들도 다시 살아올 수 없었다.

후회는 아무 쓸모가 없었다. 책상 위에 놓인 휴대전화는 배터리가 다 소모되어 액정이 까맣게 변했다.

바깥에 바람이 불면서 빗줄기가 유리창을 때렸다.

쭝잉은 앉아서 꼼짝하지 않은 채 주먹을 꽉 쥐었다 풀었다.

쉐쉬안칭은 쭝잉을 위로하려고 했지만, 갑자기 쭝잉이 벌떡 일어나더니 회의실 문을 빌걱 열었다.

소리가 나는 쪽을 쳐다보니 문 앞에 싱쉐수와 쭝칭린이 서 있었다.

그들이 얼마나 들었는지는 알 수 없었다.

싱쉐수의 마른 몸이 쓰러질 것처럼 휘청거렸다. 쭝칭린이 한 손으로 싱쉐수의 어깨를 잡으며 문을 연 쭝잉에게 눈길을 옮겼다.

집에서 얼굴을 붉히며 헤어진 뒤 부녀는 대화를 나눈 적이 없었다. 그러다 이런 상황에서 마주치니 각자 마음속에 격랑이 일었다. 폭풍 전야처럼 팽팽한 긴장이 깨지기 직전, 쭝잉이 먼저 입을 열었다.

"딱 한 가지만 말해주세요. 엄마의 죽음에 당신도 관련이 있나요?"

한 자 한 자 씹듯이 내뱉는 말이 조용한 복도에 차갑게 울렸다.

쭝칭린은 주먹을 꽉 쥐었다. 호흡이 빨라지고 코가 벌름거리면서 뭐라고 말을 하려고 몇 번이나 입을 달싹거리다 결국 이를 악물며 말했다.

"내가 무슨 관련이 있겠어? 그러니까 내가 조사하지 말라고 했지?!"

쭝칭린은 옌만이 정신적으로 문제가 있어 죽었다고 생각해 왔다. 몇 년 뒤 석연치 않다는 느낌이 들었지만, 진실보다 자살했다는 추측이 더 받아들이기 쉬웠다. 그런데 녹음을 듣고 난 지금, 옌만의 죽음이 자살이 아니었다는 것은 물론, 혼자 마음 편하겠다고 자신과 다른 사람을 기만했다는 사실도 받아들여야 했다. '옌만은 병이 있었고, 죽음은 스스로 선택한 것이며, 나와는 전혀 관계가 없고 추가 조사를 원하지 않는다'라고 위선을 떨었던 것을.

쭝잉은 쭝칭린을 뚫어지게 쳐다보며 표정 변화를 모두 눈에 담았다. 일 분 뒤 쭝잉이 참담한 듯이 눈을 내렸다.

수십 년 동안 굳게 믿었던 일이 거짓으로 밝혀지자 쭝칭린은 일단 너무 놀랐고, 곧이어 분노가 일었으며, 그다음에는 회피와 부정의 감정이 따라왔다……. 하지만 후회는 전혀 없었다.

쭝칭린은 추락 사고와 무관했다. 그것에 대해 아는 것도 없었다. 그러나 옌만의 죽음에 대한 진실이 밝혀졌어도 측은한 마음이 들지 않았고 마음이 아프지도 않았다. 그냥 분노에 휩싸여 받아들이길 거부하고, 자기는 그 사건과 무관하다며 선을 그을 뿐이었다. 정말 무정했다.

쭝잉은 더 물어볼 것이 없어서 몸을 돌리다 다시 고개를 돌렸다.

"데이터 조작도 당신과 무관합니까?"

쭝칭린은 아픈 곳을 찔렸는지 펄쩍 뛰었다.

"네가 뭘 알아?!"

"저는 아무것도 모르죠."

쭝잉이 쭝칭린을 차갑게 쏘아봤다.

"하지만 적어도 당신들이 이익에 눈이 멀어 조작하지 않았으면 엄마가 죽지 않았을 거라는 건 알아요."

그때 쉐쉬안칭이 다가와 쭝잉을 자기 뒤로 숨기며 중얼거리는 싱쉐수를 훑어봤다.

싱쉐수가 "사실이 아니야. 그럴 리가 없어……" 하며 중얼거리자, 쉐쉬안칭이 말했다.

"뤼첸밍이 건넨 그 마약이 아니었으면 쭝위가 확인하겠다고 달려들지 않았을 거고, 사고도 나지 않았을 거며 싱쉐이도 죽지 않았을 겁니다. 그런데도 당신은 뤼첸밍이 당신을 도와줄 거라고 철석같이 믿고, 심지어 주식과 싱쉐이의 유품도 다 갖다 바쳤죠. 정말 유감이네요."

쉐쉬안칭은 쭝칭린을 보며 당부했다.

"여기 계신 당신 부인과 뤼첸밍의 관계를 조사해 보시라고 권합니다. 아들을 구하고 싶은 마음이 아무리 간절해도 산 사람의 심장을 탐내는 건 좀 아니죠."

쉐쉬안칭이 회의실 문을 닫았다.

쭝칭린은 뤼첸밍과 사이가 틀어진 지 오래였다. 싱쉐수가
통화하는 것을 보고 의심이 들어 집에 돌아가 따지려고 했으
나, 쉐쉬안칭의 말에 욱해서 문이 닫히는 순간 싱쉐수의 휴대
전화를 낚아채 통화 기록을 살폈다. 얼마 뒤, 쭝칭린은 눈이 벌
게져 비난을 쏟아냈다.

"도대체 무슨 짓을 한 거야?"

부축해 주는 사람이 없자, 싱쉐수는 쓰러지듯 복도에 주저
앉아 울며 반박했다.

"샤오위가 저 상태가 되도록 당신은 뭘 했는데?! 당신은 아
무것도 안 했잖아! 내가 무슨 수가 있겠어? 무슨 방법이 있었
겠냐고……."

회의실 안에 있는 네 사람은 밖에서 나는 소리를 묵묵히 들
었다. 곧 휴대전화를 바닥에 던지는 소리가 들리고 발소리가
나더니 낮게 흐느끼는 소리만 들렸다. 쭝칭린이 휴대전화를 던
지고 이성을 잃고 흐느끼는 싱쉐수를 그대로 둔 채 고개 한번
돌리지 않고 가버렸다.

장 경관은 한숨을 내쉬었다. 쭝잉의 집안일이라 뭐라고 말
도 못 하고 그냥 물을 따라 쭝잉에게 건넸다.

"물 좀 마셔요."

바깥에서는 울음소리가 끊이지 않았다. 쭝잉은 문을 쳐다보
며 꼼짝하지 않았다.

쭝잉 대신 컵을 받아든 쉐쉬안칭이 어떻게 이야기를 꺼내야

하나 고민하는데, 갑자기 휴대전화가 진동했다. 액정에 '샤오정'이라고 떠서 전화를 받았다. 잠자코 전화를 받던 쉐쉬안칭은 "알았어, 계속 지켜봐" 하고 말하고는 전화를 끊었다.

"사건?"

장 경관이 물었다.

"선카이가 구류됐대."

쉐쉬안칭이 고개를 끄덕이며 대답했다.

"선카이?"

쭝잉이 고개를 돌려 쉐쉬안칭을 보며 물었다.

"마약 봉투와 사진에 찍힌 지문을 대조해 본 결과, 동일인으로 나왔어. 그런데 뤼첸밍이 아니라 비서 선카이 거였어."

쉐쉬안칭이 입을 꾹 다물며 생각에 잠겼다.

"뤼첸밍 쪽에서 움직이기 시작했어. 선카이에게 죄를 뒤집어씌울 생각인가 봐. 뭐 졸卒을 버려 차車를 살리려면 졸이 흔쾌히 받아들이느냐가 관건인데, 선카이도 보통 인물은 아닌 것 같아서 말이야. 그가 정말 뤼첸밍을 대신해 죄를 뒤집어쓴다고 해도 방화, 마약, 장기 거래, 네 어머니 사건 중에 증거가 하나만 확보돼도 뤼첸밍은 못 빠져나가. 게다가 싱쉐수와도 사이가 틀어졌으니, 개가 개를 무는 것도 볼 만할 거야."

장 경관이 답답했는지 창문을 열었다.

습하고 서늘한 바람이 실내로 쏟아져 들어와 책상 위에 있던 진술서가 '화라락' 소리를 내며 날렸다.

쉐쉬안칭의 휴대전화가 다시 진동했다. 그녀는 힐끗 보고 통화를 거절하려다가 그냥 받았다. 휴대전화 저쪽에서 빨리 현장으로 출동하라고 재촉하는 소리가 들렸다.

"나 지금 일 처리 중인데 샤오추이가 대신 가면 안 돼?"

"샤오추이도 현장에 나갔어. 빨리 출동해. 주소 바로 쏴줄게."

쉐쉬안칭은 정말 가고 싶지 않았으나 긴급한 사건이라 어쩔 수가 없었다.

전화를 끊은 쉐쉬안칭은 인상을 찌푸리며 고개를 숙여 손으로 앞머리를 흐트러뜨렸다.

"가봐."

도리어 쭝잉이 말했다.

쉐쉬안칭이 고개를 들어 쭝잉의 얼굴을 쳐다봤다. 쭝잉은 피곤한 얼굴로 속에서 들끓는 파도를 애써 감추고 있었다. 이런 상황에서 꾹꾹 참으며 평정을 유지하려니 더 괴로울 텐데, 뭐라고 위로할 말이 없어 그저 손을 꽉 잡아주는 수밖에 없었다.

"빨리 들어가 쉬어. 무슨 일 생기면 전화하고."

쉐쉬안칭은 현장으로 출동하고, 문밖에 있던 싱쉐수도 누가 데리고 갔는지 보이지 않았다. 장 경관은 삼십 분 더 기다리다가 일단 철수하기로 했다.

회의실에 쭝잉만 남았다. 십 분 뒤 의사와 간호사들이 도시락을 들고 들어와 밥을 먹기 시작해서 회의실이 온통 밥 냄새로 가득해졌다. 쭝잉은 일어나 회의실에서 나왔다. 쭝위의 병실을 지나다 잠깐 멈췄다가 문 앞의 '면회 금지' 팻말을 보고 그냥 우산만 들고 엘리베이터로 향했다.

검은 구름이 도시를 짓눌렀다. 해가 지지도 않았는데 하늘이 어두웠다.

검은 우산 위로 후드득 떨어지는 빗방울 소리가 마치 빗물이 그대로 고막으로 떨어지는 것처럼 선명하게 들렸다.

황금연휴 마지막 날, 비 때문에 사고가 발생해 도로는 더 막혔다. 택시 기사는 짜증스러운 듯 경적을 울렸고, 버스는 거대한 몸집으로 도로에 서 있었으며, 그 사이를 병원 구급차가 사이렌을 울리며 비집고 들어와 길을 비켜달라고 했다. 도로 옆 자전거만이 빗속을 뚫고 유유히 지나갔다.

쭝잉은 한참 뒤에야 699번지 아파트에 도착했다.

입구의 플라타너스 잎이 다 떨어져 바닥을 온통 뒤덮고 앙상한 가지만 남았다. 나무는 소리 없이 겨울을 날 것이다.

아파트 공용 현관에도 차가운 공기가 몰아쳤다. 엘리베이터 앞에 수리 중이라는 안내문이 붙어 있어 계단으로 올라가는 수밖에 없었다.

좁고 긴 창문으로 들어오는 빛은 계단을 밝히기에는 부족했고, 좁은 공간은 어둡고 습한 먼지 냄새가 가득했다.

쭝잉은 다시 색칠한 하얀색 벽을 짚으며 한 번도 쉬지 않고 꼭대기 층까지 올라갔다. 심장이 쿵쿵 뛰었지만, 호흡은 매우 규칙적이었다.

어릴 때, 엘리베이터가 아직 새것으로 바뀌지 않았을 때는 엘리베이터가 작동하지 않을 때가 많았다. 그러면 걸어 올라가는 수밖에 없었다. 끙끙대며 꼭대기 층까지 올라가 집 앞에 도착하면 숨을 헐떡이면서 안에 대고 징징거렸다.

"엄마, 엘리베이터가 또 고장 났어. 걸어 올라왔더니 힘들어 죽을 거 같아!"

그러면 엄마는 문을 열고 헐떡이는 쭝잉을 보며 이렇게 말했다.

"그거 좀 올라왔다고 이 모양이면 안 되지. 평소에 운동 좀 하라고 했어, 안 했어?"

투정이 훈계로 돌아와 기분이 조금 언짢았지만 어쨌든 문을 열면 엄마가 나왔다.

쭝잉은 주머니에서 열쇠를 꺼내 꼭 쥐고 문을 멍하니 쳐다봤다. 지금은 아무리 투정을 부리고 징징거려도 자신을 맞이하는 것은 굳게 닫힌 문뿐이었다.

홀로 보낸 시간이 얼만데, 이 순간 그동안의 아픔이 물밀 듯이 몰려와 가슴이 답답해지고 눈가가 붉어지며 코끝이 시큰거렸다.

오래된 바닥에서 작은 발소리가 들리고 머리 위에서 복도등이 켜지더니 옆집 꼬마가 다가와 케이크 상자를 건넸다.

"언니, 이제야 돌아왔네요. 다른 집은 다 나눠주고 언니만 남았어요! 오늘은 제 열 살 생일이에요. 이건 엄마가 언니 주라고 한 거예요!"

아이의 목소리는 맑고 깨끗했으며 생일을 맞은 기쁨으로 충만했다. 꼬마는 쫑잉의 상태가 이상하다는 것을 전혀 눈치채지 못하고 자기 말만 했다.

"상자 안에 딸기케이크 정말 맛있어요. 그런데 엄마 말씀이 쉽게 상하니까 빨리 먹어야 한대요."

꼬마는 다시 고개를 들어 쫑잉을 쳐다보더니 눈을 동그랗게 뜨며 물었다.

"언니, 언니는 생일이 언제예요?"

순간 복도 등이 꺼졌다. 쫑잉은 꼬마의 물음에 침묵으로 답했다. 꼬마는 어두운 빛 속에서 쫑잉을 자세히 살폈다. 쫑잉은 고개를 숙인 채 입을 가리고 울음을 참고 있었다.

눈물이 바닥으로 후드득 떨어지고 바람에 복도의 낡은 창이 '쾅쾅' 소리를 냈다.

이날 중부의 한 도시에도 마찬가지로 비가 내렸다.

밤 10시 6분, 성칭랑은 한 편의점에서 휴대전화를 켰다. 배터리가 칠 퍼센트만 남은 상태로 쫑잉에게 전화를 걸었다.

그러나 쫑잉의 휴대전화는 꺼져 있었고 집 전화도 받지 않았다. 성칭랑은 쫑잉의 휴대전화가 고장 났다는 것을 떠올리고는 아직 수리하지 않았을 것이라고 짐작했다. 게다가 지금쯤 쫑잉은 병원에 입원해 있을 테니 집 전화는 당연히 아무도 안 받을 것이었다.

그래서 성칭랑은 휴대전화 전원을 끄고 편의점 벽에 걸린 택배 간판으로 시선을 옮겼다.

"여기서 상하이로 물건을 보내면 제일 빠르면 언제 도착합니까?"

성칭랑의 물음에 식품 폐기로 바쁜 점원은 고개도 들지 않고 건성건성 대답했다.

"상하이요? 제일 빨리 가면 모레요."

모레 도착한다.

성칭랑은 재빨리 서류 가방을 열어 종이와 펜을 꺼내 편지를 썼다.

하던 일을 끝낸 점원이 성칭랑을 쳐다봤다. 옛날 지식인같이 생긴 사람이 고개를 숙인 채 편지를 쓰더니, 고이 접어 택배 봉투에 넣어 봉하고 송장에 받는 사람 정보를 적은 다음 점원에게 정중하게 건넸다.

"부탁드립니다. 제일 빠른 편으로 보내주십시오."

성칭랑이 계산하자, 점원은 친절하게 성칭랑 대신 수신 알림 서비스에 체크를 해주었다. 비가 그치자 가로등에 비친 도시는 조용하고 아름다웠다. 반면 실내는 음식 냄새로 가득했다.

벽에 걸린 텔레비전에서 나이트 뉴스가 방송되고 있었다. 화면이 빠르게 전환되면서 익숙한 건물 로고가 나타났다. 'SINCERE'였다.

뉴스에서 발표한 임상 데이터 조작 혐의 기업 일곱 곳과 열한 개 약품 목록에 신시제약도 포함되었다.

질의와 책임 추궁이 이어지자, 신시는 공식 사이트의 공고를 통해 '임상 테스트 단계의 데이터는 제3자 기관이 제공한 것으로, 회사는 현재 조사 중이라 누구 책임인지 확정할 수 없다'라고 입장을 발표했다.

전형적인 떠넘기기 수법이었다.

화면이 다시 스튜디오로 돌아왔다. 뉴스 평론가가 "임상 테스트는 약품의 안전성과 효과를 검증하는 유일한 기준인데 최근 데이터 조작과 보고 누락 등 위법, 불법 행위가 만연하고 있습니다. 기업의 불합리한 비용 절감 추구 외에……"라고 말하는 것을 들으면서 성칭랑은 편의점을 나섰다.

신시가 책임을 아무리 회피해도 조사와 처벌은 피할 수 없었다.

기업 이미지가 심각하게 타격을 입은 것 외에도 정부의 신규 정책 중 '임상 연구 자료를 조작한 신청인이 새로 제출한 약품 등록 신청은 삼 년 동안 수리하지 않는다'라는 조항에 따라 신시는 앞으로 삼 년 동안 신규 약품을 등록 신청할 수 없게 되었다.

이 밖에도 인터넷에서 과거 신시의 데이터 조작이 잇달아 폭로되었다. 심지어 "신시의 과거 연구부서 책임자인 옌만이 이 때문에 죽었다. 당시 신시 내부의 권력 다툼이 매우 심해 옌만이 죽기 전 연구부서에 대한 통제권을 잃었다. 최근 발생한 터널 사고의 당사자인 싱쉐이도 마찬가지였다"라는 폭로도 있었다.

소문이 무성해 도대체 진실이 무엇인지는 당사자만이 알

왔다.

그러나 당사자는 감옥 대신 인간 세상을 영원히 떠나버렸
다. 터널 사고 발생 후 삼 개월 정도가 지난 시점에서 경찰이
조사 결과를 다시 발표했다. 그러나 사고가 발생했을 때의 뜨
거웠던 관심에 비해 결과에 주목하는 사람은 그다지 많지 않
았다.

삼 개월이면 제아무리 뜨거웠던 이슈라도 차갑게 식기에 충
분한 시간이었다.

상하이도 차가워졌다. 기온이 섭씨 20도 이하로 떨어져 연
일 맑던 날이 부슬부슬 내리는 가을비로 대체되었다.

쭝잉은 감기를 심하게 앓았다. 상태가 너무 안 좋아 병원에
며칠 입원할 정도였다. 쉐쉬안칭이 감정서를 갖고 왔을 때, 쭝
잉은 마지막 수액을 맞고 갓 일어난 상태였다. 눈을 뜨니 천장
등이 밝게 빛나고 있었고 바깥의 햇빛은 창백했으며, 안개비가
날려 세상이 온통 희뿌연 상태였다.

쉐쉬안칭이 옌만의 추락 사건 증거물 감정서를 건넸다. 쭝
잉은 감정서를 받아 무릎 위에 놓고 바로 꺼내 보지 않았다.

"어머니 보러 갈래?"

쉐쉬안칭이 물었다.

쭝잉이 묵묵히 고개를 끄덕였다.

외투를 입고 밖으로 나가자 비바람이 몰아쳤다. 쉐쉬안칭은
비를 맞으며 주차장으로 가서 차를 가져왔다. 쭝잉이 차에 오
르며 우산을 접었다.

쉐쉬안칭은 숫자와 뫼비우스의 띠가 새겨진 검은 우산을 힐 끔 봤다.

"아직도 쓰네."

이 년 전, 한 친구가 선물 가게를 개점해 초대했다. 마침 그 날 비가 와서 쭝잉은 우산을 골랐다. 쉐쉬안칭은 '9.14'가 쭝잉 의 생일이라고만 여겼는데, 지금 생각해 보니 쭝잉이 이 숫자 를 새겼던 이유는 어머니 때문인 듯했다.

자동차가 고인 물을 밟으며 공동묘지를 향해 달렸다. 묘지 에 도착하자 빗줄기가 약해졌다. 공기는 촉촉했고 하늘에서 빛 이 구름을 뚫고 내려앉았다.

비 오는 날의 묘지는 유난히 쓸쓸했다. 빽빽하게 서 있는 묘 비와 사철 푸른 키 작은 송백이 묵묵히 옆을 지키고 있었다. 두 사람은 옌만의 묘비 앞으로 갔다. 쭝잉은 묘비 앞에서 고개를 숙이고 들고 있던 감정서를 쓰다듬었다.

이 사건은 타살 증거가 부족해 사건이 성립되지 않아 옌만 은 악의적인 추측에 시달려야 했다. 그러나 진실은 의견 대립 으로 몸싸움을 하다가 밀려 떨어진 것이었고, 살아 있던 그녀 를 방임하고 떠난 사람들은 법망을 빠져나갔다. 마침내 진실이 밝혀졌지만 통쾌하지 않았다.

어쨌든 떠난 사람은 다시 살아올 수 없고, 다시는 볼 수 없기 때문이다.

가능하다면, 쭝잉은 이 모든 일이 발생하기 전으로 돌아가 고 싶었다. 9월 14일, 어둠이 내려앉자 집 현관문이 열리고, 가을바람을 따라 달빛이 실내로 들어오고, 밖에서 자동차가 멈추는 소리가 들리고, 엄마가 생일 선물을 들고 내려 다급하게 집으로 들어와 케이크에 촛불을 켜고, 졸린 눈을 비비고 있는 자신에게 말한다.

"엄마가 늦었지?"

늦게 돌아온 것이지, 영영 돌아오지 못하는 게 아니었다.

쭝잉은 허리를 숙여 감정서와 흰 꽃을 묘비 앞에 놓았다. 빗방울이 타닥타닥 떨어져 감정서가 금세 젖었고, 꽃잎에 물방울이 맺히면서 초록 잎은 색이 더 진해졌다.

먼지는 먼지로, 흙은 흙으로 돌아간다. 이제는 정말 돌아오지 못하니 마음에 넣어둘 때였다.


비는 다음 날까지 계속 내렸다. 바로 내일이 수술하는 날이었다.

수술 계획은 매우 세심하게 준비되었고, 쭝잉의 옛 지도교수였던 쉬 주임이 집도를 맡기로 했다. 모두 쭝잉에게 안심하라고 했다. 쭝잉은 그래도 장 변호사를 만나 유서 내용을 서면으로 확정했다.

확정 전, 장 변호사가 물었다.

"재산 처리 외에 확정할 게 하나 더 있어. 의과대학에 다닐 때 신청했던 장기기증 신청서 말인데, 취소할까?"

쭝잉은 지난달 쭝위의 병실에서 들은 녹음 기록을 떠올리고는 잠시 침묵하다가 대답했다.

"아니."

장 변호사가 유서를 건넸고, 쭝잉은 서명을 했다. 밖은 이미
어두워졌다.

시월 하순, 해가 점점 짧아졌다.

병실 안에는 가습기가 수증기를 뿜어냈고, 침대맡 협탁 위
는 텅 비어 있었다. 새 신문지로 싼 해바라기가 놓이지 않은 지
오래였다. 이것은 성청랑이 상하이로 아직 돌아오지 않았다는
것을 뜻했다.

사실 잠시 안 돌아오는 게 나을 수도 있었다. 십여 일 뒤,
1937년의 상하이는 함락되고 조계는 철저하게 고립된 섬이 될
것이다. 그때 돌아오는 게 제일 위험했다.

쭝잉은 생각에 잠겼다. 성 공관에서 가족이 떠들고 생활하
던 모습, 본채 밖 마당에 낙엽이 쌓인 풍경, 프랑스 조계에 있는
옛날 아파트, 기름 바른 머리칼을 잘 빗어 넘기고 데스크를 지
키던 예 선생, 햇살이 가득한 계단, 맑은 날 새벽 끓던 밀크티,
인쇄 잉크 냄새가 나던『노스 차이나 데일리 뉴스』, 웅얼웅얼
"상하이가 좋아. 멋진 풍경에……" 노래가 울리던, 손으로 돌리
는 축음기 등이 떠올랐다.

티란차오 동장 공소에서 격렬하게 이어지던 내륙 이전 회
의, 해 질 녘 붉게 물든 황푸강, 사람들에게 떠밀려 와이바이두
차오를 건너느라 피범벅이 된 두 발, 폭격으로 무너진 화마오
호텔 1층 벽에 깔린 여자아이의 시신, 여성과 아이를 싣고 철수
하던 영국 구축함, 처마 밑에서 가을비에 오들오들 떨던 난민,

피투성이가 된 넷째 성칭허의 얼굴, 차갑게 굳은 둘째 성칭펑,
어쩔 수 없이 상하이를 떠났던 막내 성칭후이도 떠올랐다.

어두운 표정으로 생각에 빠진 쭝잉에게 간호사가 수술 설명
서와 동의서 등 서류를 내밀며 서명하라고 했다.

쭝잉이 하나하나 서명을 하자, 간호사가 말했다.

"내일 아침 첫 수술로 잡혔으니 지금부터 물 마시지 마세
요."

"알겠습니다."

간호사가 나가자 병실에 쭝잉 혼자 남았다. 고개를 돌려 멍
하니 창밖을 쳐다보다가 눈길을 거두고 침대에서 내려와 외투
를 걸치고 복도를 걷다 아파트에 가보기로 했다.

거리에는 인적이 드물었다. 아파트 입구에 도착해 고개를
들어보니 창문 대부분에 불이 들어와 있었고, 2층 두 채와 자신
의 집만 어두웠다.

카드를 찍고 공용 현관으로 들어가 엘리베이터로 꼭대기 층
까지 올라가서 현관문을 열고 실내 현관 등을 켰다.

현관 등이 갑자기 번쩍거리더니 몇 초 뒤 안정되었다. 쭝잉
이 시선을 돌리고 곧장 서재로 들어가 스탠드를 켜자 따뜻한
불빛이 책상 위를 덮었다.

쭝잉은 앉아 종이와 펜을 갖다놓고 한참 동안 생각에 잠겼
다가 고개를 숙이고 편지를 썼다.

"성 선생님에게.

당신이 언제 상하이로, 이 아파트로 돌아올지 모르겠네요.

이 편지를 볼 수 있을지도 모르겠고요. 저 내일 수술해요."

금속 펜 끝이 매끄러운 종이 위에서 움직이다 뚝 멈췄다. 쫑잉은 고개를 들고 눈을 감은 채 숨을 깊이 들이마셨다가 다시 고개를 숙이고 써 내려갔다.

"우리가 다시 만날 수 있기를, 바랍니다."

마지막으로 서명을 하려는데, 갑자기 누가 문을 두드렸다.

이렇게 늦은 밤에 누구지? 쫑잉이 펜을 내려놓고 일어서며 시간을 봤다. 밤 9시가 넘었으니 성칭랑일 리가 없었다.

문을 열자 아파트 경비원이 서 있었다.

경비원이 편지 뭉치를 내밀었다.

"이거 여기 것 맞죠? 며칠 동안 쌓였어요. 봉투에 적힌 전화가 안 된다고 해서 저희가 대신 받았는데, 집에 계속 아무도 없어서 전해드릴 수가 없더라고요. 그러다 방금 불이 켜지는 걸 보고 바로 올라왔습니다. 어서 보세요. 모두 같은 사람 같았어요."

쫑잉은 고개를 숙여 봉투에 적힌 정보를 봤다. 성칭랑의 글씨체를 한눈에 알아볼 수 있었다. 빠른우편 접수 날짜를 보니, 그가 난징을 떠난 날부터 쓴 것 같았다.

쫑잉은 봉투를 재빨리 뜯고 안에서 얇은 편지지를 꺼냈다. 한 장, 또 한 장 노정을 기록해 자신의 무사함을 알리면서 잊지 않고 쫑잉의 안부를 물었다.

"쫑 선생, 저는 한커우漢口에 도착했습니다. 이곳은 비가 많이 내립니다. 일기예보를 보니 당신이 있는 그곳도 비가 온다고 하더군요. 날이 찹니다. 따뜻하게 입고 다니세요."

"쭝 선생, 저는 우창武昌에 도착했습니다. 달이 밝고 바람이 시원한 밤입니다. 언제 수술하십니까? 모든 게 순조롭기를 바랍니다."

"쭝 선생, 저 상하이로 돌아갑니다. 하지만 상하이로 향하는 길이 원활하지 않아서 양저우揚州에서 타이저우泰州까지 갔다가 타이저우에서 배를 타고 상하이에 도착할 예정입니다. 평안하세요."

그때, 전화벨이 울렸다.

쭝잉은 퍼뜩 정신을 차리고 편지를 쥔 채로 전화기로 향했다.

바다 너머에서 온 전화였다. 작은외삼촌 목소리가 들렸다.

"샤오잉, 쉬는데 방해한 건 아니지?"

"아직 안 잤어요. 무슨 일이세요?"

"할머니 수술 잘 끝났고 회복도 잘됐다고. 오늘은 침대에서 내려와 활동하셨는데 큰 무리가 없었어. 할머니가 네게 안부 전하라고 하셔서 전화했다."

쭝잉은 한숨을 내쉬었다.

"다음 휴가 때는 여기 와서 보내라고 하신다."

외삼촌이 잠시 뜸을 들이다 웃음 띤 목소리로 말했다.

"그땐 혼자가 아니었으면 좋겠다고 하시네."

쭝잉이 "네" 하고 대답했다.

"어머니 말씀이 너 남자친구가 있다던데. 휴대전화에 저장한 사진을 보여주셨어. 괜찮은 사람 같더구나. 그런데 조금⋯⋯."

쫑잉이 돌연 미간을 찌푸렸다.

"30년대 변호사를 닮았어."

쫑잉이 순간 숨을 죽이며 물었다.

"어떤 변호사요?"

"성은 성씨고, 파리에서 법학 박사학위를 받고 귀국해 우리가 살았던 그 아파트에 살았어. 분명 최초로 입주한 사람이었을 기야. 그런데 몇 년 못 살고 세상을 떠났지. 상하이전투에서 사망한 거 같은데 구체적인 날짜는 모르겠어. 하늘은 뛰어난 인재를 질투한다더니 안타까운 일이지."

쫑잉은 그대로 멍하니 서 있었다.

전화 저쪽에서 작은외삼촌이 계속 말했다.

"왜 이 얘기를 하게 됐지? 어쨌든 너는 혼자 사는 데다 일도 바쁘니 건강 조심하고 시간 있으면 할머니 보러 와."

전화를 언제 끊었는지도 몰랐다. 쫑잉은 정신을 차리고 다급하게 마지막 편지를 펼쳤다.

"쫑 선생, 저 내일이면 상하이에 도착합니다. 모든 일이 순조롭기를 바랍니다. 보고 싶습니다."

손발이 싸늘하게 식었다. 쫑잉은 서재로 돌아와 컴퓨터를 켜고 검색창을 열어 '성칭랑' 세 글자를 입력하고 이제까지 감히 누르지 못한 엔터키를 눌렀다.

흑백사진이 튀어나왔다. 이력을 클릭하니 한 사람의 생애가 겨우 반 페이지로 서술되어 있었다. 그러나 난세를 살았던 수

많은 사람 중 한 명이었던 사람에게는 이 반 페이지도 충분히 사치스러운 일이었다. 페이지를 스크롤하기도 전에 사망 날짜가 눈에 들어왔다. 1937년 10월 27일.

쭝잉은 숨을 멈춘 채로 컴퓨터 작업표시줄의 날짜를 봤다. 10월 26일이었다.

그는 1937년의 내일, 죽는다.


쭝잉은 검색창에서 흔적을 찾아봤지만 아무리 해도 성칭랑의 사인死因 관련 기록은 찾을 수가 없었다.

그동안 많은 이의 사인을 조사했건만, 정작 성칭랑의 죽음에 관해 아는 것이라고는 날짜뿐이었다. 너무 당황스러웠다. 시원하고 상쾌한 가을밤인데 이마에서 식은땀이 나왔다. 쭝잉은 컴퓨터 화면을 끄고 잠시 눈을 감아 냉정을 되찾은 다음, 서랍을 열어 성칭랑이 준 오메가 손목시계를 꺼냈다. 시곗바늘이 9시 49분을 향하고 있었다. 성칭랑이 이 시대로 오려면 아직 십일 분이 남았고, 이 시대를 다시 떠날 때까지는 여덟 시간 십일 분이 남았다.

성칭랑은 지금 어디에 있을까? 쭝잉은 몰랐다.

조용한 실내에 전화벨이 울렸다. 쭝잉은 소스라치게 놀라 재빨리 일어나 거의 뛰는 듯이 거실로 달려가 전화를 받았다. 쉐쉬안칭이었다.

"내일 아침에 수술할 애가 밤늦게 집에는 왜 갔어?"

쉐쉬안칭이 텅 빈 병실 침대를 보면서 말했다.

"나 좀 도와줘."

쉬쉬안칭은 쭝잉의 목소리가 유별나게 초조한 것을 눈치채고 옆에 있는 간호사를 힐끔 보며 물었다.

"무슨 일?"

"침대맡 협탁 첫 번째 서랍 열면 휴대전화가 있어."

쉬쉬안칭은 쭝잉의 말대로 서랍을 열었다. 정말 액정이 부서진 휴대전화가 있어 꺼내서 한 손으로 전원 버튼을 눌러 봤다.

"휴대전화는 뭐 하게? 망가졌는데?"

"그거 좀 가져다줘."

쭝잉은 설명 없이 자기 말만 했다.

쉬쉬안칭이 바지 주머니에 휴대전화를 넣고 밖으로 나가려고 하자, 간호사가 따라오며 말했다.

"꼭 데리고 와야 해요. 내일 새벽에 수술이라고요!"

"알았어요."

쉬쉬안칭은 적당히 대답하고 빠르게 병원을 빠져나와 699번지 아파트로 향했다.

깊은 밤, 거리에는 차가 드물었다. 아파트 입구는 가로등이 외로이 비추고 있었고, 근처 연극대학의 학생들이 삼삼오오 지나갔으며, 맞은편 작은 상점만이 늦게까지 영업하고 있었다.

쉬쉬안칭은 주차를 하고 공용 현관을 성큼성큼 지나 엘리베이터를 타고 올라갔다. 엘리베이터에서 내리니 쭝잉의 집 현관문이 열려 있고 안에서 노란 불빛이 새어 나오고 있었다.

쉐쉬안칭은 이상한 생각이 들어 두세 걸음 만에 안으로 들어갔다. 쭝잉이 구식 탁상시계 앞에서 빠르게 돌아가는 초침을 멍하니 보고 있었다.

인기척을 느꼈는지 쭝잉이 고개를 휙 돌렸다.

"지금 휴대전화 수리 가능한 곳이 어디야?"

"하라고 할 때는 안 하더니 이 밤중에 갑자기 왜? 도대체 무슨 일인데?"

"사람을 좀 찾으려고."

"전화해 봐."

이미 밤 10시가 지났다. 쉐쉬안칭이 오기 전 쭝잉은 집 전화로 성칭랑에게 세 차례나 전화를 걸었지만 "지금 거신 전화는 전화기가 꺼져 있어……"라는 안내만 나왔다.

쭝잉이 고개를 젓자, 쉐쉬안칭은 무슨 일인지 알겠다는 듯이 물었다.

"성 선생 찾으려고? 무슨 일 생겼어?"

"중요한 일이야."

쭝잉이 초조한 마음을 누르며 대답했다.

하지만 쉐쉬안칭에게는 쭝잉의 수술이 더 중요했다. 나머지는 전부 미룰 수 있었기 때문에 쭝잉에게 성큼 다가갔다.

"도대체 얼마나 중요한 일이길래 오늘 밤에 꼭 해야 해? 너 내일 수술이야. 일단 병원으로 돌아가자."

쭝잉에게 다가간 쉐쉬안칭은 문득 탁자 위에 놓인 A4 용지에 눈길이 갔다. 인물 프로필로, 오른쪽에 흑백사진도 있었다.

자신이 아는 그 성 선생이었다.

프로필에 사망 날짜가 표시되어 있었다. 쉐쉬안칭은 관자놀이에서 혈관이 툭툭 튀어나오는 것 같았다. 쭝잉이 초조해하는 이유는 자신 때문에 여러 차례 곤란한 상황에 놓였던 구식 변호사가, 내일 죽을 예정이기 때문이었다.

순간 쉐쉬안칭은 미친 듯이 갈등했다.

쉐쉬안칭은 쭝잉이 더는 위험해지지 않고 병원에 있다가 수술을 잘 받기를 바랐다. 그러나 나른 한편으로는 쭝잉에게 성선생이 얼마나 중요한 사람인지 아주 잘 알았다. 그래서 아무 것도 하지 않고 성청랑을 그 시대에서 죽도록 놔둘 수 없다는 것도 잘 알았다. 하지만 뭘 할 수 있단 말인가? 과거에서 곧 죽을 사람이 쭝잉이 개입한다고 죽지 않을까?

망설이다가 쭝잉과 눈이 마주치자 결심이 섰다.

"외투 입고 따라와."

쉐쉬안칭이 이를 악물며 말했다. 두 사람이 서둘러 집을 나서며 현관문을 닫으려는 순간, 쭝잉이 천장의 현관 등을 잠시 멍하니 본 다음 손을 뻗어 현관 등을 껐다. 실내가 캄캄해졌다.

차에 오른 쉐쉬안칭은 휴대전화를 수리하는 친구에게 전화해 방문 약속을 잡고 안전벨트를 매고 출발했다.

쭝잉이 차창을 반 정도 열자 바람이 들이닥쳤다. 라디오에서 흘러나오는 부드러운 노래가 그들을 따라 도시 한복판을 통과해 목적지로 향했다.

쉐쉬안칭의 전화가 십 분에 한 번씩 울렸다. 전부 병원에서 오는 전화라 받지 않았다.

자동차는 커브를 돌아 골목으로 들어가 도로 옆 녹나무 아래에 섰다. 차에서 내리니 낙엽이 빙그르르 돌며 쭝잉의 머리 위로 떨어졌다.

밤이 깊어 맞은편에 늘어선 수리점 중 딱 한 곳에만 불이 들어와 있었다.

쉐쉬안칭이 문을 열고 들어갔고, 쭝잉이 그 뒤를 바짝 따라 들어갔다. 매대 뒤에 노란 머리를 한 청년이 노트북으로 게임을 하다가 문 열리는 소리에 고개를 돌려 쳐다봤다.

쉐쉬안칭이 주머니에서 휴대전화를 꺼내 매대 위에 올려놓자, 맞은편 노란 머리가 힐끗 보고 집어 들어 앞뒤를 요리조리 살피더니 "전원이 안 들어올 정도로 망가졌네" 하고 중얼거리며 수리대의 등을 켰다.

노란 머리는 휴대전화를 분해해 고장 원인을 분석하고 부품을 교환했다. 빠르지도 그렇다고 느리지도 않은 동작이었다.

쭝잉이 손을 들어 손목시계를 봤다. 시간은 빠르게 흘러 벌써 12시가 다 되었다. 여섯 시간 남았다.

쉐쉬안칭이 미간을 좁히며 매대를 쳤다.

"좀 빨리할 수 없어?"

"뭐가 그리 급해요? 천천히 해야 꼼꼼하게 한다고요!"

노란 머리가 느긋하게 말했다.

쉐쉬안칭의 재촉에도 아랑곳하지 않던 노란 머리가 마지막으로 나사 두 개를 조이고 엄지로 전원 버튼을 누르며 매대 밖으로 고개를 돌리면서 물었다.

"전원이 들어올까요, 안 들어올까요?"

말이 끝나기가 무섭게 액정에 불이 들어오면서 휴대전화가 신호를 잡더니 각종 문자와 알림이 쏟아져 들어왔다.

"도대체 얼마나 오랫동안 꺼둔 거예요? 진동으로 손이 다 마비되겠네! 알아야 할 게…….."

노란 머리가 말을 채 끝내기도 전에 쉐쉬안칭이 매대로 몸을 쑥 들이밀더니 그의 손에서 휴대전화를 뺏어 쭝잉에게 주었다.

액정에 쭝잉의 얼굴이 비쳤다. 안색이 너무 나빴다. 첫째는 금식과 물 금지로 혈당이 낮아서였고, 둘째는 마음이 정말, 너무 급했기 때문이다.

쭝잉은 수많은 알림 속에서 성청랑에 관한 것을 찾았지만 문자 메시지 몇 개 빼고 아무것도 없었다.

"뭐 건진 거라도 있어?"

쉐쉬안칭의 물음에 쭝잉은 숨을 멈추고 위치추적 앱을 열었다. 그러나 지도에는 쭝잉의 휴대전화 위치만 덩그러니 떠 있었다.

벌써 12시가 지난 시간이었다. 다른 하나의 붉은 점은 아직 접속하지 않았다. 배터리가 없어 꺼진 것인지 아니면 이미……
사고를 당한 것인지.

전쟁 시대의 사망 시간 기록은 정확하지 않으니 기록된 날짜가 실제보다 늦었을 수도 있었다. 쭝잉의 눈빛이 어두워지자 옆에 있던 쉐쉬안칭이 미간을 찌푸리며 입을 꾹 다물었다. 좁은 공간에 무거운 숨소리만 들렸다.

"조금 전까지 그렇게 다급하게 굴더니 수리 다 하니까 왜 아무것도 안 해요? 나 퇴근할 건데⋯⋯."

노란 머리가 침묵을 깼다.

쉐쉬안칭이 쭝잉을 잡아당기며 고개를 돌려 노란 머리에게 말했다.

"나한테 문자 보내. 돈은 내가 보내줄게."

두 사람은 차로 돌아가 몇 분 동안 가만히 앉아 있었다. 쉐쉬안칭이 안전벨트를 매고 결정을 내렸다.

"일단 병원으로 가자. 상황이 발생하면 그때 다시 얘기하자고."

쉐쉬안칭이 병원으로 차를 몰았다. 오늘 밤은 유난히 적막했다. 동방명주 탑의 불도 꺼졌고 도로에는 야간조 택시만 빠르게 지나갔다. 마치 도시 전체가 잠든 것 같았다. 쭝잉은 화면에 찍힌 붉은 점만 뚫어지게 쳐다봤다. 병원에 도착할 때까지도 지도에는 쭝잉의 위치만 찍혀 있었다. 마치 성청랑은 한 번도 나타난 적이 없는 것 같았다.

간호사는 쭝잉이 돌아오자 한숨을 내쉬며 원망 섞인 말을 한두 마디 하고는 빨리 쉬라고 재촉했다.

쭝잉은 어두운 표정으로 침대에 누웠다. 쉐쉬안칭은 쭝잉이 얼마나 괴로운지 알았다. 쭝잉 옆에 앉아 있는데 주머니에 있던 휴대전화에서 진동이 울렸다. 쉐쉬안칭이 조용히 일어나 나가면서 병실 등을 껐다.

어둠이 쏟아지고 사위가 조용해졌다. 쭝잉은 자기 심장이 뛰는 소리도 들리는 것 같았다.

약이 도는지 머리가 둔해졌지만 잠은 오지 않았다. 한밤중 복도를 오가는 발소리가 똑똑하게 들렸다.

몇 시쯤 됐을까, 어둠 속에서 휴대전화 액정이 미세한 진동과 함께 반짝 빛났다.

쭝잉은 거의 동시에 휴대전화를 들어 위치추적 앱을 열었다. 붉은 점 하나가 지도에 떴다. 여러 생각을 하기도 전에 본능적으로 지도를 확대해 붉은 점의 위치를 확인했다. 지점을 자세히 보기도 전에, 캡쳐를 뜨기도 전에 붉은 점이 사라져 버렸다. 성칭랑에게 전화했지만 전화기가 꺼져 있었다.

쭝잉은 이 초 동안 멍하니 있다가 외투를 걸치는 것도 잊고 침대맡 협탁에서 차 열쇠를 꺼내 들고 병실을 나섰다.

스테이션에 있던 간호사가 쭝잉이 엘리베이터로 달려가는 것을 보고 퍼뜩 정신을 차리고 쫓아갔지만, 그녀는 이미 사라진 뒤였다.

간호사가 쉐쉬안칭에게 전화로 이 사실을 알렸을 때, 쭝잉은 이미 차를 타고 병원을 빠져나가고 있었다. 맞은편 편의점에서 야식을 먹고 있던 쉐쉬안칭은 전화를 끊자마자 편의점에서 나왔지만 길은 텅 비어 있었다. 재빨리 쭝잉에게 전화를 걸었지만 계속 통화 중이어서 일단 다른 곳으로 전화를 거는 수밖에 없었다.

"내 차가 도난당한 거 같으니 위치 좀 찾아줄래? 차량번호는 후B……."

한 시간 뒤 어둠이 걷히고 여명이 밝아올 즈음에야 쭝잉은 목적지에 도착했다.

거리에는 사람이 거의 없었다. 쭝잉은 속도를 늦추고 성칭랑을 찾았지만 보이지 않았다.

성칭랑에게 그 자리에서 움직이지 말라고 연락할 방법이 없었다. 위치가 나타났다 사라진 게 한 시간 전이었으니 벌써 다른 곳으로 이동했을 수도 있었다. 찾기에 늦었을 수도 있다는 말이었다.

시간이 빠르게 흘러 하늘가가 밝아지자 불안도 더해졌다. 쭝잉은 서행하면서 창밖으로 시선을 돌려 성칭랑을 찾았다. 6시가 가까워질 무렵, 쭝잉은 편의점 옆에서 급브레이크를 밟아 몸이 핸들 쪽으로 기울어졌다. 쭝잉은 정신을 차리고 고개를 들었다. 익숙한 그림자가 차 앞에 서 있었다.

공포와 불안, 놀람과 안도감이 한꺼번에 밀려와서 본능적으로 차에서 내려 상대에게 다가가 떨리는 손으로 그의 손을 잡았다.

"설명할 시간이 없어요."

쭝잉은 성칭랑이 어디서, 왜 죽는지 몰랐고, 어떻게 피할 수 있는지는 더더욱 몰랐다. 유일하게 변화시킬 수 있는 것은 성칭랑과 함께 그 시대로 돌아가는 것뿐이었다.

일 초, 이 초, 삼 초, 세상이 바뀌었다.

반면 초조한 마음으로 현장에 도착한 쉐쉬안칭을 맞이한 것은 텅 빈 차였다.

쉐쉬안칭은 순간 멍하니 있다가 전화를 걸어 "자동차 찾았어요, 고마워요" 하고 말한 다음 차로 들어갔다. 쭝잉의 휴대전화가 보여 눌러보니 배터리가 없었다.

쉐쉬안칭은 차에 잠시 앉아 있다가 병원으로 돌아와 수술 집도의인 쉬 주임에게 상황을 설명했다.

1937년으로 돌아온 두 사람은 또 다른 인간 세상을 경험했다.

이날 새벽, 일본군이 자베이구를 점령하고 방화를 했다. 두 사람이 있는 위치가 딱 자베이였다.

상황은 처참했다. 곳곳에 일장기가 꽂혀 있고, 저 멀리 사행창고*만이 점령되지 않고 남아 있었다.

멀리서 간간이 울리는 총성은 격렬한 교전이 진행되고 있음을 알려주었다. 전투기가 하늘을 오갔고 자베이 전체에서 탄내가 코를 찔렀다. 성청량은 순간적으로 쭝잉을 잡아채 돌담 뒤로 숨었다. 시야에 온통 무너진 담과 잔해뿐이었다.

성청량은 산발이 된 쭝잉의 머리를 두 손으로 정리해 주고 손바닥으로 두 뺨을 감쌌다. 무척 차가웠다. 게다가 환자복을

---

* 四行倉庫. 상하이 쑤저우허 북쪽에 위치한 사행신탁부 상하이 창고로 1931년 건설됐다. 1937년 상하이전투에서 나흘 동안 이곳에서 격전이 펼쳐졌고, 이를 '사행창고 보위전'이라고 한다.

입고 손목에 환자용 네임 밴드를 차고 있는 것으로 보아 병원에서 정신없이 뛰어나온 것 같았다.

"위험한데 왜 그랬습니까?"

성칭랑이 중얼거렸다.

쭝잉은 성칭랑을 찾던 초조함이 채 가시지 않아 한참 뒤에야 대답했다.

"내가 안 오면 당신을 못 만날 것 같아서요."

총성은 먼 곳에서 들렸지만, 신경이 잔뜩 예민해진 두 사람의 호흡과 심장박동은 매우 빨랐다.

쭝잉의 말에 성칭랑은 한참 동안 무슨 말을 해야 할지 몰랐다. 정신을 차리고 재빨리 트렌치코트를 벗어 쭝잉을 감쌌다.

"상하이로 언제 돌아왔어요?"

쭝잉이 고개를 들며 물었다.

"어제저녁에요."

성칭랑은 쭝잉에게 트렌치코트를 입히고 단추를 채우고는 급하게 상하이로 돌아온 이유를 설명했다.

"재허가를 받아야 하는데 공장 내륙 이전 증빙서류가 전부 은행 금고에 있어서 가지러 왔습니다. 어제 너무 늦게 도착해 은행으로 못 갔어요. 선생은요? 수술 아직 안 받았습니까?"

쭝잉은 최근 너무 많은 일을 겪어서 할 말이 많았지만 시기와 장소가 적절하지 않았다.

"지금 내 일은 중요하지 않아요. 문제는 여기에서 어떻게 빠져나가느냐죠."

이곳은 공공조계에서 그다지 멀지 않았지만 일본군 방어선을 넘는 것이 문제였다.

성청랑은 미간을 찌푸렸다. 그의 서류 가방에는 공장 내륙 이전 관련 서류가 많았다. 만약 일본군에게 수색이라도 당하면 결과는 상상할 수도 없었다.

성청랑의 불안과 걱정을 느낀 쭝잉은 그의 손을 잡고 냉정해지려고 애썼다.

쭝잉은 방금 자신이 한 말을 부정했다.

"아니다, 이곳을 빠져나가려고 하다가 더 번거로운 상황이 생길지도 몰라요."

적진에서 자신을 노출하는 행동은 뭐든 매우 위험했다. 몸을 숨길 장소를 찾아 숨어서 날이 어두워질 때까지 기다렸다가 다시 계획을 세우는 게 나았다.

전투기 한 대가 두 사람의 머리 위를 지나 사행창고 방향으로 날아갔다.

남은 일본군이 불을 질러 자베이 곳곳에서 연기 기둥이 하늘까지 치솟아 공기 중에 탄내가 더 짙어졌다.

쭝잉은 재빨리 주위를 돌아보고 다짜고짜 성청랑을 잡아 서쪽으로 걸어갔다. 민가 여러 채가 지난 폭격에 파괴되어 벽만 몇 개 남아 있었다. 폐허를 헤치고 지나가면서 은둔할 장소를 찾기란 쉬운 일이 아니었다.

갑자기 성청랑이 쭝잉을 잡아 세우며 왼쪽에 있는 집을 가리켰다.

그 집은 지붕은 없지만 문턱은 있었다. 안으로 들어가 왼쪽으로 틀어 다시 문을 지나 쭉 들어가니 탁자와 의자가 바닥에 널려 있었고, 옆에는 거칠게 부서진 도자기 파편이 있었다. 문이 아직 달려 있고 벽도 온전해 문 뒤에 숨기 딱 좋았다.

여기 머무는 게 성청랑을 사지로 밀어 넣는 것인지, 아니면 죽음을 피하게 하는 것인지 장담할 수 없었다. 성청랑이 어디에서 불행한 사고를 당하는지 몰랐기 때문에 쭝잉은 자신의 결정이 맞는지 틀리는지도 알 수 없었다.

먼 곳에서 총성이 계속됐다. 상하이 북역 쪽이었다. 이 전투가 몇 시까지 이어질지도 알 수 없었다. 쭝잉은 때때로 시계를 봤고 10시 15분이 돼서야 짧은 적막이 찾아왔다.

적막은 사람을 불안하게 만든다. 이곳에서는 할 수 있는 게 아무것도 없었다. 그저 기다리는 게 다였다.

두 사람은 벽 모퉁이에 기대앉았다. 물도 음식도 부족했다. 체력을 유지하려면 말도 줄이고 버티는 수밖에 없었다.

대략 오후 1시 45분쯤, 바깥의 방화가 더 심해졌다. 매캐한 냄새가 폐를 찔렀고 숨을 쉬어도 깨끗한 공기를 마실 수 없었다.

사행창고 방향에서 갑자기 포성이 들렸다. 포성은 곧 그쳤고, 주위는 다시 기괴한 정적이 감돌았다.

오 분 뒤, 바깥에서 갑자기 인기척이 들렸다. 발소리가 들렸다가 멈췄다가 간간이 일본어와 총검으로 물건을 뒤적이는 소리가 들렸다.

총 두 명이었다.

쭝잉은 기침을 참으려고 이를 악물어 얼굴이 벌게진 채로 고개를 돌려 성칭랑을 쳐다봤다. 성칭랑도 쭝잉을 쳐다봤다. 두 사람은 약속이라도 한 듯 서로의 손을 잡고 일어나 문 뒤로 숨었다.

발소리가 점점 가까워지고 문틈으로 작은 일장기가 지나갔다. 쭝잉은 숨을 멈추고 벽에 기대 기다렸고, 성칭랑은 서류 가방에서 탄알 두 발이 남은 브라우닝 권총을 꺼내 들었다.

두 사람의 심장박동이 최고조에 달했다. 닫아둔 나무문이 확 열리면서 총검이 쑥 들어왔다. 거의 동시에 쭝잉이 총신을 잡고 앞으로 쭉 잡아당겼다. 총검을 쥔 자가 높은 문턱에 걸려 넘어졌다. 쭝잉이 발로 총검을 차버리자 상대가 정신을 차리고 반격했다. 이 소리를 들은 다른 일본군이 달려 들어오는 바람에 쭝잉은 문짝에 뒤통수가 부딪혀 고통을 참으려 이를 악물었다. 동시에 세 발의 총성이 울렸다.

사위가 다시 고요해졌다.

쭝잉은 머리가 아찔한 상태에서 성칭랑을 쳐다봤다. 흐릿한 시야에 어렴풋이 핏자국이 보인 것 같았다.

브라우닝 권총에는 탄알이 두 발뿐이었고 총성은 세 번 울렸으니 적어도 한 발은 성칭랑이 쐈을 것이다.

숨소리가 점점 무거워지고 눈꺼풀도 내려앉았다. 세상의 냄새가 모두 피비린내로 바뀐 것 같았고, 아무 소리도 들리지 않을 정도로 적막했다.

눈꺼풀이 내려앉는 가운데 쭝잉의 머릿속에는 딱 한 가지 생각뿐이었다. 성칭량은 총에 맞았고, 자신은 의식을 잃어가고 있나.

전쟁 통에 죽는다고 반드시 장렬한 전사는 아니다. 수많은 사람이 전쟁에서 소리 없이 목숨을 잃었다.

죽기 전에도 장렬하지 않았고, 죽은 다음에도 그들이 어떻게 죽었는지 아무도 모를 것이었다.

사행창고 보위전이 재개되었다. 일본군은 화력을 집중해 사행창고 외부를 공격했고 중국 수비군도 용맹하게 반격에 나섰다. 양측이 공격과 수비를 거듭해 자베이에서 일어난 큰불처럼 전투가 갈수록 치열해졌다.

지붕이 없는 민가 주택에서 희고 깨끗한 손이 문 쪽에서 쭝잉을 다시 벽 모퉁이 쪽으로 끌어왔다.

성칭량은 의식불명인 쭝잉을 안쪽에 옮겨놓고 나서야 자신의 왼쪽 다리를 봤다. 총알이 왼쪽 종아리를 관통해 피가 흘러나오고 있었다. 성칭량은 가까스로 셔츠 자락을 뜯어 상처를 틀어막아 지혈했다. 그러나 천은 곧 붉게 물들었다.

둘이서 기다릴 때보다 혼자서 기다리는 게 훨씬 지루하게 느껴졌다. 멀리서 들리는 격전 소리를 들으며 성칭량은 고개를 들어 하늘을 쳐다봤다. 무너진 천장으로 보이는 좁고 작은 하늘에 연기와 먼지가 치솟아 파란 하늘이 검붉은색으로 물든 것 같았다.

시간이 흐르면서 체내의 혈액도 조금씩 빠져나갔다.

통증은 점차 마비로 바뀌었고, 사지가 덜덜 떨리며 추위만 느껴졌다. 피를 너무 많이 흘리고 배가 고파 느끼는 추위였다.

사행창고에 집중되던 포성이 점점 잦아들고, 머리 위 하늘은 전부 검붉은색으로 변했으며, 짙은 연기가 코를 찔렀다. 그러나 그 불은 사람의 몸을 따뜻하게 데워주지 않았다.

시간은 너무나 천천히 흘렀고 여러 번, 성칭랑은 자신이 더 이상 버티지 못할 것 같다고 느꼈다.

체온이 너무 빨리 떨어져 온몸이 덜덜 떨리고 입술이 하얗게 질렸으며, 의식도 무너지기 직전이었다. 궁지에 몰리면 인간의 신체는 이제 죽는구나, 생각하면서 살아야겠다는 의지보다 눈만 감으면 더 편해질 것 같다는 유혹에 휩쓸리게 된다.

그러나 자신이 살아남지 않으면 쭝잉은 돌아갈 수 없게 된다.

성칭랑은 고개를 돌려 안쪽으로 옮긴 쭝잉을 쳐다보며 더듬더듬 그녀의 손목을 찾아 쥐었다. 미약하게 맥박이 느껴졌다.

쭝잉을 그녀의 시대로 돌려보내려면 버텨야 한다. 만일에 대비해 성칭랑은 서류 가방을 끌어당겨 만년필을 집어 들고 다시 빈 담뱃갑을 집었다…….

담뱃갑을 뜯어서 펼쳤다. 정면에 'Peace, Infinity'와 비둘기가 인쇄되어 있고 뒷면은 공백이었다. 어두운 빛에 대고 만년필 뚜껑을 열어 마지막 힘을 짜내 떨리는 손으로 쭝잉이 입원한 병원 주소와 쉐쉬안칭의 휴대전화 번호, 간단한 메모를 적었다.

"우리를 이 병원으로 보내주거나 이 번호로 연락해 주세요. 감사합니다."

2015년의 상하이에는 음력 9월의 보름달이 떴다.

보름달은 네온사인이 가득한 도시 중심지를 피해 골목 곳곳을 환하게 비추었다.

밤 10시 4분, 여자아이 하나가 석류를 들고 낡은 아파트 계단에서 뛰어나왔다. 뒤에서 엄마가 쫓아오며 외쳤다.

"등도 없는데 천천히 가!"

아이는 두 걸음 더 걸어오다 갑자기 멈추었다. 손에 들고 있던 석류가 바닥에 툭 떨어졌다. 아이가 고개를 돌리며 울음을 터뜨렸다.

"엄마, 우리 집 앞에 죽은 사람이 있어요!"

한밤중, 구급차와 둘러싼 사람들, 바쁘게 오가는 언론매체로 조용하던 작은 단지가 갑자기 시끄러워졌다.

구급차가 사이렌을 울리며 병원으로 질주했고, 병원에는 수술장이 열렸으며, 스테이션에서 신경외과로 건 응급 전화를 성추스가 받았다.

병원에서 기다리고 있던 쉬 주임은 소식을 듣고 보고 있던 차트를 내려놓고 즉시 수술 준비를 했다.

응급 수술실에서는 또 다른 응급수술이 기다리고 있었다.

수술을 알리는 등이 켜지고 시간이 흘렀다. 마침내 하나는 꺼졌지만 다른 하나는 여전히 켜진 상태였다. 수술실에서 나온

성칭랑은 의식이 없었다. 깨어나자 병실의 창백한 천장 등이
흐릿하게 보였다.

바깥의 복도가 떠들썩해지면서 사람들의 발소리가 어지럽
게 들리고, 누군가 빠른 걸음으로 다가오더니 수액 속도를 조
절하고 호출 벨을 눌렀다.

성칭랑은 묻고 싶은 게 있었지만 목이 잠겨서 목소리가 나
오지 않았다.

"환자분과 같이 오신 분도 방금 수술 잘 끝났어요. 안심하고
주무세요."

간호사가 몸을 숙이며 말해주었다.

성칭랑은 활력징후 모니터를 힐끔 쳐다봤다. 모니터 위쪽에
시간이 05:59:59에서 06:00:00으로 넘어갔다…….

06:00:00에서 다시 06:00:01, 06:00:02, 06:00:03으로 계속
넘어갔다. 성칭랑이 정신을 차렸을 때는 06:01:00을 가리키고
있었다.

성칭랑은 병원 침대에 누워 있었다.

반면 1937년의 자베이에는 서류 가방만 덩그러니 남아 있
었다.

에필로그

# The book of life

**1905년 12월 24일 16시 30분, 상하이 공공조계, 아이원이**愛文義**로**
**광런병원**

성칭랑 출생.

간호사가 신생아를 분만대 옆으로 데려가 생모에게 보인 다음, 성가에서 온 사용인에게 넘겨주었다.

겨울 해는 짧아 사용인이 성칭랑을 데리고 징안쓰로의 성 공관에 도착했을 때는 어둠이 본채를 삼킨 뒤였다.

초인종이 울리자, 소파에 앉아 있던 성칭랑의 아버지는 몸을 앞으로 기울여 담뱃재를 털었고, 등나무 의자에 앉아 있던 성 부인은 눈썹을 치켜세웠으며, 2층에 있던 아이들은 커튼을 열어 사용인이 낯선 아기를 안고 차가운 밤바람을 뚫고 들어오는 것을 봤다.

**1987년 9월 14일 06시 24분, 상하이 우루무치**烏魯木齊 **중**中**로**

**화산병원**

쭝잉 출생.

아침 햇살이 유리를 통과해 복도를 비추었다. 밤을 꼬박 새운 팡 여사는 간호사에게 옌만이 출산했다는 소식을 듣고 의자에서 벌떡 일어나 쭝칭린에게 전화를 걸었다.

———————————— ∞ ————————————

**1912년 12월 13일, 상하이 홍커우, 성칭랑 큰아버지 집**

청나라의 마지막 황제 푸이溥儀가 퇴위하고 국부가 사표를 제출했다. 성칭랑이 큰아버지 집에서 산 지 오 년이 되었다.

일곱 살, 기억하는 순간부터 집에는 담배 연기가 자욱했고 날마다 마작 소리가 났다. 학교에서 돌아와도 밥을 챙겨주는 사람이 없었고, 주머니에는 돈 한 푼 없어 주방에 숨어들어 점심에 남은 밥을 먹는 수밖에 없었다.

의자를 밟고 올라가 찬장에서 조심스럽게 도자기 그릇을 꺼내는데 담배 연기와 향수 냄새가 훅 끼치더니 누군가 따귀를 때렸다. 머리가 찬장 문에 부딪히면서 중심을 잃고 의자에서 떨어져 바닥에 머리를 부딪혔다.

밥이 가득 담겨 있던 그릇이 산산조각이 나면서 차가운 벽돌 바닥에 밥이 흩어졌다.

"이 도둑 새끼가! 누가 너 먹으래?!"

큰어머니가 사납게 한바탕 욕을 퍼붓고는 또 때렸다.

오 년 동안 벌벌 떨며 살다 보니 큰어머니의 표정만 봐도 오늘은 마작에서 이겼는지 졌는지, 오늘은 때릴지 안 때릴지 알 수 있었다. 그래서 예민하고 내성적인 성격이 되었고 말대꾸를 할 생각도, 되받아칠 생각은 더더욱 하지 못했다. 몸부림쳐 봐야 헛수고였다.

참다 참다 못 참겠으면 울면서 밖으로 나와 차가운 바람을 맞으며 덜덜 떨면서 텅 빈 거리에 서서 망연히 사방을 둘러봤다. 그러나 그 어디에도 갈 곳이 없었다.

### 1990년 12월 13일, 상하이 699번지 아파트

동서독이 통일되었고, 제11회 아시안게임이 개최되었으며, 상하이 지하철 1호선이 착공했고, 세 살인 쭝잉은 아직 유치원에 입학하지 않았다.

"인연이 멀어졌다 가까워졌다 평생 스쳐만 가네……." 노래가 나오는 녹음기 옆에 쭝잉이 쪼그리고 앉아 카세트테이프 다섯 개의 테이프를 잡아 빼다 팡 여사에게 딱 걸렸다.

"너 그러다 엄마한테 혼난다."

외할머니의 말에 쭝잉은 깜짝 놀라 테이프를 종이 상자에 쑤셔 넣었다. 그때 옌만이 서재에서 논문을 들고나오며 물었다.

"여기 거북이 이거 누가 그린 거지?"

쭝잉이 바닥에서 색연필을 갖고 놀던 고양이를 가리켰다.

옌만이 정색하자, 쭝잉이 냉큼 변명했다.

"아니, 쟤가 아니라!"

옌만은 웃음을 참으며 논문을 다시 인쇄했다. 그리고 쭝잉에게 앞으로는 거짓말하면 안 되고, 크든 작든 다른 사람에게 폐를 끼쳐서는 안 된다고 훈계했다. 쭝잉은 아는지 모르는지 고개를 열심히 끄덕이고는 잡아 뺀 테이프를 도로 감느라 한참 동안 낑낑댔다.

∞

### 1917년 9월 14일, 상하이

청나라 말기의 대신이자 민국 초기의 군벌인 장훈張勳의 마지막 황제 푸이 복위 시도가 실패했고, 제1차 세계대전이 끝나지 않았으며, 상하이특별시가 설립됐고, 상하이의 대표적인 오락 시설인 대세계大世界가 준공했으며, 선시공사先施公司 백화점이 개장했다. 성칭랑은 중학생이 되었다.

영양실조로 체육 시간에 쓰러졌다.

### 1995년 9월 14일, 상하이

세계무역기구WTO가 설립됐고, 국가에서 주오일제를 시행했으며, 윈도우 95가 발표됐다. 쭝잉이 초등학교에 입학했다. 생일날, 엄마를 영원히 잃었다.

**1919년 8월 20일, 상하이**

제1차 세계대전이 끝나고 파리평화회의가 열렸다. 성칭량
은 둥우대학교 법학원 입학 준비를 했다.

열네 살 소년이 소리 없이 상처를 처리하는 방법을 배웠다.
참고 인내하는 것 외에 힘을 키우는 법을 배웠다.

여름 바람에 책상 위에 놓인 책장이 넘어가고, 창밖 명자나
무에 머물던 참새가 결국 날개를 활짝 펴고 이 작은 정원을 날
아서 떠났다.


**1997년 8월 20일, 상하이**

홍콩이 반환되었다. 쭝잉은 월반을 신청했다.

───────────── ∞ ─────────────


**1923년 12월 24일, 파리**

크리스마스이브를 맞은 프랑스인들이 저녁 만찬을 준비할
때, 성칭량은 방세를 내지 못해 집주인에게 쫓겨났다.

가방을 들고 세 평도 안 되는 방에서 나온 그를 맞은 것은 파
리의 차가운 밤바람과 텅 빈 거리였다.

**2001년 12월 24일, 상하이**

크리스마스이브를 맞아 친구들은 집으로 돌아갔고, 상하이 전체가 들떠 있었다.

학교 기숙사에 살던 쭝잉은 라면을 끓여 와 책상 등을 켜고 문제집을 폈다.

---∞---

**1925년 9월 8일, 파리**

성칭량은 아르바이트를 끝내고 숙소로 돌아와 밤새 논문을 준비했다.

**2003년 9월 8일, 상하이**

쭝잉은 입학 수속을 마치고 정식 의과대학생이 되었다.

---∞---

**1930년 9월 21일, 상하이**

성칭량은 상하이 변호사협회 회원 증서를 취득했다.

**2008년 9월 21일, 상하이**

쭝잉은 2008년 의사국가고시에 참가했다.

---∞---

**1932년 10월 7일, 상하이**

성칭랑은 임금 체불 노동자를 한 달 동안 변호한 끝에 승소 판결을 받았다.

**2010년 10월 7일, 상하이**

쭝잉은 인생 첫 신경외과 수술을 순조롭게 끝냈다.

---∞---

**1937년 7월 11일 21시 20분, 상하이 699번지 아파트**

성칭랑은 학계 모임을 마치고 집으로 돌아와 현관 등을 켜고, 신발을 갈아 신고, 물을 끓이고, 샤워를 하고, 소파에 앉아 잠시 딴생각을 했다.

10시 정각, 현관 등이 갑자기 꺼졌다.

**2015년 7월 11일 21시 20분, 상하이 699번지 아파트**

쭝잉은 현장에서 돌아와 현관 등을 켜고, 신발을 갈아 신고, 물을 끓이고, 샤워를 하고, 소파에 앉아 잠시 딴생각을 했다.

10시 정각, 현관 등이 깜박거렸다. 휴대전화가 진동해 전화를 받고 긴급 출동했다.

**2016년 3월 11일 17시 30분, 상하이 쉬후이**徐汇**구 후난**湖南**로의 모 서점**

상하이도서관에서 거의 온종일 있었던 성칭랑은 도서관에서 나와 걸어가다가 검은색 철문을 보고 들어갔다. 정원식 서점이었다.

요 며칠 남쪽 지역은 기온이 뚝 떨어졌다. 하지만 꽃샘추위가 아무리 맹위를 떨쳐도 꽃은 피었다.

2015년 10월 28일 새벽부터 지금까지 135일이 지났다. 그동안 새로운 일이 많이 있었다. 예전과 가장 큰 차이라면 마침내 밝은 대낮에 이 낯선 시대를 살펴볼 수 있게 되었다는 점이다.

모든 것이 신기했다. 그러나 이곳에서 보통 사람으로 살려면 절차가 복잡했다.

그래도 호적 문제를 해결할 수 있는 새 정책이 시행되면서 신분 문제를 해결할 수 있을 것 같았다.

서점에는 커피 향이 은은하게 감돌고 편안한 음악이 흘러나오고 있었다. 사람들은 조용히 책을 읽거나 커피를 마시고 있었다. 평화의 시대에나 있는 평온한 풍경이었다.

성칭랑은 새 책 서가에서 갈색 표지로 된 책을 발견했다. 항전 시기 노병에 관한 책이었다. 속표지를 펼쳐 차례를 보니 수십 명의 이름 중에서 낯익은 이름이 튀어나왔다.

재빨리 해당 페이지인 157쪽을 펴니 상단에 고딕체로 인터뷰한 노병의 이름이 쓰여 있었다. 성칭허.

본문을 읽어 내려가니 성칭허가 참전한 전투 이야기를 옆에서 듣는 것 같았다. 마지막으로 가족 관련 질문에 성칭허는 이렇게 대답했다.

"내 바로 위로 형이 있었는데, 상하이전투 시기에 공장 내륙이전 문제로 애쓰다 상하이에서 사망했다. 그때 나는 최전방에서 싸우고 있었고, 그가 하는 일이 소용없는 짓이라고 생각했다. 하지만 나중에는 후방을 지키면서 전방을 지원하는 일도 누군가는 꼭 해야 할 일이라는 생각이 들었다. 형이 지금까지 살아 있으면 아흔여섯 살이다."

여기까지 읽은 성칭랑은 저도 모르게 들고 있던 책을 더 꼭 쥐었다.

1937년 10월 27일 밤 10시 이후로 성칭랑은 그 시대에서 '사망'해 1937년 10월 28일의 일출을 보지 못했다. 그 대신 2015년 10월 28일의 서광을 보면서 이 시대에서 새로운 하루를 맞이했다.

화염으로 가득했던 자베이의 밤하늘을 떠올리자 심장이 쿵쿵 뛰었다. 쭝잉이 곁에 없었다면, 쭝잉을 그녀의 시대로 돌려보내기 위한 것이 아니었다면, 자신은 밤 10시까지 견디지 못하고 자베이의 화염 속에서 죽었을 것이다…….

생각해 보니 자신이 쭝잉을 2015년으로 데려온 것이 아니라 쭝잉이 자신을 이곳으로 데려온 것 같았다.

계속 뒤로 넘기자 옛날 사진이 나왔다.

어린 시절의 독사진, 소년 시절 입대한 증명사진, 전우들과
의 단체 사진, 성가 사람들이 뿔뿔이 흩어지기 전에 남긴 기념
사진……. 마지막 장에서야 마침내 컬러사진이 나왔다. 가족사
진으로, 맨 앞에 성칭허와 부인이 앉아 있고 뒤에 자녀들과 손
자 손녀들이 서 있었다.

이 책은 개정판으로, 인터뷰한 날짜는 2001년이었다. 그때
성칭허는 아흔다섯 살의 고령으로, 사진 속 그는 백발이 성성
했고 주름진 얼굴에 세월이 남긴 기쁨과 슬픔이 켜켜이 쌓여
있었다.

성칭랑은 책을 덮고 제자리에 돌려놓았다.

주머니에서 갑자기 휴대전화가 진동했다. 쭝잉이었다. 퇴근
했는데 어디에 있냐고 묻는 문자 메시지였다.

성칭랑은 위치를 찍어 보냈다.

이십 분 뒤 쭝잉이 도착했다.

성칭랑이 책 더미 앞에 서서 두꺼운 하드커버 외서를 넘겨
보고 있었다.

검은색 표지에 『The book of answers(내 인생의 해답)』이라는
제목이 금박으로 박혀 있었다.

쭝잉이 소리 없이 성칭랑 옆으로 다가가 한 권을 집어 들며
책 더미 위에 놓인 책 사용 설명을 읽었다.

"책을 덮어서 들고 눈을 감고 '네', '아니오'로 대답할 수 있
는 질문을 생각합니다. 두 손으로 책을 잡고 마음에 드는 페이
지를 펼치면 해답이 나옵니다."

쭝잉은 책을 내려놓고 고개를 획 돌려 책에 빠져 있는 성칭랑에게 물었다.

"무슨 질문을 생각했어요?"

성칭랑은 그제야 쭝잉이 곁에 있다는 것을 깨닫고 입술을 꾹 깨물며 생각했다.

"몇 분 전에 당신에게 이미 보냈습니다."

쭝잉은 주차할 때 진동하던 휴대전화를 확인하지 않은 것이 떠올랐다.

쭝잉이 휴대전화를 꺼내려고 하자, 성칭랑이 들고 있던 책을 건네며 물었다.

"안 열어봅니까?"

쭝잉은 고개를 들어 성칭랑과 눈을 마주치고는 즉시 눈을 감고 손가락으로 책을 잡고 잠시 뒤에 확 펼쳤다.

테두리를 제외한 페이지 전체에 작은 단어 하나만 달랑 적혀 있었다.

"Yes(네)."

성칭랑이 미소를 지으며 눈을 내리깔았다.

"휴대전화 메시지 봐요."

쭝잉이 문자 메시지를 보자, 최신 메시지는 "Will you marry me(나랑 결혼할래요)?"였다.

"다시 펴볼래요?"

성칭랑이 책을 들어 보이며 물었다.

쭝잉이 웃으며 고개를 저었다.

– Will you marry me?

– Yes.

# 허니문

 

 

겨울의 끝, 봄의 시작에서 쫑잉은 단서를 발견했다.

성칭랑이 긴 여행을 준비하는 것 같았다.

연초에 회사에 복귀해 바빠진 쫑잉이 드물게 제시간에 퇴근한 저녁, 두 사람은 같이 저녁을 먹었다. 쫑잉은 소파에 파묻혀 자료와 논문을 정리하다가 발코니에서 나지막이 들리는 통화 소리를 들었다. 고개를 돌려 힐끔 쳐다보니 밤바람에 커튼이 밖으로 휘날리고, 성칭랑은 난간에 기대 통화를 하면서 왼손으로 노트를 누르고 오른손으로 펜을 쥐고서 가끔 뭔가를 적었다.

밖은 이미 어둠이 내려앉았고 멀리서 불빛이 반짝거렸다. 발코니로 들어오는 공기는 아직 차가웠다. 실외 온도는 10도도 채 안 될 것이었다.

성칭랑은 거실에서 쏟아지는 눈길을 전혀 의식하지 못하는지 고개를 숙인 채 뭔가를 열심히 적었다.

쫑잉은 지금 성칭량이 누구와 통화하는지, 무슨 꿍꿍이인지 몰랐다. 논문 개요를 쓰다가 'High falling is one of the most common types……(추락은 가장 일반적인 유형 중 하나이다)'까지 썼을 때, 통화를 끝낸 성칭량이 발코니 문을 닫고 들어왔다.

실내에 넘실대던 찬 공기가 멈추었다. 쫑잉은 논문을 계속 써 내려갔지만 키보드를 두드리는 소리가 눈에 띄게 느려졌다. 시선은 화면을 보면서도 주의력은 온통 성칭량을 따라 서쪽으로 옮겨가 있었다.

성칭량은 약 삼십 초 뒤에 책 한 무더기를 들고나와 탁자에 놓고 다시 주방으로 들어가 과일차를 끓였다. 달콤한 향기가 실내를 가득 감쌌다.

쫑잉은 자세를 고쳐 앉고 몸을 숙여 탁자에 쌓인 책들을 살펴봤다.

제일 위에는 인민교육출판사 버전의 『한어병음-표준중문漢語拼音-標准中文』이 있었다. 표지에 인물 카툰이 그려진 것이 국어 과목 입문 교재인 것 같았다.

알파벳을 이용한 현대 중국어 발음 표기법인 병음을 배운 적이 없는 이 구식 선생은 병음 입력기의 효율성을 보고는 초등학생용 교재를 처음부터 공부하는 것 같았다. 공부는 매우 진지한 일이건만, 표지를 본 쫑잉은 그가 조금 귀엽게 느껴졌다.

그러나 어린이 교재 아래에 있는 『한어병음 경전방안선평漢

語拼音經典方案選評』은 중국어 병음 발전사 관련 서적이었다. 딱 봐도 입문 서적은 아닌 것이 하나를 배워도 끝까지 파는 구식 선생다웠다.

그 아래에는 『핀란드어 입문』이 있었다.

한어 병음이야 그렇다고 해도, 뜬금없이 웬 핀란드어?

쭝잉은 눈을 가늘게 떴다. 그때 성청랑이 한쪽에 둔 휴대전화에 문자가 들어왔다. 발신인은 쉐쉬안칭이고, "방금 말한 핀란드 VR 야간열차 예약 공략(링크)입니다"에 이어서 "내가 그동안 쌓인 정이 있어서 알려주는데 쭝잉 개인 여권 없어요. 회사에 신청해야 합니다"라는 문자가 이어졌다.

쭝잉이 내용을 읽자마자 액정이 꺼졌다.

성청랑이 유리 주전자를 들고나와 찻잔에 과일차를 따랐다. 쭝잉은 손을 뻗어 잔을 집으면서 아무것도 모르는 척 시치미를 떼다가, 성청랑이 소파에 앉고 나서야 툭 던지듯 말했다.

"문자 왔어요."

성청랑은 요즘 거의 온종일 도서관 자습실에 있어서 휴대전화를 묵음으로 전환해 두었다. 쭝잉의 말에 성청랑은 휴대전화를 가져와 잠금을 해제했다. 정말 쉐쉬안칭에게서 문자 메시지가 와 있었다.

성청랑은 입술을 살짝 깨물었다. 쭝잉은 노트북 화면으로 시선을 돌리고 자료를 보는 척하면서 과일차를 마셨다.

핀란드어, 티켓 예약, 여권…….

키워드를 연결해 보니 대충 상황이 파악되었다.

이 가여운 구식 선생은 현대 중국 경찰의 출국 수속이 얼마나 까다롭고 번잡한지 알 리가 없었다. 쉐쉬안칭이 보낸 "쭝잉 개인 여권 없다"라는 문자를 보고 나서야 성청랑은 계획의 가장 큰 장애물이 이 일을 숨겨야 하는 대상이라는 것을 깨달았다.

들키면 깜짝 선물이 아니었다. 성청랑은 휴대전화 액정을 보며 난감해했다.

국내 노선으로 바꿔? 그러면 신분증만 있으면 되고 상황도 간단해질 터였다.

하지만 쭝잉이 국내 어디를 가고 싶어 했더라? 성청랑은 몰랐다. 유일하게 아는 곳이 라플란드였다. 예전에 쭝잉이 관련 다큐멘터리를 보는 것을 봤고, 쉐쉬안칭에게서도 쭝잉이 라플란드 여행을 계획한 적이 있다는 것을 들었기 때문에, 성청랑은 쭝잉이 결혼 휴가를 며칠 더 받았다는 말에 바로 준비를 시작했다. 생애 처음으로 '여행 사이트', '예매 플랫폼', '공략 플랫폼'에 접속해 정보를 수집했다……. 새 단어를 수없이 접하고 여행 블로그들을 정독한 끝에 제법 괜찮은 여행 계획까지 짜놓았다.

하지만 계획이 아무리 좋아도 실행에 옮기지 못하면 탁상공론에 불과했다.

성청랑은 소파에 앉아 고민을 거듭하다 결국 계획을 고백하려고 입을 열려는 순간, 쭝잉이 노트북을 덮고 잔을 들며 물었다.

"혹시 추운 거 싫어해요?"

갑작스러운 질문에 성칭랑이 고개를 휙 들었다.

"추운 거 괜찮으면 우리 북극에 갈래요? 라플란드, 어때요?"

성칭랑은 너무 갑작스러워서 뭐라고 반응해야 할지 알 수가 없었다.

쭝잉이 씨익 미소를 짓더니 찻잔을 내려놓고 성칭랑이 대답하기 전에 다시 물었다.

"가기 싫어요?"

성칭랑은 그제야 정신을 차렸다. 보아하니 쭝잉이 이미 눈치를 챈 것 같았다.


그래서 라플란드 여행 준비가 본격적으로 시작되었다.

쭝잉은 늘 그랬듯이 출근했고, 성칭랑도 하루 대부분을 도서관에서 보내며 가끔 프랑스어 번역을 하고 남은 시간은 모두 여행 준비에 쏟았다.

성칭랑이 즐겁게 애쓰는 모습에 쭝잉은 성칭랑에게 여행 준비를 다 맡겨버렸다. 성칭랑에게는 여행 준비가 이 새로운 세계를 탐색하는 좋은 기회가 될 수도 있겠다는 생각이 들었다. 그의 계획대로 다 따르겠다고 결심하고 아무것도 묻지 않았더니 공항에 도착할 때까지 허니문 일정을 전혀 몰랐다.

항공사 카운터에서 항공권을 발권하고 화물을 위탁하고 난다음, 항공권에 찍힌 목적지를 보고 나서야 쭝잉은 헬싱키로 가는 게 맞네, 하고 생각했다.

비행기에도 늦지 않고 탑승했다. 모든 게 순조로웠다.

쫑잉은 창 쪽에 앉고 성칭랑은 통로 쪽에 앉았다. 성칭랑은 비행기 좌석에 달린 항공 노선도를 보면서 두 손을 꼭 잡고 입술을 살짝 깨물면서 긴장을 감추려고 노력했다.

비행기를 처음 타는데 그것도 장거리 비행이라 긴장이 되는 것은 어쩔 수가 없었다.

"괜찮아요. 나도 비행기 오랜만에 타요."

쫑잉이 안전벨트를 매며 말했다.

위로는 서툴러 영 어색했다. 과연, 쫑잉의 말은 성칭랑의 긴장을 풀어주지 못했다. 이륙하는 순간 성칭랑은 쫑잉의 손을 꽉 잡았다.

거대한 비행기가 낮게 깔린 구름층을 뚫고 날아오르자 창으로 빛이 들어와 눈을 찔렀다. 시차 때문에 평소보다 다섯 시간 늘어나 하루가 정말 길게 느껴졌다.

열 시간의 비행 끝에 핀란드에 도착하자 오후였다.

기내 등이 모두 켜지고 기내가 소란스러워졌다. 쫑잉은 옆에서 자신을 부르는 작은 소리에 깨 안대를 벗었다가 갑자기 쏟아지는 밝은 빛에 무의식적으로 눈을 감았다. 그 순간 품에 가볍고 부드러운 점퍼가 푹 안겼다.

떠날 때는 얇은 외투만으로 충분했는데 도착하니 외부는 영하의 눈의 세계였다.

"도착했어요."

성칭랑이 말했다.

장시간 비행으로 성칭랑의 목소리가 조금 가라앉았지만 기쁨과 흥분이 묻어났다.

창문 너머로 밖을 내다보니 어두운 구름이 낮게 드리운 모습이 곧 눈이 쏟아질 것 같았다. 통로에는 내리려는 승객들이 줄을 섰고, 긴 잠에서 방금 깬 쭝잉은 점퍼를 안고 멍하니 있었다. 성칭랑은 쭝잉의 안전벨트를 풀어주면서 쭝잉이 잠에서 덜 깬 것을 보고 고개를 숙여 그녀의 이마에 자신의 이마를 대며 열이 있는지 살폈다. 열이 없다는 것을 확인하고 나서야 안심하고 보온 컵을 건넸다.

적당한 온도의 따뜻한 물을 한 모금 마시자 감각기관이 천천히 깨어났다. 실외로 나와 북국의 땅을 밟고 훅 덮치는 냉기를 접하고 나서야 정신이 들었다.

차갑고 날카로운 바람에서 눈 맛이 났다.

두 사람은 곧장 헬싱키 중앙역으로 향했다. 성칭랑은 수첩에 꼼꼼하게 기록한 여행 일정에 따라 짐을 보관하러 가면서 쭝잉에게 의견을 구했다.

"로바니에미행 열차는 저녁 기차라 식사하고 둘러볼 시간이 있습니다."

"저는 여기서 기다릴 테니 맡기고 와요."

쭝잉이 보온 컵을 안고 고개를 끄덕이며 대답하자, 성칭랑은 즉시 여행 가방을 끌고 짐을 맡기러 갔다. 쭝잉은 바깥의 마네르헤임 거리를 보자 지난해 거실에서 혼자 라플란드 다큐멘터리를 보던 날 밤, 아파트 거실 복도에서 성칭랑과 처음 만났을 때가 떠올랐다. 그때는 정말 핀란드의 북극권에 오게 될 줄은, 그때의 불청객이 이 세계에 남아 새로운 삶에 적응하기 위해 노력할 줄은 꿈에도 몰랐다.

중앙역을 나와 레스토랑에서 식사를 마친 두 사람은 템펠리 아우키오교회를 지났다.

쫑잉은 이 교회에 대해 조금 알았다. 암석을 파서 지은 교회는 밖에서 보면 언덕처럼 보여도 안에 들어가면 별천지였다.

터널 같은 입구를 따라 들어가자 직경 이십사 미터의 거대한 돔과 돔을 지탱하는 백 개의 구리 막대가 공간을 넓어 보이게 했고, 중앙에 서면 지하라는 압박감이 전혀 들지 않았다.

저녁 무렵이라 교회 안에는 사람이 거의 없었고 들어올 때 울리던 피아노 소리마저 멈추었다.

고요히 타오르는 초와 특별한 디자인이 교회에 정숙한 느낌을 더해 주었다.

사위가 점점 어두워지는 것을 느끼면서 두 사람은 한동안 아무 말 없이 긴 의자에 앉아 있었다.

지난 육 개월 남짓 두 사람은 많은 변화를 겪었다. 인생길을 걷다가 우연히 멈추니 과거의 소소한 기억들이 몰려왔다.

성청랑에게는 지난 육 개월 동안의 기억이 매우 강렬하게 남아 있다. 지난해 연말 퇴원한 성청랑은 699번지 아파트 발코니에서 칠십여 년 전 자신이 살았던 이곳의 물건은 누가 치웠고 어떻게 치웠을까, 성청후이와 아이들은 어디로 갔을까에 대해 자주 생각했다.

과거에 관한 수많은 의문은 지금도 풀기 어려운 아쉬움으로 남아 있다.

아파트 아래 정원은 옛날처럼 울창하지 않았고, 일요일 아침 금발의 여인이 아이들에게 교회에 가자고 재촉하는 소리도 없었으며, 예 선생이 나와 택시를 잡아주지도 않았다……. 신비한 운명의 소용돌이가 자신을 이곳에 상륙시켜 1937년은 다시는 돌아갈 수 없는 피안이 되었다.

두 사람은 삼십 분 정도 앉아 있다가 조용히 일어나 밖으로 나왔다.

교회에서 나온 쭝잉은 순간 얼굴에 차가운 것이 닿는 것을 느꼈다. 눈송이가 떨어지고 있었다.

우산이 없어 쭝잉은 어깨를 움츠리며 고개를 돌려 성칭랑을 봤다. 짧은 점퍼에 모자를 쓰고 난시 때문에 새로 맞춘 안경을 쓴 성칭랑은 고개를 숙인 채 휴대전화에 저장한 지도를 보고 있었다. 그 모습이 학생 같았다.

눈발이 날리자 성칭랑이 모자를 벗어 쭝잉에게 씌워주었다. 그러고는 말없이 쭝잉의 손을 잡고 중앙역 방향으로 걸어갔다.

빠른 걸음으로 중앙역으로 돌아가 짐을 찾고 뜨거운 음료를 천천히 마신 다음, 북극권으로 가는 야간열차를 기다렸다.

쭝잉은 성칭랑이 어디서 와이파이를 빌려 왔는지 몰랐다. 심지어 휴대전화에 저장된 QR 코드 열차표를 능숙하게 열어 사용하기도 했다. 신문물에 대한 적응력이 쭝잉의 예상을 뛰어넘었다.

기차에 올라 짐을 정리해 넣고 따뜻한 객차에 앉았다. 방금 마신 따뜻한 커피에 잠기운이 달아나 눈을 감아도 잠이 오지 않았다.

흰색과 초록색이 어우러진 VR 열차가 북쪽을 향해 내달렸고 밤도 더 깊어졌다.

성칭랑은 전자책 리더기인 킨들을 꺼내 책을 읽었고, 쭝잉은 안대를 벗고 자려던 생각을 접었다.

"왜 그래요, 불편해요?"

"잠이 안 오는데 뭘 해야 할지 모르겠어요."

"그러면 내가 재미있는 얘기 하나 해줄까요?"

"샤샤*요?"

쭝잉은 이렇게 말하고 성칭랑을 쳐다봤다. 눈빛이 마주친 순간 두 사람은 옛일이 떠올라 동시에 웃음을 터트렸다.

지난해 쭝잉이 수술을 마치고 입원해 있을 때, 성칭랑은 자기 다리의 상처도 다 낫지 않았으면서 매일 그녀를 보러 왔다. 쭝잉을 즐겁게 해줄 방법을 몰랐던 성칭랑은 쭝잉 외할머니의 제안에 따라 인터넷에서 유머를 찾았다.

몇 개를 엄선한 성칭랑은 상하이 방언에 관한 유머를 시전했다.

"팡셰(게)가 샤(새우)를 만나자 인사를 했어요. 샤가 팡셰에게 '셰셰~' 하고 부르자, 팡셰가 샤에게 '셰셰!'라고 했어요."

---

* 蝦蝦. 새우라는 뜻으로, 원래 발음은 '샤샤'지만 상하이 방언으로는 '셰셰'라고 한다. '셰셰'는 고맙다는 뜻인 '셰셰謝謝'와 발음이 같다.

쭝잉이 전혀 반응이 없자 성청랑이 말했다.

"이 팡셰는 상하이 팡셰였어요."

"……."

천부적으로 유머 감각이 부족한 성청랑은 이때부터 함부로 유머를 던지지 않았는데, 뻔뻔스럽게 이제 와 다시 시도하다니 비웃지 않을 수가 없었다.

두 시대를 오가지 않게 되고 흠칫흠칫 놀랄 일도 사라져 아침저녁으로 늘 함께하다 보니 상대의 재미있는 일면을 발견할 때가 있었다.

객차 안은 너무 고요해 작은 웃음소리가 밤의 적막을 깨는 것 같았다. 성청랑은 손을 뻗어 쭝잉의 머리를 감싸 자신의 어깨에 기대게 하면서 "어서 자요, 깨면 도착해 있을 거예요" 하고 속삭였다.

성청랑의 목소리는 사람을 안심시켰다. 성청랑의 어깨에 기대자 향수와는 다른 따뜻한 냄새가 났다.

야간열차가 동화 속 설국을 뚫고 달리는 동안 열차에 탄 거의 모든 사람이 꿈나라로 향했다. 열차 밖에는 짙게 깔린 어둠 속에서 함박눈이 날렸고, 열차 안에는 어깨에서 전해지는 고른 숨소리와 자신의 심장 뛰는 소리가 들렸다. 성청랑은 킨들을 내려놓고 안경을 벗으며 쭝잉 쪽으로 고개를 약간 기울여 눈을 감고 방금 책에서 봤던 내용을 떠올렸다…….

"우연 같은 일도 세월이 지나서 보면 운명이 정해놓은 필연이다."

라플란드는 아직 봄이 오지 않아 이나리호수는 얼음으로 뒤덮여 있었다.

두 사람을 맞이한 것은 온통 새하얀 이른 아침의 산타클로스의 고향이라고 알려진 로바니에미였다. 이곳은 제2차 세계대전 기간 동안 폐허가 되었던 핀란드의 북부 도시였다.

기온이 내려가 옷도 두꺼워진 데다 눈 쌓인 도로는 여행 가방을 끌고 가기에는 매우 부적합해 숨이 턱턱 막힐 정도로 힘이 들었다.

차를 갈아타고 다시 북쪽으로 팔 킬로미터를 더 가자 북극권에 위치한 산타파크에 도착했다.

크리스마스는 아니었지만 크리스마스 분위기가 가득했다. 북극권으로 넘어가는 것 외에 돈만 내면 북극에 '들어왔다는' 증서를 받을 수 있었고, 우체국에서 엽서도 부칠 수 있었다. 엽서는 크리스마스에 맞춰 산 넘고 바다를 건너 목적지에 도착했다.

쭝잉은 가방에서 펜을 꺼내 엽서 가득 글을 쓰고 699번지 아파트 주소를 적었다. 받는 사람은 성칭랑이었고, 마지막 말은 '생일 축하해요'였다.

백여 년 전, 공공조계 아이원이로 광런병원에서 태어난 성칭랑의 생일은 크리스마스이브인 12월 24일이었다.

지난해 연말은 이런저런 일로 정신이 없어 생일을 축하해 주지 못했지만, 앞으로는 절대 그냥 넘기지 않겠다고 다짐

했다.

북극권을 넘어 북으로 향하는 길에서 쭝잉은 성칭랑이 실시간 오로라 예보를 확인하는 것을 봤다.

"오늘 오로라 볼 수 있어요?"

성칭랑은 화면에 뜬 오로라 지수라고도 불리는 지구자기장 지수인 Kp 지수를 살피며 고개를 저었다.

누구나 다 오로라를 볼 수 있는 것은 아니지만, 북쪽으로 달리다 보니 오로라에 대한 기대가 점점 강해졌다.

그날 밤, 두 사람은 따뜻한 음료를 마시며 한밤중까지 기다렸지만 결국 오로라를 보지 못했다.

북극권에서의 마지막 날 밤, 칵슬라우타넨 아틱리조트의 유리 이글루에 도착한 두 사람은 너무 피곤해 황급히 밥을 먹고 샤워를 한 뒤 일찌감치 쉬기로 했다.

유리로 만들어진 객실은 침대에 누우면 드넓은 하늘이 보여 눈 덮인 야외에서 노숙하는 듯한 느낌이 들었다.

바깥은 고요하고 실내 온도는 적당했다. 낮게 걸린 커튼을 반쯤 치고 서로를 꼭 끌어안고 부드러운 침대에 누우니 금세 잠이 몰려왔다.

새벽 1시쯤, 성칭랑은 머리맡에 놓아둔 휴대전화의 알림 소리에 잠이 깼다.

휴대전화를 들어 알림을 본 순간, 이상한 느낌이 들어 무의식적으로 하늘을 올려다봤다…….

묵직하고 단조롭던 어둠의 장막을 누군가 쫙 찢은 것처럼 오로라가 춤을 추듯 용솟음쳤다. 유리 지붕 밖 높이 솟은 침엽수가 오로라의 움직임에 따라 모습을 바꾸었다.

성칭랑은 쭝잉을 살짝 흔들어 깨웠다. 쭝잉은 잠결에 지붕 위의 하늘을 봤다. 형광색 리본이 춤을 추는 것처럼 밤하늘을 수놓으며 부피를 키워갔다.

순간, 깊은 바다에 잠겨 위를 쳐다보는 것처럼 머리 위에서 아름답고 웅장한 빛이 시시각각 모습을 바꾸면서 태어나 한 번도 본 적이 없는 아름다운 장면을 연출했다.

얼마나 보고 있었을까. 두 사람은 약속이나 한 듯이 하늘에서 시선을 거두고 입을 맞췄다.

그날 밤, 두 사람은 꿈을 꾸었다.

꿈속에서, 마침내 기다리던 장면이 나타났다.

마침내 기다리던 사람도 나타났다.

작가 후기

이 소설은 2013년 연말에 1930년대 인물 사진을 보고 구상
했다. 옛날 배경에 양복을 입은 주인공이 단정하게 앉아 있었
다. 입가가 약간 올라간 것이 웃으려는 것 같았지만 명확하지
는 않았다. 사진을 찍은 날짜는 상하이전투 전이었고, 주인공
의 이름은 알 수 없었다. 이 사람이 전쟁에서 죽었는지, 아니면
천신만고 끝에 살아남았는지는 기록이 없어 알 수 없었다.

사람에게는 이름이 있다. 그러나 삶이 끝나면 그 사람이 생
전에 아무리 많은 일을 했어도 그의 이름은 마치 존재하지 않
았던 것처럼 육체와 함께 사라진다. 후대 사람인 우리는 그들
이 마주했던 그 시절이 참혹했던 시대였다는 것을 알지만, 거
센 시대의 흐름 한복판에 있던 그들은 그것을 전혀 몰랐다.
1937년 전쟁 전 이 사진을 찍은 주인공도 가까운 미래에 상하
이의 하늘에서 포성이 울릴 줄은 예상하지 못했을 것이다.

상하이는 근대부터 발전을 시작했다. 가로수가 우거진 조계의 길을 걸으면, 두세 걸음에 하나씩 옛 유적지와 건물을 만날수 있고, 그 앞에는 건축 연도와 변천사가 간단하게 설명되어있다. 699번지 아파트도 그중 하나로, 1930년대에 준공됐다. 이 아파트는 프랑스 조계에 위치해 전쟁을 피하고 평화의 시대를 맞이할 수 있었다. 수십 년이 흐르고 아파트는 여러 차례 주인이 바뀌었지만, 현관 등은 첫 주인 때부터 지금의 주인 때까지 보존되어 낮에는 꺼졌다가 밤에는 켜지면서 시간의 흐름을 지켜봤다.

민국 시대 이야기는 대부분 시대적인 낯선 느낌과 거리감을 피할 수 없다. 그러나 그 시대의 인물과 아파트는 이야기에 독특한 연결감을 부여했고, 마찬가지로 도시의 역사를 탐구하고 이야기를 쓰는 동기가 되어주었다.

소설 속 두 주인공은 아파트를 매개로 인연이 닿아 만난다. 한 사람은 전쟁 시기에 상하이에서 민족 공장의 내륙 이전을 위해 분주하고, 다른 한 사람은 현대 상하이에서 의심스러운 사건과 병으로 고생한다. 성 선생은 포화가 날리는 전쟁터에서 가족을 위해, 미완의 사업을 계속하기 위해 노력한다. 반면, 현대를 사는 쭝잉이 직면한 갈등과 음모는 다른 의미의 '전쟁'이라고 할 수 있지 않을까?

우연히 만난 두 사람이 서로를 알아가는 과정에서 서로에게 건넨 구원과 지지는 어두운 운명 속에서 별을 본 것처럼, 어두울수록 별이 밝은 것처럼, 두 사람이 서로의 손을 잡게 만든다.

시간과 공간이 교차되면서 생긴 기묘한 인연은 소설에서나 볼 수 있는 것으로, 아마도 내 마음속 아름다운 상상에 불과할 것이다. 사람들 대부분은 역사 속에서 소리 없이 사라졌을 것이다.

소설 집필 초기, 단어를 고르고 이야기를 바꾸고 분위기를 잡아가면서 두 시대의 교차로 인한 시대감의 균형을 이루려고 애썼다. 소설의 마지막에 도달했을 때, 나는 다시 699번지 아파트 입구에 섰다. 플라타너스 잎이 거대한 우산처럼 머리 위를 드리웠고, 매미가 울었다. 곧 여름이었다. 낡은 나무문이 열리고 일 초 뒤 그들이 정말 걸어 나올 것 같았다.

선배 명쿤의 격려와 성원에 감사드립니다.

여름에
자오시즈

# 밤 여행자 2

초판 1쇄 발행 2022년 7월 30일

지은이 | 자오시즈
옮긴이 | 이현아

펴낸이 | 조미현
책임편집 | 황정원
디자인 | 정은영

펴낸곳 | ㈜현암사
등록 | 1951년 12월 24일 제 10-126호
주소 | 04029 서울시 마포구 동교로12안길 35
전화 | 02-365-5051
팩스 | 02-313-2729
전자우편 | dalda@hyeonamsa.com
홈페이지 | www.hyeonamsa.com
블로그 | blog.naver.com/hyeonamsa

ISBN 978-89-323-2239-1 04820
ISBN 978-89-323-2237-7 （세트）

＊ 책값은 뒤표지에 있습니다. 잘못된 책은 바꾸어 드립니다.
＊ 달다(DALDA)는 ㈜현암사의 장르소설 브랜드입니다.